Wilderwil
Grinlortal
Imlak See
Kataur
Magische Insel
Sean Ferll
Thel Gan
Lemrik
Grest
Riff
Sanforan
Bucht von Sanforan
Fath

# Das Erbe der Runen

Osanna Vaughn

Im Auge des Falken

»Im Auge des Falken« zählt zu den Veröffentlichungen
von DAS ERBE DER RUNEN – einem internationalen
multimedialen Projekt, das Buch und Musik verbindet.
Der Stoff greift die Welt »Nymath« auf, kreiert von der erfolgreichen
Fantasy-Autorin Monika Felten (PIPER).

Weitere Bücher von Osanna Vaughn im Arena Verlag
*Das Erbe der Runen: Der Schrei des Falken*
www.osannavaughn.com

Das Erbe der Runen

*Osanna Vaughn*

# Im Auge des Falken

Aus dem Englischen
von Johannes Stein

Arena

*In neuer Rechtschreibung*

1. Auflage 2006

Aus dem Englischen von Johannes Stein
Karte von Nymath: Osanna Vaughn/Torsten Reinecke
Runenberatung und -ornamentik: Caroline Fischer
Amulettentwicklung: Torsten Reinecke/Caroline Fischer
Covergestaltung: Torsten Reinecke
Gesamtherstellung: Westermann Druck Zwickau GmbH
ISBN 3-401-06068-6
ISBN 978-3-401-06068-2

*www.arena-verlag.de*

# Prolog

Der junge Mann zitterte am ganzen Körper, als er sich mit letzter Kraft aus dem Fluss kämpfte und am Ufer zusammensank. Seine Zähne schlugen aufeinander, und nach einem keuchenden Hustenanfall erbrach er schmutziges Wasser. Vor seinen Augen flimmerte es, und in seinem Hinterkopf pochte es schmerzlich. Er fühlte, wie aus der Wunde an seiner Schulter helles Blut sickerte.

Mit aller Kraft versuchte er sich ins Gedächtnis zu rufen, wie er hierhergelangt sein konnte. Er erinnerte sich an das Wasser, tosend, sprudelnd, schaumbedeckt, das ihn herumwirbelte und unerbittlich in die Tiefe zog.

Die Strömung hatte ihn bald hierhin, bald dorthin getrieben – wehrlos wie ein Blatt im Wind – und ihn dann doch endlich freigegeben und mitten aus einem mächtigen Wasserlauf wieder ausgespeit. Es blieb ihm gerade noch genug Kraft, sich an einem vorbeitreibenden Baumstamm festzuklammern, während der kräftige Strom ihn mit sich riss. Dichte Wälder und tiefe Schluchten zogen an beiden Ufern an ihm vorbei, doch von all dem nahm er nichts mehr wahr. Seine Fingernägel krallten sich in das Holz. Er kämpfte ums Überleben.

Er wusste nicht, wie viele Wegstunden verstrichen sein mochten, bis die Kraft des Stroms nachließ und sich der Baumstamm endlich in einer kleinen Bucht verfing. Von dort aus hatte er sich an Land ziehen können.

Lange lag er am Ufer, unfähig, sich zu rühren, unfähig, der Kälte in seinen Gliedern Herr zu werden. Doch die Sonne mit ihren wärmenden Strahlen durchdrang seinen braun gebrannten Körper und weckte neues Leben in ihm. Sein Blick wurde klar. Ein Hungergefühl überfiel ihn mit einer Heftigkeit, die er nicht kannte.

Ein Gedanke blitzte in seinem noch immer benebelten Verstand auf, und dabei begann sich ein Bild zu formen.

*... Er flog ... Hoch über den Baumwipfeln schnellte er hin und her, suchte nach etwas ... Hunger lenkte ihn ab. Er erspähte eine Waldtaube und stürzte in die Tiefe, um sie zu reißen, grub die Krallen in ihr Gefieder und brach ihr das Rückgrat ... Satt vom Mahl aus warmem Fleisch und Blut erhob er sich wieder in die Lüfte und setzte seine Suche fort ...*

Das dumpfe Gefühl in seinem Magen war verflogen, und aus unerfindlichem Grund spürte er frische Kraft durch seine Adern strömen.

Schwerfällig rappelte er sich auf. Seine Schulter war steif und klebrig vom geronnenen Blut, die Wunde pochte immer noch heftig. Eine Weile starrte er darauf, unsicher, was zu tun war. Er ließ seinen Blick wandern und entdeckte an einem Busch in unmittelbarer Nähe leuchtend orangefarbene Beeren. Er raffte sich auf, pflückte eine Handvoll und schob sie gierig in den Mund.

Sie schmeckten süß und saftig, und er konnte sich nicht erinnern, je etwas Köstlicheres gegessen zu haben. Wieder und wieder griff er zu, bis seine Finger und sein Mund vom Fruchtsaft verklebt waren. Gesättigt stand er auf und streckte sich unter Schmerzen.

Ein schriller Ruf drang ihm von ferne entgegen. Er blickte zum Himmel und sah einen majestätischen Vogel mit großer Geschwindigkeit auf ihn zufliegen. Wieder setzte sein Instinkt ein. Er empfand keine Furcht, vielmehr ein Gefühl des Erkennens. Sein Arm, dessen Handgelenk von einem seltsamen Ornament gezeichnet war, hob sich wie von fremder Kraft gelenkt. Mit einer Wucht, die ihn beinahe aus dem Gleichgewicht geraten ließ, schlossen sich mächtige Krallen darum, als seien die Male ihr gewohnter Platz. Ein Blick aus zwei dunklen Augen begegnete ihm – so tief wie ein

Brunnen, in dem sich um Mitternacht die Sterne spiegeln. Ein Gefühl der Vertrautheit überwältigte ihn.

*Rihscha* ... hörte er eine Stimme flüstern.

# 1

Drei Tage war Alduin nun schon in Sanforan. Die Luft über den Ziegeldächern der Stadt flimmerte vor Hitze, und ein jeder sehnte sich nach Regen.

Der Blick des jungen Falkners wanderte aus dem Fenster seines Zimmers über ein Wirrwarr von Gebäuden zur Außenmauer bis hin zu den Wäldern und fernen Bergen, die sich verschwommen am Horizont abzeichneten. In den vergangenen zwei Jahren hatten er und sein Marvenfalke Rihscha im Dienste verschiedenster Auftraggeber viele der malerischen Regionen Nymaths bereist, und doch war er jedes Mal aufs Neue überwältigt vom Anblick der Berge. Vielleicht faszinierten sie ihn umso mehr, weil Rihscha aus den Gefilden der hohen Gipfel stammte. Ganz besonders in der letzten Zeit hatte Alduin das Gefühl, dass die Beziehung zwischen ihm und seinem Wildfalken noch sehr viel intensiver geworden war.

Der junge Falkner schloss die Augen und verband sich im Geiste mit Rihscha. Sofort sah er mit seinen Augen und erlebte das Gefühl des Fliegens mit. Es war für ihn nun schon so natürlich wie das Atmen, und der Übergang von einem Zustand in den anderen fiel ihm so leicht wie das Singen eines vertrauten Liedes.

Der Falke war zum Hafen hinuntergeflogen und ging einer seiner Lieblingsbeschäftigungen nach. Er trieb in der sanften Brise, die über die Meeresoberfläche strich, beobachtete seinen Schatten auf den Wellen und hielt Ausschau nach einem Cirlim, dem stromlinienförmigen, grau-blauen Fisch, der gerne die Schiffe begleitete und nach Leckerbissen Ausschau hielt. Erilea mochte diese wundersamen Tiere sehr.

Alduin brach die Verbindung mit Rihscha ab und seufzte. Das Bild von Erilea formte sich deutlich vor seinen Augen: Sie war klein und schlank. Ihre feinen Züge täuschten über ihre Widerstandsfähigkeit hinweg. Er erinnerte sich an ihr freches Lächeln und die Art, wie sie den Kopf zur Seite neigte, um ihre Empfindsamkeit und ihr tiefes Wissen zu verbergen. Wie oft hatte er in den letzten Tagen an sie gedacht! Er war sich so sicher gewesen, dass ihm die junge Wunand-Amazone bei seiner Rückkehr in der Stadt begegnen würde. Dass sie aufgebrochen war, ohne eine Nachricht zu hinterlassen, traf ihn hart. Hatte er etwas gesagt oder getan, was sie verärgert hatte? Gewiss, er konnte sie im vergangenen Jahr nicht so häufig sehen, wie ihm lieb gewesen wäre. Aber hätte sie nicht wissen sollen, dass sich ihm nur selten die Gelegenheit bot, nach Sanforan zu reisen? Ob sich ihre Gefühle für ihn verändert haben? Immerhin war sie noch sehr jung.

Alduin litt stark unter der Enttäuschung, sie nicht angetroffen zu haben, und je länger er darüber nachdachte, desto mehr wuchs in ihm das Gefühl, dass sie ihm bewusst aus dem Weg ging.

Er gab sich einen Ruck. Es hatte keinen Sinn, tatenlos in diesem Zimmer herumzusitzen und aus dem Fenster zu starren. Kurz entschlossen verließ er das Haus und machte sich auf den Weg zur Falkenhalle. Vielleicht würde er dort dem Falkenmeister begegnen.

Brütende Hitze umfing ihn, als er festen Schrittes mitten über den menschenleeren Platz ging, vorbei an der stolzen Statue eines Falkners mit seinem erhabenen Wildfalken auf der Faust. Der sandige Boden war ausgetrocknet, und jeder Schritt wirbelte kleine Staubwolken auf.

Stille lag über der Inneren Stadt, nur die Creeka zirpten gleichmäßig. Wer in den Sommermonaten der Hitze nicht entfliehen konnte, ruhte sich nach dem Mittagsmahl im Schatten aus.

Auch Alduin setzte die Hitze zu, und er lief schneller, um die kühlen Mauern der Falkenhalle zu erreichen. Das weiche Licht im Inneren des Gebäudes und der vertraute Geruch der Falken, der in der Luft hing, erhellten seine Stimmung schlagartig. Die Falkenhalle und vor allem die Bruthalle strahlten eine ganz besondere Atmosphäre aus. Hier auf dem großen, runden Steintisch in der Mitte versammelten sich Jahr für Jahr im Frühling viele hoffnungsvolle junge Männer, warteten mit klopfenden Herzen und trauten sich kaum zu atmen. Sie beteten zu Gilian, von den geschlüpften Falkenküken auserwählt zu werden. Mit ihnen wollten sie dann nach ihrer Ausbildung auf die mystische Reise gehen und wie die Falkner von Nymath mit den Augen ihrer Falken sehen. Keine Lehre, keine noch so gezielte Übung konnte einen jungen Mann tatsächlich auf diesen einzigartigen Moment vorbereiten.

Alduins erste Begegnung mit dem Falkenküken war gänzlich anders verlaufen. Er war den Bund mit Rihscha ganz unerwartet in der bescheidenen Hütte eingegangen, in der er mit seiner Mutter am Fluss Mangipohr aufwuchs. Bis zu diesem entscheidenden Moment wusste er auch nicht, dass sein Vater, den er nie kennengelernt hatte, ein Falkner war. Trotzdem konnte er sich vorstellen, wie unbeschreiblich aufregend das Erlebnis, auserwählt zu sein, auch für seinen Vater, seine Freunde Rael, Twith, Gandar und viele andere hier im Herzen der Falknerei, gewesen sein musste – die Freude und der Stolz – das Wissen um eine Zukunft, die so aussichtsreich erschien. Doch konnte er auch den Kummer nachempfinden, den sein Freund Bardelph, aber auch sein einstiger Lehrer Lotan erfahren haben mussten, denen der Bund mit dem Falken versagt blieb – ein Kummer, den eine starke Persönlichkeit wie Bardelph verkraften konnte, an dem aber andere – wie Lotan – zerbrachen.

»Bist du das, Alduin?« Meister Calborth riss ihn aus seinen Gedanken. Es war verblüffend, dass Calborth stets wusste, wer sich der Falkenhalle näherte.

»Ja, ich bin es«, antwortete er mit einem Lächeln in der Stimme. »Aber Ihr müsst mir wirklich irgendwann einmal verraten, woher Ihr immer wisst . . .«

»Ich habe doch Ohren, oder?«, gab der ältere Mann zurück. »Die

Schritte eines jeden Menschen sind eigen wie seine Stimme. Deutlich zu hören ist genauso einfach wie deutlich zu sehen.«

Alduin schüttelte den Kopf. »Für manche Menschen vielleicht . . .«, sagte er grinsend.

Meister Calborth, der grauhaarige, aber immer noch sehr rüstige Falkenmeister von Nymath, der in einem hohen Stuhl neben der Werkbank unter einem Fenster kauerte, legte den Falknerhandschuh beiseite, an dem er gerade mit ledernem Faden nähte. Er wand sich um und sah Alduin mit seinen lebendigen blauen Augen fest an. »Dein Vater Cal hatte gute Ohren. Und du siehst ihm sehr ähnlich. Bis auf die Hautfarbe. Er war hellhäutiger trotz seines dunklen Haares.«

»Mein Vater . . .«, setzte Alduin an und stockte. Er zog sich einen Hocker heran und setzte sich neben den Meister. »Bitte, erzählt mir mehr von ihm. Woran erinnert Ihr Euch?«

Calborth schloss kurz die Augen, rieb sich das Kinn und zupfte an seinen beiden Bartzöpfen. Er schmunzelte. »Erinnere mich noch an den Tag, an dem er den Bund mit Krath schloss – oh, das muss schon dreiundzwanzig Frühlinge her sein. Davor war er ein sehr ernster junger Mann, fast ein wenig missmutig. Doch sein Falke hat ihn regelrecht verwandelt. Erinnere mich auch noch an sein Gesicht. Die Freude, die Begeisterung waren größer als bei den meisten. Er konnte es kaum fassen, dass ausgerechnet er auserwählt war.« Der Falkenmeister lächelte und fuhr fort. »›Meister Calborth, Meister Calborth!‹, rief Cal damals, hüpfte aufgeregt herum und führte uns allen seinen Falken vor. ›Sein Name ist Krath, sein Name ist Krath!‹«

Alduin hatte seinen Vater nie kennengelernt und es fiel ihm schwer, sich ein Bild von ihm zu machen. Doch da war etwas, was ihn tief in seinem Innersten mit ihm verband: Es war die Liebe zu den Falken; die Tatsache, dass auch er zu den Auserwählten zählte. Ein verständnisvolles Lächeln umspielte seine Lippen, ehe er versuchte, mehr zu erfahren: »Wie lange blieb er in Sanforan, nachdem er den Bund geschlossen hatte?«

»Hmmm, lass mich nachdenken.« Der Falkenmeister wog den Kopf. »Ja, ich erinnere mich. Es war nur sehr kurz. Er flog schon bald mit Krath lange, weite Strecken.« Dann holte er tief Luft: »Zu lange, fand ich. Deshalb habe ich ihm geraten, vorsichtiger zu sein. Man kann sich in seinem Falken leicht verlieren.«

Alduin nickte bedächtig. Er und Rihscha waren vor zwei Sommern über den Schwarzen Ozean geflogen und ihm war erstmals bewusst geworden, wie leicht man das eigene Ich über der Freiheit des Fliegens vergessen konnte. Es war eine unbändige Freiheit, die sich sehr schnell in eine Gefangenschaft verwandeln konnte.

Er schauderte bei dem Gedanken. Sosehr er Rihscha auch liebte, so wollte er doch die Menschen, die ihm am Herzen lagen, um keinen Preis vergessen oder gar verlieren.

»Bitte fahrt fort«, forderte er den Meister auf, begierig darauf, mehr zu erfahren.

Calborth räusperte sich. »Bestand kein Zweifel daran, dass dein Vater ein guter Falkner werden würde. Noch in jenem Sommer verließ er Sanforan, kehrte aber ab und an zurück. Er und Krath dienten als Boten in ganz Nymath. Nur wenige Falkner reisten so viel wie die beiden.« Er seufzte tief: »Doch dann – nach vier oder fünf Wintern, kam er nicht mehr zurück. Dachte mir, er würde wohl inzwischen eine Familie haben . . . war auch viel zu beschäftigt, damals. Dauernd gab es neue Lehrlinge, neue Ausbildungen und irgendwie hab ich ihn aus den Augen verloren.«

Der alte Mann holte tief Luft und ließ seinen Blick nachdenklich über die schwach beleuchtete Einrichtung der Bruthalle schweifen.

»Hab nie versucht, mehr herauszufinden. Es tat mir leid, als ich von deiner Mutter erfahren musste, dass . . .«, sagte er mitfühlend.

Alduin legte seine Hand auf Calborths Arm, zunächst sanft, dann drückte er fest zu. »Glaubt Ihr, Meister, er könnte noch am Leben sein?«, fragte er. »Irgendwo?«

Der alte Falkner musterte ihn voller Überraschung.« Wie kommst du darauf?«

»Es ist nur so ein Gefühl. Auch wenn ich ihn nie kennengelernt habe, steht er mir so nahe. Meine Mutter ... auch sie ist sich nicht sicher. Es ist bloß so eine Ahnung. Ich weiß nicht recht ... Wie kann ein Mann so einfach vom Erdboden verschwinden?«

Calborth nickte bedächtig. »Gewiss, es fällt schwer zu glauben, dass es einen Menschen plötzlich nicht mehr gibt, mit dem man einmal eng verbunden war. Aber es ist nicht das erste Mal, dass ein Bote von seinem Auftrag nicht mehr zurückgekehrt ist. Du weißt, dass es in Nymath Gebiete gibt, in die sich nur wenige wagen. Er könnte überall sein.«

»Lebendig?«, fragte Alduin.

»Oder tot«, gab Calborth zurück. Mit seinem Tonfall gab er zu verstehen, dass er das Gespräch nur ungern weiterführen wollte. Vielleicht war ihm auch bewusst geworden, dass er den Fragen hilflos gegenüberstand. So lenkte Alduin ab: »Ich glaube, ich gehe noch ein wenig spazieren«, meinte er und sprang auf.

Meister Calborth bedachte ihn mit einem erleichternden Lächeln, ehe er zustimmend nickte.

»Lauf nur, lauf nur zu, Junge.«

Alduin schlenderte die Hauptstraße entlang und ging durch das hölzerne Haupttor, vorbei an den Onur-Wächtern. Nach Norden in Richtung Lemrik wand sie sich als sanft gekrümmte Schneise durch die graugrünen Emmerfelder und zog dann einen Bogen nach rechts. Als er sich umblickte, konnte er nur noch die Dächer der Zitadelle und des Glockenturms im flimmernden Licht erkennen. Rechts und links von ihm ragten die Ähren hoch hinauf. In ein, zwei Monden würden sie reif zur Ernte sein.

Er rief Rihscha zu sich, der heranflog und sanft auf seiner Faust landete. Alduins Schritte wurden langsamer unter der trägen Hitze, und in seinen Ohren summte die fast unwirkliche Stille. Immer wieder musste er sich den Schweiß von der Stirn wischen.

Ein Schatten glitt über das Getreide. Doch es war nicht der hoffnungsvoll erwartete Vorbote eines aufziehenden Gewitters, vielmehr nur ein launenhafter Windstoß in der brütenden Sommerhitze.

Je länger Alduin die Straße entlangschlenderte, desto mehr nahm ihn ein merkwürdiges Gefühl gefangen. Es war, als träumte er. Die Straße, die Hitze, die Felder um ihn herum – alles schien so greifbar nah und doch nicht wirklich zu sein.

Schlagartig versteifte sich Rihscha. Unruhig schnellte der Kopf des Falken bald in die eine, bald in die andere Richtung und verlagerte dabei das Gewicht von den linken auf die rechten Krallen.

»Was hast du, Rihscha?«

Rihscha erstarrte für einen Moment, dann duckte er sich und erhob sich mit einem mächtigen Stoß in die Lüfte. Im gleichen Moment ging Alduin die Verbindung mit ihm ein und sah mit den Augen seines Falken. Er flog auf den Wald zu, unter seinen kräftigen Flügelschlägen zog das Emmerfeld wie ein goldener Teppich vorüber. Eine Schneise hatte seine Aufmerksamkeit erregt. Es sah fast so aus, als hätte ein großes Tier einen Pfad getrampelt, der inmitten des Feldes endete.

In weiten Kreisen segelte der Falke tiefer und verharrte in sicherer Entfernung, während Alduin zu erkunden versuchte, was dort halb verborgen zwischen dem Getreide lag. Was immer es auch sein mochte, es bewegte sich nicht.

*Halt Abstand*, forderte Alduin seinen Falken auf, *ich bin auf dem Weg*.

Alduin prägte sich die Stelle ein, dann brach er die Verbindung mit Rihscha ab, verließ die Straße und bahnte sich geduckt einen Weg durch das Getreide. Rihschas Rufe führten und warnten ihn zugleich.

Alduin hielt inne. Die summenden Geräusche der Insekten waren verstummt. Totenstille um ihn herum.

Wieder ergriff dieses seltsame Gefühl Besitz von ihm; es war, als wäre die Zeit stehen geblieben. Erst nach ein paar Herzschlägen kroch er vorsichtig weiter und versuchte angestrengt, im hohen Halmendickicht etwas zu erkennen.

Endlich lichtete sich der Emmer und gab den Blick frei auf ein dunkles Schattenbild am Boden. Alduin schlich weiter, bis ihn nur noch ein paar Schritte von seinem Ziel trennten. Erschrocken hielt er inne.

Mitten im Emmerfeld lag ein Mann auf dem Bauch, seine Arme ausgestreckt, als wollte er jemandem huldigen. Die Beine waren gespreizt, sein strähniges, langes schwarzes Haar und der verfilzte Bart fielen zur Seite. Die Kleidung, die wohl einmal schwarz, braun oder dunkelgrün gewesen sein mochte, war verblichen. Alduin nahm jede Einzelheit wahr. Er hatte das Gefühl, dass von dem Fremden keine Gefahr ausging. Wer immer es auch war und woher er auch gekommen sein mochte, so brauchte er doch offensichtlich sehr dringend Hilfe.

Der junge Falkner robbte sich weiter heran und kauerte sich neben den Fremden. Behutsam legte er eine Hand auf seine Schulter und schüttelte sie sanft.

»Herr . . . Herr . . . was ist Euch widerfahren? Könnt Ihr mich hören?«

Der Mann rührte sich nicht.

In diesem Moment landete Rihscha neben Alduin und stieß einen schwermütigen Schrei aus. Zu seiner Überraschung versuchte der Unbekannte mit aller Kraft, seinen Kopf dem Falken zuzuwenden. Als er für einen kurzen Moment die Augen aufschlug, erkannte Alduin in seinem Blick so etwas wie eine flehende Bitte. Ein raues Husten – fast wie ein Bellen – entrang sich seiner Kehle, ehe er wieder kraftlos in sich zusammensackte. Abermals stieß Rihscha einen Schrei aus. Doch diesmal blieb er regungslos am Boden liegen. Die Anstrengung schien seine letzte Kraft gekostet zu haben.

Alduin zog den Falknerhandschuh aus, griff nach dem kleinen Wasserbeutel an seinem Gürtel und benetzte die aufgesprungenen Lippen des Mannes, legte dann zögernd zwei Finger an seinen Hals und fühlte durch die Schlagader einen schwachen, aber doch steten Puls. Wenigstens war noch Leben in ihm, wenngleich auch nicht mehr sehr viel.

Der junge Falkner musterte den Fremden ratlos. Er schätzte ihn auf rund einundzwanzig Winter. Seine Hautfarbe und sein Körperbau ließen darauf schließen, dass er Raide war.

Entschlossen stand Alduin auf und sah seinen Falken an. »Rihscha, ich gehe und hole Hilfe«, sagte er. »Du bleibst hier und«, er stockte verunsichert, ». . . ich weiß auch nicht . . . behalt ihn einfach im Auge!«

Sofort schwang sich der Falke dicht an das Gesicht des Liegenden heran und fixierte ihn mit eindringlichem Blick.

Alduin bahnte sich einen Weg zurück durch das Feld zur Straße und lief mit schnellen Schritten auf die Stadt zu. Wieder und wieder nahm er Verbindung mit seinem Falken auf, doch das Gesicht des Fremden blieb regungslos.

Er erreichte keuchend das Stadttor, nickte dem einsamen Onur-Wächter zu und rannte weiter zur Zitadelle in Richtung Falknerei. Die Falkenhalle wirkte verlassen.

»Meister Calborth!«, rief er laut. »Meister Calborth!« Der alte Falkenmeister antwortete nicht. Zu seiner Überraschung waren Halle und Brutkammer unbeaufsichtigt. Alduin lief zum Gebäude schräg gegenüber. Doch weder in der Küche noch im Speisesaal konnte er jemanden finden.

»Wo sie bloß alle stecken?«, raunte er.

In diesem Augenblick hörte er etwas aus der Wäschekammer und ging dem Geräusch nach. Eine stämmige Kataurin faltete Betttücher zusammen und räumte sie in den Schrank zurück. Sie bemerkte Alduin nicht, als er in die Tür stolperte.

»Könnt Ihr mir bitte sagen, wo Meister Calborth ist?«, fragte er.

Die Frau wirbelte herum. »Du meine Güte, hast mich fast zu Tode erschreckt!«, rief sie. »Hätte fast einen Herzanfall bekommen!« Sie holte tief Luft und schlug die Hände vor ihrer kräftigen Brust zusammen. »Ich dachte, außer mir wäre niemand hier! Die wenigen, die in der Stadt geblieben sind, flüchten vor der Hitze. Das Beste, was sie tun können.«

»Tut mir leid, dass ich Euch so erschreckt habe«, entschuldigte sich Alduin. Aber es ist ein Notfall. Ich muss Meister Calborth finden!«

»Ein Notfall? Was meinst du damit?«

»Da ist ein Mann . . . er braucht dringend Hilfe . . . liegt draußen im Emmerfeld vor der Stadtmauer. Wo finde ich ein paar starke Männer und eine Trage? Wir müssen ihn so schnell wie möglich in die Stadt bringen!«

Die Wäscherin runzelte die Stirn. »Ein Mann sagst du? Im Feld?« Sie schüttelte den Kopf.

»Ja, doch!« Alduin trat von einem Bein auf das andere. »Er war bewusstlos, als ich ihn zurückgelassen habe.«

»Tja, keine Ahnung, wo der Meister ist.« Sie zuckte mit den Schultern. »Vielleicht solltest du zu den Kasernen der Katauren am Osttor laufen und dort Hilfe holen?«

Alduin nickte. »Gute Idee!« Gerade wollte er wieder loslaufen, als ihm noch einfiel: »Wenn Ihr Meister Calborth seht, richtet ihm bitte aus, dass er hier auf uns warten soll? Ich bringe den Mann zur Apotheke.«

Die Wäscherin nickte. Alduin rannte aus der Tür und folgte der Straße durch Sanforans elegantere Viertel. Unterwegs nahm er noch einmal Verbindung mit Rihscha auf. Der Zustand des Mannes war unverändert. Die reglosen Gesichtszüge wirkten bleich wie ein Leinentuch, der Körper lag starr im niedergedrückten Emmer.

Alduin erreichte die Kaserne, ein beeindruckendes Bauwerk in der Nähe des östlichen Stadttors. Normalerweise waren die Siedlungen der Katauren aus Holz, doch hier in Sanforan wurde nur mit Stein gebaut. Dabei war es den Handwerkern gelungen, in liebevoller Kleinarbeit Türen und Fenster mit gemeißelten Ornamenten, galoppierenden Pferden oder traditionellen Wappen zu verzieren.

Süßlicher Geruch von Heu stieg Alduin in die Nase, als er in den Innenhof der Kaserne zu den Stallungen einbog. Doch auch hier war alles menschenleer. Unschlüssig machte er am Brunnen Halt, als das Geräusch eines Reisigbesens aus der Stallgasse zu ihm drang. Er ging ihm nach und atmete auf, als ihn die kühle Dämmerung des Stalles umfing.

»Jemand da?«, rief er, noch bevor seine Augen sich an die Dunkelheit gewöhnt hatten. »Draußen vor dem Haupttor liegt ein verletzter Mann. Wir müssen ihn mit einer Trage in die Stadt bringen.«

Ein Knabe mit Besen in der Hand löste sich aus den Schatten.

»Am besten versuchst du es in der Haupthalle auf der anderen Seite des Hofs«, sagte er ungerührt. »Dort findest du vielleicht ein paar Soldaten.«

Alduin biss sich auf die Lippen. Verzweiflung und Verärgerung stiegen in ihm auf. Konnte es tatsächlich so schwierig sein, jemanden zu finden, der ihm helfen würde?

»Ein *paar* Soldaten? Wo sind sie denn alle?«

Der Junge zuckte nur mit den Schultern und fegte weiter. Alduin drehte sich abrupt um und rannte aus dem Stall. An der Tür der Haupthalle hielt er inne und klopfte an. Als niemand antwortete, entschied er für sich, dass ihm ein Notfall schließlich auch gewisse Sonderrechte einräumte, öffnete die schwere hölzerne Tür ohne weitere Umschweife und trat ein.

An einem großen Tisch in der Mitte des Raums saßen zwei Soldaten. Der eine schlief tief und fest mit dem Kopf auf der Tischplatte. Neben ihm lag eine leere Flasche, vergossener Rotwein schimmerte auf dem dunklen Holz. Der andere hatte sich mit schlaff zurückhängendem Kopf auf einem Stuhl ausgestreckt und schnarchte so laut, dass es sich wie ein fernes Donnergrollen anhörte. Beim Geruch des billigen, säuerlichen Weines drehte sich Alduin der Magen um.

»Entschuldigt mal«, setzte er mit kräftiger Stimme an und rüttelte den Schnarchenden, der – statt sich zu rühren – nur ein übel riechendes Grunzen ausprustete.

»Entschuldigt mal!«, wiederholte Alduin, diesmal erheblich lauter.

»Häh?« Der zweite Soldat sah schlaftrunken hoch.

»Ich brauche Hilfe«, sagte Alduin. »Dringend.« Mittlerweile gelang es ihm nur noch schwer, seine Verärgerung im Zaum zu halten.

Der Soldat setzte sich auf, zog verwundert die Augenbrauen hoch und gähnte lauthals. Dabei rieb er sich mit einer Hand den Bart, mit der anderen kratzte er sich den viel zu dicken Bauch.

»Jetzt gleich? Wobei denn? Wieso?«, fragte er unwillig und strich die Uniform glatt, als sei er sich plötzlich seines fragwürdigen Anblickes bewusst geworden, den er und sein Gefährte boten.

»Draußen im Emmerfeld liegt ein Mann, bewusstlos. Wir müssen ihn zur Apotheke bringen. Es ist ein Raide.«

»Aha!« Der Kataure verstummte kurz und kratzte sich wieder, diesmal am Rücken. »Wenn er ein Raide ist, solltest du . . .«

»Bei allen Göttern von Nymath!«, schrie Alduin. Er war mit seiner Geduld am Ende. »Wir haben keine Zeit zu verlieren. Während wir hier reden, könnte er seinen letzten Atemzug gemacht haben. In der Falkenhalle habe ich keinen finden können. Eine Wäscherin hat mich hierher zu Euch geschickt.«

Der Soldat grinste unerwartet. »Ach die gute Marla«, meinte er, wobei das Funkeln in seinen Augen darauf schließen ließ, dass er sie mehr als nur gut kannte. »Allzeit hilfsbereit, unsere Marla.«

»Was ist nun, werdet Ihr mir helfen?«, fragte Alduin ungeduldig.

Der dickere von den beiden erhob sich, stützte sich schlaftrunken auf die Tischkante und nickte ernst. »Ferl heiß ich«, stellte er sich vor. »Bring mir Wasser, Junge. Draußen vor der Tür steht der Eimer.«

Alduin lief sofort zur Regentonne und kam mit dem randvoll gefüllten Eimer zurück. Der Kataure hob ihn an die Lippen und trank so gierig, dass es rechts und links aus seinem Bart troff. Den Rest goss er mit einem Schwall über seinen tief schlafenden Gefährten.

Während sie gemeinsam durch die Stadt eilten, musterte Alduin die Soldaten von der Seite. Obwohl Cardol – der Name des zweiten – so unsanft geweckt worden war, wirkte er doch recht gelassen. Trotz aller Müdigkeit war er schnell im Einsatz gewesen. In Windeseile hatten er und sein Saufkumpan die Überreste ihrer Mahlzeit weggeräumt, zwei weitere Soldaten aufgetrieben, die ihre Stellung bezogen, einige Heilmittel in einem Bündel zusammengeschnürt und eine Trage herbeigeholt. Dann standen sie zackig wie zum Appell bereit. Vielleicht waren sie sogar froh über etwas Abwechslung vom eintönigen Alltag.

Als sie den Rand der Felder erreichten, hielt Alduin kurz inne, um noch einmal Verbindung mit Rihscha aufzunehmen. Der Falke schien sich nicht von der Stelle bewegt zu haben, die Augen immer noch starr auf die eingefallenen Züge des Mannes gerichtet. Über die scharfen Augen von Rihscha konnte sich Alduin jede Einzelheit einprägen. Obwohl er davon überzeugt war, das Gesicht noch nie zuvor gesehen zu haben, überkam ihn ein seltsames Gefühl der Vertrautheit.

»Also, wo liegt er nun, junger Mann?«, riss ihn Ferl aus der Verbindung mit seinem Falken.

Alduin schüttelte benommen den Kopf. »Dort im Emmer.« Er deutete nach rechts.

»Das ist doch wohl kein Dummer-Jungen-Streich von dir, oder?«

»Nein, gewiss nicht«, versicherte Alduin. »Bitte folgt mir. Es ist nicht mehr weit.«

Er kämmte sich durch die hohen Ähren hindurch, bis er auf den schmalen platt getretenen Pfad stieß.

»Hierher«, trieb er die Katauren an.

Schweigend stapften sie hinter ihm durch das Getreide, und binnen weniger Augenblicke hatten sie den Bewusstlosen erreicht.

Alduin kniete nieder und zog seinen Falknerhandschuh an, der auf dem Boden lag. Rihscha schwang sich elegant darauf und genoss die lobenden Worte seines Herrn.

»Du bist ein Falkner!«, rief Ferl und riss die Augen auf. Warum hast du das nicht gleich gesagt?«

Alduin schüttelte verständnislos den Kopf: »Was hätte das für einen Unterschied gemacht?«

»Na ja, sicher keinen«, erwiderte der andere Kataure grinsend und warf seinem Gefährten einen verheißungsvollen Blick zu.« Ein bescheidener Falkner! Aber so, wie's aussieht, kein reiner Raide. Hätte nie gedacht, dass mir so was mal begegnet!« Cardol brach in schallendes Gelächter aus. Doch bevor Alduin etwas sagen konnte, drehte Ferl sich wieder zu ihm um und meinte freundlich: »Du siehst nicht aus wie ein Stadtbursche, und das hier ist auch kein Ithilfalke. Du musst eine sonderbare Geschichte zu erzählen haben.«

»Aber nicht jetzt«, unterbrach Cardol. »Ich brauche hier Hilfe.« Er kniete sich neben den Unbekannten und öffnete die Tasche mit den Heilmitteln. Rasch holte er ein kleines Fläschchen aus ungeschliffenem Glas hervor, zog den Korkstöpsel heraus und schwenkte es vor der Nase des Bewusstlosen hin und her. Der beißende Geruch war so durchdringend, dass Alduin würgen musste. Cardol runzelte die Stirn. »Merkwürdig. Für gewöhnlich kann das einen Toten erwecken.« Kopfschüttelnd verstaute er das Fläschchen wieder. »Ferl, überprüf mal seine Beine, während ich mir die Arme vornehme.«

Schweigend machten die beiden sich an die Arbeit und tasteten den schlaffen Körper mit erfahrenen Griffen ab, die sie sich in jahrelanger Arbeit mit Reitern und Pferden erworben hatten.

»Scheint alles in Ordnung zu sein«. Cardol nickte zustimmend.

»Sehen wir uns noch mal seinen Rücken an.« Er schob das verfilzte Haar beiseite und versuchte, das ausgebleichte, geschnürte Unterhemd hochzuheben. »Ich vermute, er braucht ohnehin neue Kleidung, wenn er das hier übersteht«, murmelte er, griff den Stoff mit beiden Händen und riss das Hemd kurz entschlossen auseinander. Die Haut darunter war milchig weiß, ohne Anzeichen von Verletzungen.

»Drehen wir ihn doch einfach mal um. Vorsichtig, ganz vorsichtig«, warnte der Kataure.

Alduin beobachtete die beiden Soldaten mit Bewunderung. Überraschend sanft half Ferl seinem Freund, den Mann auf den Rücken zu legen.

Cardol tastete geschickt von den Rippen bis zum Schlüsselbein vor. Dabei fiel Alduin auf, dass seine Brust unbehaart war – ganz im Gegensatz zu dem starken Bartwuchs.

»Was immer ihm auch fehlen mag, es ist offenbar nicht auf Gewalt zurückzuführen«, schloss der Kataure. »Wäre er nicht bewusstlos, würde ich fast meinen, dass er nur in einen todesähnlichen Schlaf gefallen ist!«

»Verfrachten wir ihn am besten auf die Trage«, schlug Ferl vor. »Je schneller wir ihn in die Stadt schaffen, desto früher kann er ordentlich behandelt werden.«

»Ja, bloß wogegen behandeln, das ist hier die Frage«, meinte Cardol nachdenklich und packte den schweren Körper an den Füßen.

Ehe die beiden mit ihrer Last auf der Trage aufbrachen, hielt Cardol kurz inne und sah Alduin an. »Vielleicht sollten du und dein Falke den Weg absuchen, dem der arme Tropf gefolgt ist. Unter Umständen findet Ihr irgendeinen Hinweis.«

»Guter Gedanke! Bringt ihn am besten gleich in die Apotheke der Falkenhalle. Ich habe Marla schon gebeten, Meister Calborth vorzuwarnen. Ich komme nach.«

Cardol bedeutete Ferl mit einem leichten Ruck, sich mit der Trage in Bewegung zu setzen.

Alduin blickte den beiden noch einen kurzen Moment nach und schlug dann die andere Richtung ein.

»Rihscha, vielleicht kannst du aus der Luft etwas entdecken, während ich den Boden absuche.« Er ließ seinen Falken abheben.

Sorgfältig suchte der junge Falkner den Pfad der flach getrampelten Emmerhalme ab. Doch außer gebrochenen Rispen konnte er nichts entdecken.

Er ging auf den Wald zu, der unmittelbar an das Feld grenzte, und spähte in die graugrüne Dämmerung. Auf dem weichen Boden zwischen kräftigen Baumstämmen las er die eine oder andere Fährte wild lebender Tiere, doch nichts deutete auf menschliche Spuren hin. Ohnehin hätte er sie auch im Feld finden müssen, fiel ihm dann ein.

Er nahm Verbindung mit Rihscha auf, der rastlos über die Bäume glitt. Mit den Augen des Falken sah er die grünen, hochgewachsenen Wipfel unter seinen Schwingen, die in der Hitze flimmerten.

Aber auch hier war nichts Ungewöhnliches zu entdecken. Es schien ihm, als sei der Mann aus dem Nichts aufgetaucht.

Schließlich lenkte er Rihscha zur Falkenhalle, brach die Verbindung ab und rannte los, so schnell er konnte. Schweißgebadet holte er Ferl und Cardol ein, als die beiden gerade am Tor von dem Wächter befragt wurden.

»Das ist ja alles schön und gut«, sagte der Onur zu den aufgebrachten Katauren, »aber was ist, wenn er eine Krankheit mitschleppt, eine, mit der er die ganze Stadt ansteckt? Meine Großmutter hat mir mal von der Pest erzählt, die damals in . . .«

»Genug, guter Mann!«, schnitt Ferl ihm das Wort ab. »Kein Mensch ist in der Stadt bei dieser Hitze. Wir bringen ihn schnurstracks zur Apotheke in der Falkenhalle und lassen niemanden an ihn heran.«

»Aber was ist mit Euch? Ich wette, Ihr habt ihn sehr wohl berührt.«

»Jetzt hör mal gut zu«, raunte Ferl und baute sich bedrohlich vor dem misstrauischen Wächter auf. »Ich will nicht etwa behaupten, dass du falsch liegst. Womöglich bin ich selbst nur einen Fingerbreit vom Tod entfernt. Du könntest allerdings leicht der nächste sein, der dann an der Reihe ist.« Er machte einen Ansatz, ihn zu berühren. Erschrocken wich der Wächter einen großen Schritt zurück.

»Wir schaffen diese arme Seele jetzt zur Zitadelle, und du wirst uns nicht daran hindern. Es sei denn, du hast wirklich vor, dich mir in den Weg zu stellen!«

»Ich . . . ich . . .«, stammelte der Wächter. »Ich werde Euch melden! Dessen könnt Ihr Euch sicher sein!«

»Tu, was du nicht lassen kannst«, rief Ferl über die Schulter zurück, als er, Cardol und Alduin das Tor passierten und weiterliefen.

»Glaubt Ihr, er könnte tatsächlich eine ansteckende Krankheit haben?«, fragte der junge Falkner besorgt.

Der Kataure schüttelte entschieden den Kopf. »Er hat kein Fieber, und wie ich schon sagte, ich denke nicht, dass er wirklich krank ist.

Ihm fehlt etwas ganz anderes. Aber ich soll verdammt sein, wenn ich wüsste, was es ist. Es ist . . . unerklärlich.«

Alduin nickte nur, dann nahm er wieder Verbindung mit Rihscha auf.

»Rihscha hat Meister Calborth gefunden«, rief er erleichtert. »Ich laufe vor und berichte ihm.«

Der alte Falkner kam ihm mit schnellen Schritten entgegen. Auf seiner Faust saß Rihscha. »Alduin! Was ist geschehen?«, fragte er und zog seine Stirn kraus.

In hastigen Worten schilderte der junge Falkner die Ereignisse, während sie den beiden Katauren entgegenliefen.

Das Gesicht des Bewusstlosen auf der Bahre lag auf der Seite, teilweise verdeckt von seinem zerzausten Haar. Meister Calborth sah ihn prüfend an und wirkte sehr nachdenklich. Über seinem Gesicht breitete sich ein Schatten aus.

»Er ist Raide. Bringt ihn in die Apotheke.« Der Meister ließ den Fremden nicht aus den Augen. »Beeilt Euch. Hier geht etwas sehr Merkwürdiges vor sich.«

»Genau, was ich dachte«, pflichtete Cardol ihm mit leichter Befriedigung im Tonfall bei.

Wenig später legten die Männer den geheimnisvollen Fremden auf den hölzernen Tisch in der Mitte der Apotheke. Der Raum wirkte kühl und sachlich: In den Regalen rundum lagerten in steinernen Gefäßen und milchigen Fläschchen getrocknete Heilkräuter, Salben und Tinkturen, deren Duft die Luft durchdrang. Obwohl Meister Calborth kein Heiler war, so wusste er doch, was zu tun war. Mit geübtem Griff untersuchte er den schlaffen Körper. Doch auch er konnte nicht mehr herausfinden als Cardol und Ferl. Schließlich griff er nach den blassen Händen des Mannes und entdeckte aufschlussreiche Hinweise. »Er ist ein Raide und ein Falkner«, murmelte der Falkenmeister und nickte dabei bedächtig.

Dann strich er dem Fremden das verfilzte Haar zurück und band den Bart mit einem Lederriemen zusammen. Behutsam begann er, das Gesicht mit einem feuchten Tuch zu waschen, bis die blasse und durchscheinende Haut zum Vorschein kam.

Meister Calborth zögerte kurz, warf einen raschen Blick auf Alduin und murmelte etwas Unverständliches. Dann wandte er sich den Katauren zu. »Ich brauche eine Schere, mehr warmes Wasser und saubere Tücher.«

Cardol nickte und setzte sich in Bewegung.

»Und bittet Jungfer Marla, ein Bett vorzubereiten und ein paar frische Kleider mitzugeben«, rief der Falkenmeister hinterher. Ferl nickte und folgte seinem Gefährten.

Als der Falkenmeister mit Alduin und dem Fremden allein in der Apotheke war, blickte er den Jungen durchdringend an und legte eine Hand auf seine Schulter.

»Alduin«, begann er leise. »Ich weiß nicht recht, wie ich es dir beibringen soll . . . aber das hier . . .«, er führte Alduin zum Tisch, »das hier ist dein Vater . . .«

Erilea und Kariya lauerten mit schussbereiten Bögen im hohen Gras. Von der windabgewandten Seite aus beobachteten sie im Schutz der Bactibüsche eine Herde Burakrehe, die unbekümmert auf der Ebene grasten. Die Jägerinnen hatten sich für einen jungen Bock entschieden. Kariya gab Erilea ein Zeichen, sich noch etwas mehr von Westen heranzupirschen, um ihn aus sicherer Position erlegen zu können. Lautlos folgte Erilea der Anweisung ihrer Tante und robbte noch näher an das Tier heran. Ohne ihr Ziel aus den Augen zu verlieren, spannte sie den Bogen, bis sich die ganze Kraft auf ihre Muskeln übertrug, und gab den Pfeil frei. Als er davonschnellte, lenkte sie ein verschwommenes goldenes Etwas ab, das zwischen ihr und dem Bock aufblitzte. Sie konnte einen kurzen Aufschrei nicht unterdrücken und legte erschrocken die Hand auf den Mund. Im gleichen Moment hörte sie etwas Dumpfes aufschlagen. Die aufgeschreckte Herde sah für einen Bruchteil von Augenblicken zu ihr herüber, ehe sie von Panik ergriffen davonpreschte.

»Was im Namen Emos war das denn?«, fragte Kariya und lief zu ihrer Nichte.

»Ich weiß nicht, es kam wie aus dem Nichts.« Erilea hatte noch nicht zu Ende gesprochen, als ein klägliches Jaulen zu ihr drang.

»Hört sich an wie ein Kind!«, sagte sie. »Aber das kann nicht sein, oder?«

Kariya schüttelte den Kopf. »Nein. Vermutlich hast du eine Arekkatze erwischt. Sie hat wohl auch den Bock im Visier gehabt – eine Chance von eins zu einer Million – aber so etwas passiert eben!«

»Sie lebt noch . . . und sie leidet!«, rief Erilea mitfühlend. »Was machen wir jetzt?«

»Sie von ihren Schmerzen erlösen. Bleibt uns keine andere Wahl. Ist zwar nicht gerade das, was wir vorhatten. Aber das Fell kann unser Stamm gut gebrauchen, und das Fleisch lassen wir schmoren, bis es zart wird.«

Kariya ging voran. Erilea folgte ihr nur zögernd. Sie fanden das verletzte Tier im niedrigen Gras. Das Licht der Sonne brach sich im goldfarbenen Fell. Das Winseln der Raubkatze ging in ein bedrohliches Knurren über, als die beiden Wunand vor ihr standen.

Der Pfeil war tief in die Brust eingedrungen und schmerzte offensichtlich mit jedem Atemzug. Als Kariya ihr Jagdmesser aus der Scheide zog, zuckte Erilea mitfühlend zusammen.

»Sie ist so wunderschön«, flüsterte sie. Das Tier brachte seine allerletzte Kraft auf, ihr den Kopf zuzuwenden. In seinen Augen lag etwas Ergreifendes. Gerade noch waren sie voller Leidenschaft, voller gebündelter Wachsamkeit gewesen. Jetzt wirkten sie glasig – wenngleich noch ein letzter Funke darin glomm, der Erilea in ihrem Innersten berührte.

Die Arekkatze hatte noch nicht aufgegeben. Sie konnte überleben, wenn sie eine Chance bekäme. Kariya und Erilea – die beiden waren es, die nun darüber entscheiden mussten: das Tier auf der Stelle zu töten oder es zu verschonen.

Ein unerklärliches Gefühl machte sich in der jungen Wunand-Amazone breit. Sie wusste, dass es nahezu aussichtslos war, die Wildkatze zu retten, und doch drängte alles in ihr danach, es zu wagen.

Kariya ging entschlossen einen Schritt vor und hob ihr Messer.

»Halt!«, rief Erilea.

Ihre Tante warf ihr einen fragenden Blick zu, hielt aber im gleichen Moment inne.

»Wir sollten sie so rasch wie möglich erlösen«, sagte sie.

»Du hast recht«, pflichtete Erilea ihr bei. »Und doch bitte ich dich, es nicht zu tun. Ich weiß nicht, warum. Sieh nur ihren Blick!«

Kariyas Augen weiteten sich. Sie war überrascht über die Reaktion ihrer Nichte und spürte, wie ernst es ihr war.

Den zweiten Sommer hatten die beiden nun schon miteinander verbracht und zwischen ihnen war eine enge Verbindung gewachsen. Kariya vertraute ihr.

Sie ließ das Messer sinken und sah ihre Nichte nachdenklich an. Es dauerte nicht lange, bis sie einen Entschluss gefasst zu haben schien. »In unserem Unterschlupf habe ich Jatamansi und Dökblätter«, sagte sie kurzerhand. »Behalte das Messer in der Hand und rühr dich nicht von der Stelle. Wenn sie dich angreifen sollte, stich zu. Ich bin gleich zurück.«

Erilea nickte und beobachtete, wie Kariya mit den sicheren Bewegungen einer geübten Jägerin auf die entfernte Baumgruppe zulief.

Mit überkreuzten Beinen kauerte die junge Wunand-Amazone ein Stück weit weg von der Raubkatze. Ihre Augen hafteten auf dem Pfeil, der sich mit jedem Atemzug zitternd hob und senkte. Sie litt mit dem Tier und wollte so gerne etwas tun, seinen Schmerz zu lindern. Doch sie fühlte sich hilflos. Das Wimmern war leiser geworden. Zu ihrer eigenen Überraschung begann sie zu singen. Sie lächelte in sich hinein, als ihr bewusst wurde, dass es die Melodie eines uralten Wiegenliedes ihres Stammes war.

Der Atem der Arekkatze wurde flacher, und doch löste ihr Blick sich nicht von Erilea. Als würde eine innere Stimme zu ihr sprechen, kroch das junge Mädchen auf das Tier zu, streckte behutsam eine Hand aus und strich über das goldene Fell. Die Raubkatze gab einen mitleiderregenden Laut von sich – eine Mischung aus Knurren und Seufzen, doch Erilea empfand keine Furcht.

»Ich werde dir helfen«, flüsterte sie und spürte, wie ihr Tränen in die Augen traten. »Vertrau mir nur, ich werde dir helfen. Ganz gewiss.«

Die Arekkatze war männlich und wohl noch sehr jung. Sie hatte die Blüte des Lebens noch nicht erreicht. Ihr Fell fühlte sich unter Erileas Fingern weich wie Seide an und es überdeckte die Muskeln, die gewaltige Kräfte erahnen ließen.« Es tut mir so leid«, flüsterte sie. »Ich . . .«

»Erilea, sei vorsichtig!«

Kariya war so lautlos zurückgekehrt, wie sie aufgebrochen war. Sie trug einen Lederbeutel mit Salben und Heilmitteln bei sich und legte ihn neben einen der Büsche auf den Boden. Erilea beobachtete interessiert, wie Kariya den Wachspfropfen aus einer braunen Flasche zog und ein Tuch mit einer blutroten Flüssigkeit tränkte. Sie reichte es dem jungen Mädchen.

»Halte es dem Tier vorsichtig vor die Nase. Es wird die Jatamansi-Dämpfe einatmen. Ich bin mir zwar nicht sicher, wie viel wir davon brauchen, aber mit etwas Glück reicht das hier zur Betäubung aus.«

Das Tier ließ die Behandlung über sich ergehen und schien Erilea aus unerfindlichem Grund zu vertrauen. Die Lider der Wildkatze senkten sich langsam, und schon sehr schnell schlief sie ein.

Als sich die beiden Wunand-Amazonen davon überzeugt hatten, dass sie keinen Schmerz mehr verspüren würde, versuchte Kariya, den Pfeil behutsam aus der Flanke zu ziehen.

Erilea hielt den Atem an. Die Waffe hatte offensichtlich kein lebenswichtiges Organ verletzt, und die Blutung war nicht so stark, wie sie befürchtet hatten. Ihre Tante bestrich die Wunde dick mit Wolfsfußsalbe und bedeckte sie anschließend mit Dökblättern. Schließlich sah sie zu Erilea auf.

»Sieht so aus, als hättest du recht. Das Tier hat eine Chance zu überleben.«

»Aber es muss eine Weile versorgt werden, oder?«, fragte Erilea.

»Was meinst du damit? Du willst es doch nicht etwa zum Stamm bringen?« Kariya runzelte verständnislos die Stirn.

»Aber . . .«, setzte sie an, »wir müssen dafür sorgen, dass die Blätter auf der Wunde haften bleiben. Und – sie müssen regelmäßig gewechselt werden.«

Kariya musterte ihre Nichte nachdenklich.« Wir könnten das Tier zu unserem Versteck tragen. Und wenn es dann eines Tages das Weite sucht, wäre das nur ein Zeichen dafür, dass es alles überstanden hat.«

»Aber bis es wieder zu Kräften kommt, ist es in Gefahr. Ein anderes Tier könnte es angreifen. Wir wissen nicht, wie das Revier abgesteckt ist«, rief Erilea besorgt und schüttelte den Kopf. »Nein, ich bleibe hier bei ihm. Ich will es als Teil meines *Parnas* betrachten.«

Kariya sah sie erstaunt an, doch Erilea hielt ihrem Blick trotzig stand. Nachdem sie ihre Ausbildung beendet hatte, war sie in das Alter gekommen, die Suche nach ihrer Bestimmung, ihrem *Parna,* aufzunehmen. Zu den Aufgaben der Selbstfindung zählte auch, eine Zeit lang alleine in der Wildnis zu überleben, zu fasten und Zwiesprache mit Emo zu halten, um Weisheit und Geleit für die Zukunft zu finden. Viele der zahlreichen Wunand-Stämme hielten sich längst nicht mehr an diese Tradition, wohl aber der Stamm, in dem Erilea aufwuchs. Sie fühlte, dass es ihr bestimmt war, das Tier in der Wildnis zu versorgen, und sah darin eine ungewöhnliche Herausforderung.

Kariya wirkte nachdenklich und nickte bedächtig. Sie konnte sich gut in Erilea hineinversetzen. »Ein ungewöhnlicher Gedanke. Aber vielleicht sogar ein guter«, sagte sie. »Du könntest für den Unterschlupf einen Ort hier in der Nähe suchen, das Tier bewachen und versorgen.« Sie schwieg einen Moment lang. »Aber zuerst wollen wir zum Stamm zurückkehren. Der Segen der Ältesten muss entscheiden.«

Erilea nickte. »Ich bin sicher, sie werden meinem Wunsch entsprechen.«

Sie legte ihren langen, aus Lederbändern geflochtenen Gürtel ab. »Damit können wir die Dökblätter festbinden«, sagte sie voller Tatendrang. »Hilfst du mir dabei?«

Ihre Tante beugte sich zu dem Tier, griff in das Fell und hob es an. Erilea schob den Gürtel darunter und verknotete die beiden Enden miteinander. Die Raubkatze keuchte schmerzerfüllt. »Wie bringen wir das Tier von hier weg?«, murmelte Karya bei sich.

»Wir werden Hilfe brauchen. Alleine schaffen wir das nie und nimmer. Wie wäre es, wenn du ohne mich zur Siedlung gehst und die Ältesten um den Segen bittest? Du könntest dann mit ein paar Männern zurückkehren. Ich halte hier in der Zwischenzeit Wache.«

Erilea schenkte ihrer Tante ein dankbares Lächeln, hob die Finger an die Stirn und verneigte sich leicht.

## 2

Alduin taumelte ein paar Schritte und keuchte nach Luft. Sein Blick war starr auf die reglose Gestalt gerichtet, die auf dem Tisch vor ihm lag. »Mein . . . mein Vater?«, brachte er schließlich hervor und versuchte dabei, seine Stimme zu dämpfen. »Das ist nicht möglich! Er ist viel zu jung dafür.«

»Ich sagte doch, dass ich es dir nicht erklären kann«, gab Calborth zurück. »Das ist ohne Zweifel Cal – Falkner von Nymath seit . . . rund zwanzig . . .« Er unterbrach sich selbst, da alles, was er sagen wollte, so unglaubwürdig klingen würde.

»Aber warum . . .? Wie kann das sein?«, stammelte Alduin.

»Ich weiß keine Antwort darauf. Denke, wir sollten das vorläufig für uns behalten. Später bleibt noch genug Zeit zu entscheiden, was zu tun ist.« Der alte Mann legte eine Hand auf Alduins Schulter. »Vertrau mir, Junge.«

Alduin nickte. Er konnte nicht sprechen, nicht in diesem Moment. Leise zog er sich in einen Winkel der Apotheke zurück und beobachtete, wie Meister Calborth damit fortfuhr, das Gesicht des Mannes – seines Vaters – zu waschen.

Es polterte an der Tür. Cardol kam mit zwei Eimern voll warmem Wasser und einer Schere zurück – hinter ihm Ferl mit einem Stapel Handtücher, einer Hose und einem Hemd. Die drei machten sich nun daran, Cals Körper gründlich zu waschen, nachdem sie das verfilzte Haar und seinen Bart erst einmal grob geschnitten, dann ordentlich gestutzt hatten. Von den starren Lippen des Bewusstlosen drang kein Laut, in seine reglosen Züge trat keine Veränderung, während sie ihn aus dem Rest der verschlissenen Kleider schälten und ihn bald hierhin, bald dorthin drehten, bis er sauber und wieder angekleidet dalag.

Alduin betrachtete sein Spiegelbild in einem der Wassereimer, doch sosehr er sich auch bemühte, fiel es ihm doch schwer, Ähnlichkeiten zwischen ihm und diesem Mann auf dem Tisch zu entdecken. Er schüttelte den Kopf. Vielleicht irrte sich Meister Calborth? Vielleicht hatte Cal einen jüngeren Bruder oder Vetter gehabt? So viele Lehrlinge durchliefen die Ausbildung in der Falkenhalle, dass er sich gewiss nicht mehr an alle erinnern konnte.

Endlich war die Arbeit vollbracht. Ferl und Cardol hoben Cal zurück auf die Bahre und trugen ihn in das Zimmer, das Marla gerichtet hatte. Alduin blieb allein mit Meister Calborth zurück.

»Meine Mutter könnte es mit Gewissheit sagen«, meinte Alduin. Er merkte, wie seine Stimme zitterte. Er fühlte sich so unsicher wie damals, als er vor zwei Frühlingen zum ersten Mal in die Falkenhalle gekommen war. »Vielleicht sollte ich sie holen.«

Meister Calborth ließ sich Zeit mit seiner Antwort. In Gedanken versunken, räumte er die schmutzigen Lappen weg und sammelte die Haarsträhnen auf. Erst als der Tisch wieder sauber war, wandte er sich Alduin zu und nickte mit ernster Miene. »Wo hält sich Aranthia gerade auf?«

»Sie wollte mit Bardelph den Sommer über in der Hütte am Mangipohr verbringen. In der Stadt gibt es während der heißen Tage wenig Arbeit für sie, und meine Mutter liebt die Ruhe dort.«

Meister Calborth nickte wieder. Dann ging er einen Schritt auf den Tisch zu. »Vielleicht ist sie tatsächlich die Einzige, die ihm noch helfen kann.«

Alduin sah ihn fragend an. »Ihr meint, weil sie Heilerin ist? Es gibt doch so viele Heiler in Saforan. Warum ausgerechnet sie?«

Der Falkenmeister wiegte bedächtig den Kopf. »Deine Mutter weiß weit mehr als die gewöhnlichen Heiler hier in der Stadt. Aber was noch viel wichtiger ist . . .« Er brach ab.

»Was meint Ihr mit Euren Worten, Meister Calborth?«, drängte Alduin. »Warum kann nur sie ihm helfen?«

Meister Calborth blickte ihn eindringlich an. »Um die Wahrheit zu sagen: Ich denke, Cal ist im Bund mit seinem Falken Krath gefangen und hat sich irgendwo verirrt. Vielleicht gelingt es Aranthia, ihn zurückzurufen. Du weißt noch, damals . . .«

Alduin wusste sofort, was der Falkner meinte. Blitzartig kehrte die Erinnerung an seinen ersten Flug mit Rihscha zurück. Er war zusammengebrochen und hatte sich in einer Zwischenwelt verloren. Nur seiner Mutter war es gelungen, ihn wieder zurückzuholen.

Unwillkürlich schüttelte er den Kopf. Die Gedanken an den Tod, dem er so nahe gewesen war, wollte er ganz schnell wieder verdrängen. Andererseits – vielleicht hatte der Falkenmeister recht mit dem, was er sagte. Ein eiskalter Schauder jagte ihm über den Rücken.

»Aber wo ist dann Krath?«, wollte Alduin wissen.

Der alte Raide seufzte. Erschöpfung zeichnete sich in seinen Zügen ab. »Ich wünschte, ich wüsste es.« Die Stimme des Meisters klang sehr ernst. »Bei alledem habe ich ein ganz seltsames Gefühl. Gefällt mir ganz und gar nicht.«

Alduin schwieg eine Weile und versuchte, seine Gedanken zu ordnen. »Mir auch nicht«, sagte er schließlich kurz entschlossen. »Aber ich bin sicher, es gibt eine Erklärung und auch eine Lösung.

Aranthia wird uns helfen. Ich packe schnell ein paar Sachen zusammen und breche gleich auf zur Hütte meiner Mutter. Das heißt, falls Ihr es mir gestattet.«

Calborth bedachte ihn mit einem Lächeln.« Du bist nicht mehr mein Lehrling, Alduin. Du bist jetzt ausgebildeter Falkner von Nymath. Brauchst keine Erlaubnis mehr. Von niemandem. Aber ich halte deine Entscheidung für sehr weise. Reise, so schnell du kannst. Vielleicht können die beiden Katauren dir helfen. Aber zuerst komm mit.«

Der Falkenmeister führte ihn zu einer der kleinen Kammern im Eingangsbereich der Falkenhalle, in der die Jagdausrüstungen aufbewahrt wurden. Er begann, in einer Ecke zu stöbern, als suche er nach etwas ganz Bestimmtem. »Da ist er ja«, freute er sich schließlich und drehte sich zu Alduin um. »Das war der erste Bogen deines Vaters. Er hat ihn mit seinen eigenen Händen geschnitzt. Doch nach ein paar Jahren wurde er zu klein für ihn. Für dich dürfte er noch eine Weile gute Dienste tun.«

Der gekrümmte Bogen war von schlichter Machart, dennoch sah Alduin auf den ersten Blick, dass sich jemand mit der Verarbeitung viel Mühe gegeben hatte. Das Eibenholz war liebevoll mit einem Federmuster verziert, das über den ganzen Bogen verlief – der Griff in der Mitte aus einem kräftigen Stück Leder, vernäht mit einem Riemen. Dazu reichte der Meister Alduin einen Köcher. Zu seiner Überraschung erkannte er darauf das eingravierte Muster seines Falknerhandschuhs: den fliegenden Falken. Während er die Waffe in der Hand wog, suchte Calborth ein Dutzend Pfeile zusammen.

»Gewiss hast du deine eigenen Pfeile, aber hier sind noch ein paar mehr«, meinte er und steckte sie in den Köcher.

Alduin schulterte die Ausrüstung und verneigte sich ehrfürchtig vor seinem Meister mit den Händen auf der Brust. Nach einem Augenblick des Zögerns trat er einen Schritt vor und umarmte den alten Mann innig.

»Auf Wiedersehen, Meister Calborth. Wohin der Weg mich auch

immer führen wird, Euer guter Rat wird mich stets begleiten. Möge Gilian über Euch wachen.«

Alduin brauchte nicht lange, um die wenigen Habseligkeiten in ein Bündel zu schnüren, und machte sich gleich auf die Suche nach den beiden Katauren.

Die Soldaten hatten Cal in ein kleines Schlafzimmer im ersten Stockwerk getragen. Die Einrichtung war schlicht, doch der Ausblick atemberaubend. Das Dach der gegenüberliegenden Falkenhalle leuchtete im Licht der untergehenden Sonne. Alduin schien es fast wie Hohn, dass ausgerechnet der Mann, der sein Vater sein sollte, all diese Pracht nicht sehen konnte.

Ferl und Cardol standen an die Tür gelehnt, unschlüssig, was nun weiter zu tun war. Die Wäscherin Marla war es, die den reglosen Körper mit einem Leinentuch zudeckte. Alduins Gefühle schwankten zwischen freudiger Erregung und Fassungslosigkeit, sie zerrten an seinem Herzen und schnürten ihm schier die Luft ab.

Schließlich drehte Marla sich um. »Ihr steht hier nur im Weg herum«, keifte sie und scheuchte alle mit einer Handbewegung hinaus. »Ich bleibe hier und werde regelmäßig nachsehen, ob sich sein Zustand bessert. Ihr Jungs könnt euch also getrost wieder an eure Arbeit machen.«

Die beiden Soldaten grinsten: Es war lange her, dass sie jemand *Jungs* nannte.

»Ob wir uns wohl irgendwie stärken könnten, bevor wir gehen?«, fragte Ferl vorsichtig. »Es war eine ziemlich anstrengende Arbeit.«

»Meint ihr etwa mit Bactisaft, mit ungesäuerten Pfannkuchen und Käse?«, wollte Marla belustigt wissen.

»Na, ich hatte eigentlich an etwas anderes gedacht«, entgegnete Ferl augenzwinkernd. »Etwas, das einen Mann richtig stärkt.«

Marla lachte gutmütig und winkte ihnen, ihr über die Treppe nach unten zu folgen. »Darf ich Euch noch um etwas Proviant bitten? – Irgendetwas, das Ihr erübrigen könnt?«, fragte Alduin die Frau in der Küche. »Ich muss gleich aufbrechen.«

»Wohin willst du denn, Junge?«, fragte ihn Cardol neugierig.

»Nach Norden. Ich muss meine Mutter nach Sanforan holen. Sie wird wissen . . .«, setzte er an und stockte, als er sich plötzlich in Erinnerung rief, dass nur er und Meister Calborth den eigentlichen Grund seiner geplanten Reise kannten. »Sie ist eine sehr gute Heilerin. Vielleicht kann sie dem Fremden helfen.«

»Wo lebt sie?«

»In einer kleinen Hütte am Mangipohr, westlich von Lemrik.«

»Das ist aber eine lange Reise. Warum lässt der Falkenmeister keinen Heiler aus der Stadt kommen?«

Alduin schüttelte den Kopf. »Meine Mutter . . . sie hat eine ganz besondere . . .« Er brach wieder ab, unsicher, wie viel er sagen durfte. Doch zu seiner großen Erleichterung schien Cardol nicht mehr über sie wissen zu wollen. »Dein Falke kann zweifellos schnell fliegen, aber du wirst mindestens zwei, drei Tagesmärsche brauchen«, sagte er und fragte: »Kannst du eigentlich reiten?«

»Mehr oder weniger«, antwortete Alduin. »Ich habe kein eigenes Pferd, daher fehlt mir die Übung. Bisher bin ich nur mit der Pferdekutsche durch Nymath gereist. So kam ich immer schnell voran.«

Sie setzten sich an den großen Küchentisch, während Marla dicke Brotscheiben schnitt. Die polierte Eichenholzfläche erzählte unzählige Geschichten. So legten Brandmale Zeugnis von großen, viel zu heißen Pfannen ab, Saftflecken erinnerten an die herbstliche Beerenernte und Kratzspuren an die Versuche, Runen in das harte Holz zu schnitzen. Alduin ertappte sich dabei, von Zeiten zu träumen, die er nie gekannt hatte. Das unheimliche Gefühl, diesen Augenblick schon einmal erlebt zu haben, strich über ihn hinweg.

Marla deckte den Tisch, schob schwungvoll Teller und Becher vor ihn und riss ihn so aus seinen Tagträumen. Sie hatte ihm Bactisaft eingeschenkt, den Männern etwas Met. Schweigend fielen sie über das einfache Mahl her, dann meldete sich Cardol wieder zu Wort.

»Ich glaube, wir haben unten in den Ställen eine junge Stute, der es nicht schaden könnte, sich ein wenig die Beine zu vertreten.«

Überrascht sah ihn Alduin an. »Wie meint Ihr das? Wollt Ihr mich etwa begleiten?«

Cardol nickte verschmitzt. »Für mich stehen sieben Tage Urlaub an, es täte mir gut, mal aus der Kaserne rauszukommen. Mein Pferd Nachteule wäre dafür gewiss ebenso dankbar.«

Alduin konnte sein Glück kaum fassen. Zusammen mit dem Katauren und den beiden Pferden würden sie die Strecke in weniger als der Hälfte der Zeit zurücklegen können. Ohne zu zögern, streckte er ihm die Hand entgegen, um die Vereinbarung zu besiegeln. »Abgemacht«, sagte er. »Wir reiten.«

Der Kataure erwiderte den festen Druck und erhob sich.

»Dann hätten wir das ja geklärt. Ich gehe runter zu den Ställen und mache die Pferde fertig. Wir sehen uns dort, sobald du bereit bist.«

Ferl hatte keinen Gedanken darauf verwendet, seine Begleitung anzubieten. Nachdem er seinen Becher Met geleert hatte, wischte er sich den Mund mit dem Handrücken ab und wollte gerade gemütlich die Beine ausstrecken. Doch Cardol gab ihm einen Wink. »Je früher wir unseren Bericht abliefern, desto besser. Ich hab keine Lust, die ganze Schreibarbeit allein zu machen. Los, nimm schon deine Beine in die Hand.«

»Äh . . . hmmm . . . ich dachte, ich helfe Marla beim Aufräumen«, versuchte er sich herauszureden. Es widerstrebte ihm offensichtlich, die behagliche Küche und die gastfreundliche Marla verlassen zu müssen.

»Oh nein, das wirst du nicht!«, riefen Cardol und Marla gemeinsam wie aus einem Mund. Alle brachen in schallendes Gelächter aus.

»Hab keine Lust darauf, dass du meine Küche in ein Chaos verwandelst«, wehrte sie ab, nachdem sie sich wieder beruhigt hatte. »Ihr seid lange genug hier gewesen. Raus jetzt, raus mit euch allen!«

Sie reichte Alduin einen kleinen Leinensack mit Proviant, den sie für seine Reise gepackt hatte. »Ein paar Äpfel, Käse, Wurst und Brot für dich«, sagte sie. »Und Gute Reise! Komm gesund zurück.«

»Danke, das werde ich bestimmt«, antwortete der junge Falkner und dankte es ihr mit einem Lächeln.

Alduin verstaute den Proviant in seinem Beutel, holte Rihscha und lief zu den Kasernen der Katauren. Die drückende Mittagshitze hatte längst nachgelassen, die Sonne würde bald untergehen. Dennoch blieb ihnen eine ganze Weile, bis das Tageslicht der Dämmerung weichen würde. Alduin konnte es kaum erwarten aufzubrechen, doch Cardols Vorbereitungen nahmen weitaus mehr Zeit in Anspruch, als er es erwartet hätte.

Da sie aber schließlich zu Pferd wesentlich schneller vorankommen würden, versuchte er, seine Ungeduld zu zügeln. Er setzte sich auf den Hof und wartete.

Mittlerweile hatte sich die Luft etwas abgekühlt. Um ihn herum herrschte reges Treiben. Reiter waren aus dem Norden eingetroffen. Ihre Pferde mussten getränkt, abgesattelt und trocken gerieben werden. Das Klappern der Hufeisen auf dem Kopfsteinpflaster, das Klirren von Geschirren, die Wortfetzen, die Alduin aufschnappte und die Befehle, die den Stallburschen lauthals erteilt wurden – all das vermengte sich zu einem lautstarken Tumult, der Alduin weitaus besser gefiel als seinem Falken. Rischa erhob sich in die Luft und fand einen ruhigen Platz auf dem Dachfirst.

Alduin hatte wenig Erfahrung im Umgang mit Pferden, und die Tiere der Katauren waren so viel eindrucksvoller als alles, was er bisher gesehen hatte. Er war immer noch von dem munteren Geschehen gefesselt, als Cardol mit zwei gesattelten Pferden am Zügel über den Hof kam: einem prächtigen schwarzen Hengst und eine grau-weiß-schwarz gestrichelten Stute.

»Komm her, Junge, damit ich euch miteinander bekannt machen kann«, rief Cardol dem Falkner zu. »Und weil wir gerade davon reden, wie heißt du eigentlich? Bei all der Aufregung sind wir gar nicht dazu gekommen . . .«

»Alduin, ich heiße Alduin», platzte es aus ihm heraus.

Aus dem Gesicht des Katauren sprach Überraschung.

»Dann bist du also der junge Falkner, der die Nebelsängerin gerettet hat«, sagte er. »Ich habe von deinen Heldentaten gehört, als ich auf Patrouille war. Und ich weiß auch von deiner besonderen Gabe, dass du dich auch mit anderen Falken verbinden kannst – nicht nur mit deinem eigenen.« Er schmunzelte: »Welch eine Ehre, in solch erlauchter Gesellschaft reisen zu dürfen. Ich hatte mir eigentlich einen unbeschwerten Sommerausritt vorgestellt, doch vermutlich wird er in einem Abenteuer enden.«

Alduin blickte verlegen drein und wusste nicht so recht eine Antwort darauf.

»Ich war nicht allein. Ich hatte jede Menge Unterstützung. Und Rihscha ist der eigentliche Held«, brachte er schließlich hervor, als Cardol ihm die Zügel der Stute in die Hand drückte. Alduin streckte die Hand aus und streichelte ihre Nüstern.« Und das ist vermutlich Nachteule«, meinte er, um abzulenken. »Nacht ist eine Anspielung auf die Farbe, habe ich recht? Aber warum gerade Eule?«

»Weil seine Geburt mich die ganze Nacht auf den Beinen gehalten hat, und ich schwöre, dass eine Eule gerufen hat, als dieser Bursche sich endlich entschloss, die Augen zu öffnen.«

Der schwarze Hengst warf den Kopf zurück und bedachte Cardol mit geringschätzigem Blick. »Der Bursche ist ziemlich von sich eingenommen«, sagte Cardol, kicherte und tätschelte den Hals des Pferdes. »Meine Erklärung scheint ihm nicht sonderlich zu gefallen, trotzdem – es ist die Wahrheit.«

Nachteule schnaubte.

»Und das?«, Alduin zeigte auf die Stute und klopfte ihr den Hals.« Wer ist das?«

»Das ist Fëa Lómë. Den Großteil ihrer drei Winter hat sie oben in der Nähe von Wilderwil verbracht. Sie dürfte es kaum erwarten können, endlich aus der Stadt rauszukommen.«

»Und hat ihr Name auch eine Bedeutung?«, wollte Alduin wissen.

»Ja, das hat er: Er bedeutet Geist der Abenddämmerung«, antwortete Cardol. »Wenn sie quirlig ist, nenne ich sie einfach nur Fëa, wenn sie zahm und ruhig ist, Lómë.«

Alduin lachte. Der Name passte wirklich gut zu der Stute. Kopf, Mähne, Schweif und Fesseln waren dunkelgrau, der Rest des Körpers weiß und grau meliert. Es sah so aus, als trüge sie von den Ohren bis hinunter zu den Sprunggelenken ein schimmerndes Gewand. Trotz ihrer Größe wirkte sie ausgesprochen anmutig, und Alduin fühlte sich auf Anhieb mit dem Tier verbunden.

»Kommt sie mit einem unerfahrenen Reiter zurecht?«, fragte er unsicher und streichelte ihren Hals.

»Erfahrung ist weit weniger wichtig als Selbstvertrauen«, entgegnete Cardol. »Sie muss nur spüren, wer das Sagen hat. Aber keine Sorge, wir werden es langsam angehen, damit ihr Zeit habt, euch aneinander zu gewöhnen.«

»Wird sie sich vor Rihscha fürchten?«, fragte Alduin.

»Ruf ihn einfach herunter und probier's doch mal aus. Ich bezweifle, dass diese Pferde Panik kennen. Sie werden für weit gefährlichere Einsätze ausgebildet.«

Alduin hob die Faust und rief Rihscha herbei. Der Falke zögerte kurz, dann stürzte er herab und kauerte sich mit einem besitzergreifenden Ruf auf den Lederhandschuh. Fëa Lómë ließ die Aktion unbeeindruckt. Ihr war viel eher daran gelegen, Cardols Arm zu stupsen, damit er endlich den Apfel rausrückte, den sie in seiner Tasche witterte.

»Siehst du? Sie scheint sich nicht an Rihscha zu stören«, beruhigte ihn Cardol, während die Stute genüsslich den Apfel kaute. »Was dein Falke wohl davon hält, sich auf den Sattelknauf zu hocken?«

Alduin setzte den Falken behutsam darauf, doch das Stück Leder war zu kurz, um sich festzukrallen. So hopste der Vogel auf den Widerrist der Stute und machte es sich dort bequem. Fëa Lómë scharrte mit einem Huf und schüttelte den Kopf, doch gleich darauf beruhigte sie sich wieder.

»Scheint, als würde es klappen«, meinte Cardol und reichte Alduin nun auch die Zügel von Nachteule. »Wir brechen gleich auf. Warte nur kurz, ich will mich noch bei meinem Befehlshaber abmelden.«

Allein gelassen, umfing Alduin ein übermächtiges Gefühl von Stolz und freudiger Erregung.

So viel war heute geschehen, so viel Unglaubliches, dass es ihm schwerfiel, all das zu begreifen. Noch vor der vierten Glocke hatte er am Fenster seines Zimmers gestanden. Und dann hatten sich die Ereignisse überschlagen. Ein bewusstloser Fremder von rund einundzwanzig Wintern sollte nun plötzlich sein Vater sein. Schon gleich würde er sich mit Rhischa aufmachen, um den einzigen Menschen zu holen, der die Wahrheit kennen musste: Aranthia, seine Mutter.

Gewiss, diesmal war es keine der üblichen Wanderungen in unbekannte Gefilde, vielmehr eine ungemein stilvolle Reise zu Pferde! Er hätte sich so sehr gewünscht, Erilea noch einmal vor seiner Abreise zu sehen oder herauszufinden, wo sie sich aufhielt. Jetzt war ungewiss, ob und wann er ihr wieder begegnen würde. Und dieser Gedanke legte einen Schleier über seine gute Stimmung.

»In Ordnung, Junge. Steigen wir auf.« Cardol war zurückgekehrt und riss Alduin aus seinen Gedanken. »Du kannst die Steigbügel kürzer schnallen, deine Beine sind noch nicht so lang, wie sie es eines Tages mal sein werden. Ich halte die Pferde derweil für dich.«

Rihscha beobachtete mit leicht geneigtem Kopf, wie Alduin mit den Riemen kämpfte, bis sie endlich die richtige Länge hatten und er sich anschließend in den Sattel schwang.

»Brave Lómë«, murmelte Cardol der Stute ins Ohr.

Alduin tätschelte etwas verunsichert ihren Hals und rückte ein wenig vor und zurück, bis er bequem im Sattel saß. Cardol schwang sich auf Nachteule und zwinkerte ihm zu.

»Denk immer dran: Du bist es, der die Zügel in der Hand hält!«

Sie nickten Ferl, der ihre Abreise beobachtet hatte, noch einen Abschiedsgruß zu, dann bahnten sie sich durch das Gewimmel von Pferden und Soldaten den Weg hinaus durch das Osttor der Stadt. Dann hielten sie sich westlich entlang der Stadtmauer, bis sie die Kreuzung vor dem Haupttor nach Sanforan erreichten und die Straße Richtung Norden einschlugen.

Der Abend war eine angenehme Zeit zum Reisen, doch längst waren sie nicht die Einzigen auf der Straße. Fuhrwerke ratterten über den trockenen Boden, und Reisegruppen beeilten sich, um noch vor Toresschluss die Stadt zu erreichen.

Nachdem Alduin anfangs unsicher in Lómës Sattel hin und her gerutscht war, hatte er sich langsam an den wiegenden Rhythmus ihrer Bewegung gewöhnt. Bald traute er sich sogar, nach rechts und links zu sehen.

Die Sonne war mittlerweile hinter dem Horizont verschwunden, und ein dünner Wolkenschleier spiegelte ihre Strahlen. Die fernen Berge, die Felder um sie herum – all das war in das purpurrosa Licht der Dämmerung getaucht. Alduin war wie verzaubert von der verschwenderischen Pracht dieses Schauspiels.

»Wie fühlst du dich?« Cardol hatte Nachteule pariert und wartete, bis Alduin zu ihm aufschloss.

»Bis jetzt noch ganz gut, obwohl ich allmählich jeden Knochen in meinem Hinterteil spüre«, antwortete er grinsend und fragte aber auch gleich: »Wie lange habt Ihr vor, heute Nacht zu reiten?«

»Eigentlich wollte ich dich das gerade fragen. Schließlich ist das deine Reise. Ich bin bloß dein stiller Begleiter.«

»Da gibt es eine gute Stelle zum Rasten an einem Bach«, meinte Alduin. »Aber ich bin nicht sicher, wie weit es bis dahin noch ist.«

»Was hältst du davon, wenn wir es etwas flotter angehen lassen?«, erkundigte sich Cardol.

»Nun ja. Sicher doch«, gab Alduin zurück, doch er wirkte dabei nicht recht überzeugend.

»Ein Versuch kann gewiss nicht schaden. Schlimmstenfalls fällst du runter«, grinste Cardol. »Aber vielleicht solltest du Rihscha mal wieder fliegen lassen, bevor er seine Krallen noch fester in Lómës Fell gräbt.«

Alduin ermunterte Rihscha, sich in die Luft zu erheben. Cardol erklärte inzwischen, wie Katauren-Reiter trabten. »Es ist so eine Art Zweiertakt«, sagte er.

Alduin sah ihn fragend an. »Du wirst schon sehen. Es ist viel angenehmer, als wie ein Mehlsack im Sattel durchgeschüttelt zu werden. Ich zeig's dir.«

Der Kataure ließ seinen Hengst antraben, ritt ein Stück des Wegs und lenkte ihn in einem gekonnten Bogen zu Alduin zurück.

»Jetzt versuch's du mal. Ein bisschen mehr gleichmäßiger Druck mit beiden Schenkeln. Am besten, du stellst dich dabei auf die Fußballen und lässt dich im Takt immer wieder in den Sattel gleiten«, ermunterte er Alduin.

Der junge Falkner wusste, dass es nicht schwer war, ein Pferd anzutreiben. Doch den richtigen Rhythmus zu finden, verlangte schon einiges an Erfahrung. Innerlich stöhnte er auf und ahnte, wie wund sein Hinterteil bald sein würde. Andererseits, so tröstete er sich, je schneller sie vorankamen, desto eher würden sie bei seiner Mutter sein.

Alduin versuchte, Selbstvertrauen auszustrahlen und nicht ungeschickt zu wirken, als sie an einer Gruppe Wanderer vorbeitrabten. Cardol folgte dicht hinter ihm und beäugte ihn mit erfahrenem Blick.

»Nicht übel«, meinte er, als die Straße wieder verwaist vor ihnen lag, und ritt eine Weile neben ihm. »Noch ein Stück in diesem Tempo, dann können wir wieder eine Schrittpause einlegen.«

So wechselten sie vom Trab in den Schritt und kamen gut voran. Der Himmel verdunkelte sich zu einem samtenen Blau, die ersten Sterne leuchteten auf – zuerst vereinzelt, dann in immer größeren Gruppen. Und dann gingen die Monde auf. Silber- und kupferfarben schimmerten die dünnen Sicheln am Nachthimmel.

Alduin sah sich suchend um. Wenn sie nicht bald die Stelle finden würden, die er in Erinnerung hatte, käme ihnen die Dunkelheit zuvor. Er blickte in die Dämmerung und zügelte abrupt sein Pferd. »Da ist es«, rief er und lenkte Lómë auf einen Espenhain zu, der vom matten Licht der Sterne beschienen war.

Rihscha umkreiste die beiden Reiter mehrmals und landete auf einem grauen Felsblock seitlich der Bäume. Cardol war bereits abgesessen, hatte die Zügel um einen jungen Baum geschlungen und beugte sich über den Bach, um zu trinken. Als er sah, dass Alduin immer noch im Sattel saß, schaute er mit einem fragenden Lächeln zu ihm auf. »Was ist mit dir?«

»Ich glaube, ich kann mich nicht mehr bewegen«, jammerte der junge Falkner und verzog das Gesicht zu einer schmerzverzerrten Grimasse. »Ich werde die Nacht wohl hier oben verbringen müssen!«

Cardol lief zu ihm herüber.

»Ach, das ist ganz normal. Lass mich dir helfen.«

Alduin konnte kaum mehr tun, als sich direkt in Cardols ausgestreckte Arme fallen zu lassen. Er fühlte sich um Jahre gealtert. Nur mühsam richtete er sich auf, humpelte zum Bach hinüber, bückte sich ächzend und schöpfte mit der hohlen Hand Wasser.

Cardol konnte ein Schmunzeln nicht unterdrücken, als er die Kochutensilien auspackte.

»Heute Abend kannst du dich ausruhen. Ich werde das Essen zubereiten«, bot er mitfühlend an. »Aber das wollen wir nicht etwa zur Gewohnheit werden lassen.«

Alduin war beschämt. Doch auf keinen Fall würde er sich jetzt hinlegen.

»Es ist besser, wenn ich mich bewege. Ich sammele Holz für unser Feuer.«

Als Alduin schweren Schrittes mit trockenen Ästen und Reisig zurückkam, hatte Cardol schon alles für die Abendmahlzeit vorbereitet, Zwiebeln, Wurzeln und Wurst geschnitten und Kräuter am Bach gesammelt. Geschickt entfachte er das Feuer und stellte die Pfanne darauf. Binnen kürzester Zeit strömte ein köstlicher Duft durch die Nachtluft. Friedlich genossen sie das fürstliche Mal und gedachten dabei der guten Marla, die sie so vortrefflich ausgerüstet hatte. Nach dem Essen spülten sie die Pfanne im Bach, packten die übrig gebliebenen Vorräte zusammen, rollten sich müde in ihre Decken und fielen sehr bald in einen tiefen Schlaf.

Längst waren sie schon wieder unterwegs, als die Sonne am nächsten Morgen langsam über die Baumwipfel kletterte. Alduins Knochen schmerzten unbeschreiblich, er spürte jeden einzelnen seiner Muskeln, und es kam fast einem Wunder gleich, dass er schon wieder im Sattel saß.

Die beiden Reiter legten ein gutes Stück des Weges zurück, während Rihscha sich in die Lüfte erhob, um zu jagen. Einige Zeit später kehrte der Falke, ganz offensichtlich gesättigt, angeflogen und machte es sich wieder auf dem Widerrist der Stute bequem.

Alduin ließ seinen Blick schweifen: Die Bäume standen in voller Blüte, zu beiden Seiten wuchsen Wildblumen in vielen Farben, und der Weg erstreckte sich vor ihnen in einer klaren Linie durch die Natur. In diesem Moment empfand er, dass er sehr viel bewusster beobachtete, dass sein Blick schärfer geworden war, dass die Farben in einer Kraft schillerten, die ihm bislang nicht aufgefallen war. Auch Gehör und Geruchssinn schienen ausgeprägter. Es war, als wären seine Sinne wachsamer und stünden in noch innigerem Einklang mit der Natur. Ob es daran lag, dass er selbst reifer geworden war? Ob der Bund mit Rihscha dazu beitrug, seine Sinne zu vertiefen?

Kurz vor Mittag zügelte Cardol seinen Hengst an einer Weggabelung und zeigte zu ein paar Gebäuden, die sich hinter den Bäumen verbargen. »Dort wohnt Grest, einer meiner Vettern«, sagte er. »Nur wenige Katauren leben so weit im Süden. Er hat sich mit seinem Vater überworfen und ist kurzerhand weggezogen. Gewiss hat er eine Kanne Calba auf dem offenen Feuer und frisches Brot im Ofen.«

Er warf Alduin einen fragenden Blick zu. »Es gibt doch sicher nichts gegen eine kurze Rast einzuwenden, oder?«

Alduin wog ab: »Gerne würde ich noch heute Nacht die Hütte erreichen. Bis nach Lemrik ist es ein gutes Stück. Von dort aus steht uns dann immer noch eine halbe Tagesreise bevor – entlang dem Mangipohr.«

Cardol grinste. »Kein Problem. Ich werde mich mit dem Familienklatsch kurz fassen«, lachte er.

Als sie sich dem Hauptgebäude näherten, kündete wachsames Bellen bereits den Besuch an.

»Ruhig, ihr faulen Taugenichtse. Die ganze Nacht schlaft ihr und hört nie was. Dann kläfft ihr am Tag schon beim kleinsten Geräusch«, drang eine kräftige, melodische Stimme aus dem Haus. Kurz darauf tauchte eine hochgewachsene Frau am Eingang auf.

»Tirla, ich bin's! Cardol«, rief der Kataure ihr fröhlich zu. Die beiden Reiter stiegen ab und banden ihre Pferde an einen Holzpfosten.

»Ich bin mit meinem jungen Freund auf der Durchreise«, sagte er zu ihr. »Wir hatten auf ein wenig Gastfreundschaft gehofft, einen Becher Calba und . . .«, er warf Alduin einen verschmitzten Blick zu, ». . . und auf ein paar Neuigkeiten.«

Tirla steckte geschickt ihr langes schwarzes Haar am Hinterkopf zusammen, während sie auf die beiden zulief. »Sei gegrüßt, Vetter! Möge der Segen Asnars mit dir sein«, erwiderte sie. »Ihr habt Pech. Ich bin allein hier. Grest und die Jungs sind schon früh nach Lemrik aufgebrochen. Er hat endlich beschlossen, einen zweiten Hengst zu ersteigern, und heute ist Pferdemarkt. Sie werden ein paar Tage unterwegs sein.«

»Das ist bedauerlich. Aber vielleicht treffen wir sie ja in Lemrik«, meinte Cardol. »Das ist Alduin«, stellte er den jungen Falkner vor.« Und das hier ist sein Falke Rihscha. Die Graue ist Fëa Lómë, und das ist mein Hengst Nachteule.«

»Freut mich, Euch kennenzulernen, werte Frau.« Alduin legte zur Begrüßung ehrerbietig die Faust an die Brust.

»Willkommen in unserem bescheidenen Heim alle miteinander«, gab Tirla zurück und bezog die Tiere gleich mit ein. Für Katauren zählten Pferde stets zur Familie. »Meine Mannsbilder haben das ganze frische Brot mitgenommen, aber ich kann euch ein paar Pfannkuchen backen. Für Fëa Lómë und Nachteule haben wir hinterm Haus frisches Wasser und noch einen Bund Heu. Und was braucht der Falke?«

»Er ist satt, hat gerade erst gejagt.« Alduin hob Rihscha von der Stute und streichelte ihn liebevoll, bevor er ihn fliegen ließ.

Das kataurische Haus war geräumig und wirkte einladend. Im Wohnraum stand an einer Seite der große, gescheuerte Tisch, und darum verteilt waren hölzerne Stühle in unterschiedlicher Größe und Form, von denen ein jeder in seiner Form dem Charakter der Familienmitglieder entsprach. An den Wänden hingen zwischen Töpfen und Pfannen gebündelte, getrocknete Kräuter.

Tirla bat ihre Gäste zu Tisch und servierte ihnen brutzelnde Fleischstreifen mit heißen Pfannkuchen. Dann schenkte sie Calba ein, nahm sich selbst einen Becher und setzte sich dazu.

»Es ist eine ganze Weile her, dass du das letzte Mal vorbeigekommen bist, Cardol«, stellte sie fest. »Wie ist es dir zwischenzeitlich ergangen?«

Cardol trank einen Schluck Calba und wischte sich mit dem Handrücken über den Mund. »Da gibt's nicht viel zu erzählen. Seit dem Herbst bin ich in Sanforan stationiert, nachdem ich den Sommer auf Patrouille in der Nähe von Wilderwil war. Ich fühle mich schon fast wie ein Stadtmensch, aber was soll man machen? Der junge Alduin hier gab mir einen guten Grund, endlich meinen längst überfälligen Urlaub zu nehmen.«

»Und wohin seid ihr unterwegs?«, fragte sie.

»Zu meinem alten Zuhause am Mangipohr – einen halben Tagesritt westlich von Lemrik», antwortete Alduin. »Wir müssen dort so schnell wie möglich meine Mutter holen. Sie ist eine Heilerin, und in der Stadt gab es einen . . . einen Unfall.«

»Bei Thorns heiligem Ross! Gibt es denn in der Stadt keine Heiler?«, rief Tirla überrascht.

»Ja, natürlich gibt es dort welche. Viele sogar. Selbst der Falkenmeister kennt sich in der Heilkunst aus«, erklärte Alduin. »Aber bei dem Kranken handelt es sich um einen besonderen Fall. Meine Mutter ist vielleicht die Einzige, die ihm helfen kann.«

Tirla bedachte Cardol mit einem fragenden Blick, doch der Mann zuckte nur mit den Schultern.

»Der Junge hat einen Fremden gefunden. Er lag zusammengebrochen mitten im Emmerfeld. Von Verletzungen keine Spur. Er ist völlig weggetreten. So etwas habe ich noch nie erlebt. Sieht fast so aus, als wäre er in einen todesähnlichen Schlaf gefallen.«

Tirla fragte nicht weiter. »Tja, wenn ihr in Eile seid, solltet ihr Lemrik besser meiden. Immer wenn Pferdemarkt ist, sind Tausende auf den Straßen, ganz zu schweigen vom Trubel im Dorf.«

»Kennst du einen anderen Weg?«, erkundigte sich Cardol.

Tirla nickte. »Ein Stückchen die Hauptstraße hinauf zweigt ein kleinerer Pfad nach Westen ab. Eigentlich ist es kaum mehr als ein Trampelpfad. Aber sie sagen alle, es sei eine Abkürzung zum Elbenwald jenseits des Mangipohr.«

»Abkürzung?«, fragte Cardol skeptisch. »Die meisten Abkürzungen, die ich kennengelernt habe, werden lang und immer länger.«

»Rihscha kann uns führen«, schlug Alduin rasch vor. »Und ich sollte mich in der Gegend recht bald zurechtfinden. Ich kenne sie gut.«

## 3

Schritt für Schritt bahnten sich Nachteule und Fëa Lómë ihren Weg auf dem unbefestigten Pfad zwischen den Bäumen hindurch. Immer wieder mussten sich die beiden Reiter ducken, damit ihnen die tief hängenden Äste nicht ins Gesicht schlugen. »Eine wirklich ungemütliche Strecke«, rief Cardol über die Schulter, während er mit einem Zweig kämpfte, der sich in seiner Satteltasche verfangen hatte.

»Es ist nicht mehr weit«, versuchte ihn Alduin zu beruhigen, nachdem er für einen kurzen Moment mit Rihscha Verbindung aufgenommen hatte. Der Falke kreiste ein gutes Stück vor ihnen über einer felsigen Schlucht, die den Wald von den noch dichteren Laubwäldern rund um Alduins altes Zuhause trennte.

Kurze Zeit später erreichten sie eine Lichtung. Die Sonne stand im Westen und blendete so sehr, dass sie knapp der Schlucht entgangen waren, die sich jäh vor ihnen auftat. Doch die beiden Pferde, von ihrem Instinkt geleitet, verharrten abrupt vor der Tiefe.

»Guter Junge«, lobte Cardol Nachteule und klopfte seinem

Hengst den Hals. Das Tier schnaubte überheblich und scharrte mit dem Vorderhuf. Alduin wusste inzwischen, dass Nachteule und Cardol eine innige Freundschaft verband und der Kataure längst nicht mehr auf die Launen seines Hengstes einging. Er spähte über den Rand der Schlucht, dann sah er nach links und nach rechts. »So viel zu einem Pfad zum Elbenwald«, meinte er bärbeißig und zuckte mit den Schultern. »Das ist eine Sackgasse. Hier kommen wir keinen Fuß weiter.«

Alduin war abgestiegen und ging vorsichtig an den Rand der Klippe, die gut drei Mannslängen steil zu einem schmalen Bach abfiel.

»Ich weiß haargenau, wo wir sind«, rief er. »Als ich das letzte Mal hier war, konnte man den Fluss mit einer Hängebrücke überqueren. Im Frühjahr rauscht eisiges Wasser hier durch und viel Geröll. Aber im Sommer fließt er nur langsam und ist ziemlich flach. Frage mich bloß, wo die Brücke geblieben ist.«

Er ging auf die Knie und bückte sich tief über den Rand. »Hier, ich sehe sie!«, rief er aufgeregt. »Verflixt! Sie hängt ein Stück tiefer an einer Wurzel fest. Wie es aussieht, hat sie sich auch auf der anderen Seite gelöst.« Seine erste Freude wich maßloser Enttäuschung, als er begriff, was das für sie bedeutete. »Wie sollen wir denn jetzt rüberkommen?«

Cardol stieg ab, führte die Pferde ein Stück zurück in den Wald und band sie dort an einem Baum fest.

Als er wieder zurückkam, sah er, was geschehen war. Frühlingsstürme und Verwitterung hatten die hölzernen Pfosten morsch und brüchig gemacht. Als er mit den Stiefeln die Wildkräuter beiseite trat, die die Uferlandschaft überwucherten, fand er nur noch die abgebrochenen Stümpfe vor.

»Was für ein vermaledeites Pech«, brummte der Kataure verärgert. »Schätze, dieser Pfad ist schon ewig nicht mehr benutzt worden. Verdammt, warum haben wir nur auf Tirla gehört.«

»Fluchen hilft jetzt auch nichts«, sagte Alduin. »Wir müssen etwas unternehmen. Wir verlieren einfach viel zu viel Zeit, wenn wir den ganzen Weg wieder zurückreiten – jetzt, wo wir doch schon so nah am Ziel sind.« Er kniff die Augen zusammen und blickte über die Schlucht zum Wald auf die andere Uferseite. »Sieh nur, ich glaube, da drüben steigt Rauch aus unserem Kamin auf.« Alduin hatte das Gefühl, dass sein Herz für einen Moment schneller schlug.

Cardol folgte seinem Blick. Tatsächlich schlängelte sich eine dünne blaue Rauchschwade in den Himmel empor.

»Ich kann den Braten von hier aus schon riechen«, sagte er, atmete genüsslich durch die Nase ein und rieb sich dabei den Bauch. »Lass uns noch mal überlegen, ob uns da nicht doch etwas einfällt.« Er spähte über den Abgrund und kratzte sich am Bart. Die Schlucht war zwar tief, aber nicht besonders breit. Auf der gegenüberliegenden Seite schien der Felsen nicht ganz so steil. Alduin und Cardol konnten einen schmalen Ziegenpfad erkennen, der sich am anderen Ufer in engen Serpentinen nach oben wand.

Ächzend legte Cardol sich flach auf den Bauch, schob sich vor, soweit er es wagen konnte, ohne abzustürzen, und tastete blindlings nach der Brücke. Doch was er zu fassen bekam, war nicht mehr als Felsgestein. »Es hat keinen Zweck«, sagte er ernüchtert, als er sich wieder hochrangelte. »Die Brücke hängt zu tief.« Dann kam ihm eine Idee. Er lief zu den Pferden und kam zurück mit einem Seil. Alduin sah ihn fragend an.

»Das ist einen Versuch wert. Aber dafür brauche ich deine Hilfe«, sagte der Kataure. »Hast du Höhenangst?«

Der Junge grinste. »Ich bin ein Falkner!«

Cardol schlug sich mit der Hand auf die Stirn. »Stimmt, hätte ich fast vergessen!«

»Schon gut«, gab Alduin zurück. »Was habt Ihr vor?«

»Wenn ich dich an den Knöcheln packe, könntest du dich hinunterhangeln und das Seil um einen der Holzstümpfe schlingen. Gelingt dir das, kann Nachteule die Brücke heraufziehen.«

Alduin hatte sofort verstanden. Cardol gab ihm das Seil in die Hand und ließ ihn langsam über den Rand des Abgrunds gleiten.

Doch erst jetzt wurde Alduin bewusst, worauf er sich eingelassen hatte. Gewiss war er von den Flügen mit Rihscha große Höhen gewöhnt, doch das hier war etwas gänzlich anderes. Er spürte, wie ihm das Blut in den Kopf schoss, als er sich Stück für Stück nach unten kämpfte. »Halt mich bloß fest«, keuchte er und biss die Zähne zusammen.

»Keine Sorge. Ich hab auch meinen Stolz«, sagte Cardol und versuchte, die Anstrengung nicht in seiner Stimme mitschwingen zu lassen.

Vorsichtig hangelte sich Alduin weiter in die Tiefe. Er konnte die Brücke nicht sehen und musste sich ganz und gar auf seinen Tastsinn verlassen. Es schien ihm eine Ewigkeit, bis er unter dichtem Wildkraut die erste Holzlatte fühlte.

»Ich bin dran!«, rief er und atmete für einen Moment tief durch. Mit großer Mühe konnte er das Seil schließlich um das Holz schlingen. In Alduins Ohren summte es von der Anstrengung, und er brauchte drei Anläufe, ehe der Knoten hielt.

»Fertig«, keuchte er endlich erleichtert. »Zieht mich wieder rauf!«

Der Kataure musste immense Kräfte haben, denn schneller, als Alduin es sich vorstellen konnte, hatte er ihn schon wieder hochgezogen.

Erschöpft ließen sich beide ins Gras fallen und atmeten tief durch. »Gute Arbeit, Junge!«, lobte ihn der Kataure, stand auf und ging mit zittrigen Beinen zu den Pferden. Er führte Nachteule zum Uferrand und verknotete das Seil am Sattelknauf. Auf Kommando zog der Hengst mit aller Kraft, und langsam tauchte die Brücke aus der überwucherten Uferlandschaft auf.

»Geschafft!« Alduin strahlte.

»Und sie scheint sogar noch in recht gutem Zustand.« Cardol musterte zufrieden Holz und Tauwerk.« Vielleicht gelingt es uns sogar, die Pfosten zwischen ein paar dieser kräftigen Jungbäume zu verkeilen. Sie wachsen jedenfalls dicht genug beieinander.«

»Aber wie bekommen wir die Brücke auf die andere Seite?«, fragte Alduin skeptisch.

»Wir lassen sie die Felswand herunterhängen, und ich benutze die Sprossen als Leiter. Dann vertäue ich unten die Brücke, versuche den Fluss zu durchwaten, klettere den Ziegenpfad auf der anderen Seite wieder hoch und ziehe die Brücke mit mir.«

Alduin nickte. Der Plan schien schlüssig. Der Kataure legte zum Gruß seine Hand an die Stirn. »Wir sehen uns auf der anderen Seite. Viel Glück!«

Fast ein bisschen zu waghalsig betrat Cardol die erste Sprosse, ohne zu wissen, ob sie sein Gewicht tragen würde. Alduin hielt besorgt die Luft an, bis er erleichtert die triumphierende Stimme des Katauren hörte: »Ich bin gleich unten angekommen. Unser Plan scheint aufzugehen! Die Brücke ist die perfekte Leiter. Das letzte Stück muss ich springen. Sie reicht nicht bis zum Grund, verstehst du!«

»Schade, dass ich Euch nicht auch gleich die Pferde runterschicken kann. Das würde uns eine Menge Zeit sparen!«, rief Alduin belustigt. Dann hörte er Cardol kurz lachen und anschließend auf dem Boden landen.

Es war die Landung, die Cardol Unglück brachte. In seinem Ehrgeiz hatte der Kataure einen mit glitschigem Moos bewachsenen Stein übersehen. Sein rechter Fuß rutschte ab und verfing sich zwischen zwei kleineren Steinen.

Wie ein Blitz raste der Schmerz durch seinen Körper. Er biss die Zähne zusammen, um nicht laut aufzuschreien. Es würde einen jungen Falkner sicher nicht beeindrucken, wenn er gleich bei dem ersten Sturz auf einem Feldzug aufheulte! Katauren-Krieger waren aus hartem Holz geschnitzt und kannten keinen Schmerz.

»Ich bin hier unten«, rief er zu Alduin hoch, nachdem er wieder nach Luft schnappte und klar denken konnte. »Das könnte jetzt ein Weilchen dauern. Warum siehst du nicht einstweilen nach den Pferden?«

In der Hoffnung, dass der Junge seinem Auftrag nachkam und ihn nicht beobachten würde, rappelte Cardol sich schwerfällig auf. Er versuchte, das Gewicht auf den rechten Fuß zu verlagern, doch der Schmerz war unerträglich. Suchend sah er sich um.

Glück im Unglück. Ganz in seiner Nähe hatte der Frühlingsstrom allerlei Unrat angeschwemmt. So fand er einen recht gerade gewachsenen, kräftigen Ast, zog ihn zu sich heran und versuchte, sich darauf zu stützen. Nach einem weiteren tiefen Atemzug griff er nach dem Seil, doch dann wurde ihm von der Anstrengung übel. Die Sonne stand bereits tief am Himmel, und es gab noch viel zu tun. Er durfte keine Zeit verlieren.

Cardol schlang sich das Seil ein paar Mal ums Handgelenk, ergriff die improvisierte Krücke, schleppte sich mühsam durch den Fluss und zog die Brücke hinter sich her. Das kalte Wasser lief in seine Stiefel und stand ihm bald bis zu den Knien. Doch es tat seinem schmerzenden Fuß gut.

Seine Nerven waren angespannt, als er behutsam den Weg über die rutschigen Steine suchte. Er durfte nicht noch einmal stürzen. Als er das andere Ufer erreicht hatte, sackte er auf einem großen Stein in sich zusammen und wagte kaum, Atem zu schöpfen.

»Wie geht's voran da unten?«, rief Alduin.

»Ganz gut«, antwortete Cardol kraftlos. Doch dann entschied er für sich, dass doch ein paar Worte der Erklärung angebracht seien. »Ich bin ausgerutscht, geh's jetzt langsam an. Nichts Schlimmes. Sattelst du schon mal die Pferde ab. Die Taschen kannst du auf den Boden legen.«

Als Alduin außer Sicht war, setzte sich Cardol wieder mühsam in Bewegung. Die pochenden Schmerzen breiteten sich wellenförmig im ganzen Körper aus. Schweißperlen standen auf seiner Stirn, Sterne tanzten vor seinen Augen. Doch er gab nicht auf. Schritt für Schritt kämpfte er sich den steilen Ziegenpfad nach oben. Das Gewicht der Brücke wurde mit jedem Augenblick unerträglicher, und das Tau schnitt sich tief und tiefer in sein Fleisch. Als er etwa zwei Drittel des Weges hinter sich gelassen hatte, begann er, vor Anstrengung zu zittern, und seine Sicht verschwamm.

Die Furcht, ohnmächtig zu werden, überwältigte ihn. Sein Katauren-Stolz erschien ihm plötzlich lächerlich. Er brauchte unbedingt eine kurze Rast. Nur eine ganz kurze.

Mit größter Mühe zog er den Arm, der den Strick hielt, unter seinen Körper. Dann brach er zusammen. Nur einen Augenblick Pause, nur . . .

Alles wurde schwarz.

Alduin war ungemein stolz auf sich. So war es ihm doch tatsächlich gelungen, beide Pferde abzusatteln und die Ausrüstung ordentlich unter einen Baum am Waldrand zu legen. Er trat einen Schritt zurück, um sein Werk zu begutachten, als Rihscha pfeilschnell auf ihn zuschoss. Hastig ergriff er seinen Handschuh und ließ den Falken landen. Der Vogel flatterte aufgeregt.

»Was ist mit dir, Rihscha?«, fragte Alduin. Er versuchte, seiner Stimme einen ruhigen Klang zu verleihen, während er sich in seinen Gedanken die schrecklichsten Bilder ausmalte.

Statt einer Antwort erhob Rihscha sich wieder in die Luft. Alduin nahm sogleich Verbindung mit ihm auf. Das schwindende Licht überzog die Umgebung mit einem dichten Schleier. Doch zu seiner Überraschung flog der Falke nicht weit. An der gegenüberliegenden Seite der Schlucht schoss er in die Tiefe. Der Grund für die Aufregung des Vogels war nun selbst im Zwielicht offensichtlich. Cardol lag regungslos wie ein Stein auf dem schmalen Pfad.

Als der Falke neben ihm landete und ihn behutsam anstupste, stöhnte der Kataure nur matt. Was mochte bloß geschehen sein?

*Bleib bei ihm. Ich muss nachdenken. Bin gleich zurück.*

Alduin brach die Verbindung mit Rihscha ab, rannte zum Abgrund und spähte in die Dämmerung, die sich mehr und mehr verdichtete. Er konnte den Falken und die Gestalt des Katauren nur noch vage erkennen. Die Lage schien mehr als ernst. Ein Gefühl der Hilflosigkeit überkam ihn.

Er kniete nieder und suchte die Felswand nach einem Vorsprung ab, den sie vielleicht zuvor übersehen hatten. Doch da gab es nichts.

Plötzlich schoss es durch seine Gedanken. Das könnte die Lösung sein. Er nahm die Verbindung mit Rihscha wieder auf.

*Wir fliegen zu Aranthia. Schnell!*

Erleichterung erfüllte den Jungen und seinen Falken, als sie abhoben. Der Weg von der Schlucht bis zu dem kleinen Holzhaus war nicht weit.

Schon bald kreiste Rihscha über dem Dach des kleinen Holzhauses, das zwischen den Bäumen versteckt lag. Das Bild weckte in Alduin vertraute Gefühle an seine Kindheit. Zu seiner Überraschung stand die Tür offen. Aranthia kam heraus und blickte nach oben, als hätte sie den Falken erwartet.

»Ich wusste doch, dass ich mich nicht geirrt habe«, rief sie über die Schulter zurück ins Haus. Kurz darauf kam Aranthias Gefährte Bardelph zu ihr, wickelte ein Tuch um die Faust und streckte einen Arm aus, damit Rihscha sicher darauf landen konnte.

»Rihscha«, sagte Aranthia mit einem Drängen in der Stimme. »Es ist etwas geschehen, richtig? Ich spüre es. Ist Alduin bei dir? Sollen wir dir folgen?«

Zur Bestätigung ihrer Fragen hob Rihscha von Bardelphs Hand ab, kreiste einmal über ihnen und flog dann zur Ecke des Daches.

Aranthia wandte sich Bardelph zu. »Such alles zusammen, was nützlich sein könnte – ein Seil, dein Jagdmesser . . . na, ich weiß nicht . . . eben alles, was wir vielleicht brauchen könnten.« Gemeinsam verschwanden sie in der Hütte, und kurz darauf kam Aranthia mit einem Bündel in der Hand zurück. Alduin atmete erleichtert auf. Er wusste, dass sie darin stets ihre Heilmittel aufbewahrte. Seine Mutter hatte also verstanden!

Bardelph folgte ihr. Er trug eine vollgepackte Satteltasche und verschwand hinter der Hütte. Kurz darauf kam er mit einem Esel zurück.

»Kann nichts schaden, Skip mitzunehmen. Wir wissen nicht, was uns erwartet.« Er hievte die Tasche auf den Rücken des Tieres.

Aranthia lächelte den Raiden an und reichte ihm ihr Bündel. »Guter Gedanke«, sagte sie mit einem verschmitzten Grinsen, das von einem jungen Mädchen hätte sein können.

Als Aranthia und Bardelph aufbrachen, hob Rihscha ab und flog in kurzem Abstand voraus, sodass sie ihm trotz der einsetzenden Dunkelheit mühelos folgen konnten. Schon bald erreichten sie den Pfad, der zur Schlucht führte. Die Sterne funkelten am tintenschwarzen Himmel.

»Mutter! Den Göttern sei gedankt, dass du kommst!«, rief Alduin, nachdem er sich aus der Verbindung mit Rihscha gelöst hatte. Große Erleichterung schwang in seiner Stimme mit.

»Alduin!« Seine Mutter warf einen suchenden Blick über die Schlucht, doch sie konnte ihn in der Finsternis nicht erkennen. »Was ist geschehen? Was machst du hier?«

»Das ist eine lange Geschichte«, antwortete Alduin. »Aber zuerst das Wichtigste: Auf dem Pfad unter euch liegt ein Mann, mein Reisegefährte. Er scheint schwer verletzt. Ich weiß nicht, wie schlimm es um ihn steht.«

»Wir sehen sofort nach ihm«, gab Aranthia zurück. »Was ist mit dir?«

»Keine Sorge, alles in Ordnung. Bin bloß mächtig froh, dich zu sehen!«

Bardelph warf Aranthia einen Blick zu. Er wusste, wie sehr es sie danach drängte, ihren Sohn in die Arme zu schließen. Doch zuerst würde sie sich um den Verwundeten kümmern müssen. »Komm«, sagte er sanft. »Ich gehe voraus.« Er reichte ihr die Laterne. »Leuchte mir, damit ich etwas sehen kann.«

Der Raide band Skip an einen Baum und bahnte sich geschickt den Weg nach unten. Der Kataure regte sich und stöhnte bei dem Versuch, sich hochzustemmen.

»Bin wohl in Ohnmacht gefallen«, murmelte er erleichtert, als er das Licht in der Dunkelheit erblickte. Trotz aller Schwäche klang seine Stimme brummig. »Wenn die anderen davon erfahren, wird mir das ewig nachhängen.«

»Nur die Ruhe, guter Mann«, sagte Bardelph und kauerte sich neben ihn nieder. »Lasst mich Euch helfen.«

Cardol zuckte zusammen, als Bardelph ihm unter die Arme griff, um ihn hochzuheben. Das Seil am Handgelenk war so straff gespannt, dass sich die Haut darunter schon blau verfärbt hatte.

»Nehmen wir ihm das erst mal ab.« Bardelph begann, das Tau zu lösen.

»Nicht loslassen!«, rief der Kataure. »Wir müssen die Brücke hochziehen!«

»Keine Bange.« Bardelph hatte sofort begriffen, was der Mann vorgehabt hatte. »Ich kümmere mich darum, dann schicke ich die Heilerin herunter, damit sie nach Euch sieht.«

Bardelph packte das Seil mit beiden Händen. Unwillkürlich musste er sich mit dem Rücken gegen die Felswand lehnen, als das Gewicht der Brücke ihn in die Tiefe zu reißen drohte. Verblüfft warf er einen Blick auf den Verwundeten. Es war ihm unerklärlich, wie ein Mann eine solche Last so lange hatte halten können.

Entschlossen umklammerte er das Tau noch fester und erklomm behutsam den Pfad, stets darauf bedacht, das Gewicht der Brücke auszubalancieren, die sich langsam über die Schlucht spannte. Als er oben ankam, rief er nach Aranthia. »Bring rasch Skip hierher! Ich weiß nicht, wie lange ich die Brücke noch halten kann!«

Aranthia band den Esel los und führte ihn zu Bardelph, der das Seil am Bauchgurt des Tieres festband.

»Danke«, sagte er mit einem erschöpften Lächeln. »Geh besser runter und sieh nach dem Mann. Offensichtlich hat es seinen Fuß übel erwischt.«

Aranthia zündete eine zweite Laterne an, griff nach ihrer Tasche und kletterte den Pfad hinunter. In der Zwischenzeit führte Bardelph den Esel so weit vom Abgrund weg, bis sich die Hängebrücke straffte. Jetzt konnte er die Spannseile und Pfosten greifen und die Brücke befestigen. Er suchte ein paar kräftige Bäume aus, um die Pfosten zu verkeilen.

Von der anderen Seite der Schlucht tönte eine Stimme. »Soll ich es jetzt mal versuchen?«, rief Alduin ungeduldig.

»Ich muss hier erst noch alles sichern«, gab Bardelph zurück. »Übernimm du das auf deiner Seite.«

Bardelph überprüfte die Haltetaue und die Holzlatten auf seiner Seite, Alduin auf der anderen. »Bist du bereit?«, rief er in die Dunkelheit.

»Ja«, scholl es zu ihm herüber.

Bardelph kniff die Augen zusammen, doch sosehr er sich auch bemühte, er konnte in der Finsternis nichts erkennen. Das Zittern der Halteseile war ein sicheres Zeichen dafür, dass Alduin bereits auf der Brücke unterwegs war. Jetzt konnten sie nur hoffen, dass sie dem Gewicht standhalten würde. »Sei vorsichtig«, rief er.

»Keine Sorge«, erklang die Antwort. »Ein Unfall pro Tag reicht!«

Jetzt erst löste sich ein Schatten aus der Dunkelheit, und Bardelph zählte in Gedanken Alduins letzte Schritte mit.

»Wie schön, dich zu sehen, Junge!«, sagte er und packte ihn herzlich an den Händen.

»Und was für eine Erleichterung erst recht, dich zu sehen», erwiderte Alduin grinsend, bevor er rasch hinzufügte: »Und schön natürlich auch!« Der Raide lächelte dankbar und zeigte mit der Hand auf den Pfad. »Deine Mutter ist da unten und versorgt den Katauren. Sieht ziemlich schlimm aus mit seinem Fuß.«

Alduin konnte es nicht abwarten und stieg zu der Stelle hinunter, an der Aranthia Cardols Fuß behandelte. Das Gesicht des Mannes wirkte grau, dennoch gelang es ihm, Alduin ein mattes Lächeln zu schenken. Aranthia bemerkte es und wandte sich ihm zu.

»Alduin! Ich bin hier gleich fertig, dann will ich dich endlich umarmen!«

»Kann ich helfen?«

»Du könntest mit Bardelph eine Trage bauen. Der Mann darf seinen Fuß nicht belasten.« Bevor Alduin aufbrach, hockte er sich neben seine Mutter, legte seine Hand auf ihre Schulter und lächelte dem Katauren zu: »Ihr seid in guten Händen, Cardol. Sie ist eine der besten Heilerinnen der Gegend«, versicherte er.

»Ja, sie hat schon wahre Wunder gewirkt mit ihrem Wolfsfuß. Mehr als es ein Pferd verlangt . . .«, antwortete der Kataure dankbar. »Doch jetzt könnte ich gut noch einen Schluck . . .«

»Ich gebe Euch Jatamansi«, schnitt Aranthia ihm den Satz ab. »Das wird reichen. Etwas anderes braucht Ihr nicht«, fügte sie mit einem entschuldigenden Lächeln hinzu, das ihren Worten die Schärfe nahm.

»Wie Ihr meint, gute Frau«, gab Cardol sich mit so wehmütiger Miene geschlagen, dass Alduin grinsen musste.

»Ich sagte doch, Ihr seid in hervorragenden Händen«, wiederholte er und machte sich wieder auf den Weg nach oben.

»Ich habe ein kräftiges Stück Seil, und wir können ein paar Jungbäume für die Trage fällen«, schlug Bardelph vor. »Aber ich bin nicht sicher, ob wir Skip dazu bringen, einen Mann hinter sich herzuschleifen.«

»Wir haben doch zwei Pferde«, rief Alduin. »Sie warten auf der anderen Seite der Schlucht. Vielleicht brauchen wir gar keine Trage – das heißt, wenn ich sie wohlbehalten rüberschaffen kann.«

Bardelph runzelte zweifelnd die Stirn. Doch Alduin beachtete seinen skeptischen Blick nicht und lief schon wieder zurück zur Brücke. Kurze Zeit später kam er mit einem der Sättel unter dem Arm und einem Bündel über der Schulter zurückgewankt. Wortlos lud er die Fracht auf dem Boden neben Bardelph ab und rannte wieder los. Nach zwei weiteren Überquerungen hatte er die ganze Ausrüstung auf diese Seite der Brücke gebracht.

»Und jetzt die Pferde«, sagte er, und seine Augen blitzten herausfordernd. »Ich fange mit Fëa Lómë an. Sie ist kleiner und nicht so eigensinnig.«

Dennoch sträubte sich die Stute, auch nur einen Fuß auf die Brücke zu setzen. Sie suchte nach festem Untergrund. Die Dunkelheit in der Schlucht machte ihr Angst. Schnaubend, mit geblähten Nüstern und rollenden Augen wich sie immer wieder zurück. Alduin nahm kurz Verbindung mit Rihscha auf und rief den Falken zu sich. Seine Gegenwart schien die Stute zu beruhigen. Rihscha umkreiste sie einmal, kreischte ihr ermutigend zu und flog dann über die Brücke. Fëa Lómës Blick folgte ihm.

»So ist's gut, Lómë«, flüsterte Alduin der Stute ins Ohr. »Rihscha wird dich lenken. Dir wird nichts geschehen. Sieh einfach nicht nach unten.«

Rihscha flog ein paar Mal hin und her, während Alduin Fëa Lómë langsam über die Brücke lockte. Er konzentrierte sich mit aller Kraft auf das Tier. Den Gedanken, dass die Brücke unter ihnen einstürzen könnte, ließ er gar nicht erst zu. Wohlbehalten übergab er Bardelph die Stute. Und jetzt war Nachteule an der Reihe.

Der Hengst reagierte jedoch störrisch und weigerte sich, die Brücke zu betreten. So eindringlich Alduin ihm auch zuredete, so ermutigend Rihscha ihm zurief, er bewegte sich keinen Schritt vor und keinen zurück. Alduin band ihn wieder fest und lief zurück.

»Ganz gewiss weiß der Kataure, wie's geht«, meinte Bardelph. »Katauren kennen ihre Pferde besser als jeder andere.«

»Junge, für den Hengst bist du eben ein Fremder«, sagte Cardol. »Er weiß nicht, ob er dir vertrauen kann. Doch wart nur ab! Sobald ich ihn rufe, wird er die Brücke überqueren. Ihr müsst mir aufhelfen.«

Aranthia hatte gerade seinen Fuß verbunden und ging einen Schritt zur Seite, damit Bardelph ihn stützen konnte. Endlich hatte sie Gelegenheit, ihren Sohn zu begrüßen. Es bedurfte keiner Worte, als sie ihn in die Arme schloss. Mit Stolz nahm sie wahr, dass er nun schon größer war als sie, und schmunzelnd spürte sie, wie der erste Flaum ihre Wange kitzelte. Ihr Sohn war zu einem jungen Mann herangewachsen.

Mit einem Seufzer löste sie sich aus der Umarmung, nahm ihn an die Hand, und beide folgten den Männern den Ziegenpfad nach oben. Cardol tätschelte zunächst liebevoll Fëa Lómë, dann hüpfte er auf seinem heilen Fuß herum und wandte sich an Alduin.

»Bring Nachteule noch einmal zur Brücke«, sagte er. »Sobald ihr nahe genug seid, werde ich den Hengst rufen.«

Alduin lief zurück und führte die widerspenstige Nachteule wieder zum Rand des Abgrunds. Abermals weigerte sich das Tier störrisch, auch nur einen Zoll weiterzugehen.

Plötzlich klang ein höchst sonderbarer Laut über die Schlucht. Es war eine Mischung aus Lied und Ruf, eine gespenstische Melodie, gewoben aus einzelnen Silben, die sich jedoch nicht zu verständlichen Worten zusammenfügten. Die Klangfarbe wechselte zwischen tief zu hoch, zwischen hell und dunkel. Der Hengst stellte die Ohren auf und richtete den Blick nach vorn. Zu Alduins großer Überraschung setzte er seinen Huf auf die Brücke und überquerte mit schwankenden Schritten den Abgrund.

Cardols wundersamer Ruf verstärkte sich, hallte weiter durch die Luft und leitete das Pferd sicher auf die andere Seite. Schließlich humpelte der Kataure mit Bardelphs Hilfe seinem Hengst entgegen, schlang die Arme liebevoll um seinen Hals und sang ihm leise ins Ohr.

»Hallo, mein Schöner. Hier bin ich. Jetzt wird alles gut«, murmelte er und drehte sich zu Bardelph. »Wenn Ihr ihn sattelt und mir beim Aufsteigen helft, kann ich reiten, und wir brauchen keine Trage mehr.«

Aranthia nickte zustimmend. »Ich denke, Ihr habt recht. Wahrscheinlich ist das sogar bequemer für Euch, und Ihr müsst den Fuß nicht belasten.«

Sie sattelten und beluden die Tiere. Mit viel Kraft und dem einen oder anderen Fluch wurde Cardol auf Nachteule gehievt. Aranthia hatte eine Schlinge um den Hals des Hengstes gelegt, damit der Kataure seinen verletzten Fuß stützen konnte.

Alduin schwang sich mit einem geschickten Satz auf Fëa Lómë und genoss dabei den stolzen Blick seiner Mutter. Rihscha ließ sich gemütlich vor ihm nieder.

So ritten sie den Weg entlang zwischen Büschen und Bäumen und kamen in der Dunkelheit nur sehr langsam voran. Verschlungenes Wurzelwerk, lose Steine und Äste wurden für sie immer wieder zu Stolperfallen. Noch ein weiteres Unglück konnten sie sich nicht leisten.

Die mondlose Nacht verhüllte den Wald in einer Samtdecke. Der

Zweiertakt der Hufe im Sand, das Klirren des Zaumzeugs und das gelegentliche Schnauben eines Pferdes verliehen dem Ritt eine geheimnisvolle Stimmung. Schließlich erkannte Alduin zwischen den Bäumen den Umriss des kleinen Holzhauses. Mit einem Mal überwältigte ihn eine Sehnsucht, die ihn erschaudern ließ: Eine stille Vertrautheit umfasste ihn und trug ihn zurück in längst vergangene Zeiten. Eigenartig, dass ihn der Weg auf all seinen Reisen nie wieder in diese Gegend geführt hatte. Er, der Junge von einst, war kaum mehr als eine Erinnerung. Wie schnell doch die Zeit, die er damals so bewusst gelegt hatte, vergangen war, eine Zeit, die ihm jetzt vorkam wie ein Traum – ein Traum, aus dem er ganz plötzlich erwacht war, als er den Bund mit Rihscha einging und zum jungen Mann wurde.

Cardol fiel erschöpft in den Schaukelstuhl neben dem Kamin, seinen Fuß legte er auf einen Hocker. Aranthia schürte das Feuer, Bardelph und Alduin kümmerten sich hinter dem Haus um die Tiere. Während sie den Esel und die beiden Pferde fütterten und tränkten, wollte Alduin alles wissen, was sich seit ihrer letzten Begegnung zugetragen hatte.

»Dieses Jahr sind in der Bruthalle nur wenige Küken geschlüpft«, begann Bardelph. »Aus unerklärlichen Gründen kommt es immer wieder vor, dass die Falken nicht mehr so viele Eier legen. Deshalb haben wir im Moment nur sieben junge Falkner. Ich kann dir sagen, es hat ordentlich Enttäuschung gegeben. Aber wer den Bund eingegangen ist, wer auserwählt worden war, wusste ihn daher umso mehr zu schätzen. Ich bringe den Jüngeren immer noch das Bogenschießen bei, helfe aber auch Meister Calborth. Diesen Winter hat er Probleme mit seinen Augen. Er sieht immer schlechter.«

Alduin schaute ihn überrascht an. »Tatsächlich?«, fragte er bestürzt. »Aber ich komme gerade aus Sanforan. Fast drei Tage war ich dort, er hat mir nichts davon gesagt.« Er strich Lómë übers Fell. »Aber dass er nicht mehr so gut sieht, könnte eine Erklärung sein«, murmelte er nachdenklich vor sich hin.

»Eine Erklärung wofür?«

Alduin schwieg einen Moment. Dann aber brannte er darauf, seine Geschichte zu erzählen. Über ihrem Unfall an der Schlucht hatte er keineswegs den eigentlichen Grund für seinen Besuch vergessen. »Ich erzähl dir alles, wenn wir drinnen sind. Mutter muss das auch hören.« Er holte tief Luft. »Übrigens, wie stehen die Dinge zwischen euch beiden?«, fragte er.

»Ich betrachte mich immer noch als einen glücklichen Mann, falls es das ist, was du wissen willst. Und ich habe nach wie vor große Ehrfurcht vor deiner Mutter – auch wenn sie das nicht gerne hört.«

»Ehrfurcht?«, fragte Alduin. »Sie ist doch keine Amazone.«

»Nein, das ist es nicht, was ich meine«, versuchte Bardelph zu erklären. »Für mich ist es nicht von so großer Bedeutung, wenn Frauen mit der Ausdauer der Arekkatze kämpfen.« Der Raide fuhr mit einem Tuch behutsam über das feuchte Fell des Hengstes. »Vielmehr ist deine Mutter zu einer der angesehensten Heilerinnen von Nymath geworden. Die Menschen kommen von weit her, um sich von ihr behandeln zu lassen – nicht nur wegen ihrer Heilsalben und Tränke. Es sind ihr tiefes Wissen, ihre Ahnung und ihr Verständnis für die Menschen und ihre Leiden.« Um Alduins Lippen spielte ein Lächeln. Bardelph war ein bodenständiger Mann mit einem Herzen aus Gold, doch es fiel ihm schwer, die ungewöhnlichen Begabungen zu begreifen, mit denen Alduin und seine Mutter ausgestattet waren.

»Ich kann verstehen, dass dich das durcheinanderbringt«, sagte er.

»Aber da ist noch etwas. Wenn wir gemeinsam am Feuer sitzen und reden, starrt sie urplötzlich ins Leere und spricht aus heiterem Himmel über etwas völlig anderes.«

Bardelph sah zu Alduin.

»Einmal über dich und Rihscha. Mitten in einem Gespräch – es ging um Kräuter – sagte sie plötzlich etwas Seltsames. Nur durch Rihscha wirst du dazu kommen, weit über diese Welt hinauszureisen. Sie sagte auch, dass deine Beziehung zu dem Falken eine unermessliche Gabe sei. Dabei habe ich richtig Gänsehaut bekommen.«

»Über diese Welt hinaus? Was kann sie damit gemeint haben?«, fragte Alduin.

»Ich habe mir abgewöhnt, sie danach zu fragen, denn wenige Momente später erinnert sie sich nicht mehr an ihre eigenen Worte.« Bardelph blickte ein wenig besorgt drein, dann aber seufzte er. »Trotz allem würde ich nichts an ihr ändern wollen. Sie ist das Beste, was mir je begegnet ist.«

Die Pferde waren gut versorgt, Alduin und Bardelph wuschen sich mit dem Wasser aus der Regentonne und kamen durch die Vordertür in die Hütte. Aranthia reichte ihnen Becher voll dampfendem, frischem Calba, und alle setzten sich an das knisternde Feuer.

Alduin war für einen Moment in Gedanken versunken, während er trank und in die Flammen starrte. Dann blickte er in die Runde.

»Es ist schön, hier zu sein«, begann er mit sanfter Stimme. »Aber ihr sollt auch wissen, dass wir nicht nur auf Besuch hier sind. In Wahrheit . . .« Seufzend setzte er den Becher ab. »Der eigentliche Grund ist: Mutter, wir brauchen deine Hilfe.« Er stockte. »Es war auch der Vorschlag von Meister Calborth, dich zu holen . . . Da ist ein Mann . . . er ist verletzt . . . Nein, eigentlich sind wir gar nicht sicher, ob er wirklich verletzt ist.«

»Alduin«, unterbrach ihn Aranthia. »Was erzählst du da? Ein verletzter Mann, aber ihr seid nicht sicher?«

Cardol sah, wie schwer Alduin sich tat. Er räusperte sich. »Die Geschichte ist eigentlich ganz einfach. Alduin hat ihn in den Emmerfeldern ein Stück jenseits der Stadtmauern bewusstlos gefunden. Wir – ein anderer Soldat und ich – haben geholfen, ihn zur Apotheke in der Falkenhalle zu tragen. Er scheint Raide zu sein, und Meister Calborth vermutet, dass er ein Falkner ist. Doch von seinem Falken war weit und breit keine Spur.«

»Aber in Sanforan gibt es doch Heiler zuhauf. Wieso kommt ihr ausgerechnet zu mir?«, wollte Aranthia wissen.

»Tja ... Genau das habe ich mich auch schon gefragt, gute Frau«, gab Cardol zurück. »Aber euer Sohn glaubt, dass nur Ihr helfen könnt, und für mich war es sozusagen eine willkommene Gelegenheit für einen längeren Ausritt.«

Die drei Erwachsenen richteten ihre Blicke auf Alduin, doch er zuckte mit den Schultern und blickte hilflos auf seine gefalteten Hände, als wolle er dort nach Kraft suchen.

»Ich bin gekommen, um dich zu holen, weil . . .«, begann er schließlich, setzte ab und schüttelte den Kopf. »Nun ja, Meister Calborth denkt, er kennt den Mann. Er sagt . . .«

Aranthia spürte die Verwirrung in seinen Augen.

»Er sagt, es sei mein Vater.«

Die Überraschung in dem kleinen Holzhaus war fast greifbar. Alle Blicke waren gebannt auf Alduin gerichtet. Das Knistern und Knacken des Feuers schien plötzlich den ganzen Raum auszufüllen.

»Cal?«, flüsterte Aranthia fassungslos. »Du meinst Cal?«, wiederholte sie und wurde blass.

»Ja. Cal.« Alduin nickte. »Aber . . . und das ist der verrückteste Teil . . . Cal in der Gestalt, in der du ihn zuletzt gesehen haben musst, denn der Mann, der dort liegt, kann unmöglich mehr als einundzwanzig Winter erlebt haben. Aber wäre es mein Vater, so müsste er doch eigentlich uralt sein?«

Trotz ihrer Verblüffung musste Aranthia über den Tonfall ihres Sohnes lächeln.

»Oh ja, natürlich«, bestätigte sie. »Er müsste inzwischen uralt sein.«

»Gewiss liegt ein Irrtum vor«, warf Bardelph ein. Der bodenständige Raide suchte nach einer vernünftigen Erklärung. »Vielleicht nur ein Zufall. Jemand, der wie Cal aussieht. Ein Verwandter vielleicht.«

»Das hatte ich auch erst gedacht«, erwiderte Alduin. »Aber Meister Calborth ist sich seiner Sache sehr sicher. Deshalb musste ich dich einfach holen«, beendete er und sah Aranthia an.

»Und Krath?«, fragte seine Mutter. »Kein Zeichen von ihm? Ithilfalken leben zwar lange, aber inzwischen müsste auch er alt sein.«

Alduin schüttelte den Kopf. Stille kehrte wieder ein.

»Dann bleibt für mich nur, auf schnellstem Wege nach Sanforan zu reisen«, entschied Aranthia schließlich. »Das ist die einzige Möglichkeit, um herauszufinden, was . . . diesem Mann fehlt.«

Sie schaute in Bardelphs Gesicht, sah seine Verwirrung und einen Blick, aus dem die Angst sprach – Angst sie zu verlieren. Ein Blick, der auf Bestätigung ihrer Liebe hoffte. Aranthia kämpfte mit ihren Gefühlen. Zärtlich legte sie ihm eine Hand auf den Arm. Doch war es offensichtlich, dass ihr die Worte fehlten, auf die er so sehnlichst hoffte: Worte, die ihm versicherten, dass Cals Rückkehr nichts zwischen ihnen ändern würde. »Kommst du mit?«, war alles, was sie herausbrachte.

»Natürlich«, murmelte er.

Aranthia wandte sich Alduin zu.

»Bardelph und ich brechen morgen in aller Frühe auf. Die Brücke ist jetzt wieder begehbar. Wir können also die Abkürzung nehmen. Du bleibst am besten ein paar Tage mit Cardol hier. Er muss seinem Fuß Ruhe gönnen und braucht jemanden, der ihn betreut.«

»Ihr könnt die Stute nehmen«, bot Cardol an, doch Aranthia schüttelte den Kopf.

»Danke. Nur einer könnte darauf reiten, und wir kämen nicht schneller voran. Sowohl Bardelph als auch ich sind ausdauernde Wanderer, und Skip wird unser Gepäck tragen.«

## 4

»Ich frage mich, wie lange ich diesmal wohl fort sein werde«, murmelte Aranthia in sich hinein. Der Morgen war angebrochen, und sie hatten das Nötigste zusammengepackt. Doch jetzt zögerte sie. Gerade erst hatte sie den Gemüsegarten angelegt und das Unkraut gejätet, das den Pflanzen die Luft raubte. Bardelph hatte endlich den Schuppen für den Esel hinter der Hütte fertig gebaut. Nun sollten sie ihr gemütliches Zuhause schon wieder verlassen. Irgendetwas in ihr widerstrebte, diese Reise anzutreten. Gefühle kamen in ihr auf, die sie längst vergessen geglaubt hatte. Konnte es tatsächlich Cal sein, der bewusstlos in der Falkenhalle lag? Vielleicht irrte der Falkenmeister ja doch, versuchte sie sich einzureden. Alles würde sich als ein Missverständnis erweisen. Lohnte es die Mühe, die Strapazen einer solchen Reise nach Sanforan auf sich zu nehmen? Schließlich konnten sie auch über Rihscha eine Botschaft senden oder über den Falken Neuigkeiten erfahren.

Bardelph spürte, dass sie tief in Gedanken versunken war. Er konnte sich vorstellen, was in ihr vorging, doch er fand keine beruhigenden Worte für sie.

»Wir brechen jetzt besser auf«, sagte er leise.

Tiefes Vertrauen klang in seiner Stimme mit. Es war eine Stimme, die Aranthia schätzen und lieben gelernt hatte. Worüber sollte sie sich den Kopf zerbrechen? Cal war vor langer Zeit ein Teil ihres Lebens gewesen, doch nun hatte sich alles geändert.

Mit einem Lächeln blickte sie den Raiden an und nickte. Doch es war ihr schmerzlich bewusst, dass dieses Lächeln unsicher wirkte.

»Ich schicke Rihscha vor, bis ihr die Brücke überquert habt«, unterbrach Alduin die Gedanken der beiden mit einem Grinsen. »Ich muss mich schließlich vergewissern, ob sie noch ein weiteres Mal hält.«

»Wir können ja bei Cardols Vetter vorbeischauen. Vielleicht ist Grest schon aus Lemrik zurück. Er könnte mit seinen Söhnen die Brücke wieder in ihren alten Zustand versetzen«, schlug Bardelph vor und zog die Riemen für die Gepäcktaschen auf Skips Rücken fest.

Alduin entließ seinen Falken in die Luft, dann umarmte er Aranthia. »Ich sollte längst schon wieder mit Cardol in Sanforan sein, aber wenn es Neuigkeiten gibt, sendet einen Falken zu uns.«

»Könnte mir kaum vorstellen, dass es etwas Dringenderes gäbe», meinte sie. »Aber lass uns abwarten.«

»Durchaus möglich, dass dein alter Freund Rael kurz nach uns in Sanforan ankommt«, warf Bardelph ein. »Hättet ihr nicht die Abkürzung gewählt, wärt ihr ihm wahrscheinlich in Lemrik begegnet. Vor ein paar Tagen sind wir ihm dort über den Weg gelaufen. Er wollte aber vorher noch zum Pferdemarkt. Und wenn es etwas Wichtiges gibt, schickt er bestimmt Sivella. Sie ist einer der schnellsten Falken!«

Der Gedanke an seinen besten Freund Rael und seinen Falken Sivella hob Alduins Stimmung trotz der widrigen Umstände. Es war ein schönes Gefühl, an einem so prächtigen Sommermorgen zurück in der Heimat zu sein! Er freute sich schon darauf, Rihscha all die Plätze zu zeigen, an denen er sich früher gern herumgetrieben hatte, aber auch das Felsplateau, an dem er an jenem Frühlingstag vor über zwei Jahren das Falkenei gefunden hatte.

»Wir sollten uns jetzt auf den Weg machen«, sagte Aranthia aufmunternd. »Cardol, ich hoffe, Euer Fuß erholt sich rasch«, rief sie durch die offene Haustür. »Mein Sohn soll bloß auf Euch aufpassen!«

»Aber sicher doch, gute Frau, dafür werde ich schon sorgen«, gab der Kataure zurück. »Möge Asnar Euch auf Eurer Reise beschützen.«

»Danke«, antwortete sie. »Ich hoffe, dass wir uns das nächste Mal unter besseren Umständen begegnen werden.«

Alduin begleitete Aranthia und Bardelph, der den Esel führte, zum Rand der Lichtung und verabschiedete sich dann von ihnen. Kurz darauf nahm er wieder Verbindung mit seinem Falken auf.

»Rihscha erwartet euch an der Brücke«, rief er ihnen nach, als sie zwischen den Bäumen verschwanden. Er sah ihnen noch eine Weile hinterher, dann lief er zur Hütte zurück, warf noch einen Blick auf die Pferde, vergewisserte sich dann, dass es Cardol bequem hatte und genug Calba in seiner Reichweite stand.

»Du hast nicht zufällig etwas im Haus, das einen Deut stärker ist, oder? Vielleicht einen guten Schluck Met?«, fragte der Kataure in einem Tonfall, der zwischen Hoffnung und Verzweiflung schwankte.

Alduin schüttelte lächelnd den Kopf. »Ich fürchte, nein. Aber Mutter hat mir noch Jatamansi gegen Eure Schmerzen dagelassen. Tut es noch sehr weh?«

»Das ist nicht das Problem, Junge, aber glaub mir, ein Mann braucht etwas mit ein bisschen mehr Schmackes, um den Tag zu überstehen.«

Alduin musste über ihn lachen. Raiden galten als sehr zurückhaltend, was berauschende Getränke anging, aber der Kataure hier hatte offensichtlich eine ganz andere Einstellung dazu.

»Vielleicht habt Ihr ja Glück, und ein Händler kommt vorbei. Und hoffentlich findet Ihr dann etwas, was wir eintauschen könnten!«

»Falls er Münzen aus Sanforan annimmt, da habe ich noch ein paar Duram in der Tasche«, antwortete Cardol, und ein Hoffnungsschimmer legte sich über seine Züge.

»Ich behalte den Fluss im Auge, falls sich hier jemand verirrt«, schmunzelte Alduin. »Aber wenn ihr vorerst nichts braucht, gehe ich eine Weile nach draußen.«

Alduin stand vor der Hütte in enger Verbindung mit Rihscha. So konnte er mit den Augen seines Falken Aranthias und Bardelphs Weg verfolgen und sehen, wie sie die schwankende Brücke sicher überquerten.

Rihscha stieß immer wieder mit mächtigen Flügelschlägen an ihnen vorbei, drehte im letzten Augenblick ab und flog dann die Schlucht entlang davon. Aranthia und Bardelph winkten ihm nach. Der Wind rauschte durch die Schwingen des Falken und versetzte Alduins Blut in Wallung. Er war eins mit Rihscha, stieg in einem Aufwind hoch empor, trieb in der sanften Wärme der frühen Sonne am Himmel und sog die feinen Einzelheiten der Landschaft mit vollen Zügen in sich auf. Er wusste, dass der Falke bald vom Hunger getrieben jagen würde, daher brach er die Verbindung ab und genoss stattdessen den Blick, der sich vor ihm öffnete.

Um diese Jahreszeit schien der Fluss sehr träge zu fließen und sah daher ungemein einladend aus. Alduin zögerte nicht lange, zog die Kleider aus, legte sie auf die Bank neben der Anlegestelle und hechtete hinein. Obwohl ihm die Kälte fast den Atem raubte, schwamm er mit kräftigen Zügen bis zur Mitte und ließ sich dort eine Weile mit geschlossenen Augen auf dem Rücken von der sanften Strömung treiben.

*... der Aufwind trug ihn höher und höher, bis es schien, als breite sich die gesamte Welt in all ihrer Pracht unter ihm aus ... Krath hatte sich noch nie so frei gefühlt, obwohl er wusste, dass er nicht alleine war ... Wie schon seit vielen Tagen war Cal bei ihm. Gemeinsam hatten sie die Küste Nymaths abgesucht, hatten jeden verborgenen Hain, jede wilde Klippe erkundet. Aus purem Spaß waren sie Wasserfälle hinabgestürzt und ließen sich über Seen treiben. Sie hatten verborgene Täler im Pandarasgebirge und noch tiefere Geheimnisse im Elbenwald entdeckt. Wind und Sturm, Sonne und Regen waren ihre innigsten Gefährten. Nun waren sie bereit weiterzufliegen, über die Grenzen bekannter Gebiete hinaus, sogar über die Grenzen der Welt. Nichts konnte sie trennen – das Gefühl der Freiheit gehörte ihnen beiden ... Sie waren in Gefilde gelangt, in denen Nahrung kaum nötig schien ... Ihr Elixier war nur das Wasser, das Licht der Sonne und der Sterne. Bald würden sie ...*

Prustend kam Alduin zu sich. Ein eigenartiges Gefühl verwirrte ihn, eine Vision, die ihn mit seinem Vater und dessen Falken Krath verband. Sie hatte ihn wohl viel zu lange in Bann gehalten. Oder war die Strömung des Flusses doch stärker als vermutet. Schneller und schneller glitt er über das Wasser, ohne Halt zu finden. Gischt schäumte um ihn herum auf. Er war in eine Stromschnelle geraten!

Haltlos wurde er im Kreis herumgewirbelt, und während er mit aller Kraft versuchte, sich an der Oberfläche zu halten, verlor er jegliche Orientierung. Dunkle Schatten tauchten auf und schienen ihn herunterziehen zu wollen, als er in rasender Geschwindigkeit an ihnen vorbeitrieb. Verzweifelt mühte er sich ab, wieder Herr über seine Kräfte zu werden, doch das weiß brodelnde Wasser war übermächtig. Mit ungeheurer Kraft zog es ihn auf einen Spalt zwischen zwei Felsbrocken zu. Die Strömung riss ihn wieder mit, er schluckte einen Mundvoll sandigen Wassers. Nur kurz tauchte er auf, würgte und prustete, doch sogleich zog es ihn wieder in die Tiefe. Er fühlte sich wie ein Spielzeug in den Tatzen einer Raubkatze, die ihn schüttelte und durch die Gegend schleuderte. Die Kälte kroch ihm bis ins Mark. Sein Herzschlag hämmerte gegen seine Brust.

Alduin spürte, wie seine Sinne schwanden und damit auch der verzweifelte Wille zu überleben. In diesem Moment wurde er durch einen grellen Schmerz zurück ins Bewusstsein geholt. Ein spitzer Ast hatte sich in seine Schulter gebohrt. Einen Augenblick lang verhing er sich darin, bis das Holz das Gewicht nicht mehr halten konnte und er weiter stromabwärts trieb. Sein Körper schleifte über kantiges Geröll und spitze Felsen, und plötzlich spürte er einen heftigen Schlag gegen seinen Kopf.

Alduin gab auf.

Es schien so viel einfacher, sich nicht mehr zu wehren, sich einfach nur treiben zu lassen. Eine unbeschreibliche Ruhe kam über ihn, ein Licht erstrahlte hell vor seinen Augen. Ihn überwältigte das unglaubliche Gefühl von uneingeschränkter Freiheit. Es war die Vision, die er zuvor hatte – mit Krath und mit Cal, seinem Vater.

*Wartet auf mich . . . Ich komme . . .*

Rihscha saß auf einem kahlen Felsblock, putzte sich das Gefieder, genoss die Sonne und fühlte sich satt, zufrieden und schläfrig. Plötzlich erstarrte der Falke. Unruhe und Furcht zerrten an ihm, obwohl er sich in sicherer Umgebung fühlte. Kurz darauf verblasste das Gefühl, doch dann kehrte es umso eindringlicher zurück. Er schnellte in die Luft, nahm die Witterung auf und flog mit mächtigen Schwingenschlägen zum Fluss, um dem verzweifelten inneren Ruf zu folgen. Noch während er durch die Lüfte glitt, verblasste das Gefühl wieder.

Cardol fuhr ruckartig aus dem Schlaf. Der Stand der Sonne, die durch das Fenster schien, verriet ihm, dass er einen Großteil des Tages verschlafen haben musste. Sein Magen knurrte. Er griff nach dem Becher neben dem Schaukelstuhl und trank den kalten Calba bis zur Neige.

»Pah . . .! Gibt es denn in diesem Haus nichts Anständiges zu saufen?«, schimpfte er.

Jetzt, nachdem die Wirkung des Jatamansi wieder nachgelassen hatte, der ihn in den Schlaf versetzt hatte, spürte er die Schmerzen in seinem verletzten Fuß wieder. Und das machte seine Laune nicht besser.

»Alduin!«, rief er gereizt. »Alduin, wo steckst du?«

Draußen hörte er Nachteule wiehern.

*Wo sich der Junge wohl rumtreibt?* Cardol stieß einen leisen Fluch aus und griff nach dem Krückstock, den Aranthia in Reichweite gestellt hatte. Mit einem Ächzen hievte er sich hoch, humpelte zur Tür hinüber und stieß sie auf. Warme Luft drang ihm entgegen. Die Lichtung vor dem Haus lag zu einem großen Teil im Schatten der dichten Bäume, die das Nachmittagslicht abschirmten.

»Alduin!«, brüllte er. Doch wieder antwortete nur Nachteule hinter der Hütte mit einem kräftigen Wiehern.

»Zu dir komme ich auch gleich«, versuchte er den Hengst zu beruhigen. »Ob du vielleicht weißt, wo er steckt?«, murmelte er in sich hinein, als könnte ihm das Tier tatsächlich eine Antwort geben.

Cardol schaute zurück in den Raum und sah sich suchend um. Alles schien unverändert, seit er den Jungen hier das letzte Mal gesehen hatte. Nur das Feuer im Kamin war erloschen.

Das passte so gar nicht in das Bild, das er sich von dem jungen

Falkner gemacht hatte – und er rühmte sich eines guten Urteilsvermögens, nicht nur was Pferde anging, sondern auch Menschen. Ganz gewiss hätte er ihn in seiner Hilflosigkeit hier nicht allein gelassen. Cardol suchte nach einer Erklärung, und mit einem Mal hatte er ein üble Vorahnung. Vielleicht war der Junge ausgeritten und gar gestürzt – schließlich war er kein besonders erfahrener Reiter. Cardol nahm alle Kraft zusammen, stützte sein Gewicht auf den Stock und kämpfte sich auf dem holprigen Weg Schritt für Schritt hinter die Hütte. Doch auch Fëa Lómë stand friedlich im Stroh – Alduin war also nicht ausgeritten. Der Kataure tätschelte die beiden Pferde, flüsterte ihnen ein paar freundliche Worte zu und band sie los. Zielstrebig trabten sie über die Lichtung zum Waldrand und blieben schon gleich mit den Mäulern tief im saftigen Gras stehen.

Nachdem Cardol sie für eine Weile beobachtet hatte, machte er kehrt und humpelte mühsam zum Fluss hinunter. Er sah Alduins Kleider auf der Bank, doch von dem Jungen war weit und breit keine Spur. Jetzt ahnte er, was geschehen sein konnte. Und er wusste, dass es nicht gut war.

Bardelph und Aranthia hatten auf lange Ruhepausen verzichtet und erreichten daher Sanforan schon nach zwei Tagen, kurz bevor die Haupttore für die Nacht geschlossen wurden.

Die beiden mieteten ein kleines Zimmer in der Herberge, und trotz der Müdigkeit machten sie sich sogleich auf den Weg in die Falkenhalle. Sie fanden Calborth im Speisesaal beim Abendbrot und begrüßten ihn herzlich.

»Ich hatte noch gar nicht mit euch gerechnet. Alduin hat wahrlich keine Zeit vergeudet. Aber gut, dass ihr hier seid.«

Den beiden fiel auf, wie erschöpft der alte Falkner wirkte.

»Was ist mit Euch, Meister Calborth?«, wollte Aranthia wissen.

Der alte Mann seufzte und mühte sich um ein Lächeln.

»Nichts Ernstes«, versicherte er den beiden. »Ich schlafe nur so schlecht in der letzten Zeit. Aber nun, da ihr hier seid, kann sich das ja vielleicht ändern.«

»Ist es etwa Cal, der Euch die schlaflosen Nächte bereitet?«, fragte Aranthia besorgt.

Der Meister nickte.

»Tagsüber gelingt es mir, mich abzulenken, selbst wenn es in der Halle so still ist wie jetzt. Doch wenn ich dann im Bett liege . . .«

»Hat sich sein Zustand verändert?«

Calborth bedachte sie mit einem niedergeschlagenen Blick und schüttelte den Kopf.

»Aber?« Aranthia ermunterte ihn, mehr zu sagen.

Der alte Mann straffte die Schultern, als wollte er jedem trotzen, der es wagen könnte, an seinen Worten zu zweifeln. »Es ist schon etwas über vier Tage her, seit Alduin ihn gefunden hat, und er ist noch immer nicht aus seiner Bewusstlosigkeit erwacht. Ich weiß nicht, vielleicht sind es meine Augen.« Er machte eine kurze Pause. »Aber ich könnte schwören, dass er sichtbar altert – und ganz blind bin ich noch nicht!«

Aranthia warf Bardelph einen fragenden Blick zu, der verständnislos mit den Schultern zuckte. Nach einem Moment des Schweigens legte die Heilerin dem Meister beruhigend ihre Hand auf den Arm. »Ich bin sicher, es liegt nicht an Euren Augen. Vielleicht findet sich für alles eine ganz einfache Erklärung.«

»Einfach?«, fragte Bardelph überrascht. »Ich glaube, ich habe in meinem ganzen Leben noch keine so verrückte Geschichte erlebt.«

»Du hast recht«, pflichtete Aranthia bei. »Was rede ich bloß daher? Welche Erklärung wir auch immer finden, so wird es uns ein Rätsel aufgeben.« Sie zog ihre Hand zurück und stand auf. »Können wir ihn jetzt sehen?«

Der Falkenmeister nickte langsam. »Mir ist der Appetit ohnehin vergangen«, antwortete er und schob den Suppenteller beiseite.

Wenige Momente später standen die drei am Bett des Fremden. Marla schüttelte die Kissen auf. Dann füllte sie den Wasserbeutel, der den Bewusstlosen vom Bettgestell aus über einen dünnen Schlauch versorgte. Die Kataurin lächelte breit, nickte und ging.

Aranthias Blick streifte über den bewegungslosen Körper und haftete dann gebannt auf dem Gesicht. Bis zu diesem Moment wollte sie Alduins Geschichte nicht wahrhaben, doch jetzt – es verschlug ihr den Atem.

Vor ihr lag Cal, der Mann, den sie vor einem halben Leben über alles geliebt hatte; der Vater ihres Sohnes, mit dessen vermeintlichem Tod sie sich nie abgefunden hatte. Er sah unverändert aus – fast so wie an dem Tag ihrer letzten Begegnung!

Unbewusst griff sie nach Bardelphs Hand und spürte, dass er in diesem Moment ganz für sie da war. Er stand aber auch für die Gewissheit, dass sie in der Gegenwart und nicht in der Vergangenheit lebte. Eine lange Zeit war verstrichen, eine Zeit, in der auch sie sich verändert hatte. Es fiel ihr unsagbar schwer, sich in dieser Situation zurechtzufinden.

»Unglaublich«, flüsterte sie. Ihr Blick wanderte durch den Raum, suchte nach etwas, was sie von ihren Gefühlen ablenkte, die sie schier zu überwältigen drohten. Sie deutete auf die Trinkvorrichtung.

»Jungfer Calborth hat sich das ausgedacht«, erklärte Calborth voller Stolz auf seine Zwillingsschwester. »Es träufelt ihm langsam Wasser in die Kehle. Den Schlauch hat sie aus einem Wasserunkraut geschnitten.«

»Was für ein guter Einfall«, lobte Aranthia, dann jedoch verstummte sie, als ihr Blick zurück zu Cals Gesicht wanderte. Eine Weile lang starrte sie ihn an, als könnte sie darin lesen, was mit ihm geschehen sein mochte.

Wie aus dem Nichts hatte sie plötzlich eine Eingebung. Ein Ausdruck des Erstaunens erhellte ihre Züge.

»Ob das möglich sein könnte?«, fragte sie, mehr zu sich selbst.

»Ob was möglich sein könnte?«, wollte Bardelph wissen.

»Ich bin mir nicht sicher, doch selbst wenn ich recht hätte, sind noch viele Fragen offen», begann sie zögernd. »Kann es sein, dass sich Cal aus irgendeinem Grund jahrelang nicht mehr aus der Verbindung mit seinem Falken lösen konnte? Dass er vielleicht erst vor Kurzem wieder zu sich zurückgefunden hat?«

»Du meinst, dass er während der letzten fünfzehn Jahre im Bund mit Krath war?«, stieß Bardelph ungläubig hervor.

»Ja. Es hört sich unwahrscheinlich an, aber scheint mir die einzige Erklärung«, sagte Aranthia mit wachsender Überzeugung. »An irgendeinem Punkt muss er die Verbindung zu seinem eigenen Ich verloren haben und wurde eins mit seinem Falken. Wo auch immer sein Körper zu diesem Zeitpunkt war – vielleicht ist er in einen komaähnlichen Zustand verfallen.« Sie stockte. »Ich stelle mir vor, dass er dann zur bloßen Hülle für ihn geworden sein könnte, ohne Bedürfnis nach Nahrung. So hat sich die Zeit für Cal verlangsamt, bis sie stillstand. Das würde auch erklären, warum er nicht gealtert ist.«

»Etwas Derartiges habe ich auch schon vermutet«, murmelte Calborth. »Aber dann muss wohl die Verbindung abgebrochen sein.«

»Ja«, fuhr Aranthia fort. »Irgendetwas hat sich ereignet. Cal hatte sein Bewusstsein wiedererlangt – oder vielleicht auch nur einen Teil davon – und versuchte, die Falkenhalle zu erreichen in der Hoffnung auf Hilfe.«

»Und da er jetzt nicht mehr mit Krath verbunden ist . . .«, setzte Bardelph an, der allmählich zu verstehen begann.

». . . altert sein Körper wieder«, beendete Aranthia den Satz. »Tatsächlich dürfte er die verlorene Zeit wettmachen.«

»Er altert also tatsächlich vor unseren Augen«, stimmte Calborth ihr zu.

Aranthia überprüfte die Trinkwasserversorgung. »Der Tropf ist lebenswichtig«, sagte sie dann. »Es wäre gut, ihm auch noch etwas klare Suppe einzuflößen. Er braucht mehr als nur Wasser.«

»Und niemand weiß, wo Krath ist?«, wandte sich Bardelph an den Meister.

»Nein. Bislang kennt nur ihr allein die ganze Geschichte.«

»Und wo können wir nach ihm suchen?«, fragte Bardelph.

Aranthia wog leicht den Kopf.

»Es ist nicht gewiss, ob er überhaupt noch am Leben ist. Auch das Leben von Ithilfalken ist begrenzt. Vielleicht war es ja sein Tod, der die Verbindung unterbrochen hat. Doch wenn er noch lebt, könnte er der Schlüssel für alles sein und Cal wieder ins Bewusstsein zurückrufen. Es wird uns schwerfallen, ihn zu finden. Aber Alduin und Rihscha könnten . . .«

Aranthia wurde aus ihren Gedanken gerissen, als Marlas kräftige Stimme nach oben drang. Offenbar wollte sie jemandem den Zugang zur Treppe verweigern. »Ihr seid so dreckig«, hörte sie sie rufen. »Unter keinen Umständen lass ich euch in das Zimmer eines Kranken! Ihr könnt in der Küche warten. Sie kommen bestimmt bald runter.«

»Aber es ist wichtig«, hörten sie eine tiefe Stimme antworten.

»Ja, ja, bei euch Kataur-Soldaten ist immer alles wichtig«, wehrte die Wäscherin unwirsch ab. »Trotzdem – so geht ihr mir nicht hoch.«

»Aber was wir zu sagen haben, ist . . .!«

Marla unterbrach unerbittlich. »Ab in die Küche. Wascht euch wenigstens die Hände und das Gesicht. Ich sag denen da oben Bescheid.«

Aranthia sah Bardelph fragend an. »Hört sich das nicht wie Cardol an?« Sie lief auf die Tür zu und wäre fast mit Marla zusammengestoßen. Auch wenn die Wäscherin dem Soldaten gegenüber nicht den Eindruck vermittelt hatte, ihn ernst zu nehmen, so hatte sie doch die Dringlichkeit in seiner Stimme gespürt. Sie musste wohl zwei Stufen auf einmal genommen haben und prustete los: »Ein Kataur-Soldat möchte Euch sprechen. Es ist einer der beiden, die den Kranken im Emmer gefunden haben. Ein Falkner ist auch dabei.«

»Etwa Cardol und Alduin?«, fragte Aranthia, und ein freudiges Lächeln huschte über ihr Gesicht. »Ich kenne nicht alle beim Namen, gute Frau. Dafür arbeite ich noch nicht lange genug hier. Geht runter in die Küche und seht doch selbst.«

Aranthia nickte und schob sich an der stämmigen Wäscherin vorbei. Bardelph und Meister Calborth folgten ihr.

In der Küche sahen sie Cardol, der gerade vom Spülstein zum Tisch hinkte. Doch der andere, der dort müde auf dem Holzschemel saß, war nicht Alduin. Vielmehr war es Alduins Freund, der Falkner Rael. Der Ausdruck in den Gesichtern beider Männer verhieß nichts Gutes. Aranthia atmete tief ein. Jähe Furcht krampfte ihren Magen zusammen, und sie fragte verunsichert: »Cardol, was ist geschehen? Euer Fuß . . . Ihr solltet Euch doch schonen! Rael, wann bist du angekommen, und wo ist Alduin?«

Ein schmerzlicher Ausdruck überdeckte die Züge des Katauren. »Am Tag Eurer Abreise habe ich noch am frühen Abend Nachteule gesattelt und bin geritten wie der Teufel. Fürchte, es hat einen Unfall gegeben – oder etwas in der Art«, begann er. »Nachdem Ihr weg wart, habe ich den Großteil des Tages geschlafen. Irgendwann am späten Nachmittag bin ich dann aufgewacht. Alduin war spurlos verschwunden. Ich habe alles abgesucht. Als ich dann seine Kleider am Flussufer fand . . .« Er brach ab und suchte nach Worten. »Nun, da wusste ich, dass es sinnlos war weiterzusuchen.«

»Aber Alduin ist ein ausgezeichneter Schwimmer! Er ist am Fluss aufgewachsen. Unmöglich, dass er . . .«, setzte Aranthia an und starrte den Mann ungläubig an. Dann richtete sie den Blick auf Rael, der niedergeschlagen wirkte.

»Purer Zufall, dass mir Cardol über den Weg gelaufen ist«, berichtete der junge Falkner. »Ich habe Sivella sofort losgeschickt, als ich die Geschichte von Alduin erfuhr. Sie hat den Fluss abgesucht und ist weit geflogen. Doch kein Zeichen – weder von Alduin noch von Rihscha«, setzte Rael fort.

»Das hat noch lange nichts zu bedeuten«, murmelte Bardelph und legte beruhigend einen Arm um Aranthias Schulter. Dankbar lehnte sie den Kopf an seine Brust.

»Aber flussabwärts gibt es eine Stelle, an der sich Gwire und Mangipohr vereinen«, sagte Rael zögernd. »An dieser Stelle teilt eine Sandbank das Gewässer, und zu beiden Seiten gibt es Stromschnellen. Im Westen sind sie weitaus stärker als im Osten. Wenn er sich dort verfangen hat . . .«

»Emo, beschütz ihn!«, flüsterte Aranthia und schloss die Augen.

»Setzt euch, ihr alle.« Marla ging mit nicht überhörbarem Schritt hinüber zur Feuerstelle. »Lasst mich euch Calba servieren.«

Bald saßen alle fünf mit den warmen Bechern in den Händen am Tisch und versuchten, sich ein Bild darüber zu machen, was wohl geschehen sein mochte.

Der Kataure fuhr mit seiner Schilderung fort. »Ich vermute, dass der Junge den ganzen Tag über nicht mehr im Haus gewesen ist. Als ich aufwachte, fand ich alles unverändert vor«, sagte er und warf einen schnellen Blick zu Aranthia, als wollte er sich dafür entschuldigen, den ganzen Tag verschlafen zu haben. »Nur das Feuer im Kamin war erloschen. Die Pferde standen im Stall und dann Alduins Kleider . . . Mein einziger Gedanke war, mich so schnell wie möglich auf den Weg zu Euch zu machen. Dem jungen Rael bin ich auf dem letzten Abschnitt der Strecke begegnet, den Rest des Weges konnte er auf Fëa Lómë reiten.«

»Wo ist Sivella jetzt, Rael?«, fragte Calborth.

Der junge Falkner schloss die Augen.

»Dort, wo der Mangipohr eine scharfe Kehre Richtung Norden macht, kurz bevor er wieder südwärts fließt. Der Fluss hat sich an dieser Stelle tief in die Hügellandschaft gegraben, und am Westufer ist eine steile Klippe. Niemand könnte dort hinaufklettern, deshalb sucht Sivella am anderen Ufer. Doch bisher gibt es immer noch kein Anzeichen von Alduin. Es hat stark geregnet, jetzt klart es wieder auf. Sivella wird sich während der Nacht ausruhen müssen und beim ersten Tageslicht weitersuchen.«

»Was können wir sonst noch tun?«, fragte Aranthia verzweifelt. »Haben wir an alles gedacht?«

»Wir sollten uns ausruhen und Kräfte sammeln«, gab der Meister zurück. »Morgen früh werden wir alle klarer sehen.« Damit stand er auf, legte die Hand auf die Brust und verneigte sich. Dann verließ er langsamen Schrittes die Küche.

Aranthia nickte erschöpft und wandte sich Cardol zu. »Ich kann Euch gar nicht genug danken, dass Ihr so rasch gekommen seid. Und das bei Euren Schmerzen. Lasst mich einen Blick auf Euren Fuß werfen. Er hat einiges mitgemacht.«

Bardelph stützte den humpelnden Katauren auf dem Weg zur Apotheke, während Rael mit Marla zurückblieb.

»Du kannst dir oben eines der Zimmer aussuchen«, bot sie ihm an.« Außer unserem Patienten ist derzeit niemand im Haus. Ich kümmere mich derweil um das Bettzeug.«

Der Junge schlief in einer kleinen, verborgenen Höhle in den zerklüfteten Hügeln am Rande eines erloschenen Vulkans. Sie bot ihm Wärme, Sicherheit und Schutz vor dem Regen, der immer mehr zunahm. Auch wenn die pochende Wunde an seiner Schulter zu bluten aufgehört hatte, so schmerzte sie doch immer noch sehr stark.

Bei Sonnenuntergang war er vom Fluss aus aufgebrochen und hatte sich durch die Nacht in Richtung Westen geschleppt. Es schien, als sei er von einem Instinkt getrieben. Er wusste nicht, was ihn ausgerechnet in diese Richtung lenkte.

Irgendwann hatten ihn seine Kräfte verlassen. Er war so schwach auf den Beinen gewesen, dass er eine Rast hatte einlegen müssen. Der Falke hatte ihn einen Großteil des Weges begleitet, ehe er plötzlich abhob und davonflog. Doch am nächsten Morgen war er wieder zurückgekehrt.

Am Abend des zweiten Tages war der Junge auf die Höhle gestoßen. Er hatte trockenes Gras, Zweige und Hölzer gesammelt und damit geschickt ein Feuer entfacht, froh über das Wissen um die Natur, das tief in ihm verborgen lag. So instinktiv er auch handelte, so wollten sich doch die Erinnerungen an sein früheres Leben nicht einstellen. Die Zeit, die hinter ihm lag, war für ihn nicht greifbar, ebenso wenig das, was vor ihm liegen mochte. Vergangenheit und Zukunft waren gefangen in einer geheimnisvollen Leere.

Der Falke war wieder für eine Weile aus seinem Blickfeld verschwunden und erst bei einsetzendem Regen mit einer gerissenen Waldtaube in seinen Klauen zurückgekehrt. Den Raubvogel im Blick hatte der Junge das Fleisch halb gegart verzehrt und war dann in einen tiefen Schlaf gefallen.

*. . . er kauerte auf dem Felsen und schaute hinaus über die Weiten des dunklen Wassers. Dann hechtete er vom Klippenrand . . . Während er entlang der Felswand hinabstieß, beobachtete er, wie sich eine Welle auftürmte. Sie peitschte gegen den Fuß der Klippe und spritzte als Gischtschauer empor . . . Gerade noch rechtzeitig zog er hoch und änderte den Kurs, weit über die Wogen des Ozeans hinaus, die nach ihm haschten. Er liebte dieses Spiel . . .*

Als er geschwächt am nächsten Morgen erwachte, hatte er den Traum noch lebhaft in Erinnerung. Er wandte sich dem Falken zu, der immer noch neben ihm hockte, und blickte ihm eindringlich in die Augen.

»Wer bist du? Was willst du von mir?«, fragte er.

*Rihscha.*

Bereits zum zweiten Mal hörte er diesen fremden Namen, und es war sein eigener Verstand, der ihn einflüsterte.

»Rihscha? Ist das dein Name? Oder ist es mein Name?«, wollte er wissen, als wäre es ganz selbstverständlich, mit einem Vogel zu sprechen. »Oder haben wir am Ende beide denselben Namen?«

So seltsam die Vermutung auch war, so schien sie doch nicht fern. Das Knurren in seinem Magen lenkte ihn von seinen Gedanken ab. »Ich bin sehr hungrig, könntest du noch eine dieser Waldtauben jagen? Ich mache ein Feuer.«

Zu seiner Überraschung flog der Falke aus dem Unterschlupf

und hechtete in die Luft. Als der junge Mann aufstehen wollte, um noch einmal Äste, Zweige und trockene Grasbüschel zu suchen, überkam ihn ein plötzlicher Schwindel. Sein Blick verschwamm. Er hatte das Gefühl, etwas wolle sich in seinen Verstand drängen – etwas, was ihm bedrohlich erschien, aber dennoch mit unbändiger Neugierde erfüllte. Er zögerte, doch dann gab er dem Gefühl nach.

*... der Falke raste auf ein kleines Gehölz zu in der Hoffnung, dort Beute zu machen ... Er spürte die Gegenwart seines Gefährten und hieß ihn willkommen. Alduin! Wir sind wieder vereint ... Plötzlich brach ein Schwarm Stare aus den Bäumen hervor ... Mit tödlicher Zielstrebigkeit jagte der Falke auf sie zu ... schnappte erst einen, dann einen zweiten aus der Luft und brach ihnen das Rückgrat ... Mit einem Opfer in jeder Klaue machte er jäh kehrt und flog zurück ...*

Als der Falke mit seiner Beute durch den schmalen Eingang flog, sah der junge Mann auf. Sein Blick wurde wieder klar.

»Mein Name ist Alduin, und du bist Rihscha«, sagte er voller Erstaunen.« Irgendwie bin ich mit dir geflogen. Ich konnte durch deine Augen sehen. Ich habe gespürt, wie dich die Jagdlust gepackt hat. Ich ...«

Ohne den Satz zu beenden, verstummte er wieder und blickte den Falken verwundert an.

»Woher kommen wir?«

## 5

Erilea stand nicht weit von ihrem bescheidenen Unterschlupf entfernt. Sie überlegte einen Moment und lief dann zum Bach nahe dem Waldrand. Hier gingen die Bäume in einen breiten Streifen Grasland über, das sich zwischen dem Mangipohr im Osten und dem Meer im Westen erstreckte. Die

Ebene reichte bis weit in den Norden, wo niedrige Vulkanberge sie begrenzten. Weit dahinter konnte Erilea gerade noch die höchsten Gipfel des Pandarasgebirges erahnen.

Sie drehte sich der aufgehenden Sonne zu. Sie hatte aufgehört, die Tage zu zählen, seit sie die Arekkatze verwundet und ihr *Parna* begonnen hatte. Das *Parna* war geprägt von vielfältigen, traditionellen Ritualen mit fest vorgegebenen Rhythmen. Den jungen Wunand-Amazonen war auf diesem besonderen Weg ins Erwachsenenleben aber auch freie Entscheidung für selbst erwählte Rituale gegeben. Eines davon war Erileas Morgenritual. So schloss sie die Augen, richtete sich auf und ließ ihre Arme locker herunterbaumeln. Sie lenkte ihr Bewusstsein auf die sanften Strahlen der Sonne, die ihr Gesicht umspielten, und lud dazu ein, ihre Haut und Knochen zu durchdringen, ihren Verstand mit Licht zu erfüllen und auf diese Weise alle üblen Gedanken zu verbrennen. Als die Sonne höherkletterte, kroch ihr Schein vom Kopf bis zu den Füßen. Erneut lud sie die Strahlen ein, ihr gesamtes Wesen zu reinigen. Langsam hob sie die Arme und sandte ein Gebet zu Emo. Sie bat die Göttin um ihren Segen, ihren Schutz und ihr Geleit durch den neuen Tag. Nacheinander rief sie sich die Menschen ins Bewusstsein, die ihr lieb und teuer waren, und ersuchte die Göttin, sie zu beschützen. Dabei klang in ihrem Innersten hell wie eine Glocke der Name Alduin. Auch wenn er sich scheinbar von ihr entfernt hatte, so war er doch ihrem Herzen so nah wie je zuvor. Nachdem sie Emo um Erlaubnis gefragt hatte, sandte sie ein weiteres Gebet an Gilian, den Gott, dem die Raidenfalkner huldigten. Ihn bat sie, ihren Freund zu beschützen. Da Alduin halb Wunand, halb Raide war, fürchtete sie nicht, eine der beiden Gottheiten zu beleidigen.

Sie beendete ihr Morgenritual mit einem wortlosen Gesang, der keiner bestimmten Melodie folgte, und ließ all das heraus, was in ihr aufstieg. Es klang wie ein unbeschwertes, verspieltes Lied, das an das Zwitschern von Vögeln im Wald erinnerte. Dann wieder sprachen aus der Melodie Sehnsucht und Ernsthaftigkeit, die ihr etwas Erhabenes verliehen. Sie verlor jegliches Zeitgefühl, bis der Gesang sein Ende fand.

»Emo«, flüsterte sie schließlich, öffnete die Augen und war bereit für einen neuen Tag. »So sei es.«

Als Erilea zu ihrem Unterschlupf aus Ästen und Buschwerk zurückkehrte, fand sie die Raubkatze hellwach vor. Das Tier gähnte gedehnt und musterte sie mit aufmerksamem Blick. Erleichtert stellte Erilea fest, wie klar seine Augen waren. Noch am Vorabend schienen sie wie von einem leichten Schleier verhangen. Sie atmete tief auf. Von nun an musste sie nicht mehr um das Überleben des Tieres fürchten.

»Bist du hungrig?«, fragte sie und griff nach den Peerifleischbrocken, die sie in Dökblätter gewickelt und zwischen den Ästen aufbewahrt hatte. »Was für eine Frage! Bestimmt bist du völlig ausgehungert«, murmelte sie und warf der Wildkatze geschickt ein Stück zu, das sie gierig verschlang.

»Würdest du wohl kauen! Du holst dir noch einen Magen. . .«

Mitten im Wort brach sie ab, als die Katze abermals gähnte und sich mühelos erhob. Kaum vorstellbar, dass das Tier so schwer verletzt gewesen war. Die abgefallenen Dokblätter gaben einen Blick auf die Narbe frei. Die Wunde war sauber verheilt. Nur gut, dass die Pfeile der treffsicheren Wunand-Amazonen keine Widerhaken hatten.

»Bald solltest du wieder selbst jagen können«, sagte Erilea zuversichtlich. »Aber bis dahin kannst du noch genießen, dass ich für dich sorge.«

Sie warf die letzten Fleischbrocken vor den Eingang.

Mit anmutigen Bewegungen glitt die Raubkatze aus der Höhle und verschlang den Rest des Morgenmahls. Erilea folgte ihr und hockte sich neben dem Tier auf den Boden. Ein Knurren klang aus der Kehle der Raubkatze, jedoch schien es für Erilea keine Bedrohung. Behutsam entwirrte sie die Lederriemen und rieb die getrockneten Überreste der Heilsalbe ab. Das Tier ließ es über sich ergehen.

Erilea selbst fastete jeden Tag bis zum Sonnenuntergang. Das Fasten zählte zu einer der auferlegten Aufgaben des *Parna* und sollte Wahrnehmung und Bewusstsein schulen. Die ersten zwei Tage hatte sie schwer gegen den Hunger angekämpft, doch allmählich fiel es ihr viel leichter. Trotz allem verbrachte sie den ersten Teil eines jedes Tages damit, Nahrung für den Abend zu suchen, und heute würde sie auch wieder für die Raubkatze jagen müssen. Vielleicht zum letzten Mal.

Nachdem die junge Wunand-Amazone ihre wenigen Habseligkeiten geordnet hatte, griff sie nach ihren Waffen. Die Sonne stand bereits hoch am Himmel und kündete einen sengend heißen Tag an. Sie warf noch einen Blick auf das Tier, das mittlerweile den letzten Fleischbrocken verspeist hatte, im trockenen Gras lag und sich zufrieden die Pfoten leckte.

»Ich gehe auf Jagd«, sagte sie leise, beugte sich zu ihm hinab und streichelte sanft über das goldene Fell. »Du kannst hier draußen warten. Hier solltest du sicher sein.«

Zu ihrer Überraschung folgte ihr die Arekkatze. Geräuschlos auf samtenen Pfoten lief sie neben ihr her. Erilea sah sie von der Seite an, dann setzte sie ihren Weg fort. Ein Lächeln legte sich über ihre Züge. Welchen Sinn hätte es schon, einem wilden Tier Befehle zu erteilen? Ebenso gut könnte man einen Fluss bitten, stromaufwärts zu fließen.

Der Bach, den sie über einen schmalen Pfad schon sehr bald erreichte, mündete etwa eine Wegstunde von hier östlich in den Mangipohr. Erilea hatte wenig Hoffnung, dass die Burak- oder Peeriherden jetzt noch dort saufen würden, dafür stand die Sonne bereits viel zu hoch. Doch wollte sie ohnehin ihre Fischreusen überprüfen.

Am Ufer beugte sie sich ins Wasser und begutachtete die Netze. Tatsächlich zappelten darin ein paar Brillits in beachtlicher Größe, und zum Glück waren die Netze unbeschädigt. Erilea ließ die Fische für den Rückweg dort, krempelte ihre Hose hoch und watete stromaufwärts durch das knietiefe Wasser. Die Raubkatze folgte ihr am Ufer entlang und ließ sie nicht aus den Augen. Die Strömung war stark, und Erilea schloss die Augen. Sie genoss das Gefühl des Wassers auf ihrer nackten Haut, spürte die Kraft des Baches, die sich mit der ihren maß. Das Wasser gurgelte leise, während es an ihren Beinen vorbeifloss. Im Gras hörte sie leise die Creeka zirpen.

Plötzlich vernahm sie aus weiter Ferne den unverkennbaren Schrei eines Falken. Ihr Herz machte einen Sprung, und sie schlug die Augen auf. Der Ruf war aus Norden gekommen, und nun suchte sie den blauen Himmel ab. Nach wenigen Augenblicken sah sie auch schon den Vogel, der pfeilschnell auf sie zuschoss. Ihr Herz hämmerte wild in ihrer Brust. Das konnte nur Rihscha sein und das würde bedeuten, dass Alduin in der Nähe war.

Bei dem Gedanken, Alduin endlich wiederzusehen, legte sich ein breites Lächeln über ihre Züge. Gewiss waren all ihre Sorgen unbegründet gewesen, wenn er nun kam, um sie ...

Der Falke glitt in Armeslänge an ihr vorbei und stieß wieder in den Himmel empor – so schnell, dass Erilea wenig Einzelheiten erkennen konnte. Dennoch sah sie, dass es ein gewöhnlicher Ithilfalke, kein Marvenfalke gewesen war. Also doch nicht Rihscha. Die Enttäuschung überwältigte sie fast.

Kurz darauf schnellte der Wildvogel erneut vorbei, und diesmal erkannte sie ihn an der Größe und dem unverkennbaren Kamm: Es war Sivella, der Falke von Rael. »Sivella, was machst du denn hier?«, rief sie, als der Vogel ein drittes Mal kreischend an ihr vorbeiflog. »Kannst du nicht mal landen? Mir wird noch ganz schwindlig!«

Das Knurren der Arekkatze rief Erilea in Erinnerung, dass sie nicht allein war, und es erklärte, warum der Falke so aufgeregt um sie herumflog.

Sie wandte sich der Raubkatze zu und scheuchte sie ein Stück zur Seite. »Du flößt ihm Angst ein. Geh ein Stück weiter weg. Nun mach schon«, sagte sie drängend.

Es mochte ihr Tonfall gewesen sein oder auch ihre Geste. Das

Tier musterte sie ein letztes Mal mit durchdringendem Blick, dann drehte es sich um und trottete zurück in Richtung der Fischnetze. Erilea hoffte inständig, die Katze damit nicht für immer vertrieben zu haben. Doch im Moment zählte für sie nur Sivella. Was mochte Raels Falke wohl hier suchen? Obwohl sie noch nicht abschätzen konnte, wie er sich verhalten würde, löste sie ihren Gürtel, schlang ihn sich schützend um die Hand und streckte den Arm aus. Sivella stieß herab, und diesmal landete sie sanft auf Erileas Faust.

Einige Tage nach ihrer Ankunft in Sanforan saßen Aranthia, Bardelph und Rael schon am frühen Morgen in der Bruthalle mit Meister Calborth zusammen. Mit jedem Tag, der verstrichen war, mit jeder schlaflosen Nacht wuchs ihre Sorge um Alduin. Sie hatten Sivella nach Süden ausgesandt, um dort die Gegend abzusuchen. Der Falke war dann flussabwärts weitergeflogen, und ein zweiter sollte die Elben um Hilfe bitten.

Doch bislang war aller Einsatz ergebnislos geblieben, und allmählich schwand die Hoffnung, Alduin noch lebend zu finden.

Cardols verzweifelter Ritt nach Sanforan hatte seinem Fuß schwer zugesetzt, und sosehr er sich auch dagegen wehrte, wurde er doch in das Lazarett der Katauren gebracht.

Cals Zustand war unverändert. Noch immer lag er bewusstlos in dem kleinen Zimmer. Der langsam fortschreitende Alterungsprozess war für alle etwas Wundersames und Unbegreifliches zugleich. Aranthia versorgte ihn Tag und Nacht. Sie übernahm dann auch bald die Pflege von Cardol, der in der Kaserne so unleidlich wurde, dass sich kaum mehr jemand in seine Nähe traute.

Sosehr Aranthia auch erschöpft war in der aufopfernden Betreuung der beiden, so sehr zermürbte sie doch ihre Sorge um Alduin.

»Zu viele Tage sind nun schon vergangen«, sagte sie und vergrub ihr Gesicht in beide Hände. »Jemand muss ihn gefunden haben. Wenn er ohne Bewusstsein oder gar krank ist, wäre das eine Erklärung, weshalb wir nichts von ihm gehört haben. Rihscha würde nie von Alduins Seite weichen.« Es war nicht das erste Mal, dass die drei Raiden diese Erklärung hören mussten. Fast schien es, als wolle Aranthia mit der ständigen Wiederholung ihrer hoffnungsvollen Gedanken erreichen, dass sich ihre Vermutung bewahrheiten würde.

Bardelph sah sie mitleidend an und fühlte sich nutzlos. Die Sorge um Alduin und die so gänzlich veränderten Umstände, die ihn aus seinem gewohnten Leben gerissen hatten, zerrten an ihm. »Ich brauche frische Luft!«, sagte er endlich und ging nach draußen.

»Rael, wo ist Sivella?«, fragte der Falkenmeister wie schon viele Male zuvor. Der junge Raide schloss die Augen und nahm Verbindung mit seinem Falken auf.

»Jetzt ist sie ziemlich weit im Süden, ein paar Wegstunden landeinwärts kurz vor der letzten großen Biegung des Flusses.«

Aranthia und Calborth entging es nicht, dass er für einen Moment erstarrte. Es musste etwas geschehen sein.

Sie musterten ihn voller Sorge, doch keiner wagte es, die Verbindung zwischen ihm und seinem Falken zu stören. Angstvoll harrten sie der Dinge. Die Zeit verging unerträglich langsam, und noch immer stand Rael wie in Trance vor ihnen. Plötzlich stieß er einen lauten Seufzer aus und öffnete die Augen.

»Sivella hat Erilea gefunden!«, rief er aus. Ein erleichtertes Lächeln legte sich über seine Züge.

Aranthia konnte ihre Enttäuschung nur schwer verbergen. Wenngleich ihr die junge Wunand-Amazone sehr ans Herz gewachsen war, so hatte sie doch gehofft, etwas über ihren Sohn zu erfahren. »Das . . . das ist ja wunderbar . . .«, sagte sie so verbindlich wie es ihr nur möglich war. »Nur was ist mit Alduin?«

Rael sank in sich zusammen. »Wenn wir Erilea nur irgendwie zu verstehen geben könnten, dass Alduin vermisst wird.« Er legte die Stirn in Falten. »Sie könnte uns eine große Hilfe bei der Suche sein.«

Bardelph war wieder zurückgekehrt und stand im Türrahmen. Plötzlich platzte er heraus. »Dieses sinnlose Warten und Nichtstun halte ich einfach nicht länger aus! Ich fühle mich so völlig nutzlos.

Wir müssen etwas unternehmen, uns selbst auf die Suche machen.«

Alle richteten ihren Blick auf ihn. »Aber sag, wo sollen wir anfangen, Bardelph? Er könnte überall sein.« Aranthia konnte die Tränen nicht mehr unterdrücken. »Die Strömung ist so stark. Sie hat ihn sicher längst schon zum Meer getrieben!«

Meister Calborth schüttelte den Kopf. Was er bisher nur gedacht hatte, sprach er jetzt aus. Er wählte seine Worte sorgsam.

»Aranthia, du selbst weißt nur zu gut, was es bedeutet, so lange im Fluss zu treiben.« Sie schwieg.

»Ich weigere mich zu glauben, dass er tot ist«, antwortete Bardelph statt ihrer. »Sein Falke ist so unglaublich klug . . . und da ist noch der Bund. Ich glaube, Aranthia hat recht, dass Alduin wohlauf ist. Doch aus unerklärlichem Grund kann uns Rihscha kein Zeichen geben.«

Bardelphs Worte gaben Aranthia neue Zuversicht. Sie holte tief Luft, schloss die Augen und horchte in sich hinein. Erst nach einer Weile flüsterte sie:

»Genau wie ein Teil von mir immer wusste, dass Cal nicht tot sein konnte . . . Ich bin mir jetzt sicher, dass Alduin noch am Leben ist. Was geschehen ist, wissen wir nicht. Aber ich vertraue auf meine innere Stimme und bete, dass Emo und Gilian über ihn wachen mögen.«

Langsam ließ sie ihren Blick über die drei Männer schweifen und fuhr fort. »Ich werde wie gewohnt meiner Arbeit nachgehen, Salben und Tinkturen bereiten. Ich sorge für Cal und Cardol. Ich . . . Ich werde mich einfach ablenken und geduldig abwarten.«

»Soll ich bei dir bleiben?«, fragte Bardelph. Er ging unsicher einen Schritt auf sie zu und nahm mit großer Enttäuschung hin, dass sie sein Angebot kopfschüttelnd ablehnte.

»Besser nicht, Bardelph. Ich fürchte, du verlierst den Verstand, wenn du noch länger so tatenlos hier in der Stadt herumsitzen musst.« Für einen Augenblick hielt Aranthia inne. »Nimm Skip und geh zurück zu unserer Hütte. Dort kannst du den Flusslauf absuchen. Besser, wenn jemand zu Hause ist. Vielleicht taucht Alduin dort auf und braucht Hilfe.«

Bardelphs Blick hellte sich auf. Ihr Vorschlag schien vernünftig und gab ihm endlich die Gelegenheit, etwas zu tun. Er streckte die Hand aus, strich ihr eine lose Haarsträhne aus der Stirn und streichelte ihre Wange.

»Du wirst sehen, wir werden ihn finden. Du darfst nur die Hoffnung nicht aufgeben.« Sie blickte auf den Boden und versuchte, die Tränen zu verbergen. Doch er hob ihr Kinn, sah ihr liebevoll in die Augen und küsste sie. »Alles wird gut. Die Götter sind mit ihm!«

Sie nickte und antwortete mit einem unsicheren Lächeln. »Ich weiß, ich weiß.«

Er umarmte sie ein letztes Mal, verbeugte sich vor Meister Calborth und Rael und verabschiedete sich. Die Tür fiel hinter ihm ins Schloss.

Für eine Weile war es still im Raum, bis Rael seine Gedanken aussprach: »Es ist ein gutes Zeichen, dass Sivella Erilea gefunden hat. Ich will mich so schnell wie möglich auf den Weg zu ihr machen.« Der junge Falkner legte zum Zeichen der Ehrerbietung seine Faust an die Brust und verließ die Bruthalle, ohne eine Antwort abzuwarten.

Aranthia sah den Falkenmeister stumm an. Gemeinsam standen sie auf und gingen hinaus in den klaren, sonnigen Tag, der so gar nicht das widerspiegelte, was in ihnen vorging.

Erschöpft kletterte Alduin die steinige Vulkanflanke hinauf.

Mit jedem Schritt drohte das lockere Gestein nachzugeben und ihn in die Tiefe zu reißen. Die pulsierende Hitze setzte ihm unbarmherzig zu. Er fühlte sich wie ausgetrocknet. Doch sein innerer Drang ließ ihm keinen Moment Ruhe. Trotz der Fieberschübe schleppte er sich voran. Und obwohl er sein Ziel nicht kannte, hoffte er doch auf Erlösung, wo immer es ihn hintrieb.

Er folgte einem Fluss, der immer weniger Wasser führte, je länger Alduin ihm folgte. Bald versiegte er in einem Schlammbett – umrahmt von trockenem, dornigem Buschwerk.

Es war kaum ein Tag vergangen, seitdem er den sicheren Schutz der Höhle aufgegeben hatte, und doch fühlte er sich schon völlig orientierungslos. Seine nackte Haut war der Hitze ausgesetzt, und in seinem Kopf pochte es. Hoch über ihm kreiste der Falke träge am Himmel, doch die seltsame Verschmelzung mit dem Raubvogel, die ihn durch seine Augen sehen ließ, war nicht wieder zustande gekommen. Alduin hielt inne. Er war gefangen von der Anmut seiner Bewegungen und verlor sich darin. Wie sehr sehnte er sich danach, dieses unbeschreibliche Gefühl des Fliegens noch einmal erleben zu dürfen.

Ein Gedanke blitzte in seinem Unterbewusstsein auf. So angestrengt er auch versuchte, ihn festzuhalten, entglitt er ihm doch immer wieder. Es war wie das Wort, das auf der Zunge lag, wie eine Vision, die man nicht greifen konnte.

Die Anstrengung erschöpfte ihn. Schwarze Schemen tanzten vor seinen Augen, und er hörte einen irritierenden Summton.

Schließlich gab er einfach auf. Er gab auf, seinen Blick zum Himmel zu richten, er gab auf, sich über die losen Steine zu kämpfen, er gab die Hoffnung auf, Wasser zu finden, er gab auf, sich nach irgendetwas zu sehnen, und er hörte auf nachzudenken. Kraftlos sank er in sich zusammen und lehnte sich mit dem Rücken gegen einen Felsbrocken. Er spürte kaum noch die Schmerzen, unterwarf sich der sengenden Sonne und schloss die Augen. Von nun an ließ er den Gedanken ihren Lauf und war erleichtert, endlich frei zu sein.

*... heißer Schlamm brodelte in die Höhe und spie Schwefeldampf in die Luft ... Einen Augenblick lang sank Rihscha gefährlich nahe in die übel riechenden Schwaden hinab. Die aufsteigende Hitze schleuderte ihn bald hierhin, bald dorthin ... Gerade noch im rechten Moment fing er sich und flog eine scharfe Wende, ehe er sich mit mächtigen Schwingenschlä-*

*gen hinauf zum Rand des Kraters erhob . . . Plötzlich spürte er Alduins Gegenwart, und das Gefühl der Freude durchströmte ihn . . .*

*Ich verstehe nicht . . . Wie geschieht das . . .?*

*Rihscha konnte die Frage seines Gefährten nicht beantworten. Er wusste nicht, wie die Verbindung zustande kam, er wusste nur, dass es sie gab. Er sandte Alduin all die freudigen Gefühle, die in ihm emporstiegen: Gefühle des Willkommenseins, der Freundschaft und der Ermutigung . . .*

Alduin öffnete die Augen, sah sich um und stand mühsam auf. Er fühlte, wie frische Energie die Teilnahmslosigkeit verdrängte und sein Bewusstsein langsam wiederkehrte. Für einen Moment blickte er noch recht benommen zum Himmel, doch dann war er wieder Herr seiner Sinne.

War das die Antwort? War es tatsächlich so einfach? Musste er nur die Augen schließen und fest an die Verbindung mit dem Falken glauben? Sollte er es wagen? Was sprach dagegen? Was aber, wenn er enttäuscht werden würde? Er wollte die Herausforderung annehmen und sich von seiner inneren Stimme leiten lassen.

In Alduin kämpften widerstrebende Gefühle. Womöglich war die Verbindung mit dem Falken der einzige Weg, ihm aus diesem Irrgarten von zerklüfteten, felsigen Schluchten und gefährlichen Abgründen herauszuhelfen – vielleicht sogar der einzige Weg zu überleben!

Langsam schloss er die Augen und verdrängte jeden Zweifel. Binnen eines Lidschlags blickte er von oben auf sich selbst herab. Verblüfft schlug er die Augen wieder auf.

Ein so übermächtiges Gefühl der Zufriedenheit und Zuversicht durchströmte ihn, ließ ihn alle Anstrengung vergessen und gab Raum für neue Hoffnung.

Rihscha würde ihn aus seiner misslichen Lage befreien.

Alduin suchte sich einen schattigen Platz neben dem großen Felsen, setzte sich wieder und war eins mit dem Falken.

*Rihscha . . . Ich brauche Hilfe. Zeig mir den Weg, der mich aus diesem Labyrinth herausführt . . .*

Der Wildvogel stieg mit dem Aufwind und gab die Sicht frei über eine breite Landschaft. Er trieb direkt über den kantigen Krater, dessen Hänge zu einer Halbinsel abfielen, die ins Meer ragte. Etwa ein halber Tagesmarsch entfernt schlängelte sich ein schmaler Wasserlauf durch saftige Felder und mündete am Hafen ins Meer. Durch die Augen von Rihscha konnte Alduin mehrere kleine Hütten erkennen, die am Ufer verstreut lagen. Um dorthin zu gelangen, musste er zwei Gebirgskämme überwinden. Dann würde er auf den schmalen Pfad treffen, der zu den bescheidenen Hütten in dem lang gestreckten Tal führte.

Der Anblick weckte in ihm verschwommene Erinnerungen. Bald setzten sich vor seinen Augen Bilder von Siedlungen wie Teile eines Puzzles zusammen. Das Gefühl der Vertrautheit nahm zu, und er spürte, dass er bald Hilfe finden würde. Er schöpfte neue Hoffnung.

*Rihscha . . . Ich sehe einen Weg . . . Halte die Position, aber bleib in der Nähe!*

Rihscha stieß einen Schrei aus, als Alduin die Verbindung abbrach. Der junge Mann beobachtete, wie der Falke noch zwei Runden flog und dann in ein Gebiet abdrehte, das ihm gute Beute verhieß. Nachdem er ihm noch eine Weile sehnsüchtig nachgeblickt hatte, drehte er sich um und ging in Richtung des ersten Felsens, der über eine steinige Schneise zum Kamm hinaufführte. Er nutzte seine letzten Kraftreserven, um ihn in Angriff zu nehmen. Doch bald schon waren seine Hände zerkratzt, und seine Kehle trocken wie der Staub, den er mit jedem Schritt aufwirbelte. Die Wunde an seiner Schulter war wieder aufgebrochen. Die übel riechende Flüssigkeit, die den Arm heruntersickerte, lockte die Fliegen an, die er mit letzter Kraft zu verscheuchen versuchte. Endlich hatte er den Gipfel erklommen und ließ sich auf der anderen Seite den Abhang herabrutschen. Von unzähligen Schürfwunden zerschunden, erreichte er den Fuß des zweiten Kammes. Hartnäckig kämpfte er sich weiter voran, schleppte sich auf Händen und Knien den nächsten Berg hinauf. Einzig und allein die Gedanken an den Pfad, der ihn zum Dorf hinunterführen würde, hielten ihn noch auf den Beinen. Als er die Kuppe erreicht hatte, suchte er das Geröllfeld vor ihm mit fiebrigem Blick ab. Doch so weit das Auge reichte, es breitete sich nur eine kahle, staubige Landschaft vor ihm aus.

Hatte er sich getäuscht? Waren es vielleicht mehr als nur zwei Berghänge gewesen? Oder hatte er am Ende die falsche Richtung eingeschlagen? Einen Augenblick war er wie erstarrt in seiner Verzweiflung. Doch dann erinnerte er sich an seine neu gewonnenen Fähigkeiten. Er musste mit Rihscha Verbindung aufnehmen.

*. . . gleißend funkelte der Schnee unter dem Falken, der über die hohen Berggipfel flog . . . doch noch während er in nie erreichte Höhen aufstieg, wurde er von einem strahlenden Licht erfüllt, eine Explosion reiner Energie, die sich entfaltete, als seine Falkennatur allmählich mit seinem menschlichen Gefährten verschmolz . . . Der dünne Grat, der die beiden Geschöpfe noch voneinander trennte, schwand nach und nach . . . Krath und Cal würden nie mehr . . .*

Erilea streichelte Sivellas Brust und flüsterte dem Falken liebevoll zu. »Hallo, du Schöne. Das ist aber eine Überraschung. Aber wo ist Rael? Ob er wohl nach mir sucht? Oder ist es nur ein Zufall, dass wir uns hier begegnet sind?«

Natürlich konnte der Falke keine Antwort geben, zumindest keine, die Erilea verstehen konnte. Stattdessen putzte er sich das Gefieder. Dann sah er sich um, als wolle er die Umgebung in sich aufnehmen, und erhob sich wenige Momente später in die Luft, kreiste einmal um Erilea, als wolle er sich vergewissern, dass sie ihn beobachtete, und flog dann weiter nach Osten in Richtung Sanforan davon.

»Sieht nicht so aus, als wäre Rael in der Nähe«, murmelte die junge Wunand-Amazone. »Was das wohl zu bedeuten hatte?«

Erilea versank tief in Gedanken. Eigentlich war ihr in der Zeit des *Parna* der Umgang mit anderen Menschen untersagt. Doch das war im Moment vergessen. Sollte sie einfach ihre Sachen packen und Sivella folgen? Sie war fest davon überzeugt, dass der Falke ausgesandt worden war, um nach ihr zu suchen. Gewiss sollte er sie in die Hauptstadt rufen. Dass nicht Rihscha mit diesem Auftrag bedacht wurde, war für sie ein Zeichen, dass Alduin und seinem Falken etwas zugestoßen sein musste. Eine andere Erklärung gab es für sie nicht.

Sie lief schnellen Schrittes zurück zu ihrem Fischnetz, um die Brillits zu holen. Mittlerweile waren es nun schon vier. Die goldfarbene Raubkatze, die tatsächlich ein paar Schritte vom Flussufer entfernt auf sie gewartet hatte, beäugte die Fische mit gierigem Blick.

»Oh nein. Die sind für mich. Ich brauche sie für die Reise«, sagte sie, und ihre Sorge um Alduin verlieh ihrer Stimme einen gereizten Tonfall. »Das lässt sich eben nicht ändern. Ich muss mich um wichtigere Dinge kümmern. Und du musst jetzt sehen, wie du überlebst.«

Das Tier starrte sie mit ernsten Augen an.

»Sieh mich nicht so an . . . Ich . . .«

Plötzlich wurde sie von Kummer und Verzweiflung überwältigt. Sie ließ sich auf den Boden fallen, vergrub ihr Gesicht in den Händen und begann zu schluchzen. Was hatte sie sich bloß gedacht? Hätte Rael Sivella tatsächlich auf die Suche nach ihr geschickt, warum hatte er ihr dann keine Botschaft mitgegeben? Schließlich kannte sie die Runen und einfachen Symbole gut genug, um eine Nachricht zu entziffern. Doch der Falke hatte nichts bei sich. So war es wohl bloß eine zufällige Begegnung gewesen.

Allmählich beruhigte sie sich wieder und hörte auf zu weinen. Als sie in sich hineinhörte, wurde ihr klar, warum es sie nach Sanforan zog. Tief in ihrem Inneren sehnte sie einen Grund herbei, Alduin wiederzusehen, wo auch immer er sein mochte. Aber er hatte nicht nach ihr gerufen. Was er auch vorhatte, sie war vermutlich die Letzte, an die er in diesem Augenblick dachte.

Wie oft war er in den vergangenen zwei Jahren in Sanforan gewesen? Wenn sie zusammen waren, schien ihre Verbindung so stark wie eh und je, natürlich und aufrichtig. Doch die Abstände zwischen ihren Treffen waren lang und länger geworden.

Gewiss hatte er sie sehr gern. Doch vielleicht gehörte sein Herz längst schon einem anderen Mädchen? Das letzte Mal waren sie sich zu Beginn des Frühlings begegnet. Damals hatte er versprochen, er würde zu den nächsten Vollmonden zurück sein. Nun, wenn sie ganz ehrlich war, hatte er es nicht fest versprochen, doch gesagt, dass er es vorhatte. Sie war verzweifelt, als die Mondzyklen ohne eine Nachricht von ihm verstrichen waren. So hatte sie auch nichts hinterlassen, als der Sommer kam und sie zu ihrer Familie zurückkehrte. Aber was hätte sie ihm auch hinterlassen sollen, was nicht aufdringlich gewirkt hätte? Nein. Sie war eine ausgebildete Wunand-Kriegerin. Sie hatte ihren Stolz! Sie würde sich ihm nicht aufdrängen!

Erilea wischte sich die Tränen ab, sprang auf und schalt sich selbst, wie leichtfertig sie ihr *Parna* missachtet hatte. Sie sah die Raubkatze an, die ihren Blick erwiderte. Auch wenn es nur ein Tier war, so hatte sie den Eindruck, es wüsste um ihre missliche Lage. Es schien fast, als wollte es Verständnis zeigen und Trost spenden. Ohne nachzudenken, streckte Erilea die Hand aus und kraulte das dichte Fell unter dem Kinn. Die Arekkatze belohnte sie mit einem Schnurren und schloss genüsslich die Augen.

»Nun kannst du die Fische doch haben», sagte sie lachend. »Ich habe noch ein paar Wurzeln und Kräuter. Nach Jagen ist mir jetzt gerade nicht zumute!«

Als Rael Sanforan verließ, war es Mittag. Zu seiner großen Freude hatte Cardol mit seinem Vorgesetzten verhandelt und erreicht, dass der junge Raide Fëa Lómë ausleihen durfte. Ohnehin wurde die Stute im Moment nicht geritten, so war es gewiss besser für sie, über Land zu traben, als nutzlos im Stall herumzustehen.

Rael galt als ein ausgezeichneter Reiter, dennoch würde er wohl eine Weile brauchen, um Erilea zu erreichen. Er versuchte, über längere Strecken zu galoppieren. Doch die Wege waren steinig und ausgefahren. Wenn er nur im Schritt reiten konnte, ertappte er sich dabei, wie seine Gedanken immer wieder um Alduins Vater kreisten und das Geheimnis, das ihn umgab.

Aranthia hatte ihn gleich nach seiner Ankunft eingeweiht, offensichtlich hielt sie es für bedeutsam, dass er wusste, wer dieser bewusstlose Mann in der Falkenhalle war, und dass er auch ihre Vermutungen kannte. Der Gedanke, jemand könnte so eng mit seinem Falken verbunden sein, dass die Zeit für ihn stillstehen würde, dass sein Geist seinen Körper verlassen würde, überstieg Raels Denkvermögen. Wie konnte so etwas erstrebenswert sein?

Er nahm Verbindung mit Sivella auf und flog eine Weile mit ihr. Sie ließ sich in einer milden Brise zu einen Wald weiter nördlich treiben, in der Hoffnung, dort Beute machen zu können.

Das Gefühl, mit seinem Falken eins zu sein, war unbeschreiblich. Doch alles hinter sich zu lassen, um auf ewig mit Sivella verbunden zu bleiben? Nein, das würde Rael trotz aller Abenteuerlust nicht auf sich nehmen wollen. Er löste die Verbindung und gab sich wieder seinen Gedanken hin.

Als der Abend anbrach, fand er einen geschützten Platz in einem kleinen Birkenhain und verbrachte dort die Nacht. Doch der Schlaf wollte nicht einkehren. Während er noch einmal nach Fëa Lómë sah, ging ihm vieles durch den Kopf. Viele Fragen, auf die er keine Antwort fand. Was mochte Cal empfunden haben? Was, wenn Krath gestorben war, während die beiden immer noch verbunden waren, und Cal nun zwischen Leben und Tod gefangen war? Die Vorstellung jagte ihm einen kalten Schauder über den Rücken, und plötzlich fiel ihm wieder Alduins enge Begegnung mit dem Tod ein, als er das erste Mal mit Rihscha geflogen war.

Alduin! Erst jetzt wurde Rael bewusst, dass er die ganze Zeit über vermieden hatte, an seinen Freund zu denken und daran, was ihm zugestoßen sein mochte. Es fiel ihm schwer zu glauben, dass er tot war. Denn sich mit seinem Tod auseinanderzusetzen, würde in ihm das Bewusstsein seiner eigenen Sterblichkeit wecken. Doch diesen Pfad wollte er nicht gehen. Wo also war Alduin? Und wo war Rihscha?

Sivellas weiche Landung lenkte Rael von seinen Gedanken ab. Eine Weile hockte sie auf seinem ledernen Handschuh, ließ sich von ihm kraulen und genoss offensichtlich die liebevollen Worte, die er ihr zuflüsterte. Ihre Gegenwart wirkte beruhigend. Dann gähnte er laut, und eine große Müdigkeit übermannte ihn. Der Falke hüpfte von seiner Faust herunter und kuschelte sich neben ihn, als Rael sich in seine Decke wickelte und tief einschlief.

Die Sonne war gerade untergegangen. Erilea saß im Gras und hatte den Blick auf den prachtvollen scharlachroten Himmel gerichtet. Die Arekkatze lag neben ihr und leckte sich die Pfoten. Ihr Fell hatte den Glanz des abendlichen Lichtes angenommen.

Die junge Wunand-Amazone war wieder ganz mit ihrem *Parna* befasst und verbrachte die Zeit vor dem Abendbrot damit, sich völlig zu entspannen und tief in sich zu versinken. Unverhofft hatte sie eine Idee: Sie wollte dem Tier einen Namen geben. Doch schon gleich verwarf sie den Gedanken wieder, denn gewiss würde es sie in wenigen Tagen für immer verlassen. Und gäbe sie ihm einen Namen, würde es ihr umso schwerer fallen, die Raubkatze ziehen zu lassen.

Doch der Gedanke biss sich fest. Ein Name! Sie beobachtete, wie sich das Tier streckte und auf den Rücken rollte. Die Verletzung schien nicht mehr zu schmerzen.

»Ist gleich, wie lange du bleibst«, flüsterte sie. »Du kannst gehen, wann immer du willst. Ich meine aber doch, dass ich dir einen Namen geben muss, solange wir zusammen sind.«

Erilea ließ ihren Blick über den geschmeidigen Körper der Arekkatze gleiten. Sie wusste, dass der schläfrige Eindruck täuschte. Binnen weniger Momente konnte sie sich in ein reißendes Tier verwandeln – wie der ruhende Vulkan, dessen Gipfel sie im Norden erkennen konnte. Eine Wunand-Legende besagte, dass er zuletzt ausgebrochen war, kurz nachdem die Stämme in Nymath angekommen waren. Statt ihn zu fürchten, betrachteten sie ihn als einen heiligen Ort. Er spiegelte für sie das unbeständige Wesen Emos wider, der von den Stämmen angebeteten Göttin. Obwohl der Berg seit vielen Generationen geschwiegen hatte, ahnten die Wunand, dass er tief in seinem Innersten noch lebte und jederzeit wieder erwachen konnte.

Plötzlich wusste Erilea, wie sie ihr *Parna* vervollkommnen konnte. Sie würde sich aufmachen, um dem Vulkan ihre Ehrerbietung zu erweisen. Und da die Raubkatze sie auf diesen Gedanken gebracht hatte – wie ein Stern einen Reisenden leitet –, lag ihr Name nah. Sie sollte von nun an Elin – Stern – heißen.

# 6

*Wach auf, Alduin, du kommst zu spät zum Bogenschießen . . .*

Jemand versuchte, ihn wachzurütteln. Doch er war noch so müde und wollte nicht aufstehen. Mürrisch drehte er sich wieder um und wollte die Decke über den Kopf ziehen. Doch wo war sie? Sie musste auf den Boden gefallen sein. Autsch! Jemand bewarf ihn mit Steinen!

Alduin fuhr mit einem Ruck hoch und brauchte einen Moment, um sich zu orientieren. Er musste das Bewusstsein verloren haben. Doch als der Boden unter ihm erzitterte, sich Geröll und Felsbrocken lösten, war er schlagartig wach. Es musste eine geraume Zeit ohne Besinnung gewesen sein.

Jäh tauchte Rihscha vor ihm auf, kreischte aufgeregt und drängte ihn aufzustehen. Das Beben ließ nach, nicht aber die Unruhe des Falken.

»Na gut«, sagte Alduin, immer noch leicht verwirrt. »Aber in welche Richtung soll ich gehen?«

Der Falke flog in die Luft, und Alduin verband sich mit ihm. Erst dann fiel ihm auf, was er zuvor noch übersehen hatte: Der schmale Pfad, der durch die Senke hinunter zu einem kleinen Dorf führte, lag verborgen hinter einem großen Felsbrocken.

Der Falke glitt zu den Behausungen hinab, und Alduin erkannte, dass die Bewohner wie aufgescheucht umherrannten, ihre Habseligkeiten in kleine Boote verstauten und damit ins Meer stachen. Alle brachen auf. Jeder von ihnen.

*Rihscha, bleib in Deckung. Ich komme.*

Von Panik getrieben, taumelte er über das Geröll bergab, bis er den Pfad erreichte. Unter Schmerzen humpelte er weiter, so gut er konnte, und betete dabei zu Gilian, dass nicht schon alle das Dorf verlassen haben würden, wenn er es endlich erreicht hatte. Allmählich wurde es dunkel. Aus Rihschas Sicht hatte die Entfernung zu den Hütten nicht so groß gewirkt, doch Alduin schien sie schier unüberwindbar. Doch irgendwann kamen endlich die Häuser in Sicht.

»Wartet auf mich . . . bitte!«, rief er. Seine Kehle war so trocken, dass er kaum mehr als ein krächzendes Flüstern herausbrachte.

Taumelnd wankte er auf das Ufer zu und sah, dass die meisten Boote bereits abgelegt hatten. Nur einige wenige warteten noch auf ihre Fracht. Wieder rief Alduin, und diesmal wurden einige Leute auf ihn aufmerksam. Sie drehten sich nach ihm um und hoben die Fackeln, um zu sehen, wer nach ihnen gerufen hatte. Er blickte in verängstigte Gesichter.

»Der Geist des Berges», rief eine Frau mit schriller Stimme.

»Er kommt, uns zu verjagen», brüllte ein Mann. »Als ob uns das Grummeln seines Bauches nicht längst schon erreicht hätte. Lauft, so schnell ihr könnt!«

Sie ließen die Fackeln fallen, hechteten in die letzten Boote und legten sich in die Riemen. Als Alduin dann endlich am Uferrand stand, hatten sie sich längst schon in der Dunkelheit verloren.

»Wartet doch!«, rief er ein letztes Mal, bevor er auf die Knie sank, die Arme um sich schlang und sich verzweifelt vor- und zurückwiegte. »Wartet doch auf mich!«

Erst jetzt wurde Alduin bewusst, wie sehr er sich nach menschlicher Nähe gesehnt hatte. Bilder und Erinnerungen waren immer wieder verschwommen vor ihm aufgetaucht, doch er hatte sie nicht zuordnen können. Durch einen geheimnisvollen Bund konnte er sich mit einem Falken austauschen und durch dessen Augen sehen. Doch er war außerstande zu verstehen, wie das geschehen konnte. Er hatte einen Namen, wusste aber nicht, woher er ihn hatte.

Als er völlig unerwartet die Siedlung sah, hatte er sich erleichtert gefühlt. Eine sehnsüchtige Vertrautheit war in ihm aufgestiegen. Doch warum fürchteten die Menschen sich vor ihm? Was hatte er ihnen getan?

»Kommt zurück!«, brüllte er verzweifelt. Doch die Boote waren längst außer Hörweite.

»Sorge dich nicht, junger Mann. Sie werden bald zurückkehren.« Die Stimme klang sanft wie der Wind, der durch die Schwingen eines Falken strich.

Überrascht drehte sich Alduin um. Woher mochte die Stimme gekommen sein. Hatte wirklich jemand zu ihm gesprochen? Gewiss war es nur ein Spiel des Windes!

Doch nicht weit von ihm erkannte er eine äußerst seltsame Gestalt, gestützt auf einen knorrigen Stock. Sie war von einem Schimmer umgeben, der von ihr selbst auszugehen schien. Schlohweißes Haar umrahmte das runzelige Antlitz. Es schien, als sei es mit stumpfer Schere äußerst lieblos gestutzt worden, und stand in alle Richtungen ab. Eine lange Hakennase stach hervor. Der Körper war in ein fließendes, mit Federn geschmücktes Gewand gehüllt, das sich bis zum Boden ergoss.

»Warum sind sie geflüchtet?«, war alles, was Alduin hervorbrachte.

»Wenn du dich sehen könntest, würdest du es verstehen!«, kicherte es pfeifend zurück.

Zittrig stand Alduin auf und blickte an seinem Körper hinab. Irgendwo unterwegs hatte er wohl noch das wenige verloren, was er am Körper getragen hatte. Von Kopf bis Fuß war er mit Vulkanasche überzogen, und die offene Wunde sah ekelerregend aus. Dünne Hautfetzen hingen von Armen und Beinen herab, das geronnene Blut aus den Schürfwunden zog dunkelrote verkrustete Furchen in den staubigen Grund.

In seinem Kopf begann sich alles zu drehen. Ihm wurde übel. Bevor er dagegen angehen konnte, erbrach er saure Galle.

Die sonderbare Erscheinung war binnen eines Augenblickes an seiner Seite und stützte ihn auf eine seltsame Weise, ohne ihn dabei zu berühren.

»Schon gut, schon gut«, flüsterte die Stimme sanft. »Es war ein harter Tag. Doch jetzt bist du in Sicherheit. Ich kümmere mich um dich. Rihscha geht es gut. Mach dir keine Sorgen.«

Bevor Alduin sich fragen konnte, woher das eigenartige Wesen Rihscha kannte oder gar wusste, was er durchgemacht hatte, breitete sich über ihm ein Gefühl der Erleichterung aus wie eine wohlig warme Decke. Mit einem Mal fühlte er sich geborgen und wie von allen Sorgen befreit. Dankbar fiel er in einen tiefen Schlummer.

Als er am nächsten Morgen erwachte, glühte sein Körper fiebrig. Er lag in einer Höhle auf einer Binsenpritsche, nur leicht bedeckt mit einem Leinenlaken.

Durch das Pochen in seinem Kopf drang das Geräusch von Wellen, die draußen gegen die Felsen peitschten. Er spürte eine sanfte Brise, die ihm aber nur wenig Erfrischung verhieß.

Vorsichtig versuchte er, sich aufzurichten, und griff benommen nach der Wasserschale neben ihm auf einem kleinen Tisch. Doch er war zu schwach, sie anzuheben, und stieß sie ungeschickt um. Von der Anstrengung erschöpft, die ihn allein schon diese kleine Bewegung gekostet hatte, sank er zurück auf die Pritsche. Als er die Augen schloss, um die Verbindung mit Rihscha aufzunehmen, wurde er von einem heftigen Schwindelanfall gepackt.

»Rihscha, wo bist du?«, flüsterte er.

Er spürte den Schnabel des Falken, der ihn behutsam in den Arm zwickte, und verlor sich in seinem tiefgründigen Blick. Er fand darin Halt wie der Anker eines kleinen Bootes im stürmischen Ozean. Ein überwältigendes Gefühl der Liebe für Rihscha überkam ihn, Harmonie und Stille umfingen ihn. Es war, als könne sich sein Geist aus seinem Körper lösen, als würde ein tiefer liegender Teil seines Inneren an die Oberfläche dringen.

*... Krath flog träge über den tiefgrünen Teppich des Waldes und kreiste immer wieder, um zu sehen, wie Cal vorankam ... Sie waren am frühen Morgen aufgebrochen und würden das Dorf bald erreichen ... Von Zeit zu Zeit nahm er Verbindung mit seinem Falken auf, doch der unwegsame Pfad mit seinen Wurzeln, Wildkräutern und Steinen erforderte seine ganze Aufmerksamkeit.*

*Krath fand sich damit ab, obwohl es seine größte Freude war, mit dem Falkner zu fliegen. In einem Aufwind ließ er sich mühelos höher und höher treiben. Etwas abseits von dem Pfad glänzte das breite Band des Mangipohr auf seiner langen Reise zum Ozean bronzefarben im Licht ...*

*Am fernen Ufer war der Wald noch dichter ... in ungleichmäßigen Abständen überragten zerklüftete Felsvorsprünge die in gleißendes Licht getauchten Wipfel der Bäume ... die Ausläufer des majestätischen Pandarasgebirges erstreckten sich in der Ferne ... Als die Sonne im Westen versank, gingen die Gipfel allmählich von einem dunklen Blau in ein Purpur über ... Krath beobachtete Cal aufmerksam und sah, wie er gerade die ersten Hütten am Rand des Dorfes erreichte ...*

Cal kam nur langsam voran. Er schob die letzten wild wachsenden Brombeersträucher beiseite, die den schmalen Waldpfad überwucherten, und dann endlich lag das Dorf Lemrik am Mangipohr vor ihm.

Auf dem Weg zur Dorfmitte sah er in den Fenstern der Hütten die Lichter flackern, und aus den Kaminen stieg der Rauch auf.

Es war schon eine ganze Weile her, als er das letzte Mal hier gewesen war. Die Herbst- und Wintermonate in seinem neuen Zuhause mit Aranthia waren trotz Kälte und trüben Wetters wie im Flug vergangen, und mit den ersten Zeichen des Frühlings kamen viele neue Aufgaben auf ihn zu. So war das Dach zu reparieren, der Hühnerstall brauchte ein neues Gatter, den Gemüsegarten wollte er vergrößern. Als er dann entdeckt hatte, dass die Motten über Aranthias Samen- und Kornvorräte hergefallen waren, musste er nach Lemrik aufbrechen, um Ersatz zu beschaffen. Und wenn er schon einmal dort war, so konnte er sich auch gleich nach einem Winterkalb umsehen. Sosehr er Aranthias Gesellschaft genoss, war er doch guter Laune aufgebrochen. Er liebte die Freiheit, und tief in seinem Herzen war er ein Wanderer.

In den vergangenen fünf Jahren hatte er mit Krath die verborgensten Winkel Nymaths ergründet. Es gab Falkner in Sanforan, die es weit unter ihrer Würde empfanden, mit ihren Falken als Kundschafter oder Boten anderen zu dienen als dem Hohen Rat. Cal hingegen nahm jeden Auftrag an und genoss das Leben abseits der Stadt und der Menschenmengen. Hinzu kam, dass er von den Händlern und Landbesitzern für seine Dienste gut bezahlt wurde.

Für einen Moment nahm er Verbindung mit Krath auf. Er sah, wie der Falke einen fetten Fasan riss.

*Komm, wenn du so weit bist*, gab er dem Raubvogel zu verstehen. Er ging die schmale Dorfstraße entlang, und es dauerte nicht lange, bis der Wildvogel auf seiner Faust landete und sich behaglich das Brustgefieder kraulen ließ.

Von der Straße zweigten kleine Gässchen ab. Cal bog in die dritte ein und ging auf eine Dorfschenke zu, die er von früher her kannte. Zwar gab es dort keine Herbergszimmer, doch der Besitzer – ein alter Katauren-Freund – erlaubte ihm stets, sich auf der Bank am offenen Feuer auszustrecken, wenn der letzte Gast gegangen war. Als er die Tür öffnete, um nach einem Platz Ausschau zu halten, landete Krath auf dem Dachfirst.

Im Schankraum saßen und standen die Männer aus dem Dorf zusammen, die sich noch einen Becher Met gönnten, bevor sie zum Abendbrot nach Hause gingen. Gelächter, Klirren von Krügen, munteres Gerede, zornige Flüche und der eine oder andere wütende Fausthieb auf den hölzernen Tischen mischten sich zu einem bunten Durcheinander. Und über allem hingen blaue Tabakrauchschwaden. Erst zuckte Cal vor dem Lärm zurück, dann aber grinste er, als er ein paar bekannte Gesichter entdeckte.

»Cal!«, rief der Schankwirt hinter der Theke. »Schön, dich zu sehen! Wo hast du bloß so lange gesteckt? Komm rüber und trink was.«

Cal bahnte sich einen Weg zu ihm und nickte im Vorbeigehen alten Freunden zu.

»Brend, tut gut, dich zu sehen«, begrüßte er den Wirt, als er sich durch die Menge gekämpft hatte. »Offensichtlich blüht das Geschäft.«

»Ich kann mich wahrlich nicht beklagen«, antwortete der Kataure. »Aber sag, wo bist du gewesen? Ich kann mich nicht entsinnen, dich seit dem vorletzten Winter gesehen zu haben.«

Cal überlegte kurz. War es tatsächlich schon so lange her? Er nickte bedächtig. »Vermutlich hast du recht. Das letzte Mal war ich auf dem Weg nach Sanforan, um das eine oder andere Geschäft zu erledigen. Danach habe ich mit Krath die Gegend erkundet, um ein paar Karten für einen Goldsucher zu zeichnen. Und dann . . . tja . . . Ich habe eine Wunand kennengelernt, die unten am Fluss lebt . . . und nun ja . . .«

Cal war überrascht, dass er rot anlief, als sich ein mitfühlendes Grinsen im Gesicht des Wirtes breitmachte.

»Sag bloß, du bist sesshaft geworden! Wer hätte das gedacht. Ausgerechnet *du*. Hätte ich nie für möglich gehalten. Hat dich wohl verhext?«

Cals Verlegenheit war mit einem Schlag wie weggewischt. Ohne dass der Wirt es ahnen konnte, hatte er Gefühle in ihm wachgerüttelt, die er die vergangenen Mondzyklen sorgsam zu unterdrücken versuchte.

»Ganz so ist das nicht«, sagte er irritiert und aufgebracht zugleich. »Sie legt mir keine Fesseln an. Ich kann kommen und gehen, wie es mir gefällt. Und überhaupt ist es schön, einen Ort zu haben, an den man zurückkehren kann, an dem man sich erwünscht fühlt und an dem man umsorgt wird!«

»Schon gut, schon gut!«, versuchte Brend ihn zu beruhigen. »Kein Grund, sich aufzuregen. Komm, wir trinken einen auf die Dame! Verbringst du die Nacht hier?«

Cal nickte langsam. Er war von der Wanderung müde und spürte selbst, dass er überreagiert hatte. Er war froh, von den Gedanken abgelenkt zu werden, die Brends Worte in ihm aufgewirbelt hatten.

»Ja, ich wäre dir dankbar für etwas zu trinken und eine Bank, auf der ich schlafen kann. Es war ein langer Tag. Tut mir leid, dass ich so aufgebracht war.«

»Schon gut«, gab Brend zurück, stellte einen Krug vor Cal und füllte ihn randvoll. »Ich habe sogar eine Pritsche unter der Treppe, auf der du dich ausstrecken kannst. Viel gemütlicher als die harte Bank. Aber sag, was führt dich nach Lemrik?«

»Wir brauchen Samen und Korn, und vielleicht sehe ich mich auch gleich noch nach einem jungen Kalb um.« Seine Stimme klang bestimmt, als wolle er sich von vornherein weitere Bemerkungen über seine neue Häuslichkeit verbitten.

»Hmmm. Dann wärst du gut damit beraten, nach Thel Gan zu gehen. Das heißt, wenn du Zeit dafür hast. Dort ist gerade Frühjahrsmarkt, und viele Einheimische bieten gute Ware feil.«

»Die Zeit kann ich mir ohne Weiteres nehmen«, erwiderte Cal eine Spur zu schnell. »Hört sich nach einer guten Idee an.«

»Brend! Hier drüben geht der Met aus«, rief ein stämmiger Kerl vom anderen Ende der Theke.

Brend trug den Krug zu ihm hinüber und ließ Cal mit seinen Gedanken allein zurück. Die Zeit mit Aranthia war unbeschreiblich schön, und ganz gewiss würde er zu ihr zurückkehren, aber ein paar zusätzliche Tage ... Er würde hier in Lemrik keine Zeit vergeuden und am besten mit dem Sonnenaufgang schnurstracks nach Thel Gan aufbrechen. In drei, höchstens vier Tagen könnte er schon wieder zu Hause sein. Wenn es länger dauern sollte, könnte er Krath mit einer Nachricht zu ihr schicken.

Cal war mit seinem Plan zufrieden, und als er sah, dass Brend beschäftigt war, setzte er sich auf einen freien Platz am Feuer und streckte mit seinem Getränk in der Hand die Beine aus.

*Krath,* flüsterte er in Gedanken und nahm Verbindung mit seinem Falken auf. *Such dir einen Platz zum Schlafen. Morgen früh bin ich wieder bei dir.*

*Cal ...* Der Name klang in seinem Unterbewusstsein nach. Er lächelte still in sich hinein, als er sich eingestand, dass seine Beziehung mit Aranthia, so tief sie auch sein mochte, nicht zu vergleichen war mit dem mystischen Bund, den er mit seinem Falken eingegangen war.

Dank Brends Gastfreundschaft verbrachte Cal eine angenehme Nacht auf der Pritsche und erwachte am nächsten Morgen bester Laune. Es fühlte sich gut an, wieder unterwegs zu sein, dachte er bei sich. Er hatte seine Wanderstiefel schon viel zu lange nicht mehr getragen. Es schien fast, als wäre er für eine Weile in eine andere Geschichte eingestiegen, eine Geschichte, in der Aranthia keine Hauptrolle spielte. Und so empfand er auch keine Schuldgefühle, sie nicht zu vermissen.

»Bist du wach, du arbeitsscheuer Taugenichts?«, hörte er Brend rufen, der in den Schankraum kam und begann, den Boden zu fegen.

»Lass mich noch einmal kurz mich strecken, wenn es dir recht ist«, gab Cal fröhlich zurück. »Sag, gibt es in diesem Nest keine Hähne? Ich habe noch keinen einzigen krähen gehört.«

»Das liegt daran, dass dein Schnarchen alles übertönt, selbst das Hufgetrampel einer wild gewordenen Pferdeherde«, lachte der Wirt. »Die Sonne wird jeden Augenblick aufgehen.«

Cal schloss die Augen und verband sich mit Krath, der gerade von einer Felsspitze zum Dorf hinüberflog. Tatsächlich blitzten schon im Osten die ersten Sonnenstrahlen durch den dunklen Baldachin des Waldes. Bald darauf hob sich der Feuerball in seiner goldenen Pracht über die Baumwipfel und kündigte einen warmen Tag an.

»So viel zu unserem Aufbruch beim ersten Tageslicht«, murmelte Cal verärgert, brach die Verbindung ab und stand auf.

»Wär's möglich, dass ich einen Becher Calba und ein Stück Brot bekommen kann?«, fragte er Brend.

»Bedien dich ruhig. Du weißt ja, wo die Küche ist. Jerrica wird dir was geben.«

»Danke. Soll ich dir einen Becher mitbringen, wenn ich schon dabei bin?«

»Ich geselle mich gleich zu euch.«

Der köstliche Duft von frischem Brot und dampfendem Calba umfing Cal in dem Augenblick, als er in die Küche kam, und er sog den Duft tief in sich auf. Brends Frau, die gerade den Tisch deckte, blickte auf, als er hereinkam.

»Guten Morgen, Cal. Ich hörte, du hast die Nacht hier verbracht? Ich hoffe, es war nicht allzu ungemütlich. Die Pritsche war sicher bequemer als die harte Bank«, meinte sie vergnügt in Anspielung auf seine früheren Besuche.

»Danke, Jerrica. Ich hab geschlafen wie ein Murmeltier und bin euch sehr dankbar für eure Gastfreundschaft.«

»Wie ich höre, hast du ein Zuhause gefunden und jemanden, mit dem du es teilst.« Sie musterte ihn lächelnd. »Wurde aber auch allmählich Zeit. Freu mich für dich. Ein Mann sollte nicht sein ganzes Leben auf Wanderschaft sein – nicht einmal mit einem Falken als Gefährten. Falken leben schließlich auch nicht ewig, und ehe du dich versiehst, bist du froh, dass es noch jemand anderen in deinem Leben gibt.«

Cal durchzuckte ein jäher Schmerz. Kein Falkner wollte gern daran erinnert werden, dass er seinen Gefährten eines Tages verliert. Rasch verdrängte er den Gedanken wieder.

»Ja, Aranthia ist eine gute Frau. Irgendwann kommen wir beide her, damit ihr sie kennenlernt. Sie ist eine Wunand und lebt seit einigen Jahren in einer kleinen Hütte unten am Fluss.«

»Sprichst du etwa von der Frau, die all die wunderbaren Salben und Tinkturen herstellt?«, fragte Jerrica verzückt. »Das ist sehr gut, wirklich sehr gut.«

Cal war beeindruckt, wie wohlwollend sie über Aranthia sprach und wie weit der Ruf der Heilerin gedrungen war.

»Vielleicht könnt ihr ja mal ein paar Tage ausspannen und uns unten am Fluss besuchen«, schlug er vor. »Wir haben ein gemütliches Zuhause, und ihr wärt uns mehr als willkommen.«

»Ach, wie schön das wäre!«, erwiderte sie sehnsüchtig. »Aber du kennst ja dieses Geschäft. Die Kundschaft ist ein unberechenbarer Haufen. Bleibt die Tür mal ein paar Tage verschlossen, suchen sie ganz schnell eine andere Tränke.«

»Das glaube ich kaum. Sie würden deinen Kochkünsten nachweinen«, beruhigte er sie und zwinkerte ihr zu. Jerrica strahlte und wandte sich wieder dem Herd zu.

Als sie das Brot aus dem Ofen geholt hatte, gesellte sich Brend zu ihnen, und sie frühstückten gemeinsam. Nach einer Weile wandte der Wirt sich an Cal. »Ich wäre dir dankbar, wenn du mir einen Gefallen tun könntest«, setzte er an. »Mein Bruder Bralt hat in Thel Gan eine Schenke. Wir liegen in einer Art Wettstreit miteinander, wer von uns beiden den besten Met braut. Natürlich bin ich fest davon überzeugt, dass es keinen besseren Honig gibt als den der Lemrikbienen, aber er will es einfach besser wissen. Wenn du ihm vielleicht einen kleinen Krug mitbringen könntest? Ich bin mir sicher, dass ich ihn von der diesjährigen Abfüllung überzeugen kann.«

»Das mach ich gern. Wie heißt sie denn, seine Schenke?«

»Zum Weißen Hirsch.«

»Betrachte es als erledigt!«

Als Cal die Schenke verließ, stand die Sonne bereits hoch am Himmel und hatte alle Schatten aus den engen Gassen vertrieben. Mit seinem Bündel über der Schulter verließ er mit zügigen Schritten das Dorf und überquerte den Fluss über eine breite Bogenbrücke. Ein von Pferdehufen ausgetretener Weg führte ihn nordwärts entlang dem Flussufer nach Thel Gan.

Cal ließ sich Zeit. Ohnehin würde der Markt bei seiner Ankunft längst geschlossen haben. Gegen Mittag entdeckte er eine kleine Sandbank im Fluss. Sie war so einladend, dass er beschloss, dort eine Rast einzulegen und zu essen, was Jerrica ihm mitgegeben hatte. Als er wieder zusammengepackt hatte, legte er sich auf den Rücken in den warmen Sand. Er schloss die Augen, verband sich mit Krath, und beide flogen gemeinsam. Sein Falke stand mit seinen fünf oder sechs Wintern in der Blüte seines Lebens und strotzte vor Kraft. Die Tage, in denen er alt werden oder sterben würde, lagen noch in weiter Ferne. Cal rechnete sich aus, dass sie mit etwas Glück noch über fünfzehn gemeinsame Jahre vor sich haben könnten. Ein plötzlicher Anflug von Furcht durchströmte ihn, als er an den Tag dachte, an dem er Krath Lebewohl sagen musste. Doch schnell schob er diesen düsteren Gedanken beiseite und vertiefte sich in ihren gemeinsamen Bund. Anmutig tanzten sie über den Himmel, gaben sich dem Aufwind hin und schossen in die Tiefe. Sie genossen die atemberaubende Landschaft und die Erregung des schwerelosen Zustandes. Ein eisiger Wind, der von den immer noch mit Schnee bedeckten Berggipfeln herabwehte, brachte angenehme Kühlung.

Der Falke entdeckte ein Waldhuhn und stieß in die Tiefe, um es zu stellen. Das Blut in Cals Adern geriet in Wallung, als Krath seine Beute gnadenlos tötete, die Schwingen um sein erlegtes Opfer spreizte und das Fleisch vom Gerippe riss. Danach ruhte er sich gesättigt aus, während Cal in einen sanften Schlummer glitt.

Gleich als er in Thel Gan eintraf, machte er sich auf die Suche nach dem Weißen Hirsch. Die Schenke war nicht schwer zu finden, und

Cal musste schmunzeln, als er an den kleinen Krug in seiner Tasche dachte.

Das Dorf lag an einer großen Straßengabelung, ganz anders als Lemrik, dessen Hütten und Häuser eher zufällig um die Docks gewürfelt waren. Eine der beiden Straßen führte weiter nach Norden entlang am Elbenwald, vorbei am Imlaksee bis hin zum Grinlortal. Die andere folgte dem Mangipohr nach Sean Ferll. Das Hinterland war wenig besiedelt und der Fluss dort wegen seiner tückischen Stromschnellen unbefahrbar. Er führte weiter östlich zu einem reißenden Wasserfall, der von dem höher gelegenen See des Tales zwischen Pandrasgebirge und einer kleinen Küstengebirgskette herabsprudelte.

Bralts Schenke lag direkt an der Kreuzung, die das Dorf teilte. Auf der hölzernen Tür prangte unübersehbar ein geschnitzter weißer Hirsch in Übergröße. Der Schankraum innen war fast doppelt so groß wie der von Brend in Lemrik und ebenso gut besucht, obwohl die Sonne noch nicht einmal untergegangen war. Der Frühlingsmarkt war ein ganz besonderes Ereignis für die Dorfbewohner und versprach willkommene Abwechslung vom Alltag. Den ganzen Tag über wurde hier verkauft und gefeilscht, dann am späten Nachmittag aber kam die Zeit, um bei einem guten Tropfen allerlei Klatsch auszutauschen.

Brend und Bralt waren unverkennbar Brüder, auch wenn Bralt in der Breite fast das Doppelte zu messen schien und sehr viel kleiner von Statur war. Brend hatte noch einen vollen Haarschopf, während Bralt doch schon recht kahl war auf dem Kopf. Trotz seines Umfanges sorgte er sich flink wie ein Wiesel um das Wohlergehen seiner Gäste, steuerte bald hier, bald dort ein paar Worte zu den Gesprächen bei. Er begrüßte Fremde stets überschwänglich höflich und so auch Cal. »Seid gegrüßt, Falkner von Nymath. Gepriesen sei Gilian, der Eure Schritte zu unserer Schwelle gelenkt hat.«

Cal legte die Faust an die Brust. »Seid auch Ihr mir gegrüßt, guter Mann«, erwiderte er. »Obwohl ich durchaus darauf vertraue, dass

Gilian meine Schritte lenkt, war es in diesem Fall Euer Bruder, der mich in einer bedeutenden Mission geschickt hat. Er bat mich, Euch einen Krug seines edelsten Mets zu übergeben, auf dass Ihr euch einen Eindruck verschaffen könnt.«

Cal öffnete sein Bündel, holte das Gefäß hervor und übergab es Bralt. Ein Grinsen breitete sich über sein Gesicht.

Trotz des wohlklingenden Namens der Schenke, trotz des überfüllten Gastraumes und der lebhaften Stimmung fand Cal, dass Brend doch den besseren Met braute und auch Jerricas Kochkünste die des Weißen Hirschen bei Weitem übertrafen.

Er saß an einem überfüllten Tisch und nahm das Geplauder rings um ihn herum nur mit halbem Ohr wahr. Hellhörig wurde er aber, als er Gesprächsfetzen einer Handvoll Katauren unmittelbar neben ihm aufschnappte.

»War wirklich tragisch«, sagte einer von ihnen. »Der Mann war seit über zwanzig Wintern Falkner. Musste doch gewusst haben, dass es jederzeit geschehen kann. Dann traf es ihn so völlig unerwartet.«

»Ach, du kennst doch diese Raiden«, mischte sich ein anderer ein. »Manche halten sich für Götter. Sie sind alle mächtig hochmütig und bilden sich ein, dass sie und ihre Falken unsterblich sind! Tatsache ist nun mal, dass Falken sterben – ebenso wie unsere Pferde. Du und ich – wir wissen doch auch, dass unsere Tiere vor uns sterben. Das ist schließlich fester Bestandteil des Lebens, so traurig es auch sein mag.«

»Doch dieser Falkner«, warf einer aus der Gruppe geheimnisvoll ein, »er ist daran zerbrochen, fing an, wirres Zeug zu reden . . . faselte von einem magischen Ort, an dem Falken ewig leben würden, und wollte dorthin reisen, um ihn wieder zurückzuholen. Stellt euch vor, er hat sich doch tatsächlich geweigert, den Vogel zu begraben.«

Cals Ohren wurden immer länger.

»Wo hat sich das Ganze denn zugetragen?«, fragte jemand.

»Oben in Sean Ferll.«

»Überrascht mich nicht. Ein sonderbarer Ort. Scheint die merkwürdigsten Gestalten anzuziehen. Ich meide die Gegend nach Möglichkeit. Aber einmal, das kann ich dir sagen, da musste ich . . .«

Der Kataure senkte die Stimme. Offensichtlich wurde die Geschichte pikant.

Ein unangenehmes Gefühl überfiel Cal. Zwar war er nicht abergläubisch, doch ausgerechnet an diesem Tag war ihm die Sterblichkeit der Falken einmal zu oft vor Augen geführt worden: erst durch Jerricas unschuldige Worte, dann auf dem Flug mit Krath zur Mittagszeit und jetzt noch durch die Unterhaltung der Katauren. Eigenartige Zufälle und beunruhigend zugleich. Konnte es so etwas wie ein Omen sein, das Gilian sandte? Eine Vorwarnung auf etwas, das geschehen würde? Krath war zwar noch nicht alt, doch Unfälle konnten sich jederzeit ereignen. Panik stieg in ihm auf und trieb ihm den Schweiß auf die Stirn. Unvermittelt erhob er sich und bahnte sich den Weg zur Tür. Er musste nach draußen, frische Luft atmen, für einen Moment Abstand gewinnen. Binnen eines Augenblicks war er aus der Tür, die hinter ihm zufiel.

Die Stille umschloss ihn von allen Seiten. Sein Herz wurde schwer, und plötzlich fühlte er sich unendlich einsam.

Die Wolken schoben sich über die beiden Monde und verhüllten nach und nach die wenigen Sterne, die noch am Himmel aufblitzten. Die Dunkelheit legte sich wie ein schweres Tuch über das Dorf. In Cal wuchs eine finstere Vorahnung. Er verband sich mit Krath, der gerade schlief, und spürte eine tiefe Verbundenheit mit dem Falken, die hoffnungsvolle Gedanken in ihm weckten. Er würde in Sean Ferll dem Gerücht nachgehen. Was hatte er zu verlieren?

Alduin erwachte. Sein Körper fühlte sich leicht und zerbrechlich an, gleich einer spröden Hülle ohne jeglichen Inhalt. Die Vision stand ihm noch lebhaft vor Augen. Er konnte sich nicht erinnern, je etwas Vergleichbares erlebt zu haben. Cals Reise hatte sich angefühlt wie sein eigenes Leben – der Realität so nah.

Mit einem Mal fingen ihn die Erinnerungen wieder ein und strömten in ihn hinein wie der Wasserstrahl in einen leeren Eimer. Cal war kein Fremder – Cal war sein Vater.

Jetzt erinnerte er sich auch wieder daran, wie er in die unbändige Strömung des Flusses geraten war. Er erinnerte sich an die Hütte seiner Mutter am Mangipohr, er erinnerte sich an seine Zeit in Sanforan, an die Falkenhalle, wo er mit Rihscha trainert hatte. Er erinnerte sich an lange Abendessen mit seinen Freunden im Speisesaal. Er sah sich neben Erilea am Aussichtspunkt, sah, wie sie gemeinsam den Blick über den Ozean genossen. Ein tiefes Gefühl der Zufriedenheit überkam ihn.

Jeder dieser Augenblicke stand ihm so unmittelbar, so lebendig vor Augen, dass er sich fragen musste, ob er nicht vielleicht sogar in Wirklichkeit gestorben war und nun für sein Leben Rechenschaft ablegen musste.

Eine kühle Hand legte sich auf seine Stirn.

»Gut, gut. Das Fieber ist weg. Nun musst du nur noch etwas Geduld haben, bis du deine alte Kraft wiedererlangst.«

Weder die Gegenwart noch die Stimme überraschten ihn.

»Was ist mit Rihscha?«, fragte er.

»Ihm geht es gut. Er jagt und hilft dir, deine Kraft zurückzugewinnen. Sieh selbst.«

Alduin ging die Verbindung mit Rihscha so mühelos ein, als hätte er nie etwas anderes getan. Das Blut der Beute, die Rihscha gerade riss, schmeckte salzig auf seinen Lippen und gab ihm neue Lebenskraft. Das Jagen war ein Bestandteil des Lebenskreislaufs. Alduin genoss das Gefühl, dass er nach langer Zeit endlich wieder bei vollem Bewusstsein war, und versank sogleich wieder in einen traumlosen Schlaf.

7 Erilea stand auf, als der Himmel am frühen Morgen zu dämmern begann. Sie packte schnell ein paar Sachen für ihre Reise und bereitete sich auf ihr Ritual zum Sonnenaufgang vor. Als sie es beendet hatte, wandte sie sich Elin zu, der neben dem Eingang lag und sie beobachtete. Überrascht musterte sie den zufriedenen Ausdruck im Gesicht der Raubkatze.

»Du hast also gejagt, Elin!«, sagte sie, kniete sich neben das Tier und vergrub ihre Hand in seinem dichten Brustfell. Sie spürte dem kräftigen Herzschlag nach, der sich auf ihren Arm übertrug, und erst allmählich wurde ihr bewusst, was das hieß. Sie lehnte sich zurück.

»Ich denke, du bist jetzt bereit, deiner eigenen Wege zu gehen«, sagte sie und versuchte gar nicht erst, die Tränen zu unterdrücken. Noch gestern, als sie Elin getauft hatte, war sie sich ganz sicher gewesen, dass es ihr leichtfallen würde, ihn ziehen zu lassen, wann auch immer er dafür bereit war. Doch dass es schon so bald sein würde – damit hatte sie nicht gerechnet. Fast so, als hätte er sie verstanden, erhob er sich und rieb den Kopf an ihrer Schulter. Sie schluchzte leise, schlang die Arme um seinen Hals und drückte ihn ganz fest an sich. Dann wischte sie sich die Tränen von den Wangen, stand auf, ging in ihren Unterschlupf, holte ihre Schultertasche und die Waffen. Als sie wieder herauskam, war von Elin weit und breit keine Spur zu entdecken.

Kurz nach Sonnenaufgang, zwei Tage nach seinem Aufbruch aus Sanforan, erreichte Rael das Ufer des Mangipohr an einer breiten Stelle. Es war ihm schnell klar, dass er hier den Fluss nicht überqueren konnte. So nahm er Verbindung mit Sivella auf, die für ihn nach einer Furt oder einer Brücke suchen sollte. Ein paar Wegstunden südlich entdeckte der Falke eine kleine Häusergruppe, die um eine Anlegestelle gewürfelt war. Von dort aus konnten Reisende mit einer Fähre übersetzen.

Sivella landete auf dem First eines einfachen Bootshauses am Wasser und wartete auf Rael. Es war früher Nachmittag, als der Falkner eintraf. Ein Knabe von höchstens acht Wintern in knielanger Hose und einem ärmellosen Hemd rannte ihm aufgeregt entgegen und richtete seinen verdutzten Blick auf den Falken, bevor er lossprudelte.

»Falls Ihr übersetzen wollt: Der Fährmann kommt erst bei Sonnenuntergang zurück«, erklärte er, seinen Blick immer noch auf Sivella gerichtet.

»Du meinst, ich kann vorher nicht über das Wasser?«, fragte Rael überrascht.

Der Junge schüttelte den Kopf.

»Gibt es denn einen anderen Ort, an dem . . .?«, setzte Rael an, verstummte aber, als der Junge weiter entschieden den Kopf schüttelte.

»Keinen, wo es schneller ginge.«

Der Falkner balancierte Sivella vorsichtig auf der Faust und stieg geschickt mit einer Hand vom Pferd.

Rasch übernahm der Junge die Zügel. »Ihr könnt bei uns zu Hause warten. Es ist nur meine Mutter dort. Der Fährmann ist mein Vater, und der ist gerade losgegangen, um Gold zu waschen.«

»Lass schon, ich kann hier warten«, entgegnete Rael. Er war enttäuscht über die verlorene Zeit und überlegte immer noch, ob es nicht doch einen anderen Weg geben mochte. »Ich bin sicher, deine Mutter hat Besseres zu tun, als . . .«

»Ach nee!«, rief der Junge. »Meine Mutter kümmert sich immer um Reisende. Außerdem ist sie ganz wild auf Neuigkeiten.«

Für Rael war es nicht schwer zu erahnen, dass die Familie des Fährmanns offenbar jeden zusätzlichen Cita brauchte, den sie nebenbei durch die Verpflegung wartender Fährgäste verdienen konnte. Wenn sein Nachmittag ohnehin schon vergeudet war, so konnte er ihnen wenigstens den Gefallen tun.

»Na schön. Dann zeig mir den Weg«, forderte er den Knaben auf.

»Gleich hier drüben«, winkte der Kleine Rael zu, »auf der anderen Seite des Schuppens.«

Rael bemerkte den Rauch, der aus einem schmalen Schornstein aufstieg. Offensichtlich lag die Hütte direkt am Bootsschuppen.

»Das ist leicht zu finden. Aber vielleicht kannst du mir in der Zwischenzeit helfen. Wie heißt du, Junge?«

»Triel, mein Herr«, antwortete er und richtete sich dabei zu voller Größe auf. »Geht's um den . . .?« Mit großen Augen deutete er auf Sivella, als wagte er nicht, das Wort »Falke« auszusprechen.

Rael schüttelte den Kopf und musste schmunzeln, als über das Gesicht des Jungen eine Mischung aus sehnsüchtiger Erwartung und Enttäuschung huschte.

»Der Falke heißt Sivella, ich bin Rael, und das ist meine Stute Fëa Lómë. Ich würde mich freuen, wenn du dich um sie kümmerst. Sie braucht was zu saufen, und vielleicht kannst du sie irgendwo grasen lassen. Wir haben einen ziemlich anstrengenden Ritt hinter uns.«

»Überlasst das ruhig mir. Ich werd sie gut behandeln«, versprach Triel und deutete mit einer Geste an, dass er sich mit diesem Auftrag noch längst nicht überfordert fühlte. »Am besten sagt Ihr meiner Mutter, dass Ihr was zu essen braucht. Ich komme, sobald ich fertig bin.«

Rael beobachtete für einen Moment, wie Triel die Stute zu einem Wassertrog führte, dann drehte er sich um und ging zu dem Haus des Jungen. Es lag tatsächlich direkt hinter dem Bootsschuppen. Neugierig musterte er die hellgelben Vorhänge in den kleinen Fenstern und die bunt bepflanzten Blumentöpfe zu beiden Seiten der Tür. Solch einen freundlichen Anblick hatte er in diesem winzigen Nest nicht vermutet. Als er die Hand hob und anklopfen wollte, öffnete im gleichen Moment eine zierliche, schwarzhaarige Frau mit einem Besen in der Hand und fegte Rael so schwungvoll ein Häufchen Staub entgegen, dass er husten musste. Sivella krächzte entrüstet und schlug heftig mit den Flügeln.

»Oh, mein Gott!«, stieß die Frau hervor, ließ den Besen fallen und hielt sich erschrocken die Hand vor den Mund. »Ich . . . Es . . .«, stammelte sie. »Es tut mir so leid. Ich hatte nicht erwartet, dass jemand . . .«

Rael beruhigte Sivella mit beschwichtigenden Worten, dann wandte er sich der jungen Frau zu.

»Sorgt Euch nicht. Ich war staubig genug von der Straße. Ist schon alles in Ordnung.«

»Aber . . . Ihr seid ein . . . und Euer . . . Das ist mir so unangenehm!«, wollte sie sich entschuldigen, als sie auf Raels eingestaubte Kleidung blickte und auf den Falken, der nun wieder erhaben auf seiner Faust saß.

Rael lächelte sie an und überlegte, wie er sie wohl am besten ablenken konnte. »Euer Sohn Triel sagte mir, Sie hätten einen Platz zum Ausruhen für mich, bis Euer Mann zurückkehrt und mich mit dem Floss übersetzen kann.«

Ein Schatten huschte über ihr Gesicht, als Rael ihren Mann erwähnte. Doch bevor der Falkner sich überhaupt Gedanken darüber machen konnte, erhellte ein dankbares Lächeln ihre Züge und verwandelte sie auf fast magische Weise. Sie wirkte plötzlich so überraschend jung – viel zu jung, um einen Sohn in Triels Alter zu haben.

»Es tut mir leid. Ihr müsst sicher Triels Schwester sein«, entschuldigte sich Rael, bevor ihm einfiel, dass der Junge doch eigentlich erzählt hatte, er sei allein mit seiner Mutter im Haus.

Er bedachte sie mit einem fragenden Blick. Sie senkte beschämt die Augenlider.

»Nein. Ich bin Triels Mutter«, flüsterte sie. »Ich war noch sehr jung, als . . .«

Ein langes Schweigen breitete sich zwischen ihnen aus, dann sah sie herausfordernd zu ihm auf. »Mein Name ist Bretta«, stellte sie sich vor und fegte den ersten Augenblick ihrer Begegnung so mühelos hinfort wie zuvor den Staub in der Tür. »Bitte kommt doch herein. Es ist noch Suppe auf dem Feuer, und ich habe heute Morgen Emmerbrot gebacken. Es ist nur eine bescheidene Mahlzeit, aber ich hoffe, sie wird euch genügen.«

»Rael, Falkner von Nymath, im Bund mit Sivella«, stellte er sich vor und legte die Faust auf die Brust. »Eine solche Mahlzeit wäre mir sehr willkommen.«

Rael ließ Sivella fliegen. Dann wusch er sich die Hände in einer Regentonne an der Ecke der Hütte und folgte der jungen Frau ins Haus. Ebenso überrascht wie schon zuvor, betrachtete er die liebevollen kleinen Sammelstücke, die der kargen Schlichtheit des bescheidenen Innenraums Leben einhauchten. Flussmuscheln und bunte Kiesel schmückten die Türen der bemalten Schränke zu beiden Seiten des Kamins. Auf einem Tisch unter dem Fenster stand eine einfache Tonvase mit Wildblumen in allerlei Farben. Die schweren Leinenvorhänge, die vermutlich den Schlafbereich vom Rest des Raumes trennen sollten, waren bunt gefärbt.

Bretta deutete auf einen der Stühle am Tisch und lud ihn ein, sich zu setzen. Er nahm Platz und beobachtete, wie sie seine Mahlzeit vorbereitete. Sie bewegte sich so anmutig und entschlossen, gar nicht so, wie man es von einer jungen Frau in der einfachen Hütte erwartet hätte. Er konnte nur schwer seine Neugier unterdrücken. »Woher stammt Ihr, Bretta?«, fragte er, als sie eine Schüssel mit Suppe und ein Stück Brot vor ihm auf den Tisch stellte.

»Mögt Ihr einen Becher Calba?« Sie überging seine Frage geschickt.

»Wasser wäre schön«, antwortete er und fuhr unbeirrt fort. »Ihr kommt aus Sanforan, nicht wahr?«

Bretta ließ sich Zeit, das Wasser in einen Becher zu gießen, bevor sie damit zurückkam und es neben ihm abstellte.

»Ja!«, antwortete sie knapp.

»Bitte setzt Euch zu mir«, forderte er sie auf und berührte kurz ihren Arm, als sie gerade wieder weggehen wollte. »Triel hat gemeint, Ihr hört gerne Neuigkeiten. Vielleicht habe ich ja die eine oder andere für Euch.«

»Triel redet viel Unsinn daher«, meinte sie, doch der traurige Klang in ihrer Stimme widersprach dem, was sie sagte.

»Bitte«, beharrte er und deutete auf den Stuhl ihm gegenüber.

Zögernd setzte sie sich, dann aber schaute sie auf und blickte ihm mit festem Blick in die Augen. Ihre direkte Art verwirrte Rael. Irgendetwas an ihrem Gesicht schien ihm vertraut, und er war fest entschlossen, das Geheimnis zu ergründen, das sie umgab. Er seufzte.

»Erzählt mir, wie kommt es, dass es Euch hier mitten in ein Nirgendwo verschlagen hat«, bat er eindringlich. »Das passt einfach nicht.«

Ein spöttisches Lächeln blitzte in ihren Zügen auf.

»Es scheint nur nicht zu passen«, sagte sie. »Ihr seid ein Raide ... und ein Falkner. Ihr wisst doch, wie das ist.«

Er schüttelte den Kopf.

»Nein, anscheinend nicht.«

Wieder sah sie ihm in die Augen und suchte darin nach einer Spur von Arglist, erkannte jedoch nur aufrichtige Verwirrung.

»Ihr habt recht. Ich stamme aus Sanforan. Mein Vater war Falkner. Als sein Falke an Altersschwäche starb, wie es nun mal unvermeidlich geschieht, vergrub er sich in seinem Kummer. Er lebte fortan nur für das Eine: Er wollte, dass auch mein Bruder Falkner werden würde. Jeden Pent, den wir hatten, gab er aus, damit er in der Falkenhalle aufgenommen werden würde. Und als er schließlich an der Reihe war, den Bund mit dem Falken zu schließen, glaubte mein Vater immer noch, er könnte ihm den sicheren Erfolg erkaufen – als könne man lenken, wer den Bund eingehen wird und wer nicht. Er war wie besessen. Seine Tochter bedeutete ihm nichts. Sie war wertlos und kostete nur. Irgendwann«, sie stockte, »... verkaufte er mich, als er glaubte, dass ich alt genug sei.«

»Er hat was getan?«, rief Rael entsetzt, sprang vom Stuhl auf und starrte ungläubig auf sie herab. »Er hat Euch verkauft? Man kann doch einen Menschen nicht verkaufen! Das ist lächerlich! Was ist mit Eurer Mutter? Gewiss hätte sie dem doch niemals zugestimmt!«

»Meine Mutter starb, als ich noch ein kleines Kind war.«

»Und es gab niemanden, der sich für Euch eingesetzt hat?«, stieß er hervor und ließ sich wieder in den Stuhl zurückfallen. »Was war mit Eurem Bruder? Fand er das etwa in Ordnung?«

»Mein Bruder hatte nur eines im Sinn: Er wollte Falkner werden. Er war ganz sicher, dass er den Bund eingehen würde, wenn die Zeit reif war. Er war der Inbegriff des hochmütigen Raidenlehrlings«, beschrieb sie ihn. »Wie ich erfahren habe, ist es ihm jedoch nie gelungen, den Bund einzugehen, obwohl er es wiederholt versucht hat. Ich weiß nicht, was inzwischen aus ihm und meinem Vater geworden ist. Es ist mir auch gleichgültig.«

Etwas regte sich in Raels Gedächtnis, doch er war außerstande, es zu erfassen. »Wie konnte der Fährmann etwas für Euch bezahlen?«, sprudelte er hervor, bevor er sich auf die Zunge biss, weil ihn seine Frage fast reute. »Es . . . es tut mir leid! Ich dachte nur . . . es sieht nicht so aus, als könnte er sich irgendetwas leisten, als hätte er . . .«

»Ich weiß«, unterbrach sie ihn. »Damals hatte er noch große Pläne. Er wollte hierherziehen und die Fähre betreiben. Vermutlich dachte er, der Ort würde sich zu einem blühenden Handelsstützpunkt entwickeln.«

»Ich verstehe immer noch nicht«, gestand Rael. »Warum muss sich jemand eine Frau kaufen? In Sanforan gibt es doch genug davon.«

Einen Augenblick konnte sie nicht antworten. Ihre Lippen zitterten, und sie kämpfte darum, die Fassung zu wahren. Erst ein Blick in seine ehrlichen, ernsthaften Züge gab ihr die Kraft weiterzusprechen, und sie flüsterte: »Aber keine so jungen . . .«

Rael spürte, wie ihn ein Zorn übermannte, den er in dieser Heftigkeit noch nie zuvor verspürt hatte. Ihm fehlten die Worte, doch seine Miene sprach Bände.

»Schaut nicht so betreten drein«, sagte Bretta. Sie hatte jedes Zittern aus ihrer Stimme verbannt. »Am Anfang war es schon schlimm, das will ich nicht leugnen. Viele Monde lang hatte ich vor meinem Mann so große Angst, dass ich sogar daran dachte, mir das Leben zu nehmen. Dann wurde ich schwanger, und alles hat sich verändert. Es war eine schwierige Zeit, und bei der Geburt wäre ich fast gestorben. Lurd wurde von Reue gepackt und versucht seither auf seine Weise, alles wieder gutzumachen. Natürlich fällt mir das Vergessen und Verzeihen schwer, aber was hat es für einen Sinn, in der Vergangenheit zu leben? Es ist in vielerlei Hinsicht besser geworden. Und so abgeschieden und unbedeutend dieses Dorf auch sein mag, wir haben alles, was wir brauchen. Außerdem ist es ruhig hier: ein guter Ort, ein Kind gesund großzuziehen.«

Rael blickte ihr tief in die Augen, in die Augen einer Frau, die kaum älter sein konnte als er selbst, und erkannte Mut und Trotz darin. Wie sie sich mit ihrer Lage abfinden und ihre gegenwärtigen Lebensumstände als gut bezeichnen konnte, überstieg sein Denkvermögen. Dennoch verebbte sein Zorn, und er hoffte, dass sie in seinen Augen das las, was er ehrlich empfand: Bewunderung statt Mitleid. Ihre Entschlossenheit, das Beste aus ihrem Leben zu machen, verdiente Anerkennung.

Er stellte keine weiteren Fragen und löffelte seine Suppe. In diesem Augenblick flog die Tür auf. Triel stürmte herein, und die Stimmung im Raum hob sich mit einem Mal.

»Die Stute ist getränkt und grast jetzt«, rief er überschwänglich. »Ich hab sie ein Stück flussabwärts an 'ner langen Leine angebunden. Schattig ist es dort auch.«

Lächelnd schaute Rael ihn an. »Danke«, sagte er. »Und deine Mutter versorgt mich hier bestens, genau wie du's versprochen hast. Ich werd's allen anderen gegenüber erwähnen, die mir unterwegs begegnen.«

Triel strahlte vor Freude, dann sah er sich im Raum um.

»Wo . . . Wo ist der Falke? Wo ist Sivella?«, fragte er in ehrfürchtigem Flüsterton.

»Irgendwo draußen«, antwortete Rael. »Wahrscheinlich auf der Jagd. Ich werde Verbindung mit ihr aufnehmen, wenn ich mit dem Essen fertig bin.«

»Triel, geh und wasch dir die Hände, und dann komm zum Tisch«, forderte Bretta ihren Sohn auf und scheuchte ihn zur Tür hinaus. Sie wandte sich Rael zu. »Er weiß, dass sein Großvater Falkner war, darum hat er es sich in den Kopf gesetzt, auch einer von ihnen zu werden. Lurd ist recht stolz darauf, dass in den Adern seines Sohnes etwas fließt, das manche für magisches Blut halten. Deshalb spricht er nur allzu gern mit ihm darüber. Ich kann ihn einfach nicht davon abbringen, dem Jungen Flausen in den Kopf zu setzen. Ich will einfach nichts mehr davon hören«, erklärte sie mit unumstößlicher Entschlossenheit. »Für uns gibt es kein Zurück nach Sanforan.«

»Es sind schon seltsamere Dinge geschehen«, gab Rael zu bedenken. »Ich habe einen Freund, er ist ebenfalls Falkner und hat eine wahrhaft unglaubliche Geschichte. Er ist den Bund mit einem Marvenfalken in der freien Natur eingegangen, mitten in der Wildnis . . .«

Triel kam zurück, und Rael brach das Gespräch unwillkürlich ab. Die Sorge um den Freund, der eigentliche Grund seiner Reise, war für einen kurzen Moment in den Hintergrund getreten, doch nun kehrte alles umso drängender zurück. Wo mochte Alduin wohl sein? Schweigend aß er die Suppe und das Brot, während Bretta sich ihrem Sohn zuwendete.

Nach dem Essen überredete er Bretta und Triel, ihn zu Fëa Lómë zu begleiten. Sie stand auf einer saftigen Wiese am Ufer des Flusses – ein einladendes Fleckchen für die drei, sich für einen Moment hinzusetzen.

»Mein Vater wäscht flussaufwärts Gold«, berichtete Triel stolz. »Er sagt, irgendwo oben in den Hügeln an der Quelle des Flusses ist 'ne Ader. Das wird unser Leben gewaltig verändern, meint er!«

Rael warf Bretta einen fragenden Blick zu.

»Es ist eine mühselige Arbeit, aber es gibt schon erste hoffnungsvolle Zeichen, dass der Fluss tatsächlich Goldstaub führt«, erklärte sie. »Vor ein paar Tagen hat Lurd sogar ein paar winzige Körnchen gefunden.«

»Wenn die Neuigkeit sich ausbreitet, wird sich hier alles ändern«, meinte Rael.

»Wir versuchen, es so lange wie möglich geheim zu halten«, antwortete sie. »Auch wenn *einige* Leute äußerst lose Zungen haben«, fügte sie mit unmissverständlichem Blick auf ihren Sohn gerichtet hinzu.

»Wenn es hier tatsächlich Gold gibt, wird man es früher oder später erfahren«, vermutete Rael. »Das werdet ihr nicht verhindern können.«

»Gewiss«, pflichtete sie ihm bei. »Aber bislang ist es kaum erwähnenswert. Das, was er gefunden hat, ist noch viel zu wenig, und es wäre verheerend, wenn eine Horde Goldsucher über uns herfiele.«

»Dieser Ort würde sich auf jeden Fall verändern«, meinte Rael und nickte zustimmend. Er schaute zu der kleinen Siedlung herüber. So abgeschieden sie auch sein mochte, so kam sie ihm doch plötzlich ungeheuer heimelig vor. Seltsam, wie sich ein erster Eindruck in so kurzer Zeit verändern konnte. Er sah Bretta an und überlegte, welche Rolle sie wohl dabei gespielt haben mochte. Sie hatte sich aus Wildblumen einen Kranz geflochten, den sie sich auf den Kopf setzte. Im Schein der warmen Nachmittagssonne sah sie wie ein unschuldiges Mädchen aus, das zu früh in die Rolle des Erwachsenen gezwungen wurde, und es war dieser Anblick, der Rael direkt ins Herz traf. Es bedurfte einiger Mühe, all die Wünsche und Sehnsüchte zu unterdrücken, die in ihm aufstiegen und die doch nirgendwohin führen konnten.

Um sich abzulenken, nahm er Verbindung mit seinem Falken auf. Sivella flog weit ins Land hinein über die grasbewachsenen Ebenen. Etwas am Rand eines fernen Gehölzes erregte ihre Aufmerksamkeit. Sie hielt darauf zu, und Rael erkannte einen schlichten, aus dünnen Ästen und Soden gebauten Unterschlupf, der verlassen wirkte. Er ermunterte Sivella hineinzufliegen. Es dauerte nicht lange, bis ihre Augen sich an die Dunkelheit gewöhnt hatten. Die wenigen, ordentlich in den Ecken verstauten Gegenstände verrieten nichts über die Bewohner, doch sah es so aus, als ob sie zurückkehren würden. Rael schien es, dass diese Ebene sehr der Stelle glich, an der Sivella Erilea gefunden hatte. Vielleicht war es sogar ihr Unterschlupf. Eigentlich konnte sich Rael nicht recht erklären, weshalb sie einen Ort gewählt haben sollte, der so weitab von ihrem Stamm lag.

Es lohnte sich auf jeden Fall, sich dort einmal etwas genauer umzusehen, sobald er mit der Fähre übergesetzt hatte. Er rief Sivella zurück. Eine Zeit lang blieb er noch bei ihr und genoss das berauschende Gefühl des Fliegens. Nach einer Weile brach er die Verbindung ab und öffnete die Augen. Triel beobachtete ihn gebannt.

»Mutter behauptet, Ihr seid gerade mit Eurem Falken geflogen«, sagte er. »Stimmt das?«

»Ja. Sivella ist hierher unterwegs«, erklärte Rael.

»Verratet Ihr mir, wie das ist?«, bat Triel wehmütig. »Bitte!«

»Triel, lass den Falkner in Ruhe«, rief Bretta herüber und bedachte Rael mit einem flehenden Blick.

»Wie war es, als Ihr zum ersten Mal den Bund eingegangen seid?«, bohrte Triel weiter, ohne seine Mutter zu beachten. »Wie war Euer erster Flug?«

Rael fühlte sich hin und her gerissen. Einerseits wollte er die Wissbegierde des Jungen stillen, andererseits wusste er um die Sorge von Bretta. Letzten Endes aber überwogen sein aufrichtiger Stolz und seine Freude an Sivella. Er schenkte der jungen Frau ein entschuldigendes Lächeln. Sie zuckte schicksalsergeben mit den Schultern und wandte den Blick wieder dem Fluss zu, der träge vor ihnen dahinfloss.

»Ich wurde zwei Jahre ausgebildet, bevor ich reif war für den Bund«, begann Rael und lächelte Triel an. »Während all der Zeit habe ich immer versucht, nicht darüber nachzudenken, ob ich auserwählt werden würde oder nicht. Du weißt doch, dass es nicht willkürlich geschieht, oder?«, fragte er.

Triel nickte stumm.

»Schließlich war es so weit. Alle vierzehn Lehrlinge aus jenem Jahrgang wurden in die Bruthalle gerufen.«

Rael schloss die Augen und atmete tief ein und aus.

»Ich erinnere mich noch daran, als wäre es gestern gewesen. Wir waren alle so aufgeregt. Aber es gab nur neun Eier. Wir wussten genau, dass fünf von uns leer ausgehen würden, und die Angst davor war kaum zu unterdrücken. Aber furchtsame Erwartung hätte die Küken nur verwirrt, deshalb haben wir unsere Gedanken darauf gelenkt, sie mit Liebe und Fürsorge zu empfangen.«

Er schlug die Augen auf und schenkte Triel erneut ein Lächeln. »Hört sich nach einer guten Lebensweisheit an, oder?«

»Ist es denn gut, seine Angst zu unterdrücken?«, unterbrach ihn Bretta unverhofft.

Er blickte sie verwirrt an, doch dann verstand er.

»Ich würde sagen, das hängt davon ab, woher die Angst rührt«, antwortete er schließlich. »Wenn es einen echten Grund gibt, kann der einzige Weg zum Selbstschutz sein, sie herauszulassen. Und auf lange Sicht ist es wahrscheinlich gesünder.«

Sie nickte und ließ ihren Blick wieder auf den Fluss gleiten. Doch nun wusste Rael, dass sie jedem seiner Worte lauschte.

»Wie auch immer«, fuhr er fort. »Irgendwann wurde mir klar, dass meine Angst unsinnig war. Der Grund dafür ist schwer zu erklären, aber ich hatte plötzlich das Gefühl, dass in jenem Augenblick alles vollkommen war. Was geschehen sollte, würde geschehen. Entweder würde ein Küken darunter sein, das den Bund mit mir eingehen wollte, oder nicht. Es schien alles plötzlich unglaublich einfach. Mir wurde ganz leicht ums Herz, und ich widmete mich völlig dem bedeutsamen Moment, ohne einen sorgenvollen Gedanken an die Zukunft zu verschwenden.«

»Aber Ihr habt den Bund gleich bei jenem ersten Versuch schließen können, oder?«, rief Triel aus, der die Spannung nicht mehr ertragen konnte.

»Ja«, bestätigte Rael. »Und Sivella war die Erste, die schlüpfte. Dass sie ein Weibchen war, haben wir erst später bemerkt. Doch ich hörte ihren Namen in meinem Kopf so deutlich wie eine Glocke. Ich war nicht nur ein vollwertiger Falkner geworden, ich stand darüber hinaus auch noch im Bund mit einem Falkenweibchen. Das ist eher selten.«

»Wieso ist das eher selten?«

»Die Eier der Weibchen sind etwas größer und werden für gewöhnlich beiseite gelegt. Man lässt sie getrennt schlüpfen und nimmt sie später für die Zucht. Aber hin und wieder wird eins übersehen.«

»Und wie ist es, mit ihr zu fliegen? Wie war es beim ersten Mal?«

Rael spähte verstohlen zu Bretta. Sie hatte die Arme schützend vor ihrer Brust gekreuzt, als würde sie frieren. Obwohl Rael wusste, dass er die Sehnsucht des Jungen nur noch mehr schürte, konnte er nicht anders, als ihm alles zu erzählen, was er hören wollte.

»Es ist das Allerschönste auf der Welt«, sagte er leise. »Aber es ist auch unmöglich, es zu beschreiben. Man kann es nur selbst erfahren.«

Triel schien sich mit der Antwort abzufinden. »Und was ist mit der Falkenhalle?«, fragte er begierig und gab dem Gespräch eine neue Wende.

»Triel, jetzt ist es aber genug«, mahnte Bretta. »Dein Vater ist gewiss schon auf dem Rückweg. Geh ihm flussaufwärts entgegen.«

»Aber . . .«

»Kein Aber! Los, los, setz dich in Bewegung.«

Nur widerwillig stand er auf, ließ mürrisch seine Mundwinkel hängen. Bretta berührte seine Hand, doch er zog sie trotzig weg, nickte Rael noch einmal zu und lief davon.

»Tut mir leid«, sagte Bretta. »Ich weiß, dass ich überempfindlich reagiere, aber ich komme einfach nicht dagegen an. Mir ist klar, dass ich nicht alle Falkner in einen Topf werfen kann . . .«

»Ich habe den Eindruck, das tut Ihr schon«, widersprach Rael.

»Aber Ihr seid ein Falkner, und ich . . .« Verwirrt brach sie mitten im Satz ab und sprang auf. »Ich gehe und bereite Lurds Abendessen vor«, sagte sie, stand auf und eilte, ohne einen Blick zurückzuwerfen, los.

»Bretta!«, rief er ihr nach.

Doch entweder hörte sie ihn nicht, oder sie wollte ihn nicht hören.

»Was bist du doch für ein tollpatschiger Trottel!«, schalt er sich leise. »Führst dich auf, als hättest du gerade mal zwei Körnchen Verstand im Kopf.«

Er konnte sich nicht erinnern, je in seinem Leben so verlegen gewesen zu sein. Der Gedanke an Bretta ließ ihn das Blut zu Kopfe steigen und sein Herz schneller schlagen. Sie schien so stark und verletzlich zugleich, und er sehnte sich danach, sie zu beschützen. Doch schließlich war sie eine verheiratete Frau und hatte bereits einen Mann, der sich um sie kümmerte. Gewiss, der Beginn ihrer Ehe war alles andere als recht und glücklich gewesen, aber es stand ihm nicht zu, darüber zu urteilen. So, wie sie es beschrieb, bemühte sich ihr Mann mittlerweile um sie, und das sollte genügen.

»Also nimm dich zusammen, du trotteliger Hohlkopf!«, tadelte er sich selbst, als könnten Worte ihn wieder zur Vernunft bringen.

Inmitten dieses Sturms der Gefühle stieß Sivella zu ihm herab und kreischte. Rael konnte gerade noch rechtzeitig aus seinen Gedanken auftauchen, zog den Falknerhandschuh an und streckte ihr die Faust zur Landung entgegen.

»Von Südwesten kommt ein Sturm auf.« Es war Triel, der ihn eine ganze Weile später ansprach. Der Falkner hatte jegliches Gefühl für Zeit verloren und nicht einmal die starke Brise wahrgenommen. Äste und Zweige neigten sich im Wind und warnten vor einem bevorstehenden Wetterumschwung.

»Mein Vater ist zurück. Er sagt, wenn Ihr heute noch übersetzen wollt, muss es jetzt gleich geschehen!«

»Ich kann mir keine weitere Verzögerung leisten«, sagte Rael und sprang auf. Sivella schlug – aufgerüttelt ob der jähen Bewegungen – mit den Schwingen und beschwerte sich krächzend. Der Junge beobachtete gebannt ihr stolzes Gehabe. Seine Bewunderung erinnerte Rael umso stärker an Brettas ablehnende

Haltung gegenüber der Falknerei und hinterließ einen bitteren Nachgeschmack.

»Lauf und bitte deinen Vater, die Fähre klarzumachen. Ich komme gleich nach.«

Rael schickte Sivella voraus zum Bootsschuppen und ging dann mit Fëa Lómë am Zügel zur Anlegestelle. Bretta erwartete ihn bereits mit einem Päckchen.

»Ich habe Euch etwas für unterwegs vorbereitet«, sagte sie schnell.

Es war offensichtlich ein Friedensangebot. Als sie es ihm übergab, streiften ihre Hände flüchtig seinen Arm. Für einen Moment trafen sich ihre Blicke, und ihre Augen baten ihn um Verständnis. Er nickte.

»Danke. Das weiß ich sehr zu schätzen«, gab er zurück.

»Möge Gilian Eure Schritte und Flüge lenken«, sagte sie, hob die Hand an die Brust und verneigte sich leicht, bevor sie sich umdrehte und davoneilte.

Rael sah ihr noch eine Weile nach und musterte dann den Fährmann, der mit seinem Sohn die Fähre klarmachte. In seinem Gesicht lag nichts Verbindliches und auch keine Lebendigkeit. Die Spuren harter Arbeit hatten sich deutlich in seine Züge eingegraben und schlossen auf ein unzufriedenes Wesen.

Sobald die letzten Vorkehrungen getroffen waren, blickte er zu Rael auf. »Ihr könnt die Stute jetzt an Bord bringen.«

Rael verabschiedete sich von Triel und führte Fëa Lómë auf die Fähre. Sie war kaum mehr als ein einfaches Floß mit einem überdachten Platz und ein paar schlichten Sitzbänken für die Fahrgäste. An einer hölzernen Reling konnte man Pferde und anderes Viehzeug anbinden. Zwei straff gezogene, dicke Taue waren über den Fluss gespannt und verliefen durch eiserne Ringe entlang beiden Seiten des Gefährts. Wenn der Fährmann seine Fähre über den Fluss stakte, sorgten sie dafür, dass er nicht flussabwärts trieb.

Rael war nicht der Einzige, der übersetzen wollte. Drei Bauern saßen bereits auf einer der Bänke, und im letzten Augenblick sprangen noch zwei Wunand-Amazonen an Bord. Sie warfen Lurd ein paar Münzen zu und bedachten ihn mit einer kurzen Begrüßung. Offensichtlich nutzten sie seine Dienste regelmäßig.

»Kommt mal wieder hier vorbei!«, rief Triel zu Rael, als das Floß ablegte.

»Wenn es die Götter beschließen«, gab Rael zurück.

Dann hob er die Faust. Beim Anblick des grazilen Falken, der mit gespreizten Schwingen zur Landung ansetzte, stockte Triel der Atem. Es war ein Bild, das seine Überzeugung bestärkte: Sein Schicksal würde ihn eines Tages in die Falkenhalle führen.

Als der Regen sie einholte, hatte Erilea bereits einige Wegstunden zurückgelegt und dabei Beeren und Wurzeln für den Abend gesammelt. Schon lange im Voraus hatte sie den Wetterwechsel erahnt und rechtzeitig Schutz am Fuß eines Bergrückens gesucht. Hier fiel das Land jäh zur Ebene ab, sodass ein niedriger Steilhang entstanden war. Er mündete in einem Meer aus hohem Gras, aus dem sich nur vereinzelte Baumgruppen erhoben. Erilea war einem schmalen Burakpfad gefolgt und hatte eine Senke erreicht, die aus den Elementen der Felswand geschabt worden war – ein geeigneter Platz, um es sich gemütlich zu machen. Sie ging davon aus, dass der Sturm noch eine ganze Weile toben würde, und richtete sich darauf ein, die Nacht dort zu verbringen.

Nun kaute sie dankbar Wurzeln, Beeren und getrocknete Bactifrüchte, die klein und hart, ziemlich sauer, aber dafür sehr gesund waren.

Nachdem sie gegessen und Wasser getrunken hatte, lehnte sie sich zurück, hüllte sich in ihre Schlafdecke und beobachtete, wie der Regen vor ihrem Unterschlupf wie ein schwerer Vorhang herabprasselte. Ab und an erhellten gleißende Blitze die Finsternis und schlugen in frei stehende Bäume ein. Grollender Donner folgte immer dichter auf die Blitze, bis der Sturm unmittelbar über ihr wütete. Der Zorn, mit dem er auf die Erde einhieb, hatte etwas Übermächtiges, und die junge Wunand war überwältigt von diesem Naturereignis. Selbst als das Unwetter nachließ, hielt es sie noch lange in seinem Bann. Als die Strahlen der untergehenden Sonne wieder durch die dahinjagenden Wolken brachen, war ihr Herz so voller Ehrfurcht, dass sie glaubte, es müsste zerspringen.

Plötzlich huschte etwas durch Erileas Sichtfeld. Ein Tier war den Steilhang herabgesprungen und ein paar Schritte vor ihr aufgekommen. Sie traute ihren Augen nicht. Es war eine goldfarbene Arekkatze, die sie mit scharfem Blick ansah und wieder das Weite suchte. Elin? War das möglich?

»Warte! Elin!«, rief Erilea und sprang noch mit der Schlafdecke um die Schultern auf. Es musste Elin gewesen sein. Sie rannte aus ihrem Unterschlupf, um nach ihm zu suchen. Keinen Augenblick zu früh, denn völlig unvermittelt begann die Erde zu beben, und ein lautes Grollen erfüllte ihre Ohren. Instinktiv ließ sie den Steilhang hinter sich, so schnell sie konnte, und blieb erst stehen, als das Beben und Grollen abgeebbt waren. Als sie zurückblickte, sah sie voller Entsetzen, dass ein gewaltiger Teil des Hangs herabgestürzt war und ihren Unterschlupf mitsamt ihren wenigen Habseligkeiten mitgerissen hatte. Als ihr klar wurde, wie knapp sie dem Schicksal entgangen war, vollständig unter den Schlammmassen begraben zu werden, atmete sie auf und sank von Dankbarkeit überwältigt zu Boden. Wäre Elin – ihr Stern, der sie leitete – nicht aufgetaucht . . . sie wagte es nicht, sich auszumalen, was passiert wäre.

»Elin«, rief sie, stand wieder auf und ließ den Blick über die Ebene wandern. »Elin, wo steckst du?«

Doch von Elin war nichts mehr zu entdecken, so angestrengt sie auch nach ihm Ausschau hielt. »Elin«, rief sie abermals, obwohl sie sich nun sicher war, keine Antwort mehr zu bekommen.

»Habe ich dich tatsächlich gesehen?«, murmelte sie schließlich. »Oder hat Emo mir ein Zeichen gesandt?«

Eine Weile verharrte sie unschlüssig. Dann sah sie nicht weit entfernt einen rostbraunen Fleck am Boden. Ihre Decke. Nun, das war zumindest ein Anfang.

»Eine wirkliche Herausforderung, Emo«, meinte sie, als könnte die Göttin sie hören. »Ich hoffe, ich werde ihr gewachsen sein.«

Rael hatte mit Sivellas Hilfe die Gegend flussabwärts ausgekundschaftet. Es würde noch wenige Stunden hell bleiben, auch wenn sich bereits erste dunkle Wolken über ihm zusammenbrauten. Eine kurze Strecke konnte er galoppieren, doch nach einer Weile verzweigte sich der ausgetretene Weg in eine Reihe von unwegsamen Pfaden. Die meisten führten über die Ebene. Rael ritt mehr als eine Wegstunde den Fluss entlang und erreichte schließlich einen Bach, der sich durch eine tiefe Schlucht in den Mangipohr ergoss. Obwohl die Dämmerung allmählich in Dunkelheit überging, war er sich sicher, Sivella und den Unterschlupf zu finden, würde er nur dem Bachlauf folgen. Auch wenn er durch die Verbindung mit Sivella erkannt hatte, dass er verlassen worden war, ritt er dennoch weiter. Der Falke flog ihm aus der Dunkelheit entgegen und geleitete ihn das letzte Stück.

In dieser Nacht schlief Rael unruhig. Er träumte, dass er Erilea und Alduin endlich gefunden hatte, doch als er sie ansprechen wollte, verwandelten sich ihre Gesichter in das von Bretta und Lurd. Verstört und zerschlagen, erwachte er bei Tagesanbruch, kroch aus dem Unterschlupf und nahm Verbindung mit Sivella auf, um Trost und Ablenkung zu suchen. Sie spielte müßig in der Brise und flog breite Schleifen über dem kleinen Wald, während die ersten Strahlen der frühen Sonne auf ihrem Gefieder glänzten. Kurz darauf landete sie auf Raels gestreckter Faust.

»Hast du eine Ahnung, wo Erilea sein könnte?«, fragte er sie, streichelte ihre Brust mit dem Finger und gähnte gleichzeitig.

Der Falke reagierte nicht auf seine Frage und schloss stattdessen die Augen, um die Liebkosung zu genießen. Rael lachte. »Tja, wir haben bereits einen weiten Weg zurückgelegt. Jetzt sollten wir weitersuchen. Wahrscheinlich ist Erilea nicht weit weg von hier. Ich schlage vor, du besorgst dir ein bescheidenes Frühstück, fliegst dann nordwärts und suchst das offene Gelände der Ebene nach ihr ab. Wenn wir sie dort nicht finden, müssen wir uns nach Süden wenden.«

Auch Erileas Nacht war unruhig und ausgesprochen unbequem gewesen. Sie hatte beschlossen, unter dem breiten Geäst eines allein stehenden Purkabaumes zu schlafen, stellte aber schon sehr bald fest, dass der Boden viel zu nass war. So entschied sie sich, auf einen der unteren Äste zu klettern. Dicht am Stamm war der Baum breit und bot genug Platz, sich hinzukauern, wenngleich auch nicht sehr viel. Daher war sie immer wieder erschrocken aufgewacht, als sie im Schlaf seitwärtsgerutscht war.

Mit trüben Augen begrüßte sie den neuen Tag. Nebelschwaden stiegen von der feuchten Erde empor, als die Morgensonne sie erwärmte. Es schien ihr, als würden sie sich genauso in Luft auflösen wie die Zuversicht, die sie noch in der Nacht zuvor verspürt hatte. Vielleicht war es gar keine so gute Idee, den Vulkan aufzusuchen, vielleicht sogar nicht nur unverantwortlich, sondern auch ausgesprochen dumm, ihr Vorhaben ohne Proviant und Ausrüstung fortzusetzen.

Die junge Amazone kletterte vom Baum herunter. Die Zeit für ihr Morgenritual war bereits verstrichen, und plötzlich wuchs das Gefühl in ihr, versagt zu haben.

Der streng geordnete Tagesablauf ihres *Parna* war genauso in sich zusammengebrochen wie der Steilhang. Haltlos trieb sie in einem Meer widerstreitender Gefühle. Alles war doch nur Brauchtum vergangener Zeiten, das die Frauen der meisten Wunand-Stämme schon längst abgelegt hatten. Sicher hätten sie auch ohne das *Parna* ihre Fähigkeiten als Amazonen nicht eingebüßt. Und schließlich hatte es nichts mit der Geschicklichkeit im Umgang mit Waffen oder gar mit Ausdauer im Kampf zu tun. Was konnten all das Fasten, all die Gebete und Rituale ihr für die Zukunft bringen? Vielleicht gar nichts Nützliches.

Erilea blickte nach Osten in die Sonne. Unwillkürlich schloss sie die Augen und hob die Arme. Und je länger sie so dastand, desto ruhiger wurde sie. Eine unendliche Gelassenheit umfing sie, und aller Unmut war mit einem Mal verflogen. Nein – die Tage mit Elin waren nicht vergeudet gewesen. Sie war mit der Natur im Einklang gewesen und hatte ein völlig neues Bewusstsein kennengelernt. Sogar das Fasten war für sie eine Erfahrung gewesen.

Erilea horchte lange in sich hinein, und plötzlich wurde ihr bewusst, dass die Zeit gekommen war umzukehren. Es gab keine feste Regel, wie lange ein *Parna* dauern sollte. Vielmehr teilte es sich einem mit, wann die Selbstfindung ihr Ende gefunden hatte.

»Geist des Morgens, ich grüße dich«, sprach sie. »Möge dein Licht mich durch den Tag geleiten; das Licht, von dem ich weiß, dass es da ist, auch wenn Stürme mein Leben mit Dunkelheit erfüllen; das Licht, von dem ich weiß, dass es scheint und sich in den Sternen widerspiegelt, auch wenn die Nacht hereinbricht. Möge die Freude deines Daseins mein Wesen erfüllen. Möge sie mein Sehen, mein Hören, mein Sprechen begleiten, auf dass deine Anmut auf meine Wahrnehmung, auf mein Verständnis, meine Gedanken und meine Worte abfärbt.«

Erilea hob beide Arme an die Brust, verneigte sich und sprach ein letztes Wort, bevor sie sich nach Norden abwandte.

»Emo!«

Erilea öffnete die Augen, und ihr Blick suchte den fernen Berg, den sie hatte erreichen wollen. Sie verspürte keine Reue. Sie hatte ihre Entscheidung getroffen.

»Geist der Erde, ich verehre dich. Selbst wenn dein Herz schlummert, ist sein Schlag stetig und rein. Es gibt keinen Ort, an dem es nicht zu hören ist, wenn man aufmerksam zu lauschen versteht.

Möge mein Wesen stets in Einklang sein mit seinem Puls, auf dass ich standhaft in meiner Überzeugung und in meinem Glauben bleiben möge. Emo!«

Abermals verneigte Erilea sich und drehte sich anschließend nach Westen.

»Geist des Abends, durch dich lerne ich, loszulassen und die Zyklen des Lebens hinzunehmen. Mein Bestreben, meine Wünsche und Pläne können deiner Macht niemals ebenbürtig sein. Möge ich lernen, deine Weisheit anzunehmen, selbst wenn mein Herz und mein Verstand aufbegehren. Möge die Schönheit deines Aufbruchs mich ob des Wissens, dass alles vergeht und in neuer Form wiedergeboren wird, mit Hoffnung statt mit Verzweiflung erfüllen. Emo!«

Zu guter Letzt drehte Erilea sich nach Süden und öffnete weit die Augen und Arme.

»Geist der Zukunft, ich umarme dich. Möge ich jede Gabe, die du mir bescherst, mit offenen Augen und reinem Herzen annehmen. Lass mich nicht urteilen über Oberflächlichkeiten, sondern das erblicken, was dahinterliegt, um es als das zu preisen, was es wahrhaftig ist. Alles besteht in diesem gegenwärtigen Augenblick in Vollkommenheit. Emo! Ich danke dir.«

Viele Herzschläge lang blieb Erilea reglos wie eine Statue im dichten Gras stehen, erfüllt von einer überwältigenden Kraft, die sie bisher nicht kannte. Und so stand sie auch noch, als Sivella sie fand.

# 8

Jeden Morgen, wenn Alduin erwachte, standen Essen und Trinken neben ihm auf dem Boden. Manchmal saß Rihscha an der Kante seiner Pritsche, die geduldigen Augen eindringlich auf sein Gesicht gerichtet. Andere Male flogen sie gemeinsam, erkundeten die unmittelbare Umgebung, beobachteten aus der Ferne die Fischersleute und jagten. Die geheimnisvolle Erscheinung hatte sich ihm nicht mehr wieder gezeigt. Doch am Fußende seiner Schlafpritsche war saubere Kleidung zurückgelassen worden, sein schweißgetränktes Laken war gewechselt und seine Schulter frisch verbunden worden.

Alduin war mittlerweile klar, dass seine Mutter und seine Freunde gewiss außer sich vor Sorge sein mussten. Doch fehlte es ihm an Kraft, den Weg nach Osten anzutreten. Rihscha wich ihm nicht von der Seite, so konnte er auch ihn nicht mit einer Botschaft schicken.

»Ich dachte, ich hätte hier das Sagen«, schimpfte er mit dem Falken, als er endlich in der Lage war aufzustehen und seine Stimme wieder etwas von ihrer früheren Entschlossenheit zurückgewonnen hatte. »Wenn ich dir sage, du sollst nach Sanforan fliegen, dann solltest du das eigentlich auch tun!«

Rihscha zeigte sich ungerührt, und Alduin wusste, dass er tief in seinem Innersten dankbar für die Gegenwart und Standhaftigkeit des Falken war.

»Was würde ich nur ohne dich tun?«, fragte er voller Zuneigung. »Von allen Falken Nymaths bist du bestimmt der treuste. Und der klügste!«

Plötzlich überfluteten ihn Erinnerungen an Cal und Krath. Hatte er es nur geträumt, oder hatte der Bund mit Rihscha ihn tatsächlich in die Vergangenheit versetzt? War die Reise seines Vaters nur ein wirrer Fiebertraum gewesen?

Mit einem Mal überkam ihn das dringende Bedürfnis, nach Sanforan zurückzukehren, um herauszufinden, was dort vor sich ging. Wieder beschlich ihn das Gefühl, dass er in einem Strom unkontrollierbarer Ereignisse gefangen war. Er durfte sich nicht länger treiben lassen, musste alles selbst in die Hand nehmen.

»Rihscha, wir dürfen keine Zeit mehr verlieren. Wir brechen auf, sobald wir können«, sagte er. »Aber zuerst muss ich mich bei den Dorfbewohnern bedanken. Ohne sie wäre ich jetzt sicher nicht mehr am Leben.«

Aus seinen Flügen mit Rihscha war ihm die Gegend bereits vertraut. Er wusste, dass er sich wohl in einer Höhle südlich des Dorfes aufhalten musste. Wenngleich die Bewohner nach dem Beben in wilder Eile geflohen waren, so waren sie doch wieder zurückgekehrt, nachdem der Berg sich beruhigt hatte.

So hatten Rihscha und er einige wenige Male aus luftiger Höhe beobachtet, wie sie den schmalen Pfad zu seiner Höhle erklommen hatten, um ihn zu versorgen. Die greise Erscheinung war jedoch nicht unter ihnen, aber er nahm an, dass die Fischersleute ihm den Weg zu der Hütte des Alten weisen könnten.

Er zog die neuen Kleider an und freute sich darüber, wie gut sie passten. Man hatte ihm einen Lederbeutel zurückgelassen mit einem Jagdmesser, einem leeren Wasserbeutel und zu seiner großen Überraschung einem alten, aber doch festen Falknerhandschuh. Er warf sich den Beutel über die Schulter und ging mit Rihscha auf der Faust durch den niedrigen Eingang hinaus.

Das helle Tageslicht blendete ihn. Nach all der Zeit in der dämmrigen Höhle musste er sich erst wieder an das Tageslicht gewöhnen. Er bedeckte die Augen mit der freien Hand, bis sie allmählich das gleißende Licht vertrugen. Dann sah er sich um.

Wie anders wirkte die Umgebung doch, die er bisher nur aus der Luft kannte. Das Wasser in dem natürlichen, durch die gekrümmte Halbinsel entstandenen Hafen war von einem tiefen Blau. Alduin hatte bereits auf seinen Flügen vermutet, dass der Landarm der verwitterte Krater eines gewaltigen, uralten Vulkans war, den das Meer vor Urzeiten geflutet hatte.

Kleine Fischerboote schaukelten auf dem Wasser in der Nähe der Siedlungen. Tief sog Alduin die salzige Luft ein, füllte seine Lungen fast bis zum Bersten und atmete langsam wieder aus. Es fühlte sich so gut an, lebendig zu sein!

Der Pfad zum Dorf hinab war nicht besonders steil. Dennoch waren seine Muskeln schlaff, und er ermüdete schneller, als es ihm lieb war. Auf einer Bank in der Nähe des Docks machte er Rast. Zuerst war er allein, doch langsam fanden sich ein paar Leute ein, vermutlich waren es Fath. Wenn dem so war, so hielten sie sich fernab ihrer Stammesheimat auf. Nur wenige von ihnen trugen die traditionelle Tracht. Aus ihren Gesichtern sprach eine Mischung aus kindlicher Neugier, Ehrfurcht und Argwohn. Sie waren sehr schweigsam.

»Ich danke Euch für Eure Freundlichkeit und Fürsorge«, begann Alduin. »Ich wünschte, ich könnte sie irgendwie vergelten, aber ihr wisst, ich hatte nicht einmal ein Hemd am Leib, kam völlig nackt.«

Als er über seine Nacktheit sprach, kicherten die Frauen in der Gruppe, während die Männer in ihre Bärte raunten.

»Das war doch gar nicht der Rede wert«, sagte einer von ihnen mit rauer Stimme.

»Aber ihr habt mich gesund gepflegt. Ich gehe nach Sanforan. Vielleicht kann ich irgendetwas . . .«

Er brach ab, als er sah, dass sie die Köpfe schüttelten. Einer der Männer trat vor, offenbar das Dorfoberhaupt. Er trug eine perlengeschmückte Fathmütze.

»Wir haben alles, was wir brauchen«, sagte er schlicht. »Der Berg, den wir gleichzeitig verehren und fürchten, versorgt uns. Er beschert uns sichere Fischgewässer und fruchtbare Erde für unsere Gemüsegärten.«

Alduin verstand. Obwohl die Dorfbewohner recht einfach gekleidet waren, wirkten sie doch alle gesund und wohlgenährt. »Könnt Ihr mir den Weg zum Heim des greisen Alten zeigen, der sich meiner angenommen hatte?«, fragte er daraufhin. »Ich möchte ihm meine Dankbarkeit ausdrücken, bevor ich gehe.«

Verwirrung schlich sich in die Gesichter, und alle sahen einander fragend an.

»Eines der Kinder hat Euch beim Spielen in der Höhle gefunden. Ihr müsst es selbst dorthin geschafft haben«, antwortete das Dorfoberhaupt. Verlegen fügte er hinzu: »Wir haben niemanden im Dorf zurückgelassen.«

Alduin war irritiert. Er wusste, dass er damals außerstande gewesen war, auch nur einen weiteren Schritt zu gehen, geschweige denn zur Höhle hochzusteigen.

»Seid ihr ganz sicher? Ich weiß nicht, ob es ein Mann oder eine Frau war. Ich weiß nur, es war ein sehr alter Mensch. Er trug einen Federumhang. Ihr müsst doch wissen, wen ich meine.«

»Die Beschreibung passt auf niemanden hier«, entgegnete der Mann verunsichert. »Die Alten der Gemeinden an der Bucht ziehen es vor, auf der anderen Seite des Ufers zu leben. Obwohl es viele Generationen her ist, dass der Berg zuletzt erbebte, fühlen sie sich dort sicherer«, fügte er erklärend hinzu. »Wissen kann man ja nie.«

Bevor Alduin etwas erwidern konnte, wandte der Mann sich einer der Frauen neben ihm zu. »Wenn der Falkner reisefertig ist, braucht er noch etwas zu essen«, sagte er.

Eine dicke Frau mit roten Wangen nickte und eilte mit zwei Nachbarinnen im Schlepptau kichernd davon.

»Wir sind froh, dass Ihr wieder bei Kräften seid, und wünschen eine sichere Reise«, fuhr der Mann fort. »Wir müssen uns jetzt wieder an unsere Arbeit machen. Wartet hier, die Frauen kommen gleich mit dem Reiseproviant zurück.«

Im Einklang hoben die Männer die Hände an die Stirn. Alduin stand auf, berührte mit der freien Faust die Brust und verneigte sich.

»Mögen eure Netze immer prall gefüllt sein und der Berg seinen Frieden wahren«, sagte er. Die Männer antworteten ihm mit einem Lächeln. Schließlich nickten sie ihm zu und gingen ihrer Wege.

Alduin setzte sich wieder. Ihm ging die geheimnisvolle Erscheinung nicht aus dem Sinn. Konnte es sich um einen Einsiedler gehandelt haben, der in der Nähe lebte? Aber dann hätte ihn doch jemand kennen müssen! Alduin weigerte sich zu glauben, dass er sich den Alten bloß eingebildet hatte. Er hatte doch die Stimme gehört und die kühle Hand auf seiner Stirn gespürt.

Da sich jetzt keine Erklärung für diese eigenartige Begegnung finden würde, lenkte er seine Gedanken auf die bevorstehende Reise. Sosehr er auch darauf brannte, Sanforan so schnell wie möglich zu erreichen, wusste er doch, dass er auf seiner Wanderung mit seinen Kräften haushalten musste. Sobald er Rihscha davon überzeugen konnte, dass er auch alleine zurechtkommen würde, wäre der Falke gewiss bereit vorauszufliegen.

Sanforan lag ziemlich genau im Osten, doch er würde der Küste eine Weile nach Süden folgen müssen, um die felsigen Kämme und Schluchten rings um den Vulkan zu meiden.

Alduin war so in seine Gedanken vertieft, dass er aufschreckte, als die drei Frauen plötzlich vor ihm auftauchten. Eine reichte ihm ein großes, in Stoff gehülltes Bündel, eine andere hielt einen dünnen Krug in der Hand. »In Eurem Bündel ist ein Wasserbeutel«, sagte sie mit sehr leiser Stimme.

»Ja, natürlich!«

Hastig holte Alduin ihn hervor, zog den Pfropfen heraus und ließ ihn bis zum Überlaufen füllen.

»Danke. Vielen Dank«, sagte Alduin. Er bemühte sich, all seine Dankbarkeit in diese schlichten Worte zu legen.

»Eine sichere Reise für Euch«, verabschiedeten die Frauen sich von ihm. Gleich darauf liefen sie wieder zu ihren Hütten.

Rael war außer sich vor Freude, als er Erilea durch Sivellas Augen entdeckte. Weil er nicht länger herumhocken wollte, war er dem Falken mit der Stute gefolgt.

»Dank sei Gilian«, murmelte er bei sich und trieb Fëa Lómë an, noch schneller zu galoppieren.

Der Falke kreiste langsam über der jungen Wunand-Amazone, um sie nicht zu stören, und landete auf einem der höheren Äste des Purkabaumes. Noch schien sie seine Anwesenheit nicht bemerkt zu haben.

Das Geräusch von Pferdehufen riss sie aus der Stille. Für einen kurzen Moment war sie orientierungslos, doch bald kehrte die Erinnerung wieder zurück. Zuerst erblickte sie Sivella, dann den Reiter am Horizont.

»Sivella! Rael! Dank sei Emo!«

Als der Falke sich wieder in die Lüfte erhob und auf den Reiter zuflog, lief Erilea ihm, so schnell sie konnte, bis zum Fuß des Berges entgegen. Der Pfad, den sie noch am Abend entlanggegangen war, war von großen Felsbrocken und Geröll überdeckt worden.

»Sei vorsichtig!«, brüllte sie Rael entgegen, als er sich dem Rand des Hanges näherte. »Der Boden ist unsicher.«

»Gibt es noch einen anderen Weg?«, wollte er wissen.

Erileas Augen suchten. »Dort drüben«, rief sie und deutete nach Westen. »Ich warte hier auf dich!«

Rael zu sehen, erfüllte sie gleichzeitig mit einem Hochgefühl, aber auch mit tiefer Sorge. Dass ein alter Freund auftauchte – unmittelbar nach ihrem Entschluss, ihr *Parna* zu beenden, bestätigte ihr, dass sie die richtige Entscheidung getroffen hatte. Zugleich aber war sie sicher, dass er auch Neuigkeiten über Alduin mitbringen würde, und bei dem Gedanken begann ihr Herz, wie eine Falkenschwinge zu schlagen. Was mochte bloß geschehen sein? Wohl kaum etwas Gutes, andernfalls hätte Rael wohl nicht nach ihr gesucht. Und dass er nach ihr gesucht hatte, davon war sie seit ihrer ersten Begegnung mit Sivella überzeugt.

Sie atmete tief durch und versuchte, sich zu beruhigen, doch es fiel ihr schwer. Sie fluchte leise in sich hinein. Hätten ihr all die Tage des Fastens und der Reflexion nicht die nötige innere Gelassenheit geben sollen? Anscheinend war sie doch nicht Herrin über sich selbst, wenn es um tiefe menschliche Gefühle ging. Seufzend fand sie sich damit ab.

»Erilea, es ist so schön, dich zu sehen!«, rief Rael und parierte die galoppierende Stute. Kaum dass sie stand, sprang er schon aus dem Sattel und ergriff mit einer geschmeidigen Bewegung Erileas Hände.

»Und es ist schön, dich zu sehen«, gab sie zurück, umarmte ihn und wunderte sich über den Überschwang des sonst so ernsthaften jungen Falkners.

»Was tust du hier?«, fragten beide wie aus einem Mund.

»Du zuerst!«, forderte Rael sie rasch auf.

Erilea hielt ihre Ungeduld zurück, seine Geschichte zuerst hören zu wollen, und nickte.

»Ich habe gerade mein *Parna* abgeschlossen«, begann sie.

»Dein was?«, fragte er verdutzt.

»Mein *Parna*. Das ist eine alte Tradition, die immer noch von einigen Wunand-Stämmen aufrechterhalten wird. So eine Art der Selbstfindung: eine Zeit des Alleinseins, um etwas über sich selbst und seinen Platz in der Welt herauszufinden. Ich wollte eigentlich nach Hause zurück, aber das dürfte sich nun wohl ändern. Richtig?«

»Vielleicht. Ich bin gekommen, um dir zu sagen, dass . . .«

». . . Alduin etwas zugestoßen ist«, fiel sie ihm ins Wort.

»Scheinbar. Er ist verschwunden.«

»Wann? Was ist geschehen? Ich habe ihn seit Anfang des Frühlings nicht mehr gesehen. Aber so lange kann er doch nicht weg sein, oder? Das hätte ich bestimmt erfahren.«

»Nein, nein. Er hat Aranthia und Bardelph erst vor Kurzem in der Hütte besucht. Er blieb dort und musste sich um Cardol kümmern. Und dann, so vermutete Cardol, muss er in den Fluss gesprungen sein. Er fand seine Kleider am Ufer. Und von Rihscha auch keine Spur. Cal wurde gefunden – ohne seinen Falken Krath, und . . .«

»Rael, wer ist Cardol . . . und mit Cal meinst du doch wohl nicht etwa Alduins Vater, oder?«

»Tut mir leid, ich fange besser ganz von vorne an«, meinte Rael. »Aber es ist eine lange Geschichte, also setzen wir uns am besten für einen Moment.«

Rael nahm Fëa Lómë Zaumzeug und Sattel ab und ließ sie grasen. Dann legte er die schwere Satteldecke auf den Boden unter dem Purkabaum und lud Erilea ein, sich neben ihn daraufzusetzen.

Als er mit seinem Bericht endete, hatte die Sonne ihren Höchststand längst überschritten.

»Es schien alles so hoffnungslos, bis Sivella dich hier draußen gefunden hat. Danach wollte ich mich unbedingt auf die Suche nach dir machen. Vielleicht gelingt es uns gemeinsam, Alduin zu finden.«

»Bestimmt. Ich hätte dir nie verziehen, wenn du mich aus dieser Sache herausgehalten hättest«, sagte Erilea. »Ich bin sicher, Alduin ist am Leben und auch Rihscha.«

»Aber wenn Alduin noch lebt, warum hat er Rihscha dann nicht mit einer Botschaft zu uns geschickt?«, fragte Rael.

Es gab nur eine Erklärung auf diese Frage, und sie legte Schatten tiefer Sorge in Erileas Blick.

»Alduin muss verletzt sein – vielleicht sogar sehr schwer. Er muss irgendwo allein oder bewusstlos sein. Rihscha kann ihn nicht verlassen. Deshalb ist er nicht zur Falkenhalle zurückgekehrt oder zumindest zu Alduins Hütte. Rihscha ist schlau! Wir müssen ihn finden. Wo hast du schon nach ihm gesucht?«

»Sivella ist beide Ufer des Flusses viele Wegstunden weit abgeflogen.«

»Aber vielleicht nicht weit genug flussabwärts«, meinte Erilea.

»Ich war unten an der Stelle, wo die Fähre über den Fluss setzt«, berichtete Rael. »Es ist sehr unwahrscheinlich, dass er dort vorbeigetrieben ist, ohne sich in den Seilen zu verfangen, ganz gleich, in welchem Zustand er auch war.«

»Vielleicht hat ihn Sivella einfach übersehen. Es könnte Tausende Gründe geben. An den Flussufern gibt es wahrscheinlich unzählige Stellen, wo er hätte stranden können.«

Die Vorstellung, dass Alduin bewusstlos an einem Ort lag, der sich in ein schlammiges Grab verwandeln konnte, war mehr, als Erilea ertragen konnte.

»Wir müssen nach Norden. Dort hat man ihn zuletzt gesehen. Wir können nach Orten am Fluss Ausschau halten. In der Umgebung muss es kleine Siedlungen geben. Vielleicht hat ihn jemand gefunden«, überlegte sie.

»Ich habe mit Sivella die Stromschnellen ein Stück unterhalb der

Hütte abgesucht«, sagte Rael, der ihrem Gedankengang folgte. »Bei unserem ersten Suchflug habe ich zwar nichts entdeckt, doch wenn Alduin in Schwierigkeiten geraten ist, könnte er sich irgendwo in der Nähe aufhalten.«

»Dann lass uns aufbrechen«, schlug Erilea vor und sprang auf. »Kann die Stute uns beide tragen?«

»Ich denke, du bist klein genug«, sagte Rael.

Erilea funkelte ihn drohend an.

»Klein, aber . . .!«

»Ach, das hab ich nicht so gemeint!«

Erileas Züge wurden sanfter. »Sieh mich bloß an. All die Tage in Einsamkeit, die ich gefastet habe, in mich gegangen bin, und ich brause immer noch bei der kleinsten Anspielung auf wie eine Arekkatze.«

»Ich hab doch auf gar nichts angespielt!«

»Ich weiß. Tut mir leid.«

Erinnerungen an Elin wurden in ihr wach. »Während wir reiten, erzähle ich dir von meinen Abenteuern. In den letzten Tagen sind mir einige merkwürdige Dinge widerfahren«, sagte sie.

»Ja«, antwortete Rael. »Ich möchte zu gerne wissen, wie es kommt, dass du dich ohne Proviant und Waffen hier draußen mitten im Nirgendwo herumtreibst.«

»Und seit gestern Abend habe ich nichts mehr gegessen. Hast du vielleicht zufällig was dabei?«

»Nur getrocknete Früchte und Nüsse«, sagte Rael, wühlte in seinem Bündel und reichte ihr eine Handvoll davon. »Aber ich habe meinen Bogen dabei, also können wir jagen.«

Während Erilea ein paar Bissen aß, sattelte Rael Fëa Lómë und stellte ihr die junge Amazone vor.

»Das ist dieselbe Stute, auf der Alduin geritten ist, als er mit Cardol unterwegs war«, erklärte er. »Trotz ihres zierlichen Aussehens ist sie ausdauernd und absolut zuverlässig. Womöglich werde ich fragen, ob ich sie kaufen kann, wenn alles vorbei ist.«

Als die Stute gesattelt, getrenst und die Ausrüstung aufgeladen war, stieg Rael aufs Pferd. Dann half er Erilea hinauf, die sich vom Boden abstieß. Sie war leicht wie eine Feder. Fëa Lómë ging in einen leichten Galopp über. Sivella flog voraus, pendelte in stetiger Suche über die Ebene, doch irgendetwas sagte ihnen, dass sie noch viele Wegstunden lang erfolglos bleiben würde.

Die zerklüfteten Hügel, die sich von dem Vulkan hinabschlängelten, mündeten schließlich in einer Ebene, und Alduin schlug den Weg ostwärts nach Sanforan ein. Eine Nacht hatte er in der milden Sommerluft unter freiem Himmel geschlafen. Jetzt hatte die Sonne des neuen Tages beinah ihren Höchststand erreicht.

Er nahm Verbindung mit dem Falken auf. »Wie du siehst, bin ich wieder fast der Alte«, rief er Rihscha zu, der wie eine besorgte Glucke über ihm kreiste. »Ich glaube, du kannst jetzt schon mal ein gutes Stück vorausfliegen. Werd schon nicht zusammenbrechen.« Mit diesem Auftrag hoffte er, den Falken davon zu überzeugen, dass er wieder wohlauf war.

Rihschas Entrüstung schlug Alduin entgegen.

*Ich weiß, du meinst es gut, aber denk an meine Mutter und all die anderen. Je früher wir ihnen eine Botschaft senden können, desto besser.*

Er spürte, wie Rihscha nachgab, und wusste, dass er diese Schlacht gewonnen hatte.

*Flieg nach Osten, und such unterwegs das Land ab. Ich folge dir zu Fuß. Ich werde bald wieder bei dir sein.*

Alduin brach die Verbindung ab und beobachtete, wie Rihscha ein letztes Mal über ihm kreiste und dann mit mächtigen Flügelschlägen aufbrach. Für einen kurzen Moment durchzuckten ihn Sorge und Angst. Er hatte das Gefühl, ewig mit seinem Falken zusammen gewesen zu sein. Nun fiel es ihm schwer, ihn so einfach davonfliegen zu sehen. Doch schließlich konnte er jederzeit wieder Verbindung mit ihm aufnehmen, wenn ihm danach zumute war.

Die Aussicht auf die Ebenen, die sich vor Alduin erstreckten, war atemberaubend. Kugelförmige Grasbüschel überzogen die Landschaft wie pelzige Tiere und schimmerten golden im Licht der Nachmittagssonne. Alduin schätzte, dass er mittlerweile eine gute Wegstunde oder gar zwei zurückgelegt hatte. Obwohl er müde war, fühlte es sich nach einer gesunden Müdigkeit an. Ein Stück vor sich erblickte er eine Baumgruppe, und als er näher kam, sah er, dass sie ein Wasserloch umrahmte. Das Wasser war trüb und tiefgrün. Alduin beschloss, nicht davon zu trinken. Dennoch war es ein angenehmer Ort, um sich für einen Moment auszuruhen und abzukühlen. Er zog die Sandalen aus, setzte sich und tauchte die Füße in den Tümpel. Welch eine Wohltat! Vielleicht sollte er sich ein kleines Nickerchen gönnen. Er legte sich auf den weichen Boden, schloss die Augen und nahm noch einmal kurz Verbindung mit Rihscha auf.

Doch die Anspannung im Körper des Falken riss ihn aus seiner Trägheit. Binnen eines kurzen Moments sah er durch die Augen des Falken, was seine Aufmerksamkeit erregt hatte. Ein paar Grad weiter nördlich von seinem Weg entfernt bewegte sich ein kleiner Punkt in raschem Tempo über die Ebene direkt auf ihn zu. Rihscha flog eine Linkskurve und nahm die Verfolgung auf. Schon bald erkannte Alduin eine Gestalt auf einem Pferd. Das Tier schien ihm vertraut. Es war die graue, stichelhaarige Stute. Welch ein Zufall. Konnte das tatsächlich Cardol auf Fëa Lómë sein? Die Vorstellung schien unglaublich. Plötzlich stieß wie ein Blitz aus Klauen und Federn ein geller Schrei von oben herab. Es war kein Schrei der Furcht oder des Zorns, sondern ein Schrei der Freude und der Vertrautheit.

*Sivella! Rihscha, es ist Sivella! Und das kann nur bedeuten, dass Rael der Reiter ist!*

Seite an Seite flogen die beiden Falken auf die Stute zu und umkreisten sie in freudigen Schleifen.

*Erilea! Erilea ist bei Rael!*

Die Gefühle drohten Alduin zu überwältigen: Überraschung,

Freudentaumel . . . und dann doch ein unangenehmer, nagender Gedanke. Konnte das die Erklärung für Erileas Zurückhaltung sein? Hatte sie sich etwa Rael zugewendet? War er der Grund, weshalb sie in Sanforan nicht auf ihn gewartet, ihm nicht einmal eine Nachricht hinterlassen hatte? Alduin verspürte einen bitteren Geschmack im Mund, der aber gleich darauf von der freudigen Erregung vertrieben wurde, die er in Raels und Erileas Gesichtern las. Sie waren so glücklich über Rihschas Anblick! Und auch er konnte es nicht fassen, die beiden zu sehen. Was auch immer zwischen ihnen sein mochte. Sie waren seine Freunde, und nur das zählte.

»Rihscha! Wo ist Alduin?«, rief Erilea. »Wir sind krank vor Sorge um ihn. Zeig uns, wo er steckt!«

Ohne zu zögern, machte Rihscha eine Kehrtwende und flog zurück zu Alduins Rastplatz. Die Reiter folgten ihm.

Alduin brach die Verbindung mit Rihscha ab und überlegte, wie er sich verhalten sollte. Natürlich konnte er ihnen entgegenlaufen, doch unwillkürlich und trotz aller Vorfreude übermannte ihn die Erschöpfung. Er schloss die Augen, und bevor er sich versah, war er eingeschlafen.

»Ist das zu fassen! Da liegt er und schläft!«

Raels Worte rissen Alduin aus seinem Schlummer. Erilea hechtete regelrecht aus dem Sattel, hockte sich neben ihn und warf ihm die Arme um den Hals.

»Oh Alduin, wo bist du nur gewesen? Was ist geschehen?«

Alduin erwiderte ihre Umarmung und drückte sie, so fest er konnte. Sie fühlte sich gut an.

Nach einer Weile löste er sich sanft von ihr, setzte sich auf und beobachtete Rael. Zu seiner Freude erkannte er ein Lächeln in seinem Gesicht. In diesem Moment wusste er, dass er sich getäuscht hatte.

»Was für eine Begrüßung!«, rief er. »Ich glaube, ich muss öfter mal eine Zeit lang verschwinden.«

»Untersteh dich!«, schrie Erilea und hieb ihm mit der Faust vor die Brust. »Sonst . . . sonst . . .!«

Alle drei lachten. Es war ein unbeschwertes Lachen, das über die Ebene hallte und all ihre aufgestauten Ängste zerstreute. Rihscha und Sivella tänzelten durch die Luft, stiegen auf und ließen sich gleiten, stimmten mit ihren Rufen in das ausgelassene Gejohle mit ein.

Rael hatte einen Hasen gejagt. Nach dem Essen saßen die drei gesättigt um das Feuer, das zu verglimmen drohte, schürten die Glut und erzählten einander ihre Geschichte. »Und, was machen wir jetzt?«, fragte Erilea.

Langsam begann sich der Himmel zu verfinstern. Die Sterne funkelten, und die beiden Monde von Nymath, der silber- und der kupferfarbene – gingen auf wie mächtige Segel, die durch die Nacht glitten. Mittlerweile waren die Freunde in jeder Hinsicht zuversichtlich. Die Zukunft lag vor ihnen und konnte sie in eine Vielzahl von Richtungen führen. Es lag an ihnen zu wählen.

»Wir müssen Aranthia und Meister Calborth eine Botschaft senden«, sagte Alduin. »Besser, wir machen uns auf den Weg nach Sanforan! Wenn Cal wirklich vor ihren Augen altert, muss ich wissen, wie es ihm jetzt geht.«

»Und was dann?«, erkundigte sich Rael.

»Ich habe euch doch von dem Traum erzählt . . .«, setzte Alduin an. »Eigentlich bin ich ziemlich sicher, dass es nicht nur ein Traum war, auch keine Vision, wie ich sie bisher kannte. Diesmal schien es mir, als wäre ich eins mit Krath, aber gleichzeitig mit meinem Vater, selbst wenn er nicht in Verbindung mit Krath stand. Es war, als schlüpfte ich in seine Schuhe. Im wahrsten Sinn des Wortes!«

»Und was willst du damit sagen?«, fragte Rael.

»Ich will damit sagen, dass ich vermute, was ihm widerfahren ist, nachdem er die Hütte verließ, nach Lemrik ging und dann weiter nach Thel Gan wanderte.«

»Und danach?«, fragte Rael.

»Danach? Daran kann ich mich nicht erinnern. Dafür habe ich aber gespürt, was ihn bewegte und was er fühlte. Es drehte sich alles um Kraths Sterblichkeit oder darum, dass er vor dem Tag Angst hatte, an dem Krath sterben würde. Du kannst dir bestimmt vorstellen, was ich meine.«

Rael nickte. Kein Falkner will gerne daran denken.

»Und Aranthia glaubt, dass Cal deshalb nicht gealtert ist, weil er immer noch in Verbindung mit Krath stand?«, hakte Erilea nach.

»Natürlich kann sie es nicht mit Sicherheit sagen, aber sie hat etwas in dieser Richtung angedeutet«, gab Rael zurück. »Sie denkt, dass die Verbindung mittlerweile abgebrochen ist. Das dürfte auch der Grund sein, weshalb Cal jetzt so schnell altert.«

»Aber die Verbindung mit einem Falken hält doch das Altern nicht auf«, warf Alduin ein. »Wir Falkner machen das doch ständig, trotzdem sterben wir eines Tages.«

»Vielleicht war es keine gewöhnliche Verbindung«, überlegte Erilea. »Vielleicht gibt es noch eine ganz andere Art, den Bund einzugehen.«

»Wo könnte er so etwas gelernt haben?«, fragte sich Rael.

»Vielleicht hat er etwas gehört«, meinte Alduin leise, als in ihm plötzlich eine Erinnerung aufstieg. »Unmittelbar bevor ich die ... Verbindung – oder was es auch immer gewesen sein mochte – zu Cal verlor, schnappte er in einer Schenke ein Gespräch auf. Da waren Katauren, die über einen Falkner in Sean Ferll sprachen, der völlig aufgelöst über den Tod seines Falken war. Anscheinend redete er nur noch wirres Zeug ... so erzählte er auch, dass er jemanden kannte, der seinen Falken ins Leben zurückholen könnte ... Cal war überzeugt, es war kein Zufall, dass er gerade in diesem Moment an diesem Ort von dieser Geschichte hörte. Er hatte plötzlich das Gefühl, in Sean Ferll gäbe es etwas für ihn zu entdecken.«

»Sean Ferll«, grübelte Rael. »Über diesen Ort habe ich nichts Gutes gehört. Ausgestoßene und Geächtete sollen dort leben.«

»Wie dem auch sein mag. Aus irgendeinem Grund habe ich diese

Vision gehabt«, sagte Alduin mit wachsender Überzeugung. »Es gibt keinen Weg vorbei. Ich muss nach Sean Ferll. »Er schwieg für eine Weile, bevor er den Blick von Rael und Erilea suchte. »Ich werde nicht nach Sanforan zurückkehren«, sagte er entschlossen. »Damit würde ich nur kostbare Zeit verlieren.«

»Aber warum?«, fragte Erilea. »Warum musst du in Erfahrung bringen, was mit Cal geschehen ist? Das ist so lange her – es war doch schon, bevor du geboren wurdest. Daran wird sich ohnehin niemand mehr erinnern.«

»Es ist vielleicht die einzige Möglichkeit, ihm zu helfen. Rael sagte, dass er das Bewusstsein noch nicht wiedererlangt hat. Solange auch nur ein Hoffnungsschimmer besteht, sei er noch so dünn wie ein Strohhalm, so kann ich ihn doch nicht einfach so daliegen lassen.«

»Wir wissen gar nicht sicher, ob er noch bewusstlos ist«, beharrte Erilea. »Seit Raels Aufbruch aus der Stadt sind Tage vergangen. Vielleicht ist Cal inzwischen zu sich gekommen? Lasst uns doch die Falken schicken, um es herauszufinden.«

»Aber hier nur rumsitzen und warten, das ist doch auch keine Lösung!«, meinte Alduin aufgebracht. »Wenn er sich nicht erholt hat und schnell altert, könnten seine Stunden gezählt sein. Ich muss gleich morgen früh aufbrechen.«

Erilea sah ihn überrascht an. »Ich glaube trotzdem, du solltest erst nach Sanforan gehen. Der Weg mag zwar weiter sein, aber die Straßen sind besser. Eine andere Strecke gibt es eigentlich gar nicht.«

»Doch«, widersprach Alduin. »Es gibt den Fluss. Sobald ich oberhalb der Stromschnellen bin, kann ich ihn einfach befahren.«

»Womit? Willst du dir etwa ein Floß bauen?«, wollte Erilea wissen. Sie war selbst verwirrt über ihre heftige Gegenwehr, konnte aber nicht dagegen ankämpfen.

»Cal ist nicht der einzige Grund, oder?«, warf Rael plötzlich ein. »Du selbst willst es wissen, nicht wahr? Ich meine, du willst wissen, ob man das Leben der Falken verlängern kann, willst wissen, ob an der Schauergeschichte was dran ist?«

»Nein ...«, erwiderte er nachdenklich. »Etwas zieht mich dorthin. Es muss mit Cal zu tun haben. Ich habe das Gefühl, dass ich ihm helfen kann.«

»Ach komm, mach dir doch nicht selbst was vor, Alduin«, sagte Rael. »Ich will ja nicht sagen, dass du dir keine Sorgen um deinen Vater machst, und es kann auch sein, dass du ihm helfen kannst. Um ehrlich zu sein – wenn tatsächlich mehr dahintersteckt, bist du wahrscheinlich der Einzige, der überhaupt etwas rausfinden kann.«

»Worüber, was meinst du?«, fragte Alduin.

»Na, über die Möglichkeit der Unsterblichkeit durch die Bindung mit dem Falken«, antwortete Rael.

Die letzten Worte überwältigten die drei, und sie verstummten. Jeder verlor sich viele Herzschläge lang in den eigenen Gedanken.

»Ich begleite dich«, erklärte Erilea entschlossen. »Meine Ausbildung ist abgeschlossen, und ich kann jetzt selbst über meine Wege entscheiden. Also versuch nicht, mich davon abzubringen.«

Alduin freute sich so sehr über ihren Vorschlag, dass er nur verschmitzt antwortete: »Das hatte ich auch gar nicht vor.«

Erilea musterte ihn argwöhnisch. Zu ihrer Überraschung sprach aus seinem Blick Verständnis und Zustimmung. Konnte es tatsächlich sein, dass er ihre Begleitung widerspruchslos hinnahm?

»Sieh mich nicht so an. Ich will dich gar nicht davon abbringen«, sagte er.

Erilea lächelte zufrieden.

Am nächsten Morgen bei Sonnenaufgang brannten alle darauf aufzubrechen: Alduin und Erilea nach Norden, Rael ostwärts nach Sanforan.

»Ihr solltet Fëa nehmen«, schlug Rael vor. »Ihr werdet Ausrüstung brauchen, die sie tragen kann. Sobald ich den Fluss überquert habe, finde ich auf der Hauptstraße gewiss jemanden, der mich mitnimmt. Dort sind immer wieder Bauern und Händler unterwegs.«

»Aber ich bin nicht sicher, ob sie den ganzen Weg schaffen kann«, gab Alduin zurück. »Für Erilea und mich kann ich ein Floß bauen, aber noch dazu für ein Pferd?«

»Vielleicht wäre es besser, durch den Wald am Nordufer zu reiten«, schlug Erilea vor. »Das ist Elbengebiet und sollte sicher sein.«

»Wäre euch die Durchreise denn gestattet?«, fragte Rael.

»Ganz gewiss«, antwortete sie.« Die Elben wissen sehr gut, was er schon für Nymath getan hat.«

»Gut, dann reiten wir also in Richtung Wald«, willigte Alduin ein. »Wir können dem Flussufer noch ein gutes Stück folgen, ehe wir entscheiden müssen, ob wir besser zu Land oder zu Wasser weiterkommen.«

»Gute Lösung«, nickte Rael. »Ich habe nicht viel Gepäck. Ich kann mit Sivella die Fähre heute Abend gut erreichen – mit etwas Glück sogar noch vor der letzten Überfahrt.«

»Ich habe nichts, was ich dir für meine Mutter mitgeben könnte«, sagte Alduin schulterzuckend. »Ich habe alles verloren. Gib ihr einfach eine dicke Umarmung von mir. Und Bardelph auch!«

»Ich glaube nicht, dass er dort sein wird. Er wollte zurück zur Hütte.«

»Wie gut! Vielleicht begegnen wir ihm ja dort.«

»Selbst wenn wir ihm über den Fluss hinweg zubrüllen müssen«, lachte Erilea. »Er wird unendlich erleichtert sein, wenn er sieht, dass du wohlauf bist.«

»Eigentlich sollten wir Rihscha vorausschicken, damit er sich keine Sorgen mehr zu machen braucht«, warf Alduin ein.

»Na ja, wie wär's, wenn wir uns in Bewegung setzten, statt hier noch länger herumzustehen und unsere Zeit zu vergeuden«, rüttelte Erilea die Gruppe auf. Nachdem sie gerade erst wieder zusammengefunden hatten, fiel es ihnen schwer, sich schon so bald wieder zu trennen. Doch der Abschied musste sein.

Alduin half Erilea in den Sattel, dann schwang er sich selbst hinauf. Ihr zierlicher Körper schmiegte sich zwischen seine Arme, als er nach vorne zu den Zügeln griff. Rael tätschelte Fëa den Hals und flüsterte ihr ins Ohr. »Trag sie sicher. Sie liegen mir beide sehr am Herzen.«

»Und jetzt los mit euch«, sagte er zu seinen Freunden, gab dem Pferd einen Klaps und sprang zur Seite. »Mögen die Götter euch beschützen!«

»Dich auch!«, rief Erilea, als Alduin die Stute zu einem forschen Trab antrieb.

»Pass auf dich auf, Rael!«, rief Alduin über die Schulter zurück. »Möge Gilian mit dir reisen.«

Rihscha, der auf einem der Bäume neben Sivella gehockt hatte, erhob sich in die Lüfte und folgte den Reitern. Sivella begleitete ihn noch eine Weile, bis sie dann wieder umkehrte und zu Rael zurückflog, der bereits schnellen Schrittes auf den fernen Fluss zuging.

# 9

Alduin und Erilea ließen den Vulkan im Westen weit hinter sich. Zwischen seinen Ausläufern und dem Mangipohr erstreckte sich eine breite Ebene bis hin zu den tiefen Wäldern im Nordwesten Nymaths. Auf dem festen Boden der ausgetretenen Pfade kamen sie mit Fëa Lómë schnell voran. Doch nicht alle Wege führten nach Norden. Daher mussten sie häufig auch auf unwegsame Strecken ausweichen, um den Kurs zu halten.

Dann stieg Alduin ab und führte die Stute langsam und sicher um die Wurzeln und versteckte Kaninchenlöcher herum, denn um keinen Preis durfte sie sich verletzen oder sich gar ein Bein brechen. Auf einen solchen Zwischenfall wären sie nicht eingestellt gewesen.

Die beiden sprachen wenig. Das beruhigende Gefühl, zusammen sein zu dürfen, erübrigte alle Worte. Von Zeit zu Zeit fielen Erilea die Augen zu, und sie döste für kurze Momente. Als ihr Körper langsam zur Seite glitt, war Alduin glücklich, sie noch fester halten zu dürfen.

»Ich frage mich, wie es wohl Elin geht«, murmelte sie schläfrig, als die Sonne kraftlos der Nacht wich. »Ich werde nie erfahren, ob er es war oder eine Vision, die mich vor dem Erdrutsch gerettet hat. Aber all das, was ich mit ihm erlebt habe, war so seltsam. Es scheint mir fast so, als wäre er mir von Anfang an von Emo geschickt worden.«

»Das ist gar nicht so abwegig«, meinte Alduin nachdenklich. »Wir waren beide ... Ich weiß nicht ... Ich meine, du warst zur gleichen Zeit auf der Suche nach einer Erklärung für das, was uns widerfahren war. Auch ich habe ganz Außergewöhnliches durchlebt. Da gab es Tage, da wusste ich nicht einmal, wer ich war. Ich fand Rihscha, und er gab mir meinen Namen. Aber das war auch alles, was ich hatte. Ich konnte mich an nichts von meiner Vergangenheit erinnern.

»Ich bin nur froh, dass du dich jetzt wieder erinnern kannst«, sagte Erilea und legte ihre Hand auf seinen Arm.

»Ich auch«, gab er zurück. »Ich auch.«

Eine Weile schwiegen die beiden gedankenverloren. Dann setzte Alduin wieder an. »Ich weiß auch nicht ... irgendwie bin ich gerettet worden ... von etwas, das durchaus auch eine Vision gewesen sein könnte. Obwohl sie mir zu dem Zeitpunkt mehr als echt vorkam.«

»Glaubst du, das alles hat etwas zu bedeuten?«, fragte Erilea.

»Das wissen nur die Götter«, erwiderte Alduin. »Doch eins ist mir klar geworden. Mich hat die Erfahrung verändert.«

»Mich auch«, pflichtete sie ihm bei. »Obwohl es schwer zu glauben ist, wenn man sieht, wie ich mich benehme, seit ich mein *Parna* abgeschlossen habe.«

Alduin zog sie an sich. »Sei nicht so streng zu dir selbst. Die Umstände waren doch immerhin sehr ungewöhnlich.«

»Aber ich wünschte, ich könnte so ruhig und gelassen sein wie die Elben. Da gab es ein paar Momente während meines *Parna*. Ich glaubte zu spüren, wie es sein könnte. Ich weiß nicht, wie sie es machen. Sie scheinen so intensiv zu leben, aber gleichzeitig auch so losgelöst und entspannt.«

»Das kommt uns wahrscheinlich nur so vor. Soweit ich mich erinnere, waren alle, die uns begegneten, doch schon recht alt. Sie können sich an jedem neuen Tag erfreuen, obwohl sie schon alles erlebt haben. Eine eigenartige Mischung.«

»Glaubst du, wir begegnen Elben, wenn wir durch den Wald reiten?«, fragte Erilea.

»Ich weiß nicht«, gab Alduin zurück. »Über ihr Leben in den Wäldern weiß ich nichts, bis auf ein paar Bemerkungen von Melethiell. Sie lassen uns ganz sicher hierdurch reiten. Aber sie ziehen es vor, unter sich zu bleiben, eben unsichtbar. Wenn sie uns nicht sehen wollen, dann sehen sie uns eben nicht.«

Die beiden verbrachten die Nacht unter dem Blätterdach der ersten Bäume des Waldrandes, an dem sie in den letzten Abendstunden entlanggeritten waren. Viele Wegstunden weiter nördlich würden sie den Elbenwald erreichen.

Vor dem Aufbruch am nächsten Morgen wollte Alduin Rihscha mit einer Botschaft zu Bardelph aussenden. Rael hatte ihm das nötige Schreibzeug mitgegeben: kleine, längliche Stücke weichen Pergaments und einen feinen Stift Schreibkohle. Er überlegte, wie er am besten übermitteln könnte, dass er gesund und wohlauf ist. Er entschied sich für die Rune *Uruz,* die für vitale, männliche Urkraft und Gesundheit steht. Sorgsam zeichnete er sie mit großen, kräftigen Strichen. Sie sah aus wie ein Türrahmen mit einem schrägen Sturz. Daneben – aber etwas kleiner – setzte er drei weitere Runen, die Näheres aussagen sollten: *Raiðo, Opalan* und *Laguz* – »bin von meiner Heimat am Wasser weggezogen«. Schließlich rollte er das kleine Pergament ein, hielt es mit einem dünnen Streifen Tierdarm zusammen und band es an Rihschas Klauen.

»Das sollte fürs Erste reichen«, sagte er zufrieden und warf einen Blick zu Erilea, die Fëa Lómë tränkte. »Das wird ihm sicher tausend Fragen aufgeben, aber zumindest weiß er, dass es mir gut geht.«

Alduin ließ Rihscha fliegen und nahm dann gleich Verbindung mit ihm auf.

*Folge dem Fluss stromaufwärts. Fliege zu den Stromschnellen, und halte den Blick auf das rechte Ufer gerichtet. Dann wirst du die Hütte nicht verfehlen.*

Er blieb noch bei Rihscha, bis der Falke den Fluss erreicht hatte. Dann brach er die Verbindung wieder ab.

»Bis zum frühen Nachmittag dürfte er zurück sein«, sagte er zu Erilea, die ihn schweigend beobachtet hatte. Lächelnd nickte sie.

»Lass uns aufbrechen.«

Am späten Vormittag eröffnete sich vor ihnen ein weiter Landstrich zwischen den Wäldern und dem Fluss. Er verjüngte sich und stieg dort steil an, wo das Wasser eine Schlucht in den Hügel geschnitten hatte. Erst eine Weile später wurde ihnen klar, weshalb die Baumreihe noch vor dem Böschungsrand endete. Dort nämlich verlief ein Holzzaun entlang dem Abhang, der den Weg versperrte. Dahinter grasten Pferde.

»Hier scheint jemand zu leben«, schloss Alduin.« So wie es aussieht, sind es Katauren.«

Erilea sah sich um. »Hier gibt es keinen Weg zum Fluss. Und einen Umweg wollen wir auch nicht machen. Wir müssen hierdurch!« Alduin lenkte die Stute vorsichtig zum Rand des Abgrunds und sah hinab auf den Mangipohr. Tief unter ihm schoss das Wasser durch die Schlucht. »Gütiger Gilian!« , sagte er erschrocken und drehte sich zu Erilea um. »Wusste gar nicht, dass der Fluss hier unpassierbar ist. Vermutlich sind wir auf der falschen Uferseite geritten.«

»Wir hatten aber keine andere Wahl. »Sie schüttelte den Kopf und deutete auf den Zaun. »Wie dem auch sein mag, dort ist ein Tor. Hoffen wir also, dass die Leute hier freundlich sind.«

Sie sprang vom Pferd und lief zum Zaun. Der Eingang war mit einem schweren Holzbrett verriegelt, das jemand mit aufwendigen, detailreichen Schnitzereien galoppierender Pferde verziert hatte – jedes von ihnen in einer anderen Pose.

»Unglaublich! Ein wahres Kunstwerk«, rief Erilea erstaunt. »Da hatte ein Künstler die Hände im Spiel! Das solltest du dir mal ansehen, Alduin!«

Alduin zögerte einen Moment, bevor er abstieg. Obwohl er keine Zeit verlieren wollte, mochte es sich als durchaus nützlich erweisen, einen Eindruck von den Besitzern des Grundstücks zu erhalten, bevor sie ihnen gegenübertraten. Auch er bewunderte die kunstvollen Schnitzereien. »Das ist keine Stümperei. Das ist tatsächlich die Arbeit eines Meisters!«, bestätigte er. »Damit hätte ich in dieser Abgeschiedenheit nicht gerechnet.«

Als Erilea versuchte, das schwere Holzbrett anzuheben, legte Alduin seine Hand auf ihren Arm. »Warte noch«, bat er. »Lass mich kurz Verbindung mit Rihscha aufnehmen. Ich möchte wissen, wo er ist. Sobald ich durch dieses Tor gegangen bin, muss ich mich besser auf den Weg konzentrieren.«

Wie ein Pfeil, der durch die laue Sommerluft schnitt, flog Rihscha dicht am Ostufer des glitzernden Flusses entlang. Dicht an dicht standen die Bäume hier zu beiden Seiten, und ihr üppig grünes Blattwerk neigte sich tief über das glasklare Wasser. Er genoss es, zwischen den überhängenden Zweigen durchzuschießen, sodass er die Wiese vor der kleinen Hütte ein ganzes Stück weit überflog.

*Rihscha! Halt, wir sind doch schon da!*

Mit erhabenem Schwingenschlag zog er einen Halbkreis, drehte ein paar Schrauben in der Luft und stieß anschließend auf die Hütte hinab.

*Angeber!*

Bardelph war ganz vertieft, im Gemüsegarten das wuchernde Unkraut zu jäten, und versuchte angestrengt, nicht an Aranthia zu denken. Er wusste, dass sie sich weitaus mehr Sorgen um Alduin machte, als sie sich anmerken ließ. Er konnte das Gefühl nicht loswerden, sie im Stich gelassen zu haben, und es fiel ihm schwer, ihre Hoffnung zu teilen, Alduin noch einmal lebend wiederzusehen.

Mit der körperlichen Arbeit versuchte er, seine Schuldgefühle zu verdrängen, und hatte auf diese Weise wenigstens das Gefühl, nützlich zu sein.

Als der Falke mit ausgebreiteten Flügeln zur Landung auf dem Zaun ansetzte, bemerkte er ihn zuerst gar nicht. Rihscha kreischte.

»Rihscha!«, rief der Raide, sprang auf und rannte zu ihm hin. »Rihscha, bist du es wirklich? Natürlich, was für eine dumme Frage. Bei allen gnädigen Göttern! Gepriesen sei Gilian! Wo *warst* du bloß? Und wo ist Alduin? Geht es ihm gut? Ist er tatsächlich am Leben? Ich habe schon alle Hoffnung aufgegeben!«

Als Antwort neigte Rihscha den Kopf und hob die Klaue.

»Eine Botschaft! Eine Botschaft von Alduin?«

Bardelph löste die dünne Lederschleife und hielt den Atem an, als er das Pergament aufrollte und daraus las.

»Er ist wohlauf! Den Göttern sei Dank, jedem einzelnen von ihnen.«

Ungeachtet dessen, dass Bardelph keinen Falknerhandschuh trug, hob er Rihscha auf seine Faust und streichelte dem Falken die Brust.

»Rihscha, das sind die besten Neuigkeiten, seit . . . seit Aranthia sich für mich entschieden hat! Hurra!«, rief er und tanzte vor Freude und Erleichterung von einem Fuß auf den anderen. »Hurra!«, rief er wieder und wieder und setzte seinen Freudentanz fort – schneller und immer schneller. Verängstigt grub Rihscha die Klauen in seine Hand, stieß sich ab und schwang dann wieder in die Luft. Überrascht hielt der Raide inne. Er beobachtete verwirrt, wie der Falke einmal über ihm kreiste und davonflog. Er bemerkte nicht das heraustropfende Blut an seiner Hand – dort, wo Rihscha seine Krallen tief in die Haut eingegraben hatte.

»Rihscha! Wo willst du denn hin? Willst du, dass ich dir folge?«

Bardelph rannte hinunter zum Wasser, doch der Falke war bereits außer Sicht.

»Sei kein Narr«, murmelte der Raide bei sich. »Alduin geht es offensichtlich gut. Er braucht keine Hilfe.«

Er schlenderte zum Gemüsebeet, kratzte sich nachdenklich den Kopf und nahm seine Arbeit wieder auf.

»Und was mache ich jetzt? Hier warten oder Aranthia die gute Nachricht überbringen?«

Unvermittelt lachte er über sich selbst.

»Keine Frage – natürlich.«

Auch Alduin musste herzlich lachen, als er die Verbindung mit Rihscha abbrach.

»Du hättest Bardelphs Gesicht sehen sollen. Als er Rihscha sah, wurde er leichenblass, als hätte er ein Gespenst vor sich. Und dann, als er die Nachricht gelesen hatte, sprang er herum wie ein wild gewordenes Huhn. Das hätte ich ihm gar nicht zugetraut. Es war so gut, ihn wiederzusehen. Mit etwas Glück können wir morgen gegen Ende des Tages dort sein.«

»Dann sollten wir uns jetzt besser auf den Weg machen«, schlug Erilea vor und hob den hölzernen Riegel an.

Die beiden vergewisserten sich, dass sie das Tor hinter sich wieder sorgsam verriegelt hatten. Dann führten sie Fëa Lómë im Schritt zwischen den grasenden Pferden hindurch, die – wie ihnen auf den ersten Blick auffiel – von besonders edler Abstammung waren. Als sie weitergingen, erreichten sie eine malerische Stelle. Dort beschrieb der Mangıpohr nach einer Kehre eine scharfe Biegung durch die Schlucht und wurde in die entgegengesetzte Richtung gelenkt. Zwischen den Flussläufen hatte sich eine Halbinsel gebildet, die zu drei Seiten von Wasser umgeben war. Hier hatte man mit Baumstämmen eine natürliche Absperrung geschaffen. Etwas weiter, im Wald hinter dem Fluss, erkannten die beiden eine große Lichtung und in der Mitte ein beeindruckendes Holzgebäude. Der Hauptteil bestand aus zwei Stockwerken. Das Satteldach war mit dicken, aber sauber gestutzten Grassoden gedeckt. Von beiden Seiten des Mitteltrakts öffneten sich wie ausgebreitete Arme weitläufige Stallungen. Sie sahen Menschen, die emsig ihrer Arbeit nachgingen, und das

Ganze erweckte den Eindruck eines rundum blühenden Gutshofes.

»Nie hätte ich damit gerechnet, hier im Wald etwas so Beeindruckendes zu sehen«, stieß Erilea überrascht hervor. »Hast du schon einmal so etwas gesehen?«

»Nein, wirklich nicht«, antwortete Alduin. »Kenne zwar ein paar gemütliche Katauren-Siedlungen, aber nicht damit vergleichbar.«

Sie saßen wieder auf. Alduin trieb Fëa Lómë an, und sie ritten unter einem kunstvoll geschnitzten Torbogen hindurch auf das Gebäude zu. Die Arbeiter rings um die Ställe nickten ihnen ganz beiläufig zu, ließen sich aber nicht von der Arbeit ablenken.

Im Eingang zum Hauptgebäude sahen sie eine hochgewachsene Frau. Offenbar war sie auf die beiden Reiter aufmerksam geworden und blickte ihnen erwartungsvoll entgegen. Sie war unverkennbar eine Kataurin, auch wenn sie – was ungewöhnlich war – ihr dickes Haar kurz geschnitten trug und wie ein Mann gekleidet war. Sie verneigte sich, als Alduin und Erilea abstiegen:

»Schön, dich zu sehen, Schwester. Willkommen auf Mastrill Hall. Ich bin Wendle«, stellte sie sich vor und richtete den Blick auf Erilea. »Besuche unserer Wunand-Schwestern sind viel zu selten. Daher sei doppelt herzlich willkommen. Bitte folge mir. Ich will dir etwas Erfrischendes anbieten. Der Mann kann derweil die Stute zu den Ställen bringen.«

Bevor Erilea irgendetwas erwidern oder gar hätte klarstellen können, kündigte ein schriller Ruf Rihschas Rückkehr an. Alduin schlüpfte in seinen Falknerhandschuh und hob ihm die Faust zur Landung entgegen.

»Der Falkner und ich reisen gemeinsam«, stellte Erilea schnell klar, nachdem Rihscha sanft gelandet war. »Das ist Alduin, im Bund mit dem Falken Rihscha, und ich bin Erilea.«

»Ungewöhnlich für eine Wunand-Amazone, nicht wahr?«, sagte Wendle. »Ich muss sagen, ich war überrascht, dich mit ihm reiten zu sehen, mit einem, der nicht reinen Blutes ist.«

»Meine Mutter ist eine Wunand und mein Vater Raide«, unterbrach Alduin mit Stolz in seiner Stimme und zugleich verärgert über den nicht achtenden Ton der Frau.

»Mag es sein, wie es sein soll«, fuhr Wendle fort, wobei sie nach wie vor nur Erilea ansah. »Kein Mann darf die Haupthalle des Gebäudes betreten. Das ist unsere Tradition seit vielen Generationen.«

»Aber wir sind erschöpft und wüssten Eure Gastfreundschaft zu schätzen«, entgegnete Erilea.

»Unsere Gastfreundschaft wollen wir euch beiden auch nicht verweigern, nur muss der Mann sie bei den anderen dort draußen suchen. Die Halle jedoch bleibt für ihn verschlossen«, beharrte Wendle, drehte sich um und trat in den Schatten. »Ich erwarte dich drinnen.«

»Von wegen!«, flüsterte Erilea Alduin zu, als die Kataurin verschwand. »Lass mir einen Moment, uns zu verabschieden, dann können wir gleich weiter.«

Alduin war langsam neugierig geworden. Zu gerne hätte er noch gewusst, was es mit Mastrill Hall auf sich hatte. Er hielt Erilea einen Augenblick zurück. »Erinnerst du dich noch, was du über die Gelassenheit und Weisheit der Elben gesagt hast? Lass uns keine voreiligen Schlüsse ziehen. Diese Wendle gibt mir mehr und mehr Rätsel auf. Geh du hinein und sprich mit ihr. Ich mische mich derweil unter das Volk!«

Er ließ Erilea los. Sie warf ihm einen Blick zu, der Wut und gleichermaßen Herausforderung ausstrahlte. »Aber du . . . du bist nicht irgendein Mann!«, fauchte sie. »Gib mir einen Moment. Ich will ihr haargenau schildern, wie du Nymath gerettet hat.«

»Wie ich sehe, hat die wilde Arekkatze ihre Spuren hinterlassen«, neckte Alduin sie. »Urteile nicht zu schnell. Ich möchte gerne mehr über diesen Ort herausfinden. Vielleicht erfahre ich etwas bei einem Becher Met bei denen niederer Herkunft, zu denen ich schließlich auch gehöre!«

Er warf ihr noch ein verschmitztes Lächeln entgegen und ging mit Fëa Lómë am Zügel zu den Ställen. Erilea sah ihm mit gemischten Gefühlen nach, dann ließ sie den Blick über das Gelände schweifen. Sie musste zugeben, dass hier tatsächlich alles recht ungewöhnlich schien, und hielt es dann auch für einen guten Gedanken, Alduins Vorschlag anzunehmen. Sie holte tief Luft und versuchte, sich die innere Stille in Erinnerung zu rufen, die sie während ihres *Parnas* für sich gefunden hatte. Nach einer Weile machte sie kehrt und folgte Wendle in die Halle.

Rael erreichte die Anlegestelle gerade noch, um die letzte Fähre zu erwischen. Lurd erkannte ihn wieder, begrüßte ihn mit einem knappen Nicken, lehnte es aber ab, sich die Überfahrt bezahlen zu lassen.

»Bretta meinte, dass Falknern kostenlose Überfahrt gewährt werden sollte«, erklärte er.

Rael zuckte zusammen. Bei seiner letzten Überfahrt war er völlig verwirrt aufgebrochen, ohne Bretta die Mahlzeit zu bezahlen. Allein ihren Namen zu hören, ließ sein Blut so stark durch seine Adern pulsieren, dass er das Gefühl hatte, sie müssten bersten. Ganz gewiss war es auch Lurd aufgefallen.

»Dank«, sagte er und versuchte dabei, seine aufwallenden Gefühle zu verbergen. Er ging zum Bug der Fähre, setzte sich auf eine der Bänke und verband sich mit Sivella.

Er vertraute darauf, dass sie ihm wieder die innere Ruhe und Gelassenheit zurückbringen würde. Sivella flog der Fähre voraus und erreichte bald das gegenüberliegende Ufer. Dort saß Triel auf einem Fass und wartete auf seinen Vater. Er sprang auf, als er den Falken herabstürzen und auf dem Dach des Bootshauses landen sah. »Der Falkner!«, rief er und rannte tänzelnd nach Hause. »Der Falkner Rael ist wieder da!«

*Folge ihm,* wies Rael Sivella an. Der Falke war zu der anderen Seite des Daches gestakst, als Bretta aus der Tür lief und sich die Hände an der Schürze abwischte. Sie fasste ihren Sohn fest an den Schultern, als er ihr die Nachricht überbrachte, und schickte ihn gleich wieder den Weg zurück, den er gekommen war. Für einen Moment hielt sie inne, bevor sie zurück ins Haus ging. Und gerade dieser Moment zeigte in ihrem Blick die tiefen Gefühle, die Triels Nachricht in ihr aufgewirbelt hatten.

»Ihr seid wieder zurück«, freute sich Triel, als Rael an Land ging. »Ich habe Sivella gesehen. Hab gleich meiner Mutter Bescheid gesagt. Sie meinte, Ihr solltet mit uns Abend essen.«

Rael hätte sich lieber klammheimlich davongestohlen. Er überlegte für einen kurzen Moment und dachte bei sich, dass es vielleicht falsch verstanden werden könnte, wenn er die Einladung ablehnte.

»Danke«, sagte er. »Eine Mahlzeit wäre jetzt nicht schlecht.«

»Triel«, rief Lurd. »Komm und hilf mir.«

»Könnt Ihr noch zwei Hände gebrauchen?«, fragte Rael ihn.

»Es reicht, wenn der Junge anpackt«, knurrte Lurd.

Wie maulfaul er doch ist, dachte Rael. Der Fährmann war ein mürrischer Geselle, und Rael fragte sich, wie Bretta Tag für Tag damit leben konnte. Nachdenklich wandte er sich ab und ging am Bootsschuppen vorbei zum Haus des Fährmannes. Bevor er zur Tür ging, wusch er sich noch kurz die Hände im Regenfass. Er klopfte und wartete, dass Bretta ihm öffnen würde. Doch im Haus war es still. Vielleicht ist sie kurz rausgegangen, dachte er und fragte sich, ob es ihr wohl recht wäre, wenn er einfach hineingehen und sich hinsetzen würde? Dann öffnete sich die Tür schwungvoll, und sie stand vor ihm mit einem stillen Lächeln.

Rael spürte, dass ihre zurückhaltende Gelassenheit gespielt wirkte, als versuche sie, mit einer Maske ihre Gefühle zu überdecken. Er überging seine Beobachtungen, denn es lag ihm fern, in sie eindringen zu wollen. So malte er sich sein eigenes Bild.

»Willkommen zurück, Falkner«, begrüßte sie ihn. »Triel sagte mir, dass Ihr zurückgekehrt seid. Bitte tretet doch ein.«

»Danke«, antwortete er höflich, folgte ihr ins Zimmer und setzte sich auf denselben Stuhl, auf dem er schon einige Tage zuvor gesessen hatte.

»Eure Reise war kurz«, fuhr sie fort. »Ich hoffe doch, es ist alles gut verlaufen.«

Rael war dankbar, über etwas reden zu können, und griff das Thema auf. Ohne auf alle Einzelheiten einzugehen, erzählte er von der Suche nach seinen beiden Freunden und dass er sie früher als erwartet gefunden hatte. Als er geendet hatte, kamen Lurd und Triel zur Tür herein.

Bretta tischte das Abendbrot auf, und sie aßen schweigend, fast so als würde es der Anlass gebieten. Die Stille lag wie ein Bann lastend im Raum und wurde erst dann gebrochen, als Lurd das Wort ergriff.

»Wo habt ihr Euer Pferd gelassen?«, fragte er.

»Ich habe es meinen Freunden überlassen. Sie reisen auf einem anderen Weg als ich.«

»Und Euer Weg – wo führt er Euch hin?«

»Nach Sanforan. Ich muss so schnell wie möglich dorthin.«

»Zu Fuß ist das ein langwieriger Marsch«, meinte Lurd. »Hatte gehofft, ein Wagen würde vielleicht in die Richtung fahren.«

»Fährt nicht Jad morgen?«, warf Triel mit seiner hohen Knabenstimme ein. »Du hast doch gesagt, wir brauchen Material für die Mine.«

Lurd warf ihm einen strengen Blick zu, der nur allzu deutlich machte, dass er besser sein Mundwerk in Zaum halten sollte. Der Junge verstummte. Rael versuchte, die Situation aufzufangen, und hakte mit einer beschwichtigenden Geste ein: »Habt keine Sorge«, beruhigte er den Fährmann. »Ich habe von euren hoffnungsvollen Aussichten gehört. Bei meiner Ehre als Falkner gelobe ich, keinem davon zu erzählen. Dessen könnt ihr gewiss sein.«

Lurd nickte und gab sich damit zufrieden.

»Jad bricht beim ersten Tageslicht auf. Ich gebe ihm Bescheid.«

Ohne ein weiteres Wort zu verlieren, stand Lurd auf und ging nach draußen.

»An dem Tag, an dem ihr das letzte Mal bei uns wart, sind ein paar der Männer auf einen vielversprechenden Fund gestoßen. Jetzt haben sie Pläne geschmiedet, wie sie das Gebiet am besten abstecken können«, erklärte Bretta. »Sie wollen dann ihren Anspruch geltend machen und die Mine registrieren lassen. Aber sobald die Nachricht die Runde macht. . .«

». . .wird dieser Ort sich verändern«, beendete Rael den Satz an ihrer Stelle.

»Ich weiß. Der Schürfgrund liegt ein gutes Stück flussaufwärts«, sagte sie. »Mit etwas Glück werden die Goldsucher ihre Lager in der Nähe der Mine aufschlagen. Vielleicht bekommen wir dann hier unten gar nicht so viel davon zu spüren.«

Rael entschied, nicht weiter darauf einzugehen. Sollte tatsächlich Gold gefunden werden, so vermutete er, würde sich der Ansturm hoffnungsvoller Goldsucher aus allen Winkeln Nymaths kaum aufhalten lassen.

»Gibt es einen Platz, an dem ich die Nacht verbringen kann?«, fragte er stattdessen. »Muss nur ein stilles Eckchen sein, irgendwo. Ich war den ganzen Tag auf den Beinen.«

»Im Bootshaus ist eine Hängematte«, rief Triel spontan und wandte sich seiner Mutter zu. »Dort kann der Falkner doch sicher schlafen, nicht wahr?«

»Aber sicher«, sagte sie und nickte zustimmend. »Ich gebe Euch eine Decke. Damit solltet Ihr es recht gemütlich haben.«

Sie zog den Vorhang auf, der den Raum teilte, und kam kurz darauf mit einer Wolldecke unter dem Arm zurück.

»Zeig dem Falkner den Weg«, forderte sie ihren Sohn auf und reichte Rael die Decke. »Lurd kommt Euch morgen früh wecken.«

»Werde ich Euch noch sehen, bevor ich aufbreche?«, wollte Rael wissen.

»Ich glaube nicht«, gab sie zurück. »Wohlbehaltene Reise.«

Eine lange Weile schaute Rael ihr in die Augen, und es war das erste Mal an diesem Abend, dass sie seinem Blick standhielt. Er legte die Hand auf seine Brust. »Möge Gilian über Euch wachen. Lebt wohl.«

»Kommt schon!«, rief Triel ungeduldig von draußen.

Mit schwerem Herzen folgte Rael dem Knaben in die Dunkelheit.

In der Hängematte schloss er die Augen und verband sich für einen kurzen Moment mit Sivella, um sich abzulenken. Doch der Falke schlief.

Noch immer brannte Brettas Blick tief in seiner Seele, und mit einem Mal fühlte er sich unendlich einsam.

Die tiefe Ladefläche von Jads Wagen war nur mit ein paar sperrigen Gegenständen beladen, die er mit einer Plane abgedeckt hatte. Rael kletterte an der niedrigen Seitenwand auf den Kutschbock, setzte sich neben Jad und winkte Lurd noch einmal zu, als das Maultier wacker den Wagen anzog. Bretta und Triel schienen noch zu schlafen.

In der vorangegangenen Nacht, bevor er in einen unruhigen Schlaf glitt, hatte Rael eine Botschaft vorbereitet, mit der er seine Ankunft in Sanforan ankündigen wollte. Als das erste blasse Hell sich am Himmel abzuzeichnen begann, hatte er Sivella auf die Reise in die Falkenhalle geschickt.

Jetzt war auch er unterwegs und konnte es kaum erwarten, die Stadt zu erreichen und die Träume hinter sich zu lassen, die seine innere Ruhe durcheinanderbrachten.

Zu Raels Erleichterung war Jad nicht weniger wortkarg als Lurd. Er zog es vor, seine Pfeife zu rauchen und vor sich hin zu summen, während der Wagen über den staubigen Weg ratterte. So konnte Rael immer wieder Verbindung mit Sivella aufnehmen und miterleben, wie sie am frühen Nachmittag über die Stadtmauern flog und auf der Falknerstatue vor der Falkenhalle landete.

Die Statue war längst zu einem gewohnten Landeplatz der Falken geworden, und so dauerte es auch nicht lange, bis Sivella entdeckt und Meister Calborth gerufen wurde.

»Komm her, meine Schöne«, sagte Calborth und lockte Sivella auf seine Faust. »Du bringst uns eine Botschaft von Rael.«

Während er sie in die Falkenhalle trug, streichelte er ihr Gefieder und flüsterte ihr Kosewörter zu. Er setzte sie auf eine Stange, löste behutsam die winzige Schriftrolle und las. »Gilian sei gepriesen«, murmelte er.

Er fütterte Sivella mit ein paar saftigen Leckerbissen und lobte sie dafür, dass sie die Nachricht so schnell und sicher überbracht hatte. Dann trug er sie wieder hinaus und ließ sie fliegen. Gleich darauf ging er auf die Suche nach Aranthia, um ihr die frohe Nachricht zu übermitteln. Er fand sie in der Apotheke.

Um sich von ihren Sorgen abzulenken, hatte sie sich vorgenommen, den Raum von Grund auf zu säubern, hatte alle Salben und Tinkturen geprüft und sich vergewissert, dass keine ranzigen Öle darunter waren.

»Wir haben eine Nachricht von Rael erhalten«, verkündete Meister Calborth. Ein strahlendes Lächeln legte sich über sein Gesicht.

»Alduin? Hat er Alduin gefunden?«

Der alte Mann nickte. Einen Augenblick sah sie ihn gebannt an, und dann brach sie vor Erleichterung in Tränen aus.

Mit mächtigen Flügelschlägen stieß Sivella herunter und landete sicher auf dem Kutschbock des Fuhrwerks, das Jad im Schutz der Bäume abgestellt hatte. Die beiden Reisenden waren gerade dabei, das Nachtlager aufzuschlagen.

Rael ließ die Kiste mit dem Anzündholz fallen und rannte zu Sivella. »Meine Schöne«, begrüßte er sie und strich über ihr Gefieder. »Auf dich ist doch Verlass«, lobte er sie für ihren zuverlässigen Dienst. »Sind alle wohlauf in Sanforan?«

Plötzlich hörte er ein überraschtes Grunzen. »Was im Namen Nymaths tust du denn hier?«, hörte er Jad ausrufen, der gerade den Proviant ablud.

»Ich . . . ich hab nichts Böses im Sinn. Ich wollte nur . . . Ich wollte . . . na ja, sehen . . .«

»Triel!« Völlig entgeistert starrte Rael den Jungen an. »Das darf doch nicht wahr sein!«, rief er und stemmte seine Arme in die Hüften. »Weiß deine Mutter, dass du hier bist?«

Der Junge blickte verschämt auf den Boden und schüttelte den Kopf.

Rael sog die Luft ein, als ihm klar wurde, was das bedeutete. Im gleichen Moment malte er sich das Bild der verzweifelten Bretta aus.

»Aber deine Mutter wird außer sich sein vor Sorge! Was hast du dir bloß dabei gedacht?« Dicke Tränen quollen aus Triels Augen. Er schniefte und wischte sich die Nase mit dem Handrücken ab. Jads Worte leisteten im Moment keinen Beitrag.

»Verflucht!«, brummte Jad mürrisch. »Dem geht die Zunge schneller, als Euer Falke fliegen kann. Geheim halten können wir mit ihm die Goldmine bestimmt nicht.«

»Ich versprech, ich sag keinem ein Wort! Ich mach, was immer ihr wollt«, gelobte Triel und warf einen flehenden Blick erst zu Jad, dann zu Rael.

»Da lang geht's heimwärts«, sagte Jad und deutete in die Richtung, aus der sie gekommen waren.

»Aber . . . das könnt Ihr nicht machen!«, rief Triel.

»Was? Dich nicht zurückschicken?«, fragte Jad höhnisch. »Wenn du alt genug zum Ausbüchsen bist, dann bist du auch alt genug, deine Beine in die Hand zu nehmen.«

»Aber es ist doch viel zu weit«, sagte Triel kläglich. Jetzt rollten ihm die Tränen unaufhaltsam über die Wangen.

Rael dachte einen kurzen Moment nach. Er legte dem Jungen die Hand auf die Schulter und führte ihn hinüber zu der Stelle, an der er Holz und Reisig aufgeschichtet hatte. »Jad hat schon recht. Du hättest vorher darüber nachdenken sollen, wenn du etwas tust. Vielleicht sogar zweimal! Aber jetzt beruhig dich erst mal und hilf mir, das Feuer anzuzünden. Dann sehen wir weiter.« Schweigend arbeiteten die beiden zusammen. Nur Jads brummiges Gemurmel drang durch die Abendluft. Erst als das Holz Feuer gefangen hatte und die Flammen zu züngeln begannen, ergriff Rael wieder das Wort.

»Warum bist du ausgerissen?«, fragte er Triel, obwohl er die Antwort bereits erahnte.

»Ich will ein Falkner werden!«

»Aber du bist viel zu jung für die Ausbildung in der Falkenhalle. Und selbst wenn du alt genug wärst, bräuchtest du jemanden, der dir hilft, aufgenommen zu werden.«

»Ich such meinen Großvater . . . und meinen Onkel«, antwortete der Junge trotzig.

»Weißt du denn überhaupt, wo sie leben? Und was ist, wenn dein Großvater bereits gestorben ist und dein Onkel gar nicht mehr in der Stadt ist? Kennst du denn überhaupt ihre Namen?«

»Mein Onkel kann nicht tot sein. Da bin ich mir ganz sicher. Dafür ist er viel zu jung«, antwortete Triel mit der Überzeugung eines Kindes, das nur wenig Berührung mit dem Tod hatte.

»Na schön. Aber kennst du seinen Namen?«, beharrte Rael zu wissen.

»Lotan«, antwortete der Junge mit fester Stimme.

Blitzartig wurde Rael die Ähnlichkeit in Brettas Zügen bewusst. Er wunderte sich, weshalb sie ihm nicht schon früher aufgefallen war, nach all dem, was sie über ihn erzählt hatte. Natürlich: Er kannte Brettas Bruder. Lotan war einst sein Lehrer im Bogenschießen gewesen. Ihm blieb es versagt, den Bund mit dem Falken zu schließen. Und über die Verbitterung war er dann zerbrochen. Triel übersah nicht die Veränderung in Raels Zügen, wenngleich er sie nicht zu werten verstand.

»Ihr kennt doch nicht etwa meinen Onkel?« Rael nickte – unfähig, etwas zu erwidern.

»Dann könnt Ihr mich ja zu ihm führen, sobald wir ankommen, und alles wird gut», plapperte Triel munter weiter. »Wir schicken Mama eine Nachricht und . . .« Triels Blick fiel auf Raels getrübte Miene und er verstummte abrupt.

»Dein Onkel, Meister Lotan, war mein Lehrer im Bogenschießen . . . ein . . . ein wirklich guter Lehrer. Doch dann . . . ja dann wurde er krank. Das war vor zwei Jahren.«

»Ist er gestorben?«

»Nein, nein. Aber er hat sich nie wieder richtig erholt. Er konnte nicht mehr unterrichten. Daraufhin verließ er die Stadt. Niemand weiß, wohin er gegangen ist.«

Triel hörte nicht den zittrigen Tonfall, der in Raels Stimme mitschwang. Für ihn zählte in diesem Moment nur eines – nämlich dass sein Onkel nicht mehr in Sanforan lebte.

»Und mein Großvater?«, fragte er hoffnungsvoll.

»Ich kenne ihn nicht», erwiderte Rael. »Und ich glaube auch nicht, dass Lotan . . . Meister Lotan noch eine Familie hatte.«

»Aber doch. Ihr habt nur nie etwas davon erfahren. Immerhin hat er auch eine Schwester.«

»Da magst du recht haben«, räumte Rael ein.

»Werdet ihr mir dann helfen, meinen Großvater zu finden?«, fragte Triel und bedachte Rael mit einem Blick, aus dem ein so hoffnungsvolles Urvertrauen sprach. »Werdet ihr mich nach Sanforan mitnehmen?», fragte Triel noch einmal eindringlich.

Jad, der abseits vom Feuer den Esel versorgte und den Dialog mit anhörte, räusperte sich warnend. Doch der junge Falkner brachte es nicht übers Herz, sich der Bitte des Jungen zu widersetzen, und nickte.

»Triel, wir können dich nicht wieder den weiten Weg allein zurückschicken.« Er schwieg für einen Moment und tauschte Blicke mit Jad, der schließlich mit den Schultern zuckte.

Rael wandte sich wieder an den Jungen. »Ja, wir werden dich mitnehmen«, entschied er. Ich werde dir auch helfen herauszufinden, ob dein Großvater noch am Leben ist. Ganz gewiss gibt es im Archiv des Hohen Rates Aufzeichnungen über die Familie von Meister Lotan.«

Ein Lächeln erhellte Triels Augen. Es erinnerte Rael an den flüchtigen Augenblick, in dem er in Brettas Zügen ähnliche Freude erkannt hatte.

»Wir müssen deiner Mutter so schnell wie möglich eine Nachricht senden«, sagte er. »Bei Tagesanbruch schicke ich Sivella zu ihr.«

Jad gesellte sich zu ihnen ans Feuer. Er hatte seine mürrische Miene noch nicht abgelegt, schien sich aber mit Raels Entscheidung abgefunden zu haben und summte wieder vor sich hin. Er packte Brot, Käse und Wurst aus.

»Du siehst nicht so aus, als würdest du viel mehr als ein Floh verdrücken«, meinte er versöhnlich zu Triel und deutete auf das Essen. »Ich lass mir keinesfalls von deiner Mutter vorwerfen, ich hätte dir nichts zu essen gegeben!«

»In dem Krug unter dem Kutschbock ist Wasser, geh es holen.«

»Also ihr habt euch tatsächlich entschieden, den Jungen bei Euch zu behalten?«, wollte Jad wissen, als Triel losrannte. »Ja. Aber nur so lange, bis wir herausgefunden haben, ob sein Großvater noch lebt.«

Rael, Jad und Triel erreichten die offene Ebene westlich von Sanforan zur selben Zeit, als Sivella vor der Hütte des Fährmanns zur Landung ansetzte.

Bretta war allein zu Hause. Kurz nach Raels und Jads Aufbruch hatte sich auch Lurd, nichts ahnend vom Verschwinden des Jungen, flussaufwärts auf den Weg gemacht. Er wollte das Schürfgebiet bewachen, solange Jad in der Stadt war, und hatte dem Nachbarn den Fährdienst übertragen. Bretta war weder überrascht, den Falken zu sehen, noch war sie so verzweifelt über Triels Verschwinden, wie Rael es vermutete. Es bedurfte keiner großen gedanklichen Leistung zu erahnen, wo er sich aufhielt. Ein Falkner auf dem Weg nach Sanforan – das war eine zu große Verlockung, der ein Junge wie Triel nicht widerstehen konnte.

Sie war nicht besorgt, sie empfand vielmehr Wut, eine Wut, die sie selbst überraschte. Sie war wütend auf ihren Vater, der sie verraten hatte, auf Lurd, weil er ihren Sohn zur Falknerei ermutigte, und vor allem auf Rael, der die Falknerei geradewegs in ihr Haus gebracht hatte.

Sie war verwirrt, dass der Jungfalkner so gänzlich anders war als alle Falkner, denen sie bisher begegnet war. Mit seinem höflichen Gebaren, seinen aufrichtigen Worten hatte er etwas in ihr berührt, das sie in dieser Form nicht kannte. Durfte sie dieses Gefühl zulassen? Und weshalb sorgte sie sich nicht um ihr Kind? Sie musste sich eingestehen, dass der Grund nur allzu nahe liegend war, sosehr es ihr auch widerstrebte. Sie vertraute diesem Falkner von Nymath uneingeschränkt. Er würde auf ihren Sohn aufpassen und dafür Sorge tragen, dass er unversehrt zu ihr zurückkam.

# 10

Erilea betrat das dunkle Innere von Mastrill Hall.

»Komm hier rüber«, hörte sie die Kataurin Wendle rufen.

Als ihre Augen sich an das schwache Licht gewöhnt hatten, konnte die junge Amazone die einzelnen Details erkennen. Das Mobiliar war – mit Ausnahme des großen, offenen, aus Stein gemeißelten Kamins – aus Holz. Einzigartig jedoch und für Katauren ungewöhnlich waren die vielfältigen Farben, mit denen man die Holzdielen gebeizt hatte. Sie wechselten zwischen Tiefblau, Beerenrot und Immergrün. Die Wände waren in einem helleren Grünton abgesetzt, während die Türen, die, wo auch immer im Haus sie hinführten, in hellen Blautönen angelegt waren. Die Farben der Fenster- und Türrahmen griffen den Rotton des Dielenbodens wieder auf. Die Eichenholzmöbel waren geölt und naturfarben belassen. Die kunstfertigen Schnitzereien erinnerten sie an die meisterhafte Arbeit am Tor zum Gut.

Wendle saß auf einer von zwei niedrigen, gepolsterten von einem schweren Tisch getrennten Sitzbänken.

Im Kamin dahinter glomm es behaglich vor sich hin.

Auf den Sitzbänken lagen lose Kissen, gewebt in dekorativen Ornamenten, deren Farben die des Raumes aufgriffen.

»Bitte setz dich doch«, lud Wendle ein, winkte Erilea zu, sich ihr gegenüberzusetzen. »Ich habe schon ein paar Erfrischungen veranlasst.«

Die junge Wunand war von der Schönheit der Halle so beeindruckt, dass sie darüber ihre Verärgerung vergaß, die sie noch wenige Momente zuvor verspürt hatte.

»Das ist wie . . . so ganz anders als alles, was ich je zuvor gesehen habe. Einfach unvergleichlich«, stammelte sie fassungslos und ließ sich in das weiche Kissen fallen. »Es ist so fernab von jeder Tradition, die ich kenne.«

»Nur fernab der alten Katauren-Traditionen«, meinte Wendle. »Sie hätte man damals in Andaurien lassen sollen. Einige von uns haben das auch so gehandhabt.«

Ein Knabe unterbrach das Gespräch mit einer kurzen Begrüßung. Er stellte Erfrischungen vom Tablett auf einen Beistelltisch und eine Schale mit Süßigkeiten hin. Wendle wartete schweigend und nickte, als er eine klare rote Flüssigkeit in edle Silberbecher einschenkte, sich dann wieder verneigte und wortlos den Raum verließ.

»Bitte trink doch«, forderte Wendle sie auf. »Das ist ein Wein, den wir hier seit Generationen herstellen. Er wird nur an den vornehmsten Tischen Sanforans getrunken.«

»Mastrill-Wein!«, rief Erilea und erinnerte sich, schon davon gehört zu haben. Dieser edle Tropfen war rar in Sanforan, und man sagte, dass sein Gewicht Gold wert sei. Das stand durchaus in Einklang mit dem Wohlstand der Halle und dem Gut Mastrill Hall. Erilea griff nach ihrem Becher und nahm einen kleinen Schluck. Der Geschmack explodierte förmlich in ihrem Mund.

»Woraus wird er gemacht?«, fragte sie.

Wendle lächelte, aber schüttelte den Kopf.

»Das ist ein wohlgehütetes Stammesgeheimnis. Ich fürchte, trotz meiner Achtung für meine Wunand-Schwestern bedaure ich, es dir nicht verraten zu dürfen.«

Erilea neigte das Haupt, um Verständnis anzudeuten, dann trank sie noch einen Schluck, ehe sie weitersprach. Diesmal war ihr der Wein eine Spur zu süß, sodass sie den Becher abstellte.

»Ihr habt gesagt, einige Katauren hätten ihre Traditionen in Andaurien zurückgelassen. Damit habt Ihr mich neugierig gemacht.«

»Einige Katauren-Frauen«, ergänzte Wendle. »Genauer gesagt, meine Ahninnen. Auf der langen Flucht nach Nymath gab es unter ihnen drei Schwestern. Der Krieg hatte sie zu Witwen gemacht. Sie freundeten sich mit den Wunand an, die den Krieg überlebt hatten. Die Stärke dieser Amazonen und deren Rang innerhalb des Stamms beeindruckten sie. So versuchten sie, hier in Nymath unter den Katauren einiges zu verändern.« Wendle nahm einen Schluck des Weins und fuhr fort. »Doch die Männer waren nicht zu begeistern für Veränderungen. Sie waren auch nicht bereit, das, was sie an Macht zu besitzen glaubten, abzugeben. Sicher schätzten sie die Tapferkeit der Wunand-Amazonen gegen den Feind. Aber als Anführerinnen wollten sie sie nicht gelten lassen.« Über Wendles Gesicht legte sich ein Schatten. »Meine drei Ahninnen wurden geächtet. So machten sie sich auf und gründeten ihren eigenen Stammesverband. Ein paar Männer begleiteten sie – begabte Künstler und Handwerker, die nicht ungern ihre traditionellen Rollen eintauschten.«

»Und die nachfolgenden Generationen hielten das aufrecht?«, fragte Erilea erstaunt. »Haben sie immer hier gelebt? Und wo sind die anderen Frauen? Ich habe bisher nur Männer gesehen.«

Wendle griff sich eine Süßigkeit, bevor sie fortfuhr.

»Wir haben dieses Gebiet westlich von Gwire schon früh besiedelt. Aber erst in jüngster Zeit ist das Gut aufgeblüht. Unser Wein wird geschätzt, ebenso unsere blütigen Pferde – selbst von den Katauren, die unsere Existenz nur allzu gerne verleugnen würden.«

»Aber ihr seid nur wenige, wie mir scheint«, meinte Erilea.

»Ja, wir sind wenige«, bestätigte Wendle. »Wir bekommen nicht sehr oft Kinder, und wenn, werden mehr Knaben als Mädchen geboren. Zwei von uns stehen kurz vor der Niederkunft, ein paar beaufsichtigen die arbeitenden Männer, andere sind in der Ferne unterwegs. Unlängst war in Lemrik die Pferdemesse, und die Tiere, die wir dort nicht verkaufen konnten, wurden nach Sanforan gebracht.«

»Arbeiten alle Männer als Knechte?«, wollte Erilea wissen.

»Nein. Diejenigen, die künstlerisch begabt sind, ermutigen wir, sich weiterzuentwickeln. Auf diese Weise stärken und ehren wir sie, die sich unseren Ahnen angeschlossen haben. Mit den Kunstgegenständen und dem Handwerkszeug können wir guten Handel betreiben.«

»Und der Rest?«

»Der Rest erledigt die Hausarbeit, kümmert sich um die Pferde, stellt den Wein her und zeugt die Kinder. Ganz wie bei den Wunand-Stämmen auch.«

Erilea nickte zustimmend, denn vieles war vergleichbar mit ihrem Leben. Doch konnte sie nicht nachvollziehen, weshalb sich eine Wunand – sei sie Kriegerin oder Herrscherin – so sehr von den Männern abgrenzen konnte und weshalb sie einen Falkner von Nymath so abschätzend behandeln konnte. Das Leben der Amazonen unterwarf sich zwar einer strengen Ordnung, ließ aber jedem von ihnen Freiraum, selbst über sein Leben zu bestimmen.

»Erzähl mir von dir. Wohin bist du unterwegs«, riss Wendle sie aus ihren Gedanken.

Erilea fing an zu erzählen, von ihrer Reise nach Lemrik, von ihrer Ausbildung in Sanforan, von ihrem *Parna*. Wendle wollte vieles wissen – über die verschiedenen Waffen, das Training, die Techniken und die Beziehung der Wunand-Amazonen während der Ausbildung. Sie fragte aber nicht nach den männlichen Schülern, den Lehrern oder anderen Stämmen. Als Erilea ihr voller Begeisterung von Alduin, Rael und deren Falken erzählte, blieb Wendle stumm. Für sie waren die jungen Raiden keiner Erwähnung würdig. Sie konnte sich auch nur schwer vorstellen, dass die Raiden die Wunand je gleichwertig behandeln würden. Doch Erilea ließ nicht locker. »Als Wunand bin ich natürlich stolz darauf, dass unser Lebensstil für euch Vorbild ist«, begann sie und hoffte sie damit nicht zu verärgern. »Andererseits kann ich eine so starre Trennung zwischen Mann und Frau nicht verstehen. In meinem Stammesverband wird zumindest . . .«

». . . ja, aber bei den Wunand ist das anders«, fiel Wendle ihr ins Wort. »Bei euch hatten die Frauen schon immer die Oberhand. Ihr müsst nicht um euren Rang fürchten. Doch wir wollen nicht, dass die Männer ein falsches Bild bekommen und wieder in alte Muster zurückfallen!«

»Aber wie betreibt ihr euren Handel? Gewiss habt ihr dabei auch mit Männern zu tun, oder? Ich kann mir nicht vorstellen, dass die Fath oder die Katauren es so einfach hinnehmen, von euch als minderwertig behandelt zu werden.«

Wendle schüttelte den Kopf. »Wir haben deutlich gemacht, dass wir grundsätzlich nur mit Frauen verhandeln, und daran hat man sich gewöhnt. Wer unsere Waren haben will, muss sich unserer Tradition unterwerfen.«

»Aber warum muss man so . . . so hochmütig zu sein?« Erilea hielt sich die Hand vor den Mund, als ihr das Wort unbewusst herausrutschte. »Tut mir leid«, entschuldigte sie sich schnell. »So habe ich es nicht gemeint. Es ist nur so, dass ihr die Künstler und Handwerker achtet. Aber Männer können auch in anderen Bereichen geschätzt werden . . . ohne eine Bedrohung darzustellen!«

»Zweifellos schätzen wir sie«, sagte Wendle. »Sie werden gut behandelt, und es mangelt ihnen an nichts.«

»Also betrachtet ihr sie wie eure Pferde.«

Zu Erileas Überraschung schien Wendle über den Vergleich nicht einmal verärgert. Ganz im Gegenteil – sie bestätigte ihn mit einem Nicken.

»Vergiss nicht«, sagte sie, »es waren Männer, die meine Vorfahren vor vielen Generationen vertrieben haben. Aus Furcht um ihren Rang waren sie auch nicht zu dem kleinsten Zugeständnis bereit. Sie verdienen keinen gleichwertigen Platz an unserer Seite.«

»Und so seid ihr nun geworden, wie sie einst waren«, meinte Erilea.

»Vielleicht«, räumte Wendle ein. »Aber so wie ich es sehe, kann es nur bedeuten: entweder sie oder wir.«

Erilea verstummte. Alles das, was sie gehört hat, klang traurig, fast schon tragisch. Wendle und ihr Stammesverband würden wohl nur überleben, wenn sie weiterhin vom Rest der Welt abgeschnitten lebten. Wenn die wenigen Frauen, die nach Lemrik und an andere Orte reisten, ebenso unnachgiebig wären wie Wendle und wenn die Männer die Siedlung nie verließen, konnte sich wenig ändern. Sie fragte sich, wie es wohl Alduin bei den Männern erging. Ob sie gastfreundlich waren?

»Komm mit«, forderte Wendle sie auf. »Ich führe dich herum. Du wirst sehen, die Arbeit geht gut voran, und jeder ist glücklich.«

»Ich möchte, dass Alduin uns begleitet«, erklärte Erilea.

Wendle zögerte, willigte dann aber ein.

»Natürlich. Nur hier in der Halle bleibt den Männern der Zugang verwehrt.«

Es war einer der seltsamsten Nachmittage, die Erilea und Alduin je verbracht hatten. Wendle zeigte ihnen zunächst die Ställe, dann die Weinkellerei und zuletzt einen großen Raum im hinteren Teil des zweistöckigen Gebäudes, in der eine Reihe junger Männer an Skulpturen arbeitete oder malte, während andere wunderschöne Kunstwerke aus Bergkristall meißelten. Die Arbeiten waren von atemberaubender Schönheit, und zum ersten Mal richtete Wendle ihr Wort an die Männer, wenngleich auch nur sehr knapp. Ab und an begegneten sie anderen Frauen. Eine jede von ihnen verhielt sich wie die Kataurin, und wenn Alduin eine Äußerung machte oder gar eine Frage stellte, wurde sie überhört oder Erilea erhielt die Antwort darauf.

Am Ende wurde Erilea des Ortes überdrüssig und sehnte sich danach, ihn zu verlassen. Die Zeit mit Alduin war wie im Flug vergangen. So beschwerlich die Reise auch war, so barg sie doch viele Erwartungen in sich. Doch nun spürte sie, wie dieser Ort ihr die Luft zum Atmen raubte. Es entging ihr nicht, dass auch Alduin allmählich der Gegenwart von Wendle und ihren Stammesgenossen müde war.

Als sie das Wort ergriff, versuchte sie, in ihrer Stimme nicht die Ungeduld mitschwingen zu lassen, die in ihr wütete. »Wendle, dieser Ort ist wahrhaft wunderschön, und wir werden ihn immer in Erinnerung behalten. Wir danken dir dafür, dass du ihn uns eröffnet hast. Doch jetzt müssen wir weiter. Wir sollten aufbrechen, solange der Tag noch hell ist.«

»Bist du ganz sicher, dass du am Nordufer entlang nach Lemrik reiten willst?«, fragte Wendle.

Erilea warf der Kataurin einen überraschten Blick zu.

»So wirst du fast drei Tage brauchen«, setzte sie fort. »Zuerst musst du noch ein ganzes Stück den Gwire hinauf, bevor du ihn überqueren kannst. Und danach ist der Wald auf der anderen Seite nur schwer zu passieren, selbst am Ufer entlang.«

»Gibt es denn eine Möglichkeit, von hier aus den Fluss zu überqueren?«, fragte Erilea.

Für einen Moment schwieg Wendle nachdenklich.

»Ja, die gibt es tatsächlich. Wir haben noch einen anderen Weg«, sagte sie, »ich werde dir zeigen, wie du auf die andere Seite des Mangipohr kommst.«

»Aber wie ist das möglich?«, sprudelte Alduin hervor. »Hier oben ist die Strömung so stark, dass sie uns mitreißen würde.«

»Wir sollten bald aufbrechen«, fuhr Wendle fort und überging seine Frage. »Ich besorge rasch ein paar Vorräte, dann zeige ich dir den Weg.«

Endlich hatten Erilea und Alduin einen Augenblick für sich allein und fühlten sich, als würde ihnen eine drückende Last von den Schultern genommen. Sie führten Fëa Lómë aus dem Stall zur Vorderseite des Hauses und warteten dort auf Wendle.

»Ich weiß nicht, wie man so leben kann», sagte Erilea leise. »Die

Frauen fürchten sich so sehr davor, ihren Rang zu verlieren, dass sie zu Gefangenen des eigenen Verstands geworden sind. Wie waren denn die Männer, mit denen du gesprochen hast?«

Alduin zuckte mit den Schultern, bevor er antwortete. »Keiner von ihnen hat seine Lebensweise infrage gestellt. Die Männer waren durchweg freundlich, aber als ich sie fragte, ob sie glücklich seien, hörte ich immer nur, wie sicher es hier wäre, dass sie sich um nichts zu sorgen brauchten und dass sie ein gutes Leben hätten. – Stell dir vor, sie sind nicht einmal neugierig zu erfahren, was außerhalb der Tore passiert.«

»Scheint, als seien sie gefangen in ihrer eigenen Trägheit!«

»Vielleicht können sie sich gar keine andere Art zu leben vorstellen. Sie finden sich einfach damit ab.«

Erilea schauderte.

»Brrr. Das ist mir unheimlich. Je eher wir aufbrechen, desto besser.«

»Den Künstlern scheint es gut zu ergehen«, sagte Alduin, der dem Ort wenigstens etwas Versöhnliches abzuringen versuchte.

»Ja, aber ist dir aufgefallen, wie jung sie alle waren?«, fragte Erilea. »Ich meine, wie lange kann man bestehen, wenn man sich tagaus, tagein nur mit Statuen und Gemälden befasst? Woher nimmt man dann noch seine Anregungen, wenn man nichts Neues erlebt? Mich würde nicht überraschen, wenn sie nach ein paar Jahren den Verstand verlieren und in den Fluss springen!«

»Gefangen in ihrer Kunst, und nur der Tod kann sie erlösen?«, sagte Alduin und musste lachen.

»Ich meine es ernst«, entgegnete Erilea. »Hier ist es so schön, und trotzdem scheint niemand so richtig lebendig zu sein. Was ich sagen will, ist . . . du weißt schon . . . Das Leben ist doch ein Abenteuer, oder? Man muss sich trauen, es auszukosten.«

»Ich denke, Rihscha wäre da einer Meinung mit dir«, meinte Alduin, nachdem er kurz über ihre Worte nachgedacht hatte.

»Übrigens, wo ist er eigentlich?«, fragte sie.

»Er tollt irgendwo in den Wolken herum. Er ist vermutlich überall lieber als hier!«, antwortete Alduin und blickte zum Himmel.

Wendles Rückkehr setzte ihrer Unterhaltung ein jähes Ende. Sie ritt auf einem Hengst heran. Eine Pferdelänge hinter ihr folgte ein Knabe zu Fuß. Er überreichte Alduin einen Beutel mit Vorräten.

»Danke. Das wissen wir zu schätzen. Wir haben noch eine lange Reise vor uns. Erst nach Lemrik, dann weiter nach Osten«, sagte Erilea, wobei sie sich direkt an den Jungen richtete, der einigermaßen überrascht war über die direkte und ausführliche Ansprache einer Frau. Kurz darauf zog ein scheues Lächeln seine Mundwinkel hoch, und Erilea hatte das Gefühl, vielleicht ein winziges Samenkorn gepflanzt zu haben. Wozu mochte es wohl gut sein?

Alduin verstaute den Proviant in den Satteltaschen, schwang sich auf Fëa und reichte Erilea die Hand.

»Meine Dame?«, sagte er.

»Vielen Dank«, antwortete sie lachend, ergriff seine Hand und ließ sich hochheben, bis sie bequem vor ihm saß.

»Hier entlang«, rief Wendle und ritt in Richtung des Waldes.

»Leb wohl«, rief Erilea dem Jungen zu und winkte ihm zum Abschied nach. Sie wurde durch ein noch breiteres Lächeln belohnt.

Die beiden Pferde folgten einem Pfad in den Wald. Bald rückten die dunklen Bäume dichter zusammen. Sie waren noch nicht weit geritten, als es steil bergab zum Gwire ging. Sie bogen in einen Seitenpfad ab und gelangten von dort aus in eine felsige Rinne, als das Tageslicht bereits dem Einbruch der Nacht wich.

Wendle parierte ihren Hengst vor einer Gruppe einfacher Holzhäuser, die um einen gemauerten Schacht gewürfelt waren. Darüber baute sich ein hohes Holzgerüst auf, gezimmert aus massiven Balken. Drei Seiten waren mit Querlatten geschlossen, die vierte als Eingang offen belassen. Über einem Rundholz liefen Taue über eisernen Rollen. Das käfigartige Konstrukt war gebaut worden, Menschen, Vieh und Ware in den Stollen abzusenken.

Als sie abstiegen, öffnete sich die Tür einer der Hütten. Zwei Männer kamen heraus, die Wendle mit einem Nicken begrüßten und zu den eigenwilligen Gerätschaften hinübergingen.

»Das ist unser unterirdisches Tunnelsystem«, erklärte Wendle Erilea. »Es wird dich nach unten bringen. Und wenn du dort ankommst, führen Gänge in unterschiedliche Richtungen. Folge dem breitesten, dem mit den Laternen an beiden Seiten. Er wird dich zur anderen Uferseite führen. Gegen Ende hin kann es ziemlich ungemütlich werden, aber um diese Jahreszeit sollte es einigermaßen sicher sein. Auf der anderen Uferseite führt dich ein Pfad nach Lemrik. Es ist dann nur noch ein Tagesritt.«

»Der Pfad muss ganz nah an unserer Hütte vorbeiführen«, murmelte Alduin. »Ist das nicht wunderbar?«

»Vielen Dank, Wendle. Du hast uns sehr geholfen«, sagte Erilea.« Wie können wir dir eure Dienste vergelten?«

»Indem du keinem das Geheimnis unseres Tunnels preisgibst«, antwortete Wendle kurz, aber bedeutsam. »Die anderen Stollen führen zu unseren Kristallminen. Uns ist es lieber, wenn keiner etwas davon weiß. Auf der gegenüberliegenden Seite ist der Tunneleingang gut getarnt.«

Erilea nickte. »Natürlich werden wir euren Wunsch respektieren.«

Obwohl Wendle nur Erilea als Gesprächspartner anerkannte und Alduins Gegenwart nicht zur Kenntnis nahm, war ihr klar, dass Erilea auch für ihn sprach, als sie Wendle ihr Wort gab.

»Geh jetzt«, forderte Wendle sie auf. »Du und der Mann – ihr werdet eine Weile brauchen. Der letzte Abschnitt ist steil. Bis ihr auf der anderen Seite angekommen seid, wird es längst Nacht sein.«

Sie winkte den beiden, in die offene Seite des Holzkäfigs einzusteigen, während die Männer sich bereit machten, die Handkurbel zu drehen, mit der er abgesenkt werden sollte. Alduin und Erilea führten das Pferd in das hölzerne Verlies.

»Wartet einen Moment«, sagte Alduin mit fester Stimme, als die Männer gerade zu kurbeln anfingen. »Ich muss erst noch Verbindung mit meinem Falken aufnehmen. Er soll wissen, wo wir sind.«

Er schloss die Augen und wurde eins mit Rihscha, der auf einem felsigen Grat im Norden kauerte. Das Land ringsum war in purpurnes Zwielicht getaucht, und die Nacht senkte sich über Nymath.

*Schlaf gut, Rihscha. Wir sind morgen früh wieder bei dir.*

Alduin spürte die innere Übereinstimmung mit seinem Falken. Er verharrte für einen kurzen Moment und brach dann die Verbindung ab. Sein Blick suchte Wendles Augen, und diesmal konnte sie sich nicht abwenden. Es war, als stünde sie unter einem mächtigen Bann.

»Die Falkner von Nymath vergessen nie einen Dienst, den man ihnen erwiesen hat«, erklärte Alduin. »Ich danke Euch und werde mich stets daran erinnern!«

Die Männer an der Kurbel duckten sich, offenbar in banger Erwartung auf Wendles Reaktion. Doch zu ihrer Überraschung war sie eher verwirrt als verärgert. Nach einer Weile schien sie sich aus der Starre zu lösen, als sei sie aus einem langen Traum erwacht, und nickte. Ob das Nicken den Männern galt, die auf das Zeichen warteten, den Käfig abzusenken, oder Alduins Versprechen? Womöglich aber war gerade ein weiteres Samenkorn gepflanzt worden, dachte Erilea, als sich die Mauern des Schachts um sie schlossen.

Es war schwer abzuschätzen, wie lange die Fahrt in die Tiefe andauerte. Breite Bohlen bedeckten die Oberseite des hölzernen Konstrukts und verdrängten das Zwielicht von oben aus, während es sich langsam in die Eingeweide der lehmhaltigen Erde hinabsenkte. Fëa Lómë schnaubte ängstlich und litt unter der ungewohnten Enge und der Dunkelheit. Erilea flüsterte ihr besänftigende Worte ins Ohr, und die Stute ließ sich langsam beruhigen. Allmählich wich die Finsternis dem warmen Schein der Laternen, und der Käfig kam mit einem Ruck zum Stehen.

Alduin führte Fëa Lómë am Zügel nach draußen. Die Stute schnaubte zufrieden, endlich wieder festen Boden unter den Füßen zu haben.

Eine Felshöhle tat sich vor ihnen auf. Mehrere Stollen gingen von ihr aus und führten wie Spinnenbeine in den Berg. Das Metall von herumliegendem Bergbauwerkzeug glänzte weich im Licht der Laternen. Doch weit und breit war kein Mensch zu sehen. Alduin und Erilea sahen sich um. Der Gang, dem sie folgen wollten, war zu beiden Seiten des Felseingangs mit Laternen schwach beleuchtet und so hoch, dass man durchreiten konnte.

Die beiden tauschten einen stummen Blick. Alduin stieg auf und hob Erilea in den Sattel. Das Pferd fasste ganz schnell wieder Vertrauen. Anfangs lief es folgsam, wenngleich noch sehr ängstlich. Alduin grub in seiner Satteltasche nach ein paar getrockneten Früchten und Nüssen. Eine Zeit lang kauten sie schweigend.

Obgleich die Laternen nur in langen Abständen ihren Weg schummrig beleuchteten, war es immer noch hell genug, um die dicken Eichenholzbalken zu erkennen, die den Fels stützten. Im weiteren Verlauf sickerte das Wasser durch feine Ritzen und sammelte sich am Boden in Pfützen, ein Zeichen dafür, dass sie nun direkt unter dem Mangipohr waren.

»Wie lange es wohl gedauert haben muss, einen solchen Tunnel zu graben?«, fragte sich Alduin.

Erilea kamen Zweifel auf. »Ob er wohl sicher ist? Die Vorstellung, dass über uns tonnenweise Wasser fließt, macht mir richtig Angst. Könnten wir nicht etwas schneller reiten?«

»Keine Sorge«, versuchte Alduin sie zu beruhigen. »Ich kann mir kaum vorstellen, dass Wendle und ihr Stamm schlechte Arbeit geleistet haben. Du etwa?«

»Schätze, du hast recht.« Aber Alduin spürte Erileas Unbehagen.

»Der Boden könnte an manchen Stellen rutschig sein. Wir reiten besser im Schritt weiter. Keine Angst, uns passiert schon nichts.«

Es war ein langer Ritt. Der Weg zur anderen Uferseite wurde steil und steiler und der Tunnel schmaler und niedriger.

»Bleibt uns nichts anderes übrig. Hier müssen wir wohl absteigen und die Stute führen. Das hier scheinen die letzten Laternen vor dem Ausgang zu sein.«

Tatsächlich endete der Tunnel hier, doch der Ausgang führte

nicht ins Licht. Stattdessen ging er in einen noch schmaleren, niedrigeren Stollen über – kaum vorstellbar, wie ein größeres Pferd hier hätte weiterkommen können. Fëa Lómë zitterte am ganzen Leib, obwohl sie schweißnass war. Alduin und Erilea überkam ein eigenartiges Gefühl, als die Wände näher und näher rückten. Ihre Nerven waren zum Bersten gespannt. Ein Geräusch erregte Alduins Aufmerksamkeit.

»Ich höre Wasser«, sagte er und lauschte.

»Der Mangipohr?«

»Kann nicht sein. Klingt eher wie ein Bach direkt vor uns. Wir sollten vorsichtig sein. Erinnerst du dich noch an Wendles Warnung?«

Die kalte, feuchte Luft, die sie den Großteil des Weges begleitet hatte, wurde spürbar frischer und wärmer und schien ein hoffnungsvolles Zeichen dafür, dass sie bald den Ausgang erreichen würden. Das Geräusch des rauschenden Wassers nahm zu, und langsam schälten sich Formen aus der Dunkelheit. Dann – ganz unvermittelt – hatten sie einen laubüberdachten Felsvorsprung erreicht. Sie hörten das Wasser rauschen, konnten es aber nicht sehen. Dicke, tauähnliche Wurzeln verdeckten die Sicht. Sie sollten offensichtlich den Eingang von der anderen Uferseite tarnen.

Erilea ging voraus, während Alduin mit Fëa Lómë folgte. Nach einer Weile machte der Weg eine Biegung und schien eine Sackgasse zu sein, die in einem wilden Gewirr von Baumwurzeln, Ästen und Sträuchern endete. Erilea schob mühsam das Blattwerk beiseite. Zu ihrer Überraschung hatten sie dann endlich freien Blick auf einen sternenübersäten Himmel. Sie sogen tief die süße Nachtluft ein.

»Weißt du, wo wir hier sind?«, fragte Erilea, streckte sich erleichtert und gähnte laut.

»Ich möchte wetten, dieser Bach wird irgendwann zu einem Fluss, dem Fluss, wo sich Cardol verletzt hatte, ganz in der Nähe von unserer Hütte«, antwortete Alduin. »Ich weiß zwar nicht, wo genau wir flussaufwärts sind. Kann aber gut sein, dass Wendle recht hat. Dann haben wir nur noch einen Tagesritt bis Lemrik. Das hat uns eine Menge Zeit gespart.«

»Ich bin völlig erschöpft«, sagte Erilea und gähnte noch einmal. »Und hungrig!«

Alduin nickte. »Lass uns einen Platz für die Nacht suchen«, schlug er vor und kletterte mit Fëa Lómë und Erilea im Schlepptau die Böschung hinauf.

Von oben sahen sie, dass der Höhleneingang wohlgeschützt hinter einer Reihe großer Steine verborgen lag. Der Boden zwischen den grauen Felsbrocken war von Moos überdeckt. Doch sosehr sie auch suchten, sie fanden keinen Pfad, der sie weiterführen würde. Alduin und Erilea suchten ringsum aufs Geratewohl, und es dauerte nicht lange, bis sie ganz unerwartet eine kleine Lichtung entdeckten – wie geschaffen für ein Nachtlager. Die großen Felsen boten rundum Schutz von allen Seiten, und das weiche Gras war einem Teppich gleich.

Erilea ließ sich ins Gras fallen. »Wundervoll! Das ist ideal. Gibst du mir die Satteltasche? Ich will sehen, was Wendle uns eingepackt hat.«

Alduin reichte ihr das Bündel mit Proviant, sattelte Fëa Lómë ab und ließ sie grasen. Er breitete eine Decke neben Erilea aus. »Geräucherten Brillit, getrocknete Wurzeln, etwas Obst und Käse«, rief sie und rutschte auf dem Hosenboden weiter, bis sie bei Alduin angekommen war, um ihm die Leckereien demonstrativ vor die Nase zu halten. »Zu schade, dass sie uns keinen Wein mitgegeben hat, aber immerhin ist der Wasserbeutel noch halb voll.«

»Besser könnte es nicht sein«, strahlte Alduin. »Wir sitzen hier wie in einem Festsaal unter den Sternen, haben ausreichend zu essen und nichts, worüber wir uns beklagen könnten!«

Die beiden lachten sich an und fingen an zu essen.

»Was werden wir tun, wenn wir in Lemrik eintreffen?«, wollte Erilea später von Alduin wissen, nachdem sie fertig gegessen und die Reste wieder eingepackt hatten.

Alduin schloss die Augen für einen kurzen Moment. Seine Vision von der Schenke, die sein Vater vor so vielen Jahren in dem Dorf besucht hatte, haftete noch so lebhaft in seinem Gedächtnis.

»Ich glaube nicht, dass wir dort oder auch in Thel Gan viel herausfinden werden. Eher wohl in Sean Ferll. Dorthin wollte Cal.«

»Also reisen wir einfach weiter, so schnell wir vorankommen?«

»Ja, und wir sollten uns beeilen. Irgendwie habe ich das Gefühl, dass uns die Zeit davonläuft. Aber Bardelph sollten wir trotzdem besuchen.«

»Stimmt – aber erst mal wird geschlafen«, entschied Erilea, gähnte wieder und rollte sich in das eine Ende der Decke ein.

Das frühmorgendliche Zwitschern der Vögel weckte Alduin aus einem tiefen Schlummer. Erilea hatte sich an ihn geschmiegt und schlief noch tief. Er küsste sie auf die Stirn und nahm Verbindung mit Rihscha auf.

*... eine Explosion weißen Lichts, so hell, dass es blendete ... ein Sonnenstrahl, der die Finsternis mit durchdringt ... ein Kristallpfeil, der im eisigen Odem der Götter emporschnellt ... ein einziger Ton, erfüllt von tausend Wohlklängen, verwoben zu einer Sinfonie von Melodien, die durch die Schöpfung hervorbrechen und allem Gestalt verleihen ... ein frohgemutes Gebet, erfüllt von Dankbarkeit ... eine Stimme, so laut, dass sie im ganzen Universum erschallt, gleichzeitig so sanft, dass sie das Innerste jedes Wesens berührt ... im Glück vereinte Naturen, die sich niemals wieder einsam fühlen müssen ...*

Alduin schnappte nach Luft und richtete sich auf. Erilea war wach. Sie kniete neben ihm, sah ihn besorgt an und streckte ihre Hand nach ihm aus, wagte aber nicht, ihn zu berühren.

»Was ist geschehen?«, flüsterte sie.

Alduin schüttelte den Kopf, als wolle er seine Gedanken ordnen, und versuchte in Worte zu fassen, was er soeben erlebt hatte.

»Es ... es war ... Ich kann es nicht erklären. Es fühlte sich an, als hätte ich diese Welt verlassen ... nur ... eigentlich war ich es nicht ...«, sagte er.

Er stand auf, lief hin und her und rieb sich dabei die Arme, als könnte ihn das in die Wirklichkeit zurückholen.

»Ich wollte Verbindung mit Rihscha aufnehmen, aber dann hat etwas von mir Besitz ergriffen. Ich bin sicher, es hat etwas mit Cal und Krath zu tun und mit dem, was sie gesucht haben ...«

»Woher weißt du?«, fragte Erilea.

»Ich weiß es einfach. Ich konnte sie spüren und ...«

»Und was?«

»Sie haben nach mir gerufen.«

»Oh Alduin! Folg ihnen nicht! Bitte«, stieß Erilea hervor und kämpfte gegen ihre Tränen an, als sie ihn ansah. Sein Blick war wie versteinert, es schien, als hätte er sich in einer anderen Welt verloren, dort, wo sie ihn nicht mehr erreichen konnte. Er schloss die Augen und seufzte. Als er sie wieder öffnete, lächelte er sie an.

»Keine Sorge. Ich habe nicht vor, ihnen zu folgen ... zumindest nicht dorthin, wo immer es auch sein mag«, sagte er. »Aber ich muss herausfinden, was geschehen ist. Es könnte mir einen Hinweis geben, wie ich meinem Vater helfen kann.«

Sie brauchten nicht lange, um Fëa Lómë zu satteln und aufzubrechen. Jenseits der mächtigen Felsblöcke, die ihnen während der Nacht Schutz geboten hatten, entdeckten sie bald einen ausgetretenen Pfad, der aus südlicher Richtung kam. Er verlief nicht parallel zum Bach, sondern führte geradewegs weiter nach Norden. Alduin verband sich wieder mit Rihscha, und diesmal erlebte er den gleitenden Flug seines Falken. Er ließ sich im Aufwind treiben und stieg hoch empor. Mit seinen Augen sah Alduin die Lichtung, die er nur zu gut kannte. Es war sein altes Zuhause ...

»Natürlich!«, rief Alduin unvermittelt und brach die Verbindung ab. »Ich erkenne ihn. Dieser Pfad führt uns schnurstracks zu unserer Hütte am Fluss und dann weiter nach Lemrik. Wir werden schon bald dort sein.«

Noch einmal schloss er die Augen.

*Rihscha, flieg zur Hütte voraus. Warte dort auf uns . . .*

Am späten Vormittag erreichten sie den Fluss und folgten ihm noch ein kurzes Stück bis zu der neuen Anlegestelle, die Bardelph gebaut hatte.

»Bardelph wird sich freuen, wenn er dich sieht!«, sagte Erilea. »Ich bin sicher, er war ebenso besorgt wie Aranthia. Auch wenn er nicht dein Vater ist, so ist er doch ein herzensguter Mann. Und er liebt dich sehr.«

»Ich weiß, ich weiß«, lachte Alduin und legte seinen Arm um sie. »Du musst auch nicht glauben, dass ich nur aufgebrochen bin, um einen Vater zu finden. Es ist vielmehr ein inneres Gefühl, das mich treibt, ihn zu finden. Er stockte. »Es hat vielmehr zu tun mit . . . mit etwas anderem, aber . . .«

Gedankenverloren verstummte er, aber schon bald hatte er sich gefasst und wirkte wieder unbeschwert. »Lass uns uns beeilen. Bestimmt hat Bardelph eine Kanne Calba über dem Feuer.«

Als sie die Hütte erreicht hatten, wussten sie schon, dass sie vergeblich auf ein warmes Willkommen gehofft hatten. Das kleine Haus war von Stille umgeben. Rihscha, der auf dem Zaun hockte und sich von der Sonne das Gefieder wärmen ließ, schlug die Augen auf, als er die beiden hörte, und schüttelte sein Gefieder.

Alduin hob Erilea vom Pferd und stieg ab. Er zog den Falknerhandschuh über und rief den Falken herbei. »Komm her, Rihscha. Bist du schon lange hier? Kannst du uns verraten, wo Bardelph steckt?«

Erilea lief zur Hütte und schob die Tür auf. Der Wohnraum war aufgeräumt und die Luft frisch. Sie warf einen Blick auf die Feuerstelle. Es sah nicht so aus, als hätte hier jemand heute ein warmes Essen zubereitet. »Aber natürlich«, rief sie, ging wieder nach draußen. »Er ist nach Sanforan aufgebrochen, um Aranthia die gute Nachricht zu überbringen. Er konnte ja nicht wissen, dass Rael und Sivella schon unterwegs waren. Und sicher wollte er keinen Moment länger damit warten.«

»Du hast recht!« Alduin trug Rihscha zum Zaun zurück. »Da hätten wir auch früher draufkommen können. Ich hätte in meiner Botschaft erwähnen sollen, dass wir kommen.«

»Daran ist jetzt nichts mehr zu ändern«, meinte Erilea. »Wir werden das Beste daraus machen. Ich für meinen Teil gönne mir eine gründliche Wäsche im Fluss! Glaubst du, ich könnte mal in den Schränken nachsehen, ob ich etwas Sauberes zum Anziehen finde?«

»Fühl dich ganz wie zu Hause! In Aranthias Zimmer findest du Handtücher und eine Kiste mit Scheuersand. Nimm dir, so viel du brauchst!«

Erilea streckte ihm frech die Zunge heraus. »Ich weiß, ich rieche nicht gerade wie dein geliebter Falkennektar ... aber«, sie kicherte,»du auch nicht gerade!«

Während sie alles zusammengesucht hatte und zur Anlegestelle lief, führte Alduin Fëa Lómë zur Wiese hinter die Hütte. Er sattelte sie ab und wusch ihren Rücken mit Regenwasser. Als er fertig war, ließ er sie grasen und ging ins Haus zurück, um ein Feuer anzuzünden. Als er Erilea hereinkommen sah, drehte er sich zu ihr um. Sie trug eine Tunika seiner Mutter. Das Sonnenlicht in der offenen Tür umspielte sie. Den Gürtel hatte sie um die Taille gebunden, trotzdem schleifte der Saum auf dem Boden. Mit beiden Händen musste sie den Stoff anheben, um nicht darüberzustolpern. Ihr feuchtes Haar hing in langen schwarzen Locken herab. Sie sah so hinreißend aus, dass er das Gefühl hatte, sein Herz würde taumeln. Scheue Stille breitete sich zwischen ihnen aus.

Alduin räusperte sich und begann, mit hektischen Bewegungen im Feuer herumzustochern, sehr darauf bedacht, seine innere Verlegenheit zu überspielen. Bislang waren sie Gefährten in einem gemeinsamen Abenteuer. Erilea hatte die langen Tage tapfer im Sattel gesessen, ohne zu klagen. Trotz ihrer geringen Körpergröße war sie doch aus hartem Holz geschnitzt. Aber hier in der heimeligen Umgebung der Hütte wirkte sie nicht mehr wie die unbezähmbare Kämpferin. Sie wirkte zerbrechlich.

Alduin sprang auf. »Ich gehe mich auch mal waschen. Das Feuer ist angezündet. Wenn du willst, setze ein Kanne Calba auf.«

Erilea ging einen Schritt zur Seite und ließ ihn vorbeigehen. Sie sah ihm noch eine Weile nach, bis er hinter der Lichtung verschwand. Sie lächelte in sich hinein, warf dann den Kopf in den Nacken und fing an, die Schränke nach einer Kanne, nach Bechern und etwas Essbarem zu durchstöbern.

Als Alduin am Fluss ankam, hatte er seine Gefühle wieder unter Kontrolle. Er holte tief Luft und warf einen Blick auf das Wasser. Als er dicht am Landesteg stand, kehrte im gleichen Moment die Erinnerung an das zurück, was ihm vor vielen Tagen widerfahren war, als das tosende Wasser von ihm Besitz ergriff. Er rief sich noch einmal die überwältigende Verbindung zwischen Cal und Krath ins Gedächtnis. Damit hatte das eigentliche Abenteuer begonnen. Jede der folgenden Visionen schien eine Fortsetzung dieser ersten zu sein. Der Höhepunkt, den er heute Morgen erlebt hatte, übertraf jedoch alles.

Die Erinnerung daran half ihm, alle anderen Gedanken zu verdrängen. Jetzt hatte er nur noch ein Ziel vor Augen: Er musste so schnell wie möglich herausfinden, was Cal widerfahren war. Er musste ihm helfen.

Er lief zum Haus zurück, und sein Kopf war klar.

»Ich habe ein Glas mit getrocknetem Gemüse gefunden«, rief ihm Erilea entgegen. »Ich mache uns eine Gemüsebrühe mit Wurst und angebratenen Zwiebeln!«

»Brauchst du frische Kräuter dazu?«, fragte er.

»Warum nicht? Bring mit, was du findest!«

Sie hatten das Essen zubereitet und setzten sich mit ihren Tellern auf die kleine Terrasse vor dem Haus in die Sonne.

»Wir sollten besser noch unsere Reisekleidung waschen«, schlug Erilea vor.

». . . und sehen, womit wir uns sonst noch eindecken können.

Vielleicht finde ich sogar ein Jagdmesser . . .«, meinte Alduin. »Ich kann auch noch ein paar Pfeile schnitzen.«

»Was denkst du, wann wollen wir wieder aufbrechen?«, fragte Erilea.

Alduin zögerte noch einen Moment mit der Antwort. Seine Züge wurden ernst, als er sich die bevorstehenden Tage ausmalte. Schließlich sagte er: »Es wäre vielleicht ganz gut, wenn wir noch heute unsere Vorbereitungen treffen und beim ersten Tageslicht losreiten. So könnten wir es bis Thel Gan morgen noch schaffen.«

Erilea nickte. Sie war erleichtert und froh über Alduins Entscheidung. Es fühlte sich an, als gönnten sie sich noch einen Augenblick außerhalb der Zeit, ein paar kurze Kapitel in einer anderen Geschichte, eine Atempause, bevor sie sich in das große Abenteuer stürzten.

# 11

Als Jad, Rael und Triel Sanforan das Westtor erreichten, verstummte der sonst so redselige Junge und bestaunte ehrfürchtig, was sich ihm eröffnete. Auch wenn dieser Zugang längst nicht so beeindruckend war wie der Haupteingang an der Nordseite der Stadt, so gab er doch den Blick frei auf einen belebten, farbenfrohen Platz mit Menschen unterschiedlichster Herkunft. Der Kontrast zu dem verträumten Dorf, in dem er aufgewachsen war, hätte kaum größer sein können. Triel gingen die Augen über.

Jad hatte vor, die Marktstraße entlangzufahren, daher kletterten Rael und Triel vom Wagen herunter und bereiteten sich auf den Fußmarsch den Hügel hinauf zur Zitadelle vor.

»Werdet ihr oben in der Falkenhalle wohnen?«, fragte Jad.

»Ja«, gab Rael zurück. »Und bitte schaut dort vorbei, bevor Ihr aufbrecht.«

Jad nickte, und der Eselkarren ratterte davon. Sobald er außer Hörweite war, fand Triel seine Stimme wieder.

»Wenn mein Papa reich wird, kaufen wir uns dann auch so ein Haus wie das da«, rief er und deutete begeistert auf ein dreistöckiges Gebäude, reich verziert mit herunterhängenden Pflanzen auf den Balkonen. »Kaum bist du einen halben Glockenschlag hier, schon lässt du deiner Zunge freien Lauf. Willst du jetzt schon beweisen, das Jad recht hatte?«, schalt Rael.

Triel blickte beschämt auf den Boden, schüttelte den Kopf und trottete eine Weile stumm hinter Rael über die kopfsteingepflasterte Straße hinterher. Doch das Schweigen hielt nicht lange an.

»Können wir es heute noch herausfinden?«

»Was?«, fragte Rael gedankenverloren.

»Das mit meinem Großvater natürlich!«

»Jetzt aber mal langsam, junger Herr«, sagte Rael, doch als er in Triels enttäuschtes Gesicht blickte, musste er schmunzeln. »Nun pass mal auf. Zuerst reden wir in der Falkenhalle mit Meister Calborth. Vielleicht weiß er was. Wenn nicht, gehen wir in das Archiv des Hohen Rates. Dort werden viele alte Aufzeichnungen aufbewahrt. Aber du wirst dich schon noch bis morgen gedulden müssen. Heute ist hier bereits alles geschlossen.«

»Und falls wir ihn finden, bringt Ihr mich dann morgen zu ihm?«

»Ja.«

»Und dann überlegen wir, wie ich ein Falkner werden kann!«

Rael blieb stehen, ging so tief in die Hocke, bis er fest in Triels Augen sehen konnte, und legte seine Hände auf die schmalen Schultern des Jungen.

»Triel«, begann er. »Die Falknerei ist eine Lebensaufgabe, die Disziplin und einen starken Willen voraussetzt. Wenn es dein innigster Wunsch ist, Falkner zu werden, will ich dir gern dabei helfen, so gut ich kann. Darauf hast du mein Wort.«

Bevor er weitersprechen konnte, fiel ihm Triel um den Hals. »Danke, danke! Ich wusste, Ihr würdet mir helfen. Ich wusste es!«

Rael löste sich aus der Umarmung des Jungen. »Moment mal, Moment, ich bin noch nicht fertig«, sagte er und sah ihm noch einmal tief in die Augen. »Erst musst du zurück nach Hause. Auch wenn Sivella ihr die Nachricht überbracht hat, so ist es eines Falkenlehrlings nicht würdig, ohne ein Wort, ohne Erlaubnis einfach von zu Hause davonzulaufen.«

»Aber sie wird mich nie mehr gehen lassen. Sie hasst alles, was mit der Stadt zu tun hat.«

Rael erinnerte sich an Brettas bittere Erfahrungen mit den Falknern aus der Vergangenheit und hoffte so sehr, dass sie ihre Vorurteile abbauen würde. Er hätte sich gewünscht, dass sie sich nach ihrer Begegnung ein anderes Bild machen würde und dass in ihren Augen nicht jeder Falkner so sein musste wie ihr Vater oder ihr Bruder.

»Menschen verändern sich«, versuchte er Triel zu erklären. »Ich denke, deine Mutter sieht die Dinge jetzt vielleicht ein wenig anders. Sivella hinterlässt stets einen guten Eindruck bei den Menschen!«

Wie auf ein Stichwort hörte er Sivellas schrillen Ruf über der Stadt, und kurz darauf schon landete sie auf seiner ausgestreckten Faust.

»Da bist du ja, meine Schöne«, begrüßte sie Rael, streichelte ihre Brust und rieb die Wange an ihrem weichen Kopf. »Hast du meine Botschaft überbracht?«

Zur Antwort hob sie eine Klaue. Rael erkannte ein Lederband, dass um ihr Bein geschlungen war. Vorsichtig löste er es und ließ den Falken wieder fliegen.

*Flieg voraus zur Falkenhalle. Wir folgen dir ...*

Als Sivella abhob, musterte er das Lederband. Er fühlte, wie sein Herz schneller schlug. Das Band war kostbar bestickt mit einem Motiv fliegender Falken. »Sieh nur, Triel. Deine Mutter hat ein Zeichen geschickt.« Rael beugte sich zu dem Jungen. »Gib mir deinen Arm.«

Als er das Band um Triels dünnes Handgelenk legte, lächelte Rael vor Erleichterung. Trotz ihrer Zweifel hatte Bretta offensichtlich verstanden und schien ihm zu vertrauen. Mit einem Mal spürte er in sich ein hoffnungsloses Verlangen nach ihr.

Meister Calborth hatte das Hauptgebäude der Falkenhalle verlassen und lief Rael und Triel entgegen, die Sivella auf der Statue in der Mitte des Platzes beobachteten.

Der junge Falkner legte die Faust auf die Brust und musste schmunzeln, als Triel ihn nachahmte. »Da bist du ja, Rael«, rief Calbort. »Gilian sei gepriesen, dass du Alduin gefunden hast«, sagte er mit einem Lachen. »Wo steckt denn der Halunke?« Rael sah erleichtert, dass der Gang des Meisters wieder fast so geschmeidig wirkte wie früher.

»Das ist eine Geschichte, die es sich lohnt zu erzählen. Aber meine Kehle ist staubtrocken, Meister. Sie könnte etwas Flüssiges gebrauchen.«

»Aber gewiss doch. Komm mit«, ermunterte ihn Calborth. »Ich hole Aranthia, sie ist in der Apotheke. Und wer ist dieser junge Bursche hier?«, fragte er.

»Triel heißt er. Triel, das ist Calborth, Falkenmeister von Nymath«, stellte Rael die beiden einander vor.

Triel stand gebannt vor Ehrfurcht, und es verschlug ihm die Sprache. Alles, was ihm noch gelang, war ein kurzes Nicken.

»Freut mich, dich kennenzulernen«, sagte Calborth und zwinkerte ihm zu. »Geht ihr zwei schon mal in die Küche. Ich hole Aranthia.«

Eine Weile später saßen die vier an dem großen Tisch. Marla trug Calba auf und dicke Scheiben Brot mit Honig und Rael erzählte von den Erlebnissen. Die Erwachsenen hörten gespannt zu. Nur Triel, der sehr schnell seine Schüchternheit ablegte, fiel ihm immer wieder ins Wort, sodass der Falkner vorschlug: »Geh, Junge, und leiste Sivella ein bisschen Gesellschaft. Es ist schön draußen in der Sonne, und sie sonnt sich auch.«

Das ließ er sich nicht zweimal sagen, sprang auf und rannte hinaus. »Den Göttern sei Dank!«, atmete Aranthia auf, als Triel die Tür hinter sich zuwarf.

»Irgendwie wusste ich ... aber ich hätte mir nie so etwas vorstellen können. Alduin konnte sich tatsächlich an nichts mehr erinnern ... hatte *alles* vergessen, sagst du?«

»Ja, alles. Das heißt, bis etwa einen Tag, bevor wir ihn gefunden haben. Rihscha wich ihm nicht von der Seite und auch nicht, nachdem er das Gedächtnis wiedererlangt hatte. Es bedurfte einiger Überredungskünste, den Falken mit einer Botschaft nach Sanforan zu schicken – und dabei hat er Erilea und mich aufgestöbert. Wir waren gerade auf dem Weg nach Norden.«

»Das ist erstaunlich! Die Chance, dass ihr drei auf diese Weise zusammenfinden würdet und das außerhalb der Mangipohr-Ebene – war denkbar gering. Eure Schritte müssen gelenkt worden sein.«

»Bei Gilians heiliger Feder«, sagte Calborth und klopfte auf den Tisch. »Was für eine Geschichte!«

»Der Schluss ist noch umso erstaunlicher«, sagte Rael und sah zur Tür, um sich zu vergewissern, dass Triel sich nicht wieder hereingeschlichen hatte. »Ich habe euch doch von der Mutter des Jungen erzählt. Aber das ist noch nicht alles. Erst letzte Nacht fand ich heraus, wer ihr Bruder, also sein Onkel ist.«

Er setzte kurz ab, und über seine Züge flimmerte ein solches Wechselbad der Gefühle, dass Aranthia unwillkürlich den Arm ausstreckte und die Hand auf die seine legte.

»Der Onkel des Jungen ist Lotan!«, brach es aus Rael heraus.

»Lotan? Unser Lotan?«, rief Calborth überrascht.

»Ja. Bretta – die Mutter des Jungen – sprach zwar über den Ehrgeiz ihres Vaters, seinen Sohn zu einem Falkner ausbilden zu lassen. Aber sie nannte seinen Namen nicht, sagte nur, dass sie die Verbindung zu ihm abgebrochen hatte. Es war Triel, von dem ich gestern Nacht seinen Namen erfahren habe.«

Verständnisvoll drückte Aranthia seine Hand. Für sie war zu offensichtlich, dass sich hinter der Geschichte noch weit mehr verbarg. Doch wie es schien, gab es einiges, worüber er nicht reden wollte. Stattdessen holte er tief Luft. »Wie auch immer, Meister: Kennt Ihr den Großvater des Jungen? Lotans Vater?«

»Oh ja, ich erinnere mich nur zu gut an ihn. Sein Name ist Garan. Er war ein mächtig stolzer Falkner. Doch als sein Falke starb . . . hmmm . . . wie war doch sein Name?« Er kratzte sich am Kopf. »Ich habe vergessen. Na, jedenfalls, als der Falke starb, war Garan völlig verwirrt. Und dann wurde er regelrecht besessen. Viele Probleme, die Lotan hatte, sind auf diese Geschichte zurückzuführen.«

»Ob Garan noch lebt?«, wollte Rael wissen.

»Nein, sicher nicht. Er ist sicher schon seit Jahren tot. Ich denke, es hat ihm den Rest gegeben, dass Lotan sich nicht mit einem Falken verbunden hatte.«

»Und Lotan selbst? Hat irgendjemand etwas von ihm gehört?«

Der Meister schüttelte den Kopf.

»Nein, kein Wort«, antwortete er.

Ein Geräusch erregte Raels Aufmerksamkeit. Er blickte zur Tür und sah eine flüchtige Bewegung, die ihm verriet, dass Triel die letzten Worte mitgehört hatte.

»Ich muss sofort mit dem Jungen sprechen«, meinte er und sprang auf.

Draußen sah er Triel gerade noch davonlaufen.

»Triel! Halt! Komm zurück!«

Rael preschte los und verfolgte Triel, der ein kurzes Stück vor ihm durch das Tor der Zitadelle huschte und weiterrannte. Doch als er bei dem Bogeneingang ankam, war er nicht mehr zu sehen. Sofort nahm Rael Verbindung mit Sivella auf.

*Sivella, wir suchen nach Triel . . .!*

Der Falke erhob sich in die Lüfte, und Rael sah durch ihre Augen die Straßen und Gassen unter sich vorüberziehen. Obwohl nur wenige Menschen in diesem Teil Sanforans auf den Beinen waren, konnte er keinen kleinen, rennenden Jungen entdecken.

*Der Hafen . . .*

Sivella wechselte den Kurs und flog in Richtung der Fischerhütten, die den steilen Hang an Sanforans Meeresseite säumten. Endlich erkannte er eine winzige Gestalt, die eine enge Gasse hinablief. Doch bog er nicht zum Hafen hinunter ab, sondern rannte geradeaus weiter.

»Der Aussichtspunkt«, rief Rael und stürmte los.

Triel steuerte auf den Hang zu, aber Rael wusste, dass er dort nicht weiterkommen würde. Zu bestimmten Zeiten konnte man vom Hang aus zu den Stränden hinabklettern. Zu dieser Tageszeit jedoch würde ihm die Flut den Fluchtweg versperren.

*Sivella, beobachte ihn. Lass ihn nicht zu nah an den Abgrund . . .*

Kurze Zeit später hatte Rael die grob gehauenen Steinstufen zum Aussichtspunkt erreicht und nahm immer zwei auf einmal. Als er oben angekommen war, stieß er um ein Haar mit Triel zusammen, während Sivella hinter den beiden wild hin- und herflatterte, um den Weg zu versperren.

Rael fing den Jungen gerade noch ab, als er an ihm vorbeihuschen wollte.

»Triel, hör auf damit. Das ist kein Spaß!«, sagte Rael und versuchte, seiner Stimme einen strengen Klang zu verleihen. Auch wenn er das Verhalten des Jungen verstehen konnte, mahnte er ihn: »So benimmt sich kein zukünftiger Falkner!«

»Ich habe gehört, was der Meister gesagt hat!«, brach es aus Triel heraus. »Mein Großvater ist tot, mein Onkel verschwunden, und Ihr habt mir ja bereits gesagt, dass Ihr mich so oder so nach Hause schicken werdet«, sagte er atemlos.

»Ich habe dir aber auch gesagt, dass ich alles tun werde, was ich kann, dass ich dir helfe, ein Falkner zu werden.«

»Ich kenne meine Mutter! Sie wird es nicht zulassen!« Triel war den Tränen nahe.

»Sei dir da mal nicht so sicher. Warum, glaubst du wohl, hat sie Sivella das Armband mitgegeben?«

»Warum glaubt Ihr, sie hat es *mir* geschickt?«, fragte Triel zurück.

Einen Augenblick lang blickte Rael verdutzt drein und fragte sich, was wohl im Kopf des Jungen vor sich gehen musste.

»Ich bin sicher, es war für dich bestimmt«, antwortete er, und seine Worte sollten nicht nur Triel, sondern auch ihn selbst überzeugen. »Gewiss wollte sie dir damit zeigen, dass sie deinen sehnsüchtigen Wunsch versteht.«

»Warum kann ich dann nicht hierbleiben? Könnte mich in der Falkenhalle nützlich machen, könnte Käfige putzen, die Böden schrubben, was eben so anfällt.«

»Dafür haben wir die Falknerlehrlinge!«, entgegnete Rael. »Die Ausbildung besteht nicht nur aus Spaß und Spiel.«

»Na ja, dann könnte ich doch in der Küche arbeiten oder sonst wo . . . Ich . . .«

Als der Junge sah, dass Rael unnachgiebig den Kopf schüttelte, verstummte er.

»Zuerst musst du nach Hause. Sieh es mal so: Die Erfahrungen, die deine Mutter vor Jahren mit Falknern gemacht hat, waren nicht gut. Zeig ihr, dass du dich anders verhältst. Zeig ihr, dass du stark bist!«

Triel kämpfte immer noch mit den Tränen, und erst nach einer guten Weile beruhigte er sich wieder. Einen hoffnungsvollen Blick auf Rael gerichtet, sagte er: »Und wenn ich zurückkehre, vergesst ihr mich auch nicht? Ich brauche doch einen Fürsprecher.«

»Wie könnte ich einen Wirbelwind wie dich je vergessen!«, rief Rael. »Und Meister Calborth wird dich bestimmt auch in Erinnerung behalten. Außerdem bricht Jad erst auf, wenn er seine Geschäfte hier erledigt hat. So bleibt mir noch reichlich Zeit, dir die Falkenhalle zu zeigen und einen Großteil der Stadt. Wir können sogar ein offizielles Gesuch einreichen, dass man dich als Lehrling aufnimmt, sobald du zwölf geworden bist.«

Mit jedem Wort, das Rael sprach, hellte sich Triels Miene mehr auf. Und schließlich schoben sich beide Mundwinkel bis an die Ohren.

»Und bis dahin wird mein Vater viel Geld haben, und ich werde ein wohlhabender Lehrling sein!«

Alduin und Erilea verließen wie geplant die Hütte bei Tagesanbruch und kamen gut voran. Für Fëa Lómë war es keine Mühe, die beiden zu tragen. Sie hatte eine erstaunliche Ausdauer. Die erste Nacht schlugen sie ihr Lager unweit von Thel Gan auf. Am nächsten Morgen hielten sie sich kurz im Dorf auf, um Proviant aufzustocken. Am Nachmittag des zweiten Tages erreichten sie Sean Ferll.

Die Kleinstadt war Endstation für Händler, die ihre Ware auf dem Fluss transportierten. Daher war die Stadt auch das letzte Depot für die Vorräte zahlreicher abgelegener Siedlungen im Nordosten von Nymath. Sie war weit genug von Sanforan entfernt, so galt sie auch als Zufluchtsort für zwielichtige Gestalten, und man betrieb solcherart Handel, der in der Hauptstadt nicht gern gesehen wurde. Die aus Stein und Holz errichteten Bauwerke schienen schnell und lieblos zusammengezimmert, und über dem Ort lag eine merkwürdige Atmosphäre der Vergänglichkeit, als hätte man hier nie die ehrliche Absicht gehabt, eine Stadt aufzubauen, die ein sauberes Umfeld bot, in der sich auch junge Familien niederlassen konnten. Tatsächlich deutete auch wenig darauf hin, dass hier überhaupt Kinder lebten. Alduin hielt Rihscha auf seiner Faust. Er hoffte, dass das stolze Gehabe des Falken ihm bei dem herumlaufenden Gesindel den nötigen Respekt verschaffen konnte.

»Wag dich bloß nicht von meiner Seite«, flüsterte Alduin Erilea zu, als sie die Hauptstraße, begleitet von misstrauischen Blicken, entlangritten.

»Wie soll ich das verstehen?«, fragte Erilea und blickte Alduin überrascht von der Seite an. »Ich möchte dich daran erinnern, dass ich mittlerweile eine . . .«

»Ich weiß, ich weiß. Du bist eine voll ausgebildete Amazone«, fiel Alduin ihr ins Wort. »Trotzdem halte ich es für sicherer, wenn wir zusammenbleiben.«

Etwas besänftigt, verkniff sich Erilea eine bissige Bemerkung und sah sich stattdessen um. Sie musste zugeben, dass Alduin mit seinen Bedenken nicht ganz unrecht hatte. Die Männer, die sie mit kühlen und berechnenden Blicken musterten, waren zumeist zweimal so groß wie sie und kräftig gebaut. Sie wirkten eher, als würden sie bedenkenlos Vorteil aus den Fremden schlagen wollen.

»Können wir hier nicht einfach geradewegs durch und weiterreiten?«, fragte sie.

»Aber wohin?«, entgegnete Alduin. »Von hier aus ist Cal möglicherweise aufgebrochen, und nur hier können wir herausfinden, was sein nächstes Ziel war.«

»Aber wer sollte sich nach so langer Zeit noch an ihn erinnern können?«

»Du hast ja recht, aber ich hatte diese Vision – oder was immer es auch gewesen sein mag – nicht ohne Grund. Cal hat in Thel Gan etwas gehört und kam hierher, um noch mehr darüber zu erfahren. Wäre er in eine Sackgasse geraten, so wäre er gewiss umgekehrt.«

»Wohin also gehen wir zuerst?«

»Wie wär's damit?«, schlug Alduin vor und deutete auf ein Lagerhaus, das aussah wie eine Gemischtwarenhandlung. »Vielleicht können wir dort etwas erfahren!«

Erilea sprang vom Pferd, richtete sich zu ihrer vollen Größe auf, legte eine Hand auf den Knauf des Messers an ihrem Gürtel und ballte die andere zur Faust. Ihre gesamte Haltung sollte davor warnen, sich mit ihr anzulegen.

Alduin stieg mit Rihscha vom Pferd, setzte seine Falken auf den Sattel und band Fëa an einem Pfosten an. »Lass niemanden zu nahe kommen«, trug er dem Falken auf. »Setz die Krallen ein, wenn es nötig ist!«

Alduin hoffte zwar, es würde zu keinen Streitigkeiten kommen, denn nach Rihschas Gefecht gegen Malnar vor zwei Jahren wusste er nur zu gut, dass wenige Menschen in einem Kampf gegen einen Falken bestehen konnten. Er vertraute darauf, dass es niemand versuchen würde.

Gemeinsam betraten sie den schummrigen Laden und wussten sofort, dass sie hier richtig waren. Im vorderen Bereich lagen Waren gestapelt, der hintere Teil war eine gut laufende Dorfschenke.

Die beiden setzten sich an einen der großen Gemeinschaftstische. »Lass uns mal sehen, was sie hier so auftischen!« Die Einheimischen musterten sie neugierig. Es mochte an der Wirkung des Mets liegen, dass sie hier einen weniger bedrohlichen Eindruck erweckten als draußen.

Der Wirt sprach sie freundlich an. »Wir haben heute Burak-und-Bohnen-Eintopf. Kann ich euch dafür begeistern?«

Alduin warf einen Blick zu Erilea. Sie nickte.

»Ja, gerne und zwei Becher Calba», bestellte er dankend.

Nachdem der Wirt gegangen war, beugte sich Erilea dicht zu Alduin und fragte ihn leise. »Hast du schon einen Plan, wen du hier fragen willst?«

»Vielleicht sollte ich mit ihm dort anfangen.«

»Und wie lautet deine Frage?«

»Ich . . . äh . . .«

»Darüber muss ich erst mal nachdenken.« Und er überlegte. So einfach jemanden anzusprechen und ihn zu fragen, ob er einen magischen Ort kannte, an dem Falken ewig lebten – damit würde er sich ganz gewiss lächerlich machen.

»Warum sagst du nicht einfach, dass du nach einem Falkner suchst?«, schlug Erilea vor. »Beschreib Cal und frag, ob ihn jemand gesehen hat. Dabei geht es keinen etwas an, dass er verschwunden ist, bevor du geboren wurdest!«

Alduin musste lachen. Wie einfach und wie schlau zugleich! »Jetzt weiß ich, warum ich dich mitgenommen habe, du weise Amazone!«, rief er.

»Lass das gefälligst . . . und red nicht so laut«, zischte Erilea, wenngleich sie sich innerlich über seine Antwort freute.

Als der Wirt das Essen auftischte, sprach Alduin ihn so beiläufig wie möglich an. »Vielleicht könnt Ihr mir helfen. Ich suche nach einem Freund. Einem Falkner. Ich habe mich gefragt, ob es hier vielleicht einen Außenposten für Falkner gibt . . . oder so etwas in der Art.«

»Außenposten gibt's hier keinen. Zwar kommen ab und an Falkner vorbei, aber für gewöhnlich sind sie nur auf der Durchreise. Wann war Euer Freund denn das letzte Mal hier?«

»Nun ... das ist schon länger her. Ich bin nicht ganz sicher«, stammelte Alduin.

»Ich arbeite erst seit zwei Monden hier, wenn es davor war, kann ich dir nicht weiterhelfen.«

»Nun . . . es ist mit Sicherheit länger her. Habt trotzdem Dank.«

Als der Wirt ging, warf Alduin Erilea einen verzweifelten Blick zu und ließ die Schultern hängen. »Das hat ziemlich schnell nirgendwohin geführt.«

»Dein Vertrauen in meine Weisheit scheint ziemlich kurzlebig«, bemerkte sie und zwinkerte ihm zu, bevor sie mit ernster Miene fortfuhr. »Sieh es mal so: Nichts von alledem ist Zufall. Es wird etwas geschehen, was uns den Weg weist. Du musst nur daran glauben.«

Schweigend aßen sie, und ein jeder überlegte für sich, wie sie am besten weiterkommen würden. »Wie wäre es, wenn . . .«, setzte Erilea nach einer Weile an, wurde aber von einer Stimme unterbrochen, die in den Raum hereinbrüllte.

»Wo ist der verfluchte Falkner? Sein Dämon hat mich gerade angegriffen!«

Die Worte kamen aus dem Mund eines kleinwüchsigen Mannes. Er stand in der Tür, und das eindringende Tageslicht hinter ihm machte es unmöglich, sein Gesicht zu erkennen.

Die Unterhaltungen verstummten. Blicke zuckten bald hierhin, bald dorthin und hafteten schließlich auf Alduin. Die Stimme schien ihm vertraut, doch bevor er etwas sagen konnte, sprang Erilea auf.

»Wie könnt Ihr es wagen! Niemand spricht in diesem Ton mit einem Falkner von Nymath! Und keiner nimmt sich heraus, seinen Falken Dämon zu nennen!«

»Erilea, lass mich das machen.« Er stand auf, drängte sich an der Amazone vorbei und hoffte, einen Blick auf das Gesicht seines Anklägers zu erhaschen.

Konnte das sein? Carto? Der Mann, der damals Rihscha gestohlen hatte? Der Mann, der verhaftet und eingekerkert worden war? Der Gedanke durchzuckte ihn wie ein Blitz. Doch rasch wurde ihm klar, dass er sich irrte. Dieser Mann war ein Fath mit ähnlichem Körperbau wie Carto, mit ähnlich klingender Stimme, aber es war nicht Carto.

Alduin ging auf ihn zu und spürte Erilea hinter sich, jederzeit bereit, zur Waffe zu greifen.

Drei lange Klauenmale zogen sich über das Gesicht des Fath bis zur Halsschlagader. Das war eindeutig Rihschas Werk.

»Ausgebildete Falken greifen nicht grundlos an«, sagte Alduin in ruhigem Tonfall.

»Das ist kein ausgebildeter Falke. Das ist ein wildes Tier!«, stellte sich ihm der Mann entgegen und deutete auf die blutenden Wunden.

»Rihscha ist ein Marvenfalke, das ist richtig. Doch wurde er in der Falkenhalle in Sanforan ausgebildet. Niemals würde er angreifen, ohne dazu herausgefordert zu werden.« Alduins Stimme war leise, aber fest. »Ich habe ihm aufgetragen, meine Stute zu beschützen. Kann es sein, dass Ihr . . .?«

»Ich habe nichts dergleichen getan«, unterbrach ihn der Fath. »Ich verlange Wiedergutmachung! Komme her als harmloser Bürger, um meinen Durst zu löschen . . . bin nicht einmal in die Nähe der Bestie gekommen!«

Er sprach in einem Tonfall, der Sympathie und Mitleid erheischen wollte. Ein paar Männer standen auf und freuten sich schon auf eine handfeste Prügelei, andere liefen hinaus, um einen Blick auf den dämonischen Falken zu werfen. Noch sah es nicht so aus, als würden sie sich auf die Seite des Fath schlagen.

Alduin drehte sich um und wandte sich an die Anwesenden.

»Ich lade einen jeden von euch ein, so nahe zu meiner Stute und meinem Falken zu gehen, wie er möchte. Ich kann euch versichern, Rihscha wird keine Feder rühren.«

Zustimmendes Gemurmel machte sich breit, und die Gäste schienen zufrieden über die Abwechslung an einem sonst so ereignislosen Nachmittag.

»Hört, hört!«, rief ein stämmiger Kataure. »Ich versuch's!«

»Ja, aber was ist, wenn der Falke doch angreift?«, warf ein anderer ein. »Was bekomme ich dann?«

»Was bekomme *ich?* Nur darum geht es hier!«, tobte der Fath. »Ich sage euch, ich wurde aus heiterem Himmel angegriffen. Wie auch immer das Viech sich jetzt verhält, ändert es nichts daran, dass . . .«

»Ach, Mann, hör auf mit deinem Gewinsel«, mahnte der Wirt und fügte in hoffnungsfrohem Tonfall hinzu: »Lasst uns sehen, ob der Vogel auch jemand anderen angreift.«

Ein halbes Dutzend Leute, angeführt von dem Schankwirt, folgte Alduin und Erilea nach draußen. Der lauthals fluchende Fath bildete die Nachhut.

Der Lärm zog nun auch herumstreichende Männer an, und alle bildeten einen Kreis um Fëa Lómë und Rihscha. »Eine Runde an alle, wenn mein Falke einem von euch etwas zuleide tut. Doch er darf nicht versuchen, ihn, die Stute oder unsere Habseligkeiten zu berühren!«, rief Alduin in die Menge und erntete Beifall dafür.

»Alduin«, flüsterte Erilea ihm zu. »Wir haben nur ein paar Pent in der Tasche . . .«

Er schaute sie ungläubig an. »Du zweifelst doch nicht etwa an Rihscha!«, flüsterte er.

Erilea sah erst ihn an, dann den Falken und schüttelte den Kopf.

»Wer ist der Erste?«, rief Alduin laut.

»Ich will es wagen!« Der stämmige Kataure, der sich mutig zuerst gemeldet hatte, trat vor. Er stapfte geradewegs auf Fëa Lómë zu, blieb dicht vor ihr stehen, ohne sie zu berühren, und starrte Rihscha provozierend an. Der Falke erwiderte uninteressiert den Blick und verharrte weiterhin reglos wie eine Statue auf dem Sattel. Mutig geworden führte der Mann eine Hand um Haaresbreite an Fëas Zaumzeug vorbei, doch auch das brachte Rihscha nicht aus der Ruhe. Der Mann drehte sich grinsend zu seinen Freunden um.

Dann streckte er versuchsweise einen Finger in die Richtung des Falken, auch diesmal, ohne ihn zu berühren.

Zu Alduins Überraschung und zur Belustigung der Menge zeigte Rihscha diesmal tatsächlich eine Regung. Er hob eine Klaue an und deutete mit einer Kralle zurück auf den Katauren.

Gröhlendes Gelächter dröhnte über die Straße. »Das soll ein Dämon sein?«, rief einer. »Ein Possenreißer ist das. Was zum Teufel lernen die heute in der Falkenhalle?«

Alduin musste lachen.

»Rihscha ist einzigartig. Immer wieder denkt er sich neue Kunststücke aus«, sagte er zu Erilea. Er sah sich in der Menge um. Der Fath hatte sich leise davongestohlen. »Tja, ich schätze, unser Fath-Freund war mit der Beweisführung nicht so ganz zufrieden. Freue mich, in Ruhe fertig zu essen.«

»Das geht aufs Haus!«, rief der Wirt mit einem Gönnerblick, klopfte ihm auf die Schulter und trieb seine Gäste wieder zurück in die Schenke.

Es war, als hungerten die Bewohner von Sean Ferll nach Neuigkeiten außerhalb ihrer kleinen Welt. So wurden Alduin und Erilea schnell zum Gesprächsthema und hofften darauf, die vielen Fragen und Wortwechsel würden vielleicht einen Hinweis auf Cal geben können. Der Met floss großzügig und lockerte immer mehr die Zungen, bis Alduin es wagte, seine Frage unverblümt zu stellen.

»Unten in Sanforan hören wir eine Menge interessanter Geschichten über Sean Ferll.«

»Gewiss nichts Gutes, möchte ich wetten!«, rief der Kataure und klopfte gut gelaunt auf den Tisch.

»Nur Gutes, nur Gutes!«, brüllten andere.

»Weder gut noch schlecht . . . aber schon recht sonderbar«, sagte Alduin. »Geschichten über magische Orte, wohin Falkner reisen.«

»Und gut ist's, dass sie sich verdrücken«, gab der Kataure seine Meinung kund und nahm einen kräftigen Schluck aus seinem Humpen. »Ein hochmütiger Haufen, diese Falkner. Anwesende ausgenommen, versteht sich. Sie glauben, sie könnten ewig leben . . .«

Betrunkenes Gelächter hallte durch den Schankraum, und die Köpfe nickten zustimmend. Alduin und Erilea spitzten die Ohren – endlich war die Gelegenheit gekommen, auf die sie gewartet hatten.

»Erinnert ihr euch noch an diesen verrückten Falkner damals?«, fragte ein junger Mann. »Ich war noch 'n Kind. Sein Falke war abgekratzt. Der Falkner schwafelte von einem magischen . . .«

Plötzlich wurde sein Blick glasig, als wäre jedes weitere Wort für ihn eine Anstrengung. Sein Kopf schwankte zur Seite, er sank vornüber auf den Tisch und fing an zu schnarchen.

»Was hat er denn gemeint?«, fragte Alduin so beiläufig wie möglich und hoffte, ein anderer aus der Runde würde die Geschichte aufgreifen. Aber es schien keinen sonderlich zu interessieren, und der Kataure ließ erneut seinem Unmut über die jungen Falkner freien Lauf. »Solln ruhig 'n paar der feinen Stadtpinkel herschicken«, lallte er. »Denen machen wir Beine. Hier oben scheuen wir uns nich', 'n paar neue Kniffe auszuprobieren, oh nein. Pfeif auf Traditionen! Wir haben hier unsere eigenen Gesetze und lassen uns von keinem was vorschreiben!«

Die Stimmung des stämmigen Mannes war jäh so umgeschwungen, wie ein Falke die Richtung änderte. Der Met beherrschte seinen Verstand und seine Zunge. Finster schaute er Alduin an. »Was glotzt'n so? Hältst dich wohl auch für was Besseres, nur weilst 'n verfluchter Falkner bist, wie? Willst wohl auch ewig leben wie deine Kumpels? Ich feg dich aus dieser Welt, bevor du deine dämliche Insel gefunden hast. Is' ohnehin nur 'n dummes Lügenmärchen, nur so 'n Spuk . . .«

Er stand auf, schwankte bedenklich und musste sich mit beiden Händen am Tisch abstützen. Alduin und Erilea spürten die Spannung und waren besorgt darüber, wie sich das Ganze wohl weiterentwickeln würde. Auch wenn der Kataure offensichtlich etwas über das Geheimnis wusste, das die beiden so verzweifelt zu ergründen versuchten, so war doch seine gute Laune verpufft, und er legte es unverkennbar auf einen Kampf an. Herausfordernd glotzte er Alduin an.

»Das ist kein Lügenmärchen. Den Ort gibt es!«

Alle Blicke schwenkten in die Richtung der zittrigen Stimme einer armseligen Gestalt, die allein am Nebentisch saß und am Met nippte. Der verloren wirkende Mann starrte in sein Getränk und war sich der Aufmerksamkeit gar nicht bewusst, die seine Worte erregt hatten – bis der Kataure ihn anbrüllte.

»Nennst du mich 'nen Lügner?«

Erschrocken und erstaunt zugleich, blickte er in die Gesichter, die ihn anstarrten. Mit seinen verfilzten Haaren, seinem viel zu langen Bart und der zerschlissenen Kleidung wirkte er ungepflegt, und Alduin erkannte mit Bestürzung, dass er die Tracht der Raiden-Falkner trug.

»Ich ... ich ... hab das nicht so ... Ich dachte, Ihr wärt ... Ich meine ... Ich habe etwas ganz anderes gemeint ...«, murmelte der Mann mit Panik in den Augen.

Er kippte den Rest seines Humpen, kramte in der Tasche nach einer Münze, klatschte sie auf den Tisch und verließ in aller Eile die Schenke.

Es schien, als ob die Wut des Katauren abgeklungen war. Er sah dem schwächlichen Mann nur noch mit verschleiertem Blick hinterher und versuchte auch nicht, ihn aufzuhalten. »Was zieht ihr 'n alle so trübsinnige Gesichter?«, fragte er und grinste unverhofft. »Das is' doch 'ne Feier, oder? Also lasst uns feiern!«

Die Gäste nahmen den plötzlichen Stimmungswechsel des Katauren gelassen hin und fielen alle mit ein.

»Lasst uns feiern!«

Der Met wurde herumgereicht und der steinerne Krug aufgefüllt. Niemandem fiel auf, dass Alduin und Erilea ihre Getränke kaum angerührt hatten.

»Wir müssen mit diesem Falkner reden«, flüsterte Alduin.

»Ich stehle mich davon und folge ihm«, schlug Erilea vor. »Die Aufmerksamkeit gilt ohnehin eher dir.«

»Ich sagte doch, dass wir zusammenbleiben müssen.«

»Sieh mal. Wenn wir gemeinsam die Schenke verlassen, wissen nur die Götter, wie sich unser Freund dort verhält«, gab Erilea mit einem Blick auf den Katauren zu bedenken. »Lass mich gehen. Wir haben Rihscha, der einen Blick auf mich werfen kann.«

Alduin sah den entschlossenen Ausdruck in ihrem Gesicht und wusste, dass er sie nicht aufhalten konnte. Im guten Vertrauen, dass Fëa nach dem Zwischenfall mit dem Fath sicher sein würde, ging er für einen kurzen Moment die Verbindung mit Rihscha ein und trug ihm auf, Erilea zu folgen.

»Sei zurück vor Einbruch der Dunkelheit«, flüsterte er.

Erilea stand auf, schickte ein gewinnendes Lächeln in die Runde, nickte und ging. Die Männer hoben zum Gruß ihre Humpen, machten sich aber wenig Gedanken, wohin sie wohl gehen würde. Stattdessen wandten sie ihre Aufmerksamkeit wieder ihren Getränken zu. Alduin wunderte sich über die Art, den Abend zu verbringen, und überlegte, wie es ihm gelingen mochte, sich unauffällig davonzustehlen.

»Trink!«, forderte der Kataure ihn auf und leerte den eigenen Krug in einem Zug. Nachdem er ausgetrunken hatte, wischte er sich mit dem Handrücken über den Mund, rülpste laut, legte den Kopf auf die Arme und schlief auf der Stelle auf dem Tisch ein.

Alduin lächelte. Das war die Idee. Wenn er dem Beispiel des Katauren folgen würde und vorgab, seinen Rausch auszuschlafen, konnte er ungestört die Verbindung mit Rihscha aufnehmen. Er hob den Humpen an, trank einen Schluck und täuschte vor, betrunken zu sein. Er schloss die Augen und legte den Kopf auf den Tisch.

*... Dunkelheit ... Etwas bedeckte den Kopf des Falken ... Er konnte es nicht abschütteln und nichts sehen ... Er schlug mit den Schwingen, aber konnte nicht fliegen ... Eine seiner Klauen hatte sich in etwas verfangen ... nein ... war festgebunden ... Hat keinen Sinn, sich jetzt schon zu wehren, flüsterte eine raue Stimme ... Der Falke schlug mit den Flü-*

*geln, bäumte sich gegen die Gefangenschaft auf. »Du bekommst schon noch Gelegenheit zu kämpfen«, sagte die Stimme, »aber nicht jetzt . . .«*

»Komm, Alduin, bringen wir dich ins Bett. Ich habe einen Schlafplatz gefunden.«

Erilea war nach einer kurzen Weile zurückgekehrt. Sie spielte die Rolle der getreuen Gefährtin, die gekommen war, um ihren betrunkenen Freund abzuholen, perfekt. Abrupt herausgerissen aus der Vision, die er gerade erlebt hatte, wirkte Alduins verstörtes Gemurmel ausgesprochen überzeugend. Mühsam rappelte er sich auf, ließ sich von Erilea helfen und wankte nach draußen. Er war erleichtert, als er Rihscha auf Fëas Sattel hocken sah.

»Rihscha . . . den Göttern sei Dank!«, stieß er hervor, setzte den Falken auf die nackte Faust und streichelte ihn.

»Was ist passiert?«, wollte Erilea wissen. »Ich dachte, du hättest dir um mich Sorgen gemacht!«

»Ich wollte Verbindung mit Rihscha aufnehmen, ohne dass es die anderen merken. Also hab ich so getan, als wäre ich auf dem Tisch eingeschlafen – wie viele von denen hier. Dann hatte ich eine Vision . . . von einem gefangen genommenen Falken. Er war angebunden, und man hatte ihm eine Kapuze übergestülpt.«

»Aber das war nicht Rihscha. Ihm fehlt nichts«, versuchte Erilea, Alduin zu beruhigen. Sie konnte es kaum erwarten, ihm von ihrer Entdeckung zu erzählen.

»Aber kein Falke sollte so gefangen gehalten werden. Das widerspricht allem, wofür wir stehen. Außerdem war da noch eine Stimme, die von einem Kampf gesprochen hat. Glaubst du, jemand fängt Falken und richtet sie zum Kampf ab?«

»Das wäre schrecklich! Mögen uns die Götter davor bewahren!«, rief sie aus. »Was können wir tun?«

»Ich wünschte, ich wüsste es. Allein schon die Vorstellung ist grausam. Wir können nur hoffen, dass es eine der Visionen war, die sich nicht bewahrheitet haben.« Doch Alduins Miene blieb zutiefst beunruhigt. »So gern ich dir auch glauben möchte, denke ich nicht, dass es bloß ein Zufall war. Wir werden wohl einfach Augen und Ohren offen halten müssen.«

Erilea nickte. »Ich habe gesehen, wohin der Falkner ging«, sagte sie in der Hoffnung, Alduin abzulenken.« Er ging in eine der Herbergen nicht weit von hier.«

Alduin atmete tief durch. Erst nach einem Moment der Besinnung hatte er sich wieder in der Gewalt. Er ließ Rihscha fliegen und ritt mit Erilea zur Herberge.

Der Wirt hatte recht. In Sean Ferll gab es tatsächlich keinen Außenposten für Falkner, dafür aber eine billige Herberge, in der sich über die Jahre einige Dauergäste einquartiert hatten. Darunter waren auch ein paar alte Raiden, deren Falken bereits das Zeitliche gesegnet hatten. Während die meisten Falkner nach dem Tod ihrer Gefährten weiterhin ein aktives Leben führten, hatten diese hier große Schwierigkeiten, sich mit dem Unvermeidlichen abzufinden. Die Legende von einem magischen Ort, an dem Raiden und ihre Falken Unsterblichkeit erlangen konnten, hatte sie in die Ortschaft gelockt. Doch fanden sie hier nicht, wonach sie suchten, und waren einfach hängen geblieben. Zu dieser Herberge führte Erilea Alduin. Rihscha kauerte bereits auf dem Dach.

»Mal sehen, ob sie ein Zimmer freihaben«, meinte Alduin. »So wie das Haus aussieht, kann es nicht viel kosten.«

Sie stiegen ab und führten Fëa Lómë durch einen Torbogen zum Hinterhof, wo bereits ein Maultier und eine andere Stute angebunden waren. Nachdem sie ihre Habseligkeiten abgeladen hatten, gingen sie durch die Vordertür in die Absteige. Das Innere übertraf alle Erwartungen. Die Einrichtung war schlicht und mit Liebe zusammengestellt, die Holzmöbel auf Hochglanz poliert und der Fußboden sauber gescheuert. Drei Männer saßen an einem großen, rechteckigen Tisch neben einer offenen Feuerstelle. Hinter einer Theke auf der gegenüberliegenden Seite des Raumes schenkte eine zierliche Frau Calba ein. Als Alduin und Erilea eintraten, sahen die Männer am Tisch überrascht zu ihnen auf. Offenbar war fremder Besuch hier ausgesprochen selten. Zu Erileas Enttäuschung war der Falkner, dem sie gefolgt war, nicht unter ihnen. Nachdem die Herbergswirtin den Männern den Calba serviert hatte, ging sie zu den Neuankömmlingen hinüber.

»Kann ich Euch helfen?«, fragte sie.

»Wir brauchen einen Platz zum Schlafen für heute Nacht«, antwortete Alduin.

Die Frau zögerte einen kurzen Moment, ehe sie antwortete.

»Ihr seid Falkner«, stellte sie fest. »Mit einem lebendigen Falken, wie ich vermute.«

Alduin nickte.

»Ist das ein Problem?«

Die Frau spähte zu den anderen Gästen, die die beiden Ankömmlinge anstarrten. In ihren Gesichtern spiegelte sich eine Mischung aus Hoffnung und Verzweiflung wider. Sie wandte sich wieder Alduin zu und zuckte mit den Schultern.

»Ich weiß es nicht. Es ist nur sehr selten. Die meisten Raiden, die hierherkommen, haben ihre Falken verloren. Sie kommen hierher mit einer Hoffnung, die nie erfüllt werden kann.«

»Und welche Hoffnung ist das?«, wollte Alduin wissen.

»Die Hoffnung, dass an einem Gerücht etwas dran ist. Das ist es aber nicht«, sagte sie entschieden, bevor sie das Thema wechselte. »Bedauerlicherweise gibt es nur zwei Schlafzimmer, jedes mit sechs Betten. Ein paar sind noch frei, aber im Augenblick wohnen in den Zimmern nur Männer«, erklärte sie, dann warf sie Erilea einen flüchtigen Blick zu. »Allerdings habe ich in der Küche eine Pritsche, wenn ihr darauf schlafen wollt?«

»Hört sich an, als kämen wir damit schon zurecht. Es ist ja nur für eine Nacht. Wir sind auf der Durchreise«, erklärte Alduin.

»Möchtet Ihr etwas zu essen?«

»Nicht für mich«, antwortete Erilea, und auch Alduin schüttelte den Kopf. »Aber etwas Calba wäre gut.«

»Lasst Eure Sachen hier und setzt Euch. Ich bin gleich wieder zurück.«

Die beiden wurden immer noch von den Männern angestarrt, als sie sich an das gegenüberliegende Ende des Tisches setzten. Nur mit Mühe lösten sich nach einer Weile ihre Blicke. »Hast du den Ausdruck in ihren Augen gesehen?«, flüsterte Alduin. »Es ist, als lebten sie in der Vergangenheit und wären immer noch mit ihren Falken verbunden.«

»Sie wirken so traurig«, gab Erilea ebenso leise zurück.« Genau wie der Falkner, dem ich hierher gefolgt bin. Ich frage mich, wo er nur geblieben ist.« Sie sah sich um. »Wenn Cal demselben Gerücht nachgejagt war wie sie hier alle, was ist denn dann geschehen, dass es ihm anders als denen erging? Nach allem, was du mir erzählt hast, scheint er etwas gefunden zu haben – ganz im Gegensatz zu den Männern hier.«

»Aber der Unterschied ist doch klar«, rief Alduin und hatte Mühe, seine Stimme zu senken. »Krath war zu der Zeit noch am Leben. Die Wirtin sagte, dass die meisten Raiden die hierherkommen, ihre Falken bereits verloren haben. Dennoch glauben sie, es gibt einen Ort, an dem ihre Falken zurück ins Leben geholt werden können.«

»Also das heißt, sie konnten ihn nie finden?«, sagte Erilea und griff den Gedanken auf. »Aber Cal war in der Lage dazu, weil Krath noch lebte.«

»So etwa könnte es sein«, bestätigte Alduin. »Ich frage mich, ob Cal der Einzige war oder ob es auch anderen gelungen ist . . .?«

»Aber wären mehr Falkner verschwunden, hätte man in Sanforan doch gewiss davon erfahren.«

»Nicht unbedingt! Wenn es nur wenige gewesen waren«, entgegnete Alduin. »Falkner reisen kreuz und quer durch Nymath. Niemand würde auf sie achten, kaum einer würde sie vermissen. Manche lassen sich vielleicht häuslich nieder, aber viele sind Wanderer und haben erst Familien, wenn ihre Falken verstorben sind.«

»Aber Cal hatte Aranthia«, sagte Erilea. »Warum sollte er sie verlassen haben?«

Alduin schloss die Augen und rief sich noch einmal die Vision ins Gedächtnis. Wieder sah er seinen Vater vor sich, wie er die Hütte in Richtung Lemrik verließ.

»Er hatte nicht vor, sie zu verlassen«, sagte er langsam. »Vielleicht ist er nur in etwas hineingeraten. Ich hatte den Eindruck, dass seine Bindung zu Krath etwas ganz Besonderes war. Wenn er an einen Weg geglaubt hatte, ihre gemeinsame Zeit zu verlängern . . .«

»Aber wenn es stimmt, und es gibt tatsächlich einen solch magischen Ort, warum muss man ihn dann geheim halten?«, fragte Erilea. »Warum durften nicht alle Falkner davon wissen?«

Alduin schüttelte den Kopf.

»Du hast Cal nicht gesehen, deshalb ist es schwer zu verstehen. Ich hatte den Eindruck, für ihn stand die Zeit still und er war gefangen darin. Aber wenn Rael recht hat, altert er im Moment in einer Schnelligkeit jenseits allen Vorstellbaren. Was auch immer da vor sich geht . . . für mich hört es sich nicht danach an, als ob die Falkenhalle etwas Derartiges gutheißen würde.«

Als die Herbergswirtin mit dem Calba kam, unterbrachen sie ihr Gespräch für einen Moment.

»Tut mir leid, dass es so lange gedauert hat. Aber dafür ist er frisch gebraut«, sagte die Frau. »Habt Ihr schon darüber nachgedacht, wo Ihr schlafen wollt?«

Bevor Alduin antworten konnte, antwortete Erilea. Ihre Stimme klang plötzlich ganz unbekümmert. »Ich glaube nicht, dass eine schlaflose Nacht zwischen einem Haufen schnarchender Männer besonders erholsam sein kann. Wenn ich darf, nehme ich lieber die Pritsche in der Küche.«

»Gut. Ich werde sie euch fertig machen«, gab die Frau zurück. Dann wandte sie sich an Alduin. »Der Schlafsaal ist oben an der Treppe. Ihr könnt ihn nicht verfehlen.«

»Das hast du aber ziemlich schnell beschlossen«, sagte Alduin leicht gekränkt. »Heckst du etwas aus, von dem ich besser wissen sollte?«

»Mein Plan ist, dass du im Schlafraum der Falkner schläfst. Dann fühlen sie sich frei und reden von der Leber weg«, sagte Erilea. »Ich bezweifele nämlich, dass sie das tun werden, wenn ich dabei bin.«

# 12

Zu Triels großer Enttäuschung war Jad mit seinen Geschäften schon am frühen Nachmittag des Tages nach ihrer Ankunft zum Aufbruch bereit.

Die Begeisterung des Jungen über all das, was Rael ihm zeigen konnte, hatte ihn selbst angesteckt und in ihm wieder nach so langer Zeit die Begeisterung für die atemberaubende Schönheit der Stadt Sanforan geweckt. Nach einem Rundgang durch die Falkenhalle am ersten Abend hatte er ihm am nächsten Morgen gleich bei Sonnenaufgang den Hafen gezeigt. Die Fischerboote waren gerade vom Ozean zurückgekehrt, und so konnten sie den Weg der Fischer mit ihrem Fang bis zu den betriebsamen Buden der Marktstraße verfolgen.

Rael war klar, dass es Triel schwerfallen würde, nach Hause zurückzukehren. Er beobachtete den kleinen Wicht, wie er auf den Vordersitz des Gefährts kletterte, und hielt sich bewusst dabei zurück, ihm die Hand zu reichen. Er fühlte sich hin- und hergerissen zwischen dem Gefühl, der Junge könnte ihm zu sehr ans Herz wachsen einerseits und dem Versprechen andererseits, ihm bei der Aufnahme in die Falkenhalle zu unterstützen – dann, wenn die Zeit reif dafür war.

»Wir sind nicht dazu gekommen, das Gesuch einzureichen«, sagte er mit traurigem, verunsichertem Blick.

»Das mache ich auf der Stelle«, versicherte Rael. »Großes Ehrenwort! Ich versprech es dir. Du hast gute Empfehlungen, und sowohl ich als auch Meister Calborth werden uns für dich verbürgen. Nur die wenigsten Anwärter können mit solchen Bürgen aufwarten.«

»Werdet Ihr mich manchmal besuchen kommen?«

»Will sehn, wohin mich meine Pflichten als Falkner führen«, antwortete Rael und wollte den Jungen nicht mit falschen Versprechungen enttäuschen. »Du wirst sehen, die Zeit vergeht wie im Flug. Du bist groß genug, deinem Vater eine echte Hilfe zu sein und kannst die Zeit nutzen, deine Mutter langsam an die Vorstellung zu gewöhnen, wie es ist, wenn du von zu Hause weg bist. Zeig ihr, dass sie stolz auf dich sein kann!«

»Hör mal, Junge«, mischte sich der sonst so wortkarge Jad mitfühlend ein. »Sobald wir aus der Stadt raus sind, darfst du die Zügel übernehmen. Na, wie wär's damit?«

Triel nickte, und doch blieb sein Blick sehnsüchtig auf Rael haften. Jad schnalzte erst mit der Zunge, feuerte den Esel mit den Leinen an, und das Gefährt setzte sich langsam in Bewegung.

»Wartet!«, rief Triel, löste das mit Falken bestickte Lederarmband vom Handgelenk und streckte es Rael entgegen. »Nehmt das. Damit Ihr mich nicht vergesst!«

Nachdenklich lief der junge Falkner der Kutsche nach. Und wieder war seine Kehle wie zugeschnürt, und sein Herz schien von der Hoffnungslosigkeit zu ersticken. Er konnte sich nicht weigern, das Geschenk anzunehmen. Zum Dank nickte er, unfähig, auch nur einen Ton herauszubringen, und befestigte es behutsam an seinem Handgelenk. Als der Wagen weiterrollte, hob er zum Abschiedsgruß den Arm und rief Sivella zu sich, die auf seiner ausgestreckten Faust landete. Das war das letzte Bild, das Triel mit auf die Reise nahm und das sich unvergesslich in seine Seele grub.

Rael seufzte und streichelte Sivellas Brust.

»Wir müssen etwas suchen, womit wir uns die Zeit vertreiben können«, murmelte er. »Sonst werde ich noch wahnsinnig.«

»Rael, da bist du ja!«, unterbrach Meister Calborth die Gedanken des jungen Mannes. »Etwas Eigenartiges geschieht mit Cal. Komm rasch!«

Triel und seine Mutter Bretta waren mit einem Schlag wie aus seinem Gedächtnis gefegt. Er ließ Sivella fliegen und rannte hinüber zu den Schlafquartieren. Er lief die Treppe hinauf und nahm dabei zwei Stufen auf einmal, verharrte einen Moment, um sich zu beruhigen, bevor er die Tür des Krankenzimmers öffnete. Bardelph, der am Vorabend eingetroffen war, stand auf einer Seite des Bettes, Aranthia auf der anderen Seite. Beide hielten Cals Arme und Beine fest. Er versuchte sich immer noch aufzubäumen, warf den

Kopf hin und her, und seine Augen waren von Panik geweitet. Ein Stöhnen drang aus seinen zusammengebissenen Zähnen.

»Rael, wie gut, dass du da bist«, keuchte Aranthia kraftlos, als sie ihn erblickte. »Bitte hilf mir. Ich muss ihm etwas Jatamansi einflößen.«

Meister Calborth kam atemlos mit einem Fläschchen in der Hand und reichte es Aranthia. »Hier!«

Damit Aranthia das Beruhigungsmittel verabreichen konnte, tauschte sie mit Rael die Position. »Meister«, bat sie. »Versucht ihr, seinen Kopf ruhig zu halten.«

Es war unvorstellbar, dass ein Mensch solche Kräfte entfalten konnte. Es war, als sei er von den Göttern besessen. Mit viel Mühe gelang es Aranthia, ein paar Tropfen Jatamansi auf seine Zunge zu träufeln, während die drei Männer ihn festhielten, so gut es ging. Dann legte sie das Fläschchen beiseite und begann, seine Kehle zu massieren, damit er die Flüssigkeit schlucken konnte. Die Arznei wirkte rasch, die krampfartigen Bewegungen ließen nach, und einen Moment später schlief Cal ein.

»Was wohl geschehen wäre, wenn wir nicht zufällig ins Zimmer gekommen wären, als er zu sich kam?«, sagte Aranthia und wischte sich den Schweiß von der Stirn. »Es ist mir auch unerklärlich, was ihn aus der Bewusstlosigkeit erweckt hat. Doch einen zweiten Anfall dieser Art darf er nicht noch einmal erleiden. Am besten geben wir ihm eine geringe Menge Jatamansi in seinen Tropf.«

Rael betrachtete den schlafenden Mann. Mittlerweile sah er um die fünfunddreißig Winter aus, was seinem eigentlichen Alter entsprach.

»Vielleicht hat sich sein Körper jetzt auf sein wahres Alter eingestellt, und das hat ihn aus dem Koma erlöst. Ganz so, als wäre die Zeit zu ihrem gewöhnlichen Muster zurückgekehrt, und . . .«

». . . und er möchte unbedingt wieder die Verbindung mit Krath aufnehmen, und es gelingt ihm aus irgendeinem Grund nicht«, beendete Aranthia den Satz für ihn. »Da könntest du recht haben. Trotzdem müssen wir einen Weg finden, ihn ruhig zu stellen, wenn er das Bewusstsein wiedererlangt. Ich kümmere mich um eine zuverlässige Dosierung des Jatamansi.«

»Und es muss ständig jemand bei ihm bleiben, bis wir wissen, ob die Dosis stimmt«, schlug Bardelph vor. »Wenn ihr Marla mit einem Becher Calba heraufschicken könntet, übernehme ich die erste Wache.«

Rael erinnerte sich wieder an das Versprechen, das er Triel gab, als er mit Calborth und Aranthia das Krankenzimmer verließ.

»Wenn Ihr mich nicht mehr braucht, gehe ich hinüber zum Ratsamt und lasse Triel als möglichen Falknerlehrling eintragen«, sagte er.

»Mach das«, ermutigte ihn Calborth, »und komm später zu mir. Wir können gemeinsam abendessen.«

»Ja«, fügte Aranthia hinzu. »Beim Abendessen sollten wir dann auch überlegen, wie wir uns die Wache einteilen.«

»Dann sehen wir uns später«, verabschiedete Rael sich und lief die Treppe hinunter.

Das Ratsamt lag auf einer Seite der großen Halle unmittelbar neben den Räumlichkeiten der Elbenvertretung im Hohen Rat von Nymath. Als Rael an den Zimmerfluchten von Fürstin Melethiell vorbeiging, blickte er auf die geschlossenen Fensterläden. Vermutlich war auch sie, wie so viele andere, vor der Hitze des Hochsommers aus der Stadt geflüchtet. Eine daran angrenzende Tür jedoch war nur leicht angelehnt. Rael öffnete sie und betrat den dämmrigen Raum. Schwere Vorhänge sperrten das Licht der Nachmittagssonne aus. Ein Schreiber saß an einem riesigen Tisch und kritzelte Symbole auf ein Stück Pergament. Rael fragte sich, wie er überhaupt etwas in dieser Dunkelheit sehen konnte.

»Seid gegrüßt«, sprach er ihn an, und der Schreiber blickte mit zusammengekniffenen Augen zu ihm auf.

»Seid gegrüßt, Falkner. Sag mir, wie kann ich Euch helfen?«

»Ich bin gekommen, um einen Jungen eintragen zu lassen«, erklärte Rael. »Er ist noch jung – erst acht Winter –, aber er entstammt einer Linie von Falknern und anderen, die der Falkenhalle eng verbunden sind. Sein Onkel ist Lotan, früherer Bogenschützenlehrer, sein Großvater war Garan.«

Der Schreiber nickte, griff nach einem ledergebundenen Buch und holte ein loses Stück unbeschriebenes Pergament hervor.

»Name?«, fragte er.

»Triel, Sohn von Lurd und Bretta«, antwortete Rael und musterte die Zeichen, mit denen der Schreiber die Angaben festhielt. Doch lesen konnte er sie nicht. Offizielle Belange wurden nicht mit der Runenschrift aufgezeichnet, die die Falkner erlernten. Nicht zum ersten Mal fragte sich Rael, ob es nicht sinnvoller wäre, eine Form der schriftlichen Verständigung für alle im Land zu haben.

Für Falkner galten nur die Elbenrunen. Und manchmal kam es ihm vor, als wolle man auf diese Weise die anderen Stämme Nymaths stets daran erinnern, welche magischen Kräfte von ihnen ausgingen. Zugegeben – im Gegensatz zu den Elben waren die Falkner nicht in der Lage, mit den Runen Magie zu bewirken. Doch selbst der schlichte Zweck, für den sie sie einsetzten, verlieh ihrer Berufung doch eine gewisse Mystik. Somit war die Runenschrift eher begrenzt und er hätte sich lieber eine allgemein verständliche Schrift gewünscht.

»Und Ihr sagt, Lotan war sein Onkel?«

»Er ist . . . ist sein Onkel . . . Wir wissen es nicht genau . . .«, begann Rael, dann zuckte er mit den Schultern. »Sein Großvater war Garan.«

Der Schreiber hielt die Angaben fest.

»Gibt es einen Familiensitz?«, wollte er wissen, als er fertig geschrieben hatte.

Die Frage traf Rael völlig unvorbereitet. Er hatte gar nicht bedacht, dass Brettas Familie noch ein Haus in der Stadt haben könnte. Aber wenn ein Haus auf Lotan übergegangen und er noch nicht gestorben war, dann bestand die Möglichkeit durchaus.

»Die Frage kann ich Euch nicht beantworten«, gestand er. »Werden über derlei Dinge Aufzeichnungen geführt?«

»Natürlich«, erwiderte der Schreiber leicht entrüstet, als wäre die Frage ein Zweifel an seiner Autorität. »Alles wird sorgsam erfasst, und wenn nicht hier, dann in den Archiven.«

Offensichtlich wollte der Diener des Hohen Rats beweisen, wie ordentlich die Amtsstube geführt war. Um den Beweis dafür anzutreten, erhob er sich. Auf einer Seite des Raumes standen hölzerne Kästen in den Wandregalen, aus denen Schriftrollen quollen. Er ging auf das Regal zu, zog eine Kiste heraus, stöberte darin und murmelte dabei Unverständliches vor sich hin. Dann zog er schließlich vier Rollen hervor und breitete eine nach der anderen auf, bis er endlich einen zufriedenen Ruf ausstieß und drei der Schriftstücke wieder zurück in die Kiste legte.

»Da haben wir es doch«, verkündete er und ging zurück zu seinem Schreibtisch. »Der Familiensitz befindet sich in der Nähe des Westtors. Hier steht, dass er immer noch auf den Namen Garan eingetragen ist.«

»Aber Garan ist gestorben. Dann muss er doch in den Besitz von Lotan übergegangen sein, oder?«

»Es gibt keine Aufzeichnungen darüber, dass Garan gestorben ist.«

»Aber Meister Calborth . . .«, setzte Rael an.

»Ich habe Euch doch schon gesagt, dass wir hier ordnungsgemäß Buch führen«, beharrte der Schreiber und zog leicht verärgert eine Augenbraue hoch. »Wenn jemand stirbt, werden wir umgehend verständigt, und die jeweiligen Besitztümer gehen auf den Nächsten in der Erbfolge über. In diesem Fall wäre das Lotan gewesen.«

Rael sah ein, dass es keinen Sinn hatte, mit dem Mann zu streiten.

»Könnt Ihr mir sagen, wo das Haus ist?«, fragte er und wartete gespannt auf die Antwort.

Kurze Zeit später eilte Rael die Hauptstraße hinab zum Westtor und bog rechts in die letzte Seitengasse ein. Nur ein paar Schritte weiter sah er einen kleinen Vorgarten, der zu einem mittelgroßen

Haus führte. Es bedurfte offensichtlich einiger Instandsetzungsarbeiten, die Pflanzen hingegen wirkten gepflegt. Laut der Auskunft des Schreibers war dies Brettas Elternhaus. Rael versuchte sie sich als Kind vorzustellen. Wie hatte sie wohl in diesem Haus, in der geschäftigen Welt Sanforans gelebt? Es war für ihn nur schwer vorstellbar.

Rael schlug den kurzen Pfad zur Vordertür ein und klopfte. Erst regte sich nichts, doch dann bemerkte er eine leichte Bewegung hinter einem der Vorhänge. Wenige Augenblicke später hörte er auf der anderen Seite der Tür leise Schritte.

»Wer ist da?«, erkundigte sich eine Männerstimme.

»Rael, Falkner von Nymath. Ich bin auf der Suche nach Neuigkeiten über Garan und seine Familie.«

Die Tür öffnete sich gerade so weit, dass er eintreten konnte. Dann wurde sie hinter ihm rasch wieder geschlossen. Der Mann, der im Schatten stand, schien der Hausdiener zu sein. Er wirkte sehr alt und war auch nicht in bester körperlicher Verfassung. Er legte seine zittrige Hand zum Gruß auf die Brust und verneigte sich.

»Mein Meister ist nicht zu Hause«, erklärte er. »Wenn Ihr möchtet, könnt Ihr in der Küche warten, er sollte bald zurückkehren.«

Rael stutzte. Mit allem hatte er gerechnet, nicht aber damit, dass der Herr des Hauses in der Stadt war. Neugierig folgte er dem Diener durchs Haus. Dabei fiel ihm auf, wie leer und verlassen die Räume doch wirkten. Die wenigen Einrichtungsgegenstände waren mit einer dicken Staubschicht überzogen, und die Möbel wirkten mehr als altmodisch. Auch die Küche war nur mit dem Allernotwendigsten ausgestattet. Am Fenster stand ein Tisch mit drei Stühlen, an der kurzen Seitenwand eine Anrichte, gegenüber ein großes Spülbecken und ein Wasserfass. Auf der Feuerstelle köchelte ein Eisentopf, in dem eine gebückte, alte Frau emsig rührte. Sie bedachte Rael mit einem freundlichen Lächeln.

»Möge die Gnade Gilians mit Euch sein, Falkner«, sagte sie und bedeutete ihm, sich zu setzen. »Womit können wir Euch dienen?«

»Äh ... der gute Mann hier meinte, Euer Meister würde bald nach Hause kommen. Ich möchte mit ihm sprechen«, antwortete Rael und setzte sich.

Ein Schatten des Kummers huschte über ihre Züge, und sie schüttelte den Kopf.

»Ich fürchte, mein Gemahl lebt in der Vergangenheit«, sprach sie. »Meister Garan ist vor langer Zeit von uns gegangen, und wir wissen nicht, ob er je wieder zurückkommt. Dasselbe gilt für Meister Lotan. Wir tun unser Bestes, hier alles in Ordnung zu halten, aber es wird zunehmend schwieriger. Wir sind beide nicht mehr die Jüngsten.«

»Soll das heißen, Ihr wisst nicht, wo Garan sich aufhält? Oder ob er überhaupt noch am Leben ist?«

»Oh, wäre er verstorben, hätten wir das gewiss erfahren«, entgegnete sie, als wäre die Vorstellung undenkbar, den Amtsführern von Sanforan könnte ein Fehler unterlaufen sein. »Meister Lotan hat nie etwas gesagt. Und als er aufbrach, wollte er sich auf die Suche nach seinem Vater machen.«

»Das hat Lotan gesagt? Wann?«

»Nun ...« Die Frau verstummte kurz und versuchte sich zu erinnern. »War es vor zwei oder drei Frühlingen? Ich bin nicht sicher. Er war sehr krank, aber die Jungfer oben in der Falkenhalle hat ihn über den Berg gebracht ... Ihr müsst wissen, er hat nicht hier gewohnt ... Er lebte dort ...«

Rael nickte.

»Ja«, ich weiß. Er war mein Bogenschützenlehrer.«

Sie lächelte, und ihre Augen füllten sich mit Erinnerungen. »Er war ein so süßes Kind. So hübsch und so klug. Es war für alle ein herber Schlag, dass er nicht auserwählt wurde. Aber wie ich höre, war er ein hervorragender Lehrer.«

»Ja«, sagte Rael und versuchte, sie sanft auf die jüngere Vergangenheit zurückzulenken.

»Ihr habt also gesagt, er kam hierher zu Euch, bevor er Sanforan verließ?«

»Ja, richtig. Eines Tages ist er hier aufgetaucht. Er war blass und völlig abgemagert. Er meinte, er müsste die Stadt verlassen, um auf dem Land wieder neue Kräfte zu sammeln. Und bei der Gelegenheit wollte er nach seinem Vater zu suchen.«

Das offenherzige Gebaren der Frau ließ keinen Zweifel daran, dass ihr Lüge oder Täuschung fremd waren. Offenbar zweifelte sie weder an Lotans Worten noch an seinen guten Absichten. Dennoch kam es Rael eigenartig vor, dass ein so herzenswarmer Mensch tatenlos mit ansehen konnte, wie die Tochter des Hauses in viel zu jungen Jahren in eine Ehe verkauft wurde. Er konnte sich nicht mehr zurückhalten. Er musste sie danach fragen.

»Und Lotans Schwester: Wisst Ihr etwas über sie?«

Wieder lächelte die Frau mit unschuldiger Miene.

»Natürlich. Mir sind zwar keine Einzelheiten bekannt, aber soweit ich weiß, ist sie gut verheiratet. Gewiss – sie war noch sehr jung ... aber das war ich auch. Ich selbst kam zu der Zeit gerade nieder. Es war eine schwierige Geburt, die mich zwei Siebentage ans Bett fesselte. So habe ich die Hochzeit versäumt und die kleine Bretta nie wieder gesehen. Jammerschade. Aber das Leben geht weiter, nicht wahr?« Sie lächelte Rael an. »Kurz danach versetzte uns Meister Lotan alle in Aufregung, als er in der Falkenhalle aufgenommen wurde. Er kam oft her, um uns von seinen Abenteuern zu berichten.«

Rael spürte, wie sein Herz schwer wurde, während er ihr zuhörte. Ungeachtet des freundlichen Wesens dieser Frau war es nur allzu deutlich, dass Lotan ihr Liebling gewesen war. All ihre Aufmerksamkeit hatte ihm gegolten. Bretta dagegen war schnell vergessen gewesen.

»Möchtet Ihr uns zum Abendessen Gesellschaft leisten?«, riss sie ihn aus seiner Grübelei. Rael stand auf und schüttelte den Kopf.

»Vielen Dank, nein. Ich werde in der Falkenhalle erwartet. Ich danke Euch für Eure Zeit und die Auskünfte. Kann ich irgendetwas für Euch tun?«

Die Frau zögerte, bevor sie antwortete. »Nun ja ... Wie ich schon sagte, es ist schwierig, das Haus instand zu halten. Meister Lotan ließ zwar eine großzügige Menge Geld zurück, als er aufbrach, doch mittlerweile ist es so gut wie aufgebraucht.Wir brauchen nur wenig, aber allmählich werden wir alt . . .«

»Ich werde sehen, was ich tun kann«, versprach Rael.

Meister Calborth saß mit Rael im Speisesaal und folgte interessiert der Schilderung des jungen Falkners, während sie Aranthia und Bardelph erwarteten.

»Soll das heißen, Garan ist gar nicht tot?«, fragte Calborth nach und kratzte sich am Bart.« Wie ist das möglich? Ich hatte vermutet . . .«

»Er ist nicht gestorben, er hat bloß die Stadt verlassen«, bestätigte Rael.

»Wer ist nicht gestorben?«, wollte Bardelph wissen, der gerade mit Aranthia hereinkam.

»Ist jemand bei Cal?«, fragte der Meister zurück, bevor Rael antworten konnte.

»Keine Sorge. Marla hat die Wache übernommen«, erwiderte Aranthia. »Wir haben gerade eine neue Dosis Jatamansi in den Tropf gefüllt, also sollte er eine Weile tief und fest schlafen. Also – wer ist nicht gestorben?«

»Garan, Lotans Vater«, erklärte Rael. »Ich komme gerade von seinem Familiensitz. Dort habe ich mit höchst betagten Dienern gesprochen. Sie leben immer noch im Haus und hoffen auf die Rückkehr von Vater und Sohn!«

Dunkelheit legte sich über das Dorf Sean Ferll. Erilea und Alduin hatten in der Herberge noch lange Zeit zusammengesessen. Sie tauschten gemeinsame Erinnerungen an Sanforan und die Falkenhalle aus in der Hoffnung, dass ihre etwas übertrieben laut geführte Unterhaltung den einen oder anderen Raiden neugierig machen könnte und ein Gespräch zustande kommen würde. Doch die Männer hatten sich zurückgezogen und ließen sie unbeobachtet. Sie sahen nicht einmal zu ihnen herüber und wandten sich, am anderen Tisch eng zusammengerückt, ganz bewusst von ihnen ab. Alduin fühlte sich leer, als er die Treppe zu dem Schlafraum hochstieg. Er hatte das Gefühl, in eine Sackgasse geraten zu sein. Gerüchte von der Unsterblichkeit, von einer verzauberten Insel schwebten in der Luft, doch es gab nichts Greifbares, dem sie nachgehen konnten. Wenn es eine solche Insel überhaupt gab, konnte sie überall sein. Im Imlaksee – im Norden –, auch wenn das recht unwahrscheinlich schien, aber auch flussaufwärts oder sogar abseits der fernen Küste. Es war ihnen klar, dass selbst mit Rihschas Hilfe die Suche recht aussichtslos war, denn gäbe es tatsächlich einen solch magischen, geheimnisvollen Ort, so würde er gewiss im Verborgenen liegen.

Im ersten Stockwerk fand er den Schlafraum – ein lang gestrecktes Zimmer mit einer Bettenreihe an der Wand. Zwischen den einzelnen Betten standen jeweils ein kleiner Nachttisch und ein Stuhl. Vier der sechs Schlafplätze schienen belegt. In einem Bett kauerte eine weißhaarige Gestalt, ein schwächlicher alter, kleiner Mann, der trotz der warmen Sommernacht eine grobe Decke bis zum Kinn gezogen hatte. Ein Hoffnungsschimmer erhellte Alduins Stimmung, als er den Raiden auf dem Stuhl neben dem Bett sah, dem Erilea am Nachmittag gefolgt war.

Warum war er nicht früher auf den Gedanken gekommen, hier heraufzugehen? Ganz gewiss wusste dieser Mann etwas. Das war aus seinem Verhalten und seinen Worten in der Schenke zu schließen. Doch wie würde er ihn zum Reden bringen?

Er musste sich nicht mehr den Kopf darüber zerbrechen, denn schon wurde er von dem alten Mann angesprochen. »Komm, komm näher!«, winkte er ihn herbei. »Pendar sagte mir, dass du in der Stadt bist. Wie ist dein Name? Und was gibt es Neues aus Sanforan? Ich bin schon so lange fort. Setz dich zu mir, und erzähl mir alles!«

Alduin war überrascht über die Kraft und Klarheit in seiner Stimme. In seinen Augen sah er eine Leidenschaft, die schon fast an Besessenheit grenzte.

»Pssst, Garan! Lass den Falkner zufrieden. Er ist weit gereist und gewiss müde«, ermahnte ihn sein Gefährte.

»Unsinn, Pendar!«, schrie Garan. »So leicht werden die Falkner von Nymath nicht müde. Zu meiner Zeit haben wir das Land von einem Winkel zum anderen drei Mal in einem Mondzyklus durchquert. Komm näher. Lass dich ansehen, junger Mann. Was für eine Freude! Mal wieder ein frisches Gesicht unter uns! Noch dazu ein so junges in der Blüte des Lebens. Und dein Falke, wo ist der?«

»Mein Falke Rihscha hat sich einen Platz für die Nacht gesucht, und ich bin Alduin«, antwortete er.

Er warf sein Bündel auf das freie Bett gleich neben dem des Alten. Nachdem er seine wenigen Habseligkeiten verstaut hatte, setzte er sich zu ihm auf die Bettkante.

Die Klarheit, mit der Garan sprach, stand ganz im Widerspruch zu seinem Äußeren. Alles deutete darauf hin, dass er das Bett nur selten verließ, er weder seine Kleidung wechselte noch sein Haar kämmte. Der saure und schale Geruch des Alters ging von ihm aus. Ein dünner Speichelfaden hing ihm aus dem Mundwinkel, den Pendar rasch mit einem speckigen Lappen wegwischte.

»Kommst du aus Sanforan?«, fragte Garan.

»Ich war erst unlängst dort, verbringe dieser Tage aber nicht allzu viel Zeit in der Stadt.«

»Gibt der alte Calborth immer noch den Ton in der Falkenhalle an?«

Alduin entschied sich dazu, den respektlosen Tonfall zu überhören. Es schien ihm, als dass sich hier auf eigenartige Weise etwas zusammenfügte, dessen Bedeutung er nicht richtig abschätzen konnte, und mit jedem Moment wuchs das Gefühl, dass er im richtigen Moment am richtigen Platz war. Er musste nur geduldig bleiben.

»Niemand hat je darüber nachgedacht, den Falkenmeister abdanken zu sehen«, gab er schulterzuckend zurück.

»Aber es muss doch ein Nachfolger ausgebildet werden! Wie kann man nur so kurzsichtig sein, glauben, dass er ewig lebt?«

»Es gibt einige, die ihn unterstützen«, antwortete Alduin und dachte an die zusätzliche Arbeit, die Bardelph sich aufgebürdet hatte. Doch ehe er antworten konnte, plapperte der Alte weiter. »Gut, gut. Ja, das ist gut. Ich bin sicher, dass es hervorragende Kandidaten gibt«, meinte Garan und zwinkerte Alduin zu, als teilten die beiden ein Geheimnis.

»Und du? Weshalb bist du hier? Kennst du den Weg?«

Während er sprach, schraubte sich seine Stimme in die Höhe, und durch die Heftigkeit seiner Sprache konnte er den Speichel nicht zurückhalten. Als Pendar ihm noch einmal den Mund abwischen wollte, schleuderte er den Lappen beiseite.

»Lass mich gefälligst in Ruhe! Belästige mich nicht. Das hier ist wichtig. Er kann uns hinbringen. Alleine schaffen wir das nicht. Aber er kann uns führen!«

Der Alte packte Alduins Handgelenk und hielt es umklammert gleich dem Griff eines Schraubstocks.

»Du nimmst uns doch mit, oder? Vergiss den Rest, aber nimm Pendar und mich mit. Wir haben schon so lange Zeit gewartet!«

»Wie soll ich euch führen? Ich kenne den Weg nicht«, entgegnete Alduin und fragte sich dabei, wer ihm die Worte in den Mund gelegt hatte.

»Aber du musst«, beharrte Garan. »Du bist doch deshalb hier, oder?«

»Es ist zu spät«, meinte Pendar in einem hoffnungslosen Tonfall. »Niemand *kennt* den Weg. Entweder offenbart er sich oder nicht. Wir konnten ihn nicht finden. Wir hatten unsere Falken nicht mehr, die uns hätten lenken können. Die Falken sind der Schlüssel. Das wollten wir nur nie wahrhaben.«

»Aber er hat einen Falken. Das hat er selbst gesagt!«, erwiderte Garan.

»Ja, er hat einen Falken. Wir aber hätten uns damals auf die Suche machen müssen, als wir jünger waren und unsere Falken lebten. Für uns ist es zu spät.«

Mit einem Schlag wurde Alduin alles klar. Er brauchte niemanden, der ihm den Weg zeigte! Rihscha war der Schlüssel. Der Schlüssel zu allem.

Ein überwältigendes Gefühl machte sich in ihm breit, und plötzlich wusste er, dass er an einem Punkt angelangt war, der sein Leben für immer verändern würde.

Seine Erregung steigerte sich, als er sich des unglaublichen Lichtes erinnerte, das er in seinem Bund mit Cal und Krath erlebt hatte, das Gefühl, diese Welt zu verlassen, um in ein anderes Reich zu fliegen. Und noch einmal durchlebte er, wie aus der Verbindung von zwei unabhängigen Wesen eines wurde.

Jede Einzelheit hatte sich in ihn eingebrannt und ließ ihn alle Vorsicht vergessen, sogar den eigentlichen Grund seiner Reise. Selbst wenn er sich in jenem Augenblick des Mannes erinnerte, den er vor kaum zwei Siebentagen bewusstlos im Emmerfeld gefunden hatte, so würde er diesen Gedanken beiseite schieben, denn nichts konnte ihn mehr aufhalten. Er schien in ein anderes Leben zu gehören, gleich einem Trugbild, das nur ein Schatten einer viel größeren Wirklichkeit darstellte.

Plötzlich hatte er Mitleid mit allen, die dieses Gefühl nie verspürt hatten. Wie grausam musste es doch für Garan, Pendar, für die vielen Raiden gewesen sein. Sie waren auf der Suche nach etwas, was sie niemals finden würden, weil sie zu spät aufgebrochen waren. Ohne auf den Gestank und den Schmutz zu achten, streckte er die Hand nach Garan aus und legte sie auf den knöchernen Arm.

»Es tut mir leid«, sagte er und hörte selbst, dass seine Stimme vor Aufregung zitterte. »Pendar hat recht. Ich kann Euch nicht helfen.«

Als Alduin und Erilea am nächsten Morgen ostwärts aus der Stadt ritten, hatte er nicht über die geheimnisvolle Begegnung gesprochen und auch nicht über seine Erkenntnis daraus. Er hatte nur erwähnt, dass er mit ihr sprechen würde, wenn sie allein waren. Ein Schauder kroch Erilea über den Rücken, als sie den leeren Blick in seinen Augen sah, und sie fürchtete, dass sie im Begriff war, ihn zu verlieren.

Sie erreichten mit Fëa Lómë bald die Ausläufer der kleinen Stadt, und noch immer schwieg Alduin.

Rihscha flog hoch in den Wolken, und Erilea wusste, dass Alduin nicht mit ihm in Verbindung war. Seine Gedanken kreisten irgendwo. Nachdem sie schließlich die letzte einsame Behausung hinter sich gelassen hatten, bogen sie vom Weg ab. Sie folgten einem Trampelpfad durch die Bäume zu einer Lichtung am Fluss. In stummem Einvernehmen stiegen sie ab und setzten sich nebeneinander ans Ufer. Als sich die frühe Morgensonne hinter den Baumwimpfeln erhob, glitzerte und funkelte das Wasser. Vögel zwitscherten, Creeka zirpten.

»Eigentlich ist es ganz einfach«, begann Alduin, seiner Sache sehr sicher. »Nur Rihscha kann mir zeigen, wohin ich gehen muss. Keiner der armseligen Raiden, die wir in der Stadt gesehen haben, weiß etwas. Sie waren alle zu spät. Als sie hier ankamen auf der Suche nach dem geheimnisvollen Ort, waren ihre Falken bereits gestorben. Und nur sie hätten ihnen den Weg zeigen können. Aber sicher gewesen wäre es auch nicht, ob sie ihn gefunden hätten.«

»Soll das heißen, ich kann dich nicht begleiten?«, fragte Erilea. Sie wagte nicht zu atmen.

Alduin ergriff ihre Hand und drückte sie, dann legte er den Arm um sie, zog sie an sich – doch er antwortete nicht. Für einen Moment wusste er nicht, was er sagen sollte. Als er zu sprechen begann, fühlte er, dass er ihr keinen Mut machen konnte. »Ich weiß es nicht. Zuerst muss ich Rihscha folgen, wohin auch immer er mich führen wird. Dann sehen wir weiter.«

Es verstrich ein langer Moment des Schweigens. Alduin beobachtete die zarten Bewegungen auf der Wasseroberfläche. Hatte er sich wirklich für den richtigen Weg entschieden? Er fühlte sich hin- und hergerissen. Einerseits war da Erilea, die sprühte voller Leben und verzauberte ihn zugleich. Andererseits hörte er diesen inneren Ruf, der ihn von ihr wegführen würde.

Die Zeit stand still, während sie so beisammensaßen und versuchten, alles andere auszusperren. Und dann – innerhalb eines kurzen Augenblicks – verschob sich etwas zwischen ihnen. Unbemerkt, geringfügig, klein, aber immer bedeutsamer. Es war so weit. Alduin stand auf, zog Erilea an sich und umarmte sie. Mit den Fingern hob er ihr Kinn an und küsste sie sanft wie der Schwingenschlag eines Schmetterlings. Dann machte er kehrt und ging ein paar Schritte weiter – ohne sich umzusehen.

Trauer, Sorge, aber auch ein unterschwelliges Gefühl des Glücks stiegen in Erilea auf, als sie beobachtete, wie er sich in den Schatten eines Baumes hockte und mit geschlossenen Augen die Verbindung mit Rihscha einging.

Entschlossen stand sie auf, ging zu ihm hin und setzte sich ihm gegenüber. »Ich bin hier«, flüsterte sie. Die Zeit ihrer Selbstfindung würde ihr jetzt helfen, geduldig zu sein und in sich zu gehen. »Ich werde über dich wachen.«

Als Alduin die Verbindung mit Rihscha einging, kreiste der Falke gerade müßig am tiefblauen Sommerhimmel – so hoch, dass sich das Land viele Wegstunden in jede Richtung gleich einem Teppich aus üppigen, majestätischen Farben unter ihm erstreckte. Als der Falke Alduins Gegenwart spürte, stürzte er sich spiralartig in die Tiefe, zog gerade noch rechzeitig hoch, um über die Wipfel der Bäume zu streifen. Er flog kunstvolle Figuren und stieg wieder himmelwärts, überglücklich, an einem so wundervollen Morgen mit seinem Gefährten verbunden zu sein. Eine Weile flog Alduin mit ihm, und sie genossen den strömenden Wind, der durch das Gefieder strich, und dann wieder auch die plötzliche Stille, als sie sich aufs Geratewohl von einem sanften Luftstrom treiben ließen. Der Genuss, einfach sein zu dürfen, ohne etwas zu brauchen oder etwas zu erwarten, stellte eine grenzenlose Freiheit dar, die nur wenigen Menschen in ihrem Leben zuteil wird. Den Falknern von Nymath hingegen war diese Gabe beschert, und immer dann, wenn Alduin mit seinem Falken flog, empfand er dafür eine unendlich tiefe Dankbarkeit.

Er spürte, wie die Verbindung mit Rihscha inniger wurde, wie er in etwas versank, was jenseits aller Erlebnisse lag, die er bisher hatte. Rihscha und Alduin – Alduin und Rihscha –, sie schienen eins zu werden in dem unglaublichen Gefühl grenzenloser Freiheit. Es war, als erreiche er eine entscheidende Schwelle. Mit einem Mal überfiel ihn die Angst, dass er auf immer verloren sein könnte, wenn er sie überschreiten würde. Im letzten Moment besann er sich.

Er hatte einen Auftrag und erinnerte sich wieder daran. Er musste herausfinden, was Cal fehlte und ob es eine Möglichkeit gab, ihm zu helfen. Wohin auch immer sein Vater gelangt sein mochte, es musste einen Ort geben, an dem seine Reise begonnen hatte.

*Rihscha. Wir müssen herausfinden, wohin Cal und Krath gegangen sind. Kennst du den Weg?*

Nur einen kurzen Moment später spürte er die Nähe von Krath und Cal, jedoch ohne Rihscha aus dem Bewusstsein verloren zu haben. Ihm blieb keine Zeit, danach zu fragen, wie es dazu kam. Er musste den Pfad im Auge behalten, dem sie folgten.

Es war früher Abend in einer Zeit, die eine halbe Generation zurücklag. Alduin und Rihscha folgten einem Fluss stromaufwärts, der unbeirrbar von Osten kam. Je schmaler er wurde, desto reißender grub er sich durch Schluchten und Ebenen. Nach vielen Stunden des Weges verengte er sich zu einem sprudelnden Becken, an dem zwei Nebenarme am Fuß eines Wasserfalls zusammenflossen. Das Wasser ergoss sich hier in breitem Schwall über gewaltige Stufen von einem See herab, der in einer Hochebene lag. Sie schwangen entlang dem steilen Wasserfall nach oben und erkannten die riesigen Ausmaße des Sees. Noch während sie ihren Blick schweifen ließen, tauchte im kupfer- und silberfarbenen

Schein der beiden Monde eine Insel auf. Sie war eingehüllt von einem Nebel und beleuchtet von einem unbeschreiblichen Licht. Ebenso schnell, wie sich ein Pfeil vom Bogen löst, flogen sie darauf zu.

Alduin war erschüttert. Er hatte das Gefühl, es zöge ihn etwas mit aller Kraft hinunter, bis er die Schwingen nicht mehr bewegen konnte. Er fühlte sich plötzlich auf dem Boden festgenagelt. Nein! Es war Rihscha, der am Boden festgenagelt war – gefangen in einem Netz, in einen Sack gepackt und von kräftigen Händen hochgehoben.

»Nein!«, schrie er auf.

Erilea war binnen eines Herzschlages neben ihm. Die Furcht in seiner Stimme hatte sie aus ihrer stillen Wache gerissen.

»Alduin, was ist geschehen? Sprich mit mir.«

In ihrer Aufregung versuchte sie, ihrer Stimme einen ruhigen Klang zu verleihen, hielt seinen Kopf fest mit beiden Händen und drehte sein Gesicht zu ihr.

»Alduin, was ist geschehen?«

»Ich weiß es nicht. Ich verstehe es nicht. Zuerst flog ich mit Rihscha, dann waren da plötzlich Cal und Krath – einfach so –, aber alles spielte sich in einer anderen Zeit ab. Ich kann es nicht erklären. Wir waren in der Vergangenheit, und ich bin mit den beiden geflogen. Und dann ist es plötzlich geschehen. Ich habe gespürt, wie Rihscha in einem Netz gefangen wurde. Aber wie? Wir flogen einen Wasserfall hinauf, es war fast dunkel . . . und doch war es nicht in der Gegenwart . . .«

»Wenn du Verbindung mit Cal und Krath in der Vergangenheit hattest, muss Rihscha doch noch irgendwo in unserer Nähe sein – in der Gegenwart also . . .«, sagte Erilea.

»Wir müssen ihn finden!«, fiel Alduin ihr ins Wort. »Erinnerst du dich an gestern? Da hatte ich die Vision von einem gefangenen Falken. Ich hörte, wie eine Stimme über Kämpfe sprach.« »Wenn tatsächlich Menschen Falken fangen und zum Kampf abrichten, so können das doch nur wilde Falken sein«, meinte Erilea. »Niemand bei klarem Verstand würde einen Ithilfalken fangen. Sie werden nur in der Falkenhalle in Gefangenschaft gezüchtet.«

»Aber natürlich! Das ist unser Vorteil! Wer immer Rihscha gefangen hat, wird denken, dass ihm ein wilder Marvinfalke ins Netz gegangen ist. Nie käme er darauf, dass er mit einem Falkner im Bund ist.«

»Versuch, dich zu beruhigen! Nur so kannst du Verbindung mit Rihscha aufnehmen. Du musst herausfinden, wo er ist.«

Alduin nahm Erileas Hände, als könnte die Berührung ihm helfen, Kraft zu schöpfen. Er atmete tief ein und schloss die Augen. Sogleich war er mit Rihscha verbunden. Er sah, dass sein Kopf bedeckt und die Klauen festgebunden waren. Er saß still, seine Sinne waren angespannt. Sein Instinkt sagte ihm, dass der Versuch zu flüchten nutzlos war und sein Gefährte ihn nicht im Stich lassen würde.

*Rihscha, verzweifle nicht. Ich bin hier. Ich werde dich finden und retten.*

Alduin brach die Verbindung ab und sah Erilea an.

»Vorerst geht es ihm gut. Aber ich weiß nicht, wo er ist.«

»Wenn ich dich recht verstanden habe«, sagte Erilea nachdenklich, »geht dein Bund mit Rihscha über den der meisten Raidenfalkner hinaus. Du kannst nicht nur durch seine Augen sehen, sondern auch mit all seinen Sinnen fühlen, oder?«

»Stimmt. Worauf willst du hinaus?«

»Verbinde dich mit Rihscha, und setze seine Sinne ein. So kannst du herausfinden, in welcher Art Raum er sich befindet.«

»Du hast recht!« Wieder schloss Alduin die Augen und spürte die Verbindung mit Rihscha. Diesmal konzentrierte er sich nicht auf das Sehen, sondern lenkte stattdessen alle Aufmerksamkeit auf das, was er hören und fühlen konnte. Er hörte im Hintergrund das Gemurmel verärgerter Stimmen. Die Worte waren kaum zu verstehen, aber die unterschiedlichen Stimmlagen ließen auf vier, vielleicht fünf Männer schließen. Der Raum schien alles von draußen abzuschirmen, Vogelgezwitscher, Insekten und sogar die Strahlen der wärmenden Sonne. Es konnte ein Gebäude sein, weniger aber eine Höhle.

Ein Stuhl schabte über den Boden. Schritte näherten sich, gingen aber an Rihscha vorbei, Geschirr klirrte, dann kehrten die Schritte zum Tisch zurück. Eine Küche vielleicht? Der Raum musste einigermaßen groß sein. Alduin glaubte, ein rhythmisches Schlagen zu hören, irgendwo draußen. Es klang metallisch.

Die Stimmen erhoben sich zu einem Streitgespräch.

»Ich sage, es war 'ne dumme Idee, die uns mehr Ärger als sonst etwas einbrockt.«

»Und ich sage, er ist eine Schönheit und wird uns einen stolzen Preis einbringen!«, gab eine Stimme zurück. Alduin schnappte nach Luft. Das war eindeutig der Fath aus Sean Ferll, den Rihscha verwundet hatte.

»Aber du hast uns erzählt, dass er im Bund mit einem Falkner ist!«

»Ja. Darum kümmern sich die Uzoma-Schmuggler schon, wenn die Zeit kommt. Solange wir ihm die Kapuze auflassen, kann nichts passieren. Na, weil er nämlich nichts sehen kann, verstehst du, Dummkopf! Und sobald der Vogel auf dem Meer ist, ist sowieso alles gelaufen.«

»Ich weiß nicht recht. Bislang waren wir immer mächtig vorsichtig. Aber das hier könnte den ganzen Plan zunichte machen.«

»Ach, hör auf zu jammern. Ich sage dir, er ist wunderschön und wird uns ordentlich Geld einbringen. Jetzt noch ein paar wilde Falken, dann ab zur Küste.«

»Ich glaube, wir sollten noch heute abreisen. Lasst uns nicht zu lange abwarten. Falken gibt es unterwegs noch genug. Aber besser, wir verschwinden jetzt erst mal von hier.«

Die Stimmen stritten noch eine Weile weiter, bis sie sich endlich entschieden, zu packen und aufzubrechen.

»Na schön, na schön! Aber wir brauchen noch ein paar Vorräte«, sagte der Fath. »Mein Gesicht sollte man besser nicht in der Stadt sehen. Skit soll gehen. Nimm das Maultier.«

Alduin hörte, wie die Männer aufstanden und den Raum verließen. Rihscha war allein.

*Rihscha, hab keine Angst. Wir werden dich finden.*

Erilea bemerkte, wie Alduin die Verbindung abbrach. Sie hatte gelernt, die Veränderung aus seinen Zügen zu lesen.

»Was hast du herausgefunden?«, wollte sie wissen.

»Es ist der Fath! Der, den Rihscha so zugerichtet hat. Er muss uns gefolgt sein, hat Rihscha irgendwie in eine Falle gelockt. Wie ihm das gelungen ist, will mir nicht in den Kopf. Ich kann es mir einfach nicht vorstellen. Aber er hat es geschafft. Es hört sich so an, als gehöre er zu einer größeren Gruppe, die Handel mit Uzoma-Schmugglern betreibt!«

»Mit was?«

»Uzoma-Schmugglern. Ich weiß, das klingt verrückt, aber sie haben darüber gesprochen, sich an der Küste mit ihnen zu treffen. Demnach müssen sie ein Boot haben«, sagte Alduin.

»Aber ich dachte, nördlich des Arnad wäre weit und breit kein Baum zu finden«, rief Erilea. »Wie können sie da ein Boot haben?«

»Es mag nicht genug Holz für eine größere Flotte geben, aber aus irgendetwas haben sie sich eben ein Boot gebaut. Und es muss für eine lange und gefährliche Reise taugen.« Er hielt erschrocken inne, als ihm klar wurde, was das zu bedeuten hatte. Der Seeweg aus dem Land der Uzoma nach Nymath galt immer als eine überaus gefährliche Reise. »Stell dir vor, was alles passieren könnte.«

Erilea sah ihn besorgt an. »Was tun wir denn jetzt?«, fragte sie drängend.

»Wir brauchen sofort Hilfe. Und sie muss aus Sean Ferll kommen!« Alduin richtete sich hastig auf und sah sich nach Fëa Lómë um, die in der Nähe graste. »Wir müssen schnell sein!«

# 13

Sie beteten zu Gilian, dass ihnen genug Zeit bleiben würde, und galoppierten den ganzen Weg zur Stadt zurück. Ihre erste Station war die Herberge, und dort fanden sie Pendar mit fünf Falknern am Tisch. Die Stimmung war noch gedrückter als am Abend zuvor. Vermutlich hatte Pendar den anderen von ihrem Gespräch erzählt. Als sie Erilea erblickten, wurden ihre Züge wachsam, als spürten sie, dass etwas geschehen war.

»Falkner von Nymath, ich bitte euch um Hilfe«, sagte Alduin ohne Umschweife. »Ich weiß, dass ihr nicht mehr mit euren Falken fliegt, trotzdem gebietet euch die Pflicht, Nymath im Notfall zu dienen. Jetzt braucht euch das Land.«

Die Männer erhoben sich und gingen auf ihn zu, angezogen von dem machtvollen Klang seiner Stimme, aber vielmehr noch von den längst vergessenen Erinnerungen, die seine Worte in ihnen wachriefen.

»Wie können wir dienen?«, fragte Pendar.

»Mein Falke Rihscha wurde gestohlen . . .!«, begann Alduin.

Er wurde von zornigen Bemerkungen und Rufen nach sofortigem Handeln unterbrochen, brachte aber die aufgebrachten Falkner mit einer Handbewegung zum Schweigen und bat, fortfahren zu dürfen. »Das ist erst der Anfang«, erklärte er. »Ich habe Verbindung mit Rihscha aufgenommen. Sein Kopf ist zugedeckt. Auch wenn ich nichts sehen kann . . . so kann ich doch hören.«

Verwundertes Gemurmel erfüllte den Raum, und Alduin bat noch einmal um Gehör.

»Nach dem, was ich gehört habe, treiben die Diebe mit Uzoma-Schmugglern Handel, schmuggeln wilde Falken und Gilian weiß, was sonst noch, in das Land unserer Feinde!«

»Niemals! Verrat! Möge der Fluch der Götter sie treffen!«, brüllten sie und ihre Stimmen überschlugen sich vor Aufregung und Wut.

»Ja, so sieht es aus. Und was immer der Fluch der Götter ihnen bescheren mag, wir müssen etwas unternehmen.«

»Aber was können wir schon ausrichten?«, übernahm Pendar die Rolle des Sprechers für die Alten. »Wir sind nur ein paar wenige.«

»Wir müssen von irgendwoher Hilfe holen. Sean Ferll mag zwar ein fragwürdiger Ort sein, aber eine Bedrohung für Nymath betrifft uns alle.«

»Meinst du etwa den Katauren und die anderen aus der Schenke?«, fragte Erilea zweifelnd. »Ich bin nicht überzeugt. Es scheint mir eher, dass sie mit dem Rest von Nymath nichts zu tun haben wollen.«

Alduin zuckte hilflos mit den Schultern. »Du hast recht. Aber sie sind unsere einzige Chance.« Er überlegte einen Moment, doch dann hellte sich seine Miene auf. »Sie mögen vielleicht nichts mit dem Rest von Nymath zu tun haben wollen», sagte er. »Aber eitel sind sie auf jeden Fall.« Auch Pendar schien überzeugt zu sein. »Wir kommen mit!« Die anderen Raiden schlossen sich ihm zustimmend an. Es schien, als würden sie zum ersten Mal seit vielen Jahren wieder erhobenen Hauptes dastehen. »Wir tun es für Nymath und die Falken – selbst wenn wir dabei ins Gras beißen. Geh voraus, junger Falkner!«

Alduin blickte sie voller Bewunderung an. Diese Männer hatten viele Jahreszeiten erlebt und waren ausgelaugt von einer hoffnungslosen Sehnsucht. Dennoch waren sie immer noch stolz darauf, einst im Bund mit ihren Falken gewesen zu sein. Sie fühlten sich ihrem Land nach wie vor verbunden. Alduin betete zu Gilian, dass es zu keinem Kampf kommen würde.

»Ich fühle mich geehrt, euch an meiner Seite zu haben.« Er verneigte sich. »Aber lasst uns noch zusätzliche Hilfe zusammentrommeln.«

Es dauerte nicht lange, den Katauren aufzuspüren, dem sie am Tag zuvor begegnet waren. Er schlief seinen Rausch auf einer Bank vor der Schenke aus. Ein Becher Calba wäre der beste Weg, ihn zu wecken, ohne ihn zu verärgern. Alduin hielt ihm den aromatischen Trunk unter die Nase und berührte ihn leicht an der Schulter. Erschrocken setzte der Mann sich auf und schlug Alduin den Calba um ein Haar aus der Hand.

»Was im Namen . . .«, setzte er an, verstummte jedoch gleich wieder, als er die ernste Gruppe mit Pfeilen und Bögen bewaffnet um sich herumstehen sah.

»Was ist los? Jemand gestorben?«

»Wir hatten gehofft, Ihr wärt vielleicht bereit, uns zu helfen«, sagte Alduin.

Der Kataure starrte ihn mit glasigen Augen an, dann erkannte er ihn plötzlich.

»He! Du bist doch der Bursche mit dem schlauen Falken. Wo steckt der Prachtkerl?«

»Das ist ein Teil des Problems«, begann Alduin. »Aber wie wäre es zuerst mit dem Calba hier?«

»Calba? Pah! Das soll wohl ein Witz sein«, meinte der Kataure und hielt sich den pochenden Kopf.

Mühsam rappelte er sich auf, drängte sich an den Raiden vorbei in die Schenke hinein und rief dem Wirt auf dem Weg etwas zu. Alduin warf einen Blick zu den anderen, und sie alle folgten dem Katauren. Als er an der Theke angekommen war, hatte der Wirt bereits ein übel riechendes Gebräu für ihn eingegossen. Er stürzte es in einem Zug hinab, zuckte zusammen, wischte sich den Mund am Ärmel ab und wandte sich Alduin zu.

»Schon besser! Also, wofür brauchst du meine Hilfe?«

Alduin erzählte, was sich zugetragen hatte. In dem Katauren stieg die blanke Wut auf. »Bei allen verfluchten . . . allen verdammten . . . Wie zum Henker können die Handel mit den dreckigen Uzoma treiben?«

Er schlug mit der Faust auf die Theke, holte tief Luft und beruhigte sich langsam wieder. »Harman heiß ich«, sagte er mit einer angedeuteten Verbeugung.

»Alduin, Falkner von Nymath, im Bund mit Rihscha.«

»Na schön, Alduin, Falkner von Nymath. Lass uns einen Plan schmieden!«

Die Kunde verbreitete sich wie ein Lauffeuer. Schon kurze Zeit darauf sammelten sich sechs oder sieben weitere Männer an der Theke.

»Es gibt nur drei Läden in Sean Ferll. Und nur dort kann sich das verräterische Halunkenpack Reiseproviant verschaffen«, sagte Harman. In Kürze wird also dieser Skip einen davon ansteuern. Unser Platz hier ist kein Problem. Die anderen beiden müssen wir beobachten. Wenn der Mann dort aufkreuzt . . . nun, dann wissen wir, was zu tun ist.« Er gab den Männern ein Handzeichen, und gleich darauf machten sich vier von ihnen auf den Weg. »Wo könnten sie den Falken gefangen halten? Kannst du herausfinden, wie es um ihn steht?«, fragte Harman schließlich.

Das aufgebrachte Gemurmel der Männer verstummte schlagartig, als Alduin die Augen schloss und Verbindung mit Rihscha aufnahm. Der Falke war an einen anderen Ort gebracht worden, das konnte Alduin an den Außengeräuschen erkennen. Ganz in der Nähe erklangen auch die ängstlichen Stimmen anderer Vögel. Worauf auch immer er hocken mochte, es schaukelte. Dann hörte er einen Mann grunzen.

»Wir müssen los«, verkündete eine Stimme. »Die anderen kommen nach, sobald sie bereit sind.«

Ein Klirren und ein schnalzendes Geräusch erklangen, wieder schaukelte es. Dann spürte er, wie sich Räder in Bewegung setzten. Der Hufschlag von zwei oder drei Pferden mischte sich darunter.

»Er ist in einem Wagen. Er fährt gerade los«, rief Alduin bestürzt, nachdem er die Verbindung abgebrochen hatte.

»Aber wo?«, rief Erilea aufgeregt. »Wo, Alduin? Hast du denn gar keinen Anhaltspunkt?«

Vage tauchte plötzlich etwas in seiner Erinnerung auf. Er zog die Stirn in Falten und überlegte angestrengt. Mit einem Mal glitt ein Leuchten über sein Gesicht. »Ich glaube, ich weiß es jetzt!«, rief er triumphierend. »Das Klirren . . . dieses metallische Hämmern. Ganz in der Nähe muss eine Schmiede gewesen sein.«

»Davon gibt es in Sean Ferll nur zwei, eine an jedem Ende der

Stadt«, erklärte Harman. »Vor ein paar Jahren gab es ein Feuer in der Schmiede. Mehr als ein Dutzend Gebäude ist abgebrannt. Deshalb wollten sie sie nicht mehr in der Stadt haben.«

»Wenn sie sich also in der Nähe einer Schmiede aufhalten, kann es eigentlich nur die am Ostende der Stadt sein«, meinte Alduin.« Nur so kommen sie unbemerkt direkt zur Küste und müssen nicht durch die Stadt.«

»Und wie weit weg ist sie?«, wollte Erilea wissen. »Ich kann mich nicht erinnern, an einer Schmiede vorbeigekommen zu sein.«

»Vielleicht aber erinnert ihr euch an einen schmalen Bach?«, wollte Pendar wissen. »Folgt man ihm ein kurzes Stück, kommt man direkt zur Schmiede.«

Erilea runzelte die Stirn. »Ja, ich erinnere mich. Dann war das gar nicht weit von unserem Rastplatz!«

»Aber welche Straße könnten die Männer von dort aus nehmen. Wie könnten sie zum Meer kommen?«, fragte Alduin.

»Tja, das ist nicht schwer zu beantworten«, meldete Harman sich zu Wort. »Da gibt es eine Brücke – ein Stück flussaufwärts – Teil einer alten Straße, die vom Wilderwil im Norden kommt und durch den Wald bis hin zur Küste führt. Sie ist in üblem Zustand, aber eine andere Straße wäre kaum denkbar . . .«

»Dann müssen wir versuchen, die Männer aufzuhalten, bevor sie den Fluss überqueren«, schlug Alduin vor.

»Wir locken sie in einen Hinterhalt auf der gegenüberliegenden Seite«, warf Harman ein. »Wenn sie aus irgendeinem Grund doch einen anderen Weg nehmen, schnappen wir sie uns dort auf jeden Fall. Wir können uns keinen Fehler erlauben, immerhin wollten wir ja nicht nur die Diebe fangen. Wir wollen auch diese Uzoma-Mistkerle.«

»Und wie können wir ungesehen den Fluss überqueren?«, fragte Alduin ungeduldig und trat von einem Bein aufs andere. Er spürte einen unbändigen Drang in sich, seinen geliebten Falken zu retten. »Wir finden jemanden, der uns ans andere Ufer übersetzt«, antwortete der Kataure.

Alduin nickte erleichtert. Das war die Lösung. Er hatte völlig vergessen, dass die Frachtkähne und Flöße nicht weiter als Sean Ferll kamen.

»Dann lasst uns keine Zeit verlieren. Brechen wir auf!«, rief er und lief auf die Tür zu.

Zwei der Raiden blieben für den Fall zurück, dass Skip im Laden aufkreuzte. Die Gruppe, die zu dem Anlegeplatz aufbrach, war nun acht Mann stark, dazu eine junge Frau. Harmans Freunde waren mit Kurzschwertern und Dolchen bewaffnet, Alduin und die Raiden mit Pfeil und Bogen, Erilea mit einem Jagdmesser.

»Betet zu den Göttern, dass wir eine günstige Stelle finden«, meinte Harman und musterte die bunt zusammengewürfelte Gruppe. »Was sind wir doch für ein armseliger Haufen, wenn ihr mir die Bemerkung gestattet – ein leichtes Spiel für diese Schufte.«

Als sie am Ufer ankamen, lagen dort zwar ein paar alte Kähne, doch niemand war an Bord.

»Ihr Burschen da«, rief Harman einer Gruppe junger Leute zu, die Fässer in ein Lagerhaus rollten. »Wo sind die Verantwortlichen für die Kähne? Schnell, es ist dringend! Geht sie holen.«

Alduin fiel es schwer, geduldig zu bleiben. Doch dann endlich kam einer von ihnen zurück, im Schlepptau einen unausgeschlafenen Mann unbekannter Herkunft. Mit aller Kraft konzentrierte sich der junge Falkner darauf, sich zu beruhigen, um Verbindung mit Rihscha aufzunehmen, doch er war viel zu aufgeregt. Harman erklärte dem Kapitän die Lage, die keinen Widerspruch duldete, worauf diesersogar einwilligte, Fëa Lómë zu befördern. Bald legten sie ab. Alduin atmete tief auf. Endlich waren sie unterwegs – endlich bewegte sich etwas. Und jetzt konnte er auch Verbindung mit Rihscha aufnehmen.

Nach dem, was er hörte, schien der Wagen angehalten zu haben. Der Falke selbst war ruhig. Ein hitziges Streitgespräch entfaltete sich.

»Ich werde diese Brücke auf keinen Fall voll beladen überqueren!

Sieh dir doch nur an, in welchem Zustand sie ist!«, sagte der Kutscher unmissverständlich.

»Hättest du dir das nicht früher überlegen können? Du warst es doch, der so überstürzt aufbrechen wollte!«, gab eine andere Stimme zurück.

»Ja, ich hatte es eilig zu verschwinden. Aber ich habe es nicht eilig zu sterben!« Der Kutscher spuckte.

»Diese Brücke trägt nicht mal einen Esel!«

»Du übertreibst mal wieder. In so üblem Zustand ist sie gar nicht!«

»Und ob! Diese Holzbohlen sind völlig verrottet.«

»Na gut, na gut! Um dich wär's ja wirklich nicht schade, du rückgratlose Vogelscheuche, aber um die Ware . . .«, sagte eine andere Stimme. Alduin erkannte sie wieder. Es war der Fath. »Wir laden am besten ab, und ich fahre den leeren Wagen rüber. Ihr haltet Wache, und anschließend kommen die Käfige und Kisten dran. Zuletzt die Pferde.«

Alduin bracht die Verbindung ab und lachte in sich hinein.

»Wir werden uns eilen müssen«, sagte er, als der Frachtkahn an der anderen Uferseite angekommen war. »Aber dafür haben wir einen Vorteil.«

»Was meinst du damit?«, fragte Harman und blickte ihn verwundert an.

»Das erzähle ich Euch unterwegs«, gab Alduin zurück.

Dicht an dicht säumten die Bäume die alte Straße. Gestrüpp und Wurzelwerk hatten den Weg uberwuchert, und in einem ähnlich verkommenen Zustand war auch die Brücke. Doch das Steinfundament machte einen soliden Eindruck.

Als die Männer die Kisten und Käfige abgeladen hatten, überprüfte der Kutscher Bohle für Bohle, um sicher zu sein, dass die Brücke das Gewicht seines Pferdes tragen würde. Dementsprechend lange dauerte es dann auch, bis er die andere Seite erreichte.

Er winkte seinen Gefährten und zog dann den Wagen ein gutes

Stück weiter, um ihn im Schutz der Bäume abzustellen. Er war nur ein paar Fuß weitergekommen, als ihm etwas ins Auge fiel – etwas, was ihm den Atem stocken ließ. Er zog den Wagen ein Stück weiter in die Richtung.

Seine Augen hatten ihn nicht getäuscht. Eine zierliche, wunderschöne junge Wunand-Frau lag auf dem Boden neben einer grafitgrauen Felsgruppe. Es schien ihm, als sei sie bewusstlos. Ihr Kopf lag in einem seltsamen Winkel zum Körper. Vermutlich war sie gestürzt und hatte sich verletzt. Ihr Haar umrahmte ihre fein geschnittenen Züge. Das Herz des Kutschers schlug schneller, sein Blut pulsierte, und er hoffte bei allen Göttern, dass sie noch am Leben war. Er warf einen schnellen Blick auf seine Kumpanen, die sich abmühten, die sperrigen Käfige über die Brücke zu tragen. Im gleichen Moment bewegte sich die junge Frau und stöhnte.

»Ganz ruhig«, sagte er und bückte sich, um sie hochzuheben. Sie war leicht wie eine Feder. Er spürte ein Kribbeln in der Leistengegend. Das hier war eine Trophäe, die er keinesfalls mit den anderen teilen wollte. Zumindest nicht jetzt gleich. Ohne lange zu überlegen, trug er sie außer Sichtweite hinter den Felsen.

Erilea war in großem Tempo losgerannt. Sie ließ sich einfach nicht von ihrem Plan abbringen und überging Alduins Bedenken über die von ihr gewählte Rolle. Flink und lautlos wie ein junges Burakreh war sie zwischen den Bäumen hindurchgehuscht.

Alduin, die Männer und die Stute waren aufs Äußerste bemüht, nicht wie eine Horde wild gewordener Keiler durch die Büsche zu stampfen. Sie kamen dicht genug heran und konnten mit ansehen, wie der Kutscher gerade die scheinbar bewusstlose Erilea hochgehoben hatte.

Alduin kochte vor Wut darüber, dass einer der Diebe Erilea mit seinen dreckigen Fingern berührte. Und als er gerade losstürmen wollte, hielt Harman ihn zurück.

»Bleib! Sie weiß schon, was sie tut, Junge, und es würde ihr nicht gefallen, wenn du den Plan vermasselst«, flüsterte er. »Wenn er uns zu früh bemerkt, wird er Alarm schlagen. Lass mich ihn von hinten überraschen.«

Der Kataure musste grinsen über Alduins gequälten Gesichtsausdruck. Er zog einen bedrohlich aussehenden Dolch aus der Scheide, zwinkerte Alduin zu und kroch los. Die anderen folgten ihm in gebührendem Abstand, sorgsam darauf bedacht, dass sie sich nicht durch ein ungewolltes Geräusch verraten würden. Büsche, Bäume und Felsen boten die nötige Deckung, um von der anderen Seite der Brücke nicht gesehen zu werden.

Erilea blinzelte. Sie bewegte sich gerade so viel, um die Aufmerksamkeit des Kutschers zu erregen.

»Wo bin ich?«, murmelte sie und versuchte, ihrer Stimme einen verwirrten und schutzbedürftigen Ton zu verleihen.

»Mach dir darüber mal keine Gedanken«, sagte er und lief rot an und war kurzatmig vor Erwartung auf die leichte Beute. »Ich kümmere mich schon um dich . . .«

Er warf einen kurzen Blick zur Brücke. »Verdammt!«, stieß er leise aus und duckte sich hinter dem Stein. Der erste seiner Kumpanen hatte bereits die andere Seite der Brücke erreicht. »Verflucht sollen sie sein! Ausgerechnet jetzt kommen sie, mir den Spaß zu verderben.«

Er bückte sich, um das Mädchen wieder hochzuheben, kam aber nicht weiter als eine Faustbreit an sie heran. Eine kräftige Hand legte sich von hinten fest über seinen Mund, ein Arm umklammerte seinen Hals wie ein Schraubstock, und eine Dolchspitze stach ihn schmerzlich in die Kehle. Blitzschnell sprang die Wunand auf und hielt ihm das eigene Messer in die Lendengegend. Mit einem Mal sah sie alles andere als hilflos aus.

»He, Feyl, wo bist du?«

Die ersten beiden Kumpane waren am Wagen angekommen und begannen, die Käfige wieder aufzuladen.

»Sag auf der Stelle etwas Überzeugendes», zischte Harman dem

Kutscher ins Ohr, »sonst schwöre ich bei allen Göttern Nymaths, dass dies dein letzter Atemzug war.«

Als Feyl zögerte, bohrte der Kataure den Dolch tiefer in die Haut, bis das Blut herausfloss.

»Ich ... Ich ... Kann man nicht mal in Ruhe sein Geschäft erledigen!«, rief Feyl.

»Pfui, Teufel. Mach dir mal keine Sorgen. Wir kommen dir bestimmt nicht zu nah«, gab einer der Männer zurück, dann lachten sie, als sie wieder die Brücke überquerten.

Kaum hatten sie ihm den Rücken zugewandt, schlüpfte Alduin aus dem Gebüsch und dankte Gilian. Tatsächlich war Rihscha einer der ersten Falken in den Käfigen, die sie herübergetragen hatten. Binnen zehn Herzschlägen huschte er in den Wagen, öffnete den Käfig, schnitt die Fesseln durch und befreite ihn. Dann lief er zum Versteck zurück. Mittlerweile hatte Harmann den Kutscher mit dem Heft seines Dolches bewusstlos geschlagen. Gefesselt und geknebelt lag er nun im Gras. Erilea lief zu Alduin, hielt aber dann für einen Moment inne. Sie sah den Ausdruck in seinem Gesicht, als er Rihscha die Sackleinenkapuze abnahm und ihn liebevoll streichelte. Sie war gerührt und verunsichert zugleich über die Fürsorge und die tiefe Zuneigung, die er dem Falken zuteil werden ließ. Wie aus einer anderen Welt wandte er sich ihr erst nach einem kurzen Moment zu. Unsicherheit machte sich in seinen Zügen breit.

»Rihscha geht es gut ...«, stammelte er. »Du ... du warst ... bei Gilians heiliger Feder, Emo muss stolz auf dich sein. Du hast diesen Schurken vollkommen zum Narren gehalten und ich ... ich ...«

Hin- und hergerissen zwischen Stolz und der Erinnerung daran, wie er sich noch einen kurzen Augenblick zuvor gefühlt hatte, konnte er den Satz nicht einmal zu Ende bringen. Er schlang einfach seinen Arm um sie und drückte sie an sich.

»Eure Wiedersehensfreude in Ehren! Doch wir haben einen Plan zu Ende zu führen!«, brummte Harman leise. Zwei meiner Männer bringen diesen Burschen zurück nach Sean Fearll. Wollen wir hoffen, dass die anderen glauben, er hätte kalte Füße bekommen und das Weite gesucht.«

»Und sobald sich seine Kumpanen dann wieder in Bewegung setzen, verfolgen wir sie zur Küste«, sagte Pendar mit einem Blick, der nach Zustimmung suchte.

»Nicht aber Erilea und ich«, warf Alduin zur Überraschung der Wunand-Amazone ein. »Wir haben eine Reise vor uns, die keinen Aufschub duldet.«

Damit sah er die Raiden an, die verständnisvoll nickten. Harman legte den Kopf schief und bedachte Alduin mit einem durchdringenden Blick. Dann zuckte er mit den Schultern.

»Ihr werdet wissen, was ihr tut«, meinte er schließlich. »Somit sind wir immer noch fünf. Das reicht. Wenn wir zu viele sind, laufen wir ohnehin Gefahr, uns zu verraten«, fügte er hinzu, ehe er sich den beiden Männern zuwandte, die den Gefangenen hielten. »Sobald er in Gewahrsam ist, sammelt die anderen und folgt uns, so schnell ihr könnt. Der schwer beladene Wagen wird nicht allzu schnell vorankommen. Ihr solltet uns ohne Weiteres rechtzeitig einholen.«

»Mann, Feyl! Wo steckst du denn? Machst wohl aus dem Wald 'ne Jauchegrube. Komm gefälligst her und pack mit an.«

Alle warteten stumm auf eine Antwort. Doch Feyl, der mittlerweile das Bewusstsein wiedererlangt hatte, konnte keinen Ton von sich geben. Der Knebel saß viel zu fest. Die beiden Männer, die ihn hielten, hakten ihn unter und schleiften ihn außer Sicht in den Wald. Die anderen folgten ihnen lautlos.

»Feyl! Hör endlich auf mit dem Versteckspiel, und komm jetzt raus. Wo bist du?«

Alduin und seine Gefährten waren außer Sicht. Die Kumpane des Kutschers hatten nun bereits die Stelle erreicht, an der sie noch vor wenigen Augenblicken gestanden hatten. Das war knapp gewesen.

»Dieser dumme Trottel hat wohl Schiss bekommen, was?«

»Ist nicht schade um ihn. Konnte ihn ohnehin nie ausstehen.«

»Chac wird das aber gar nicht gefallen.«

»Das kann gut sein. Aber das ist schließich Feyls Problem. Er sollte ihm wohl besser nicht mehr unter die Augen treten, wenn er nicht . . .«

Die Männer machten sich höhnisch lachend wieder daran, die Waren zu verladen, die sie an die Uzoma verschachern wollten. Ihnen schien nicht in den Sinn zu kommen, dass ihrem Kumpan etwas zugestoßen sein könnte.

»Pendar«, sagte Alduin, nachdem sie außer Hörweite waren. »Es ist jetzt deine Entscheidung und die deiner Leute, die Falken zu befreien, wenn die Zeit reif ist. Prüft, ob sie kräftig genug sind, in die Freiheit zurückzukehren. Dabei wird euch eure jahrelange Erfahrung zugute kommen.«

Stolz hellte die Züge des Falkners auf. Waren sie noch bis vor Kurzem ein Haufen hoffnungsloser Männer, so hatten sie nun ihre Selbstachtung wiedergewonnen. »Wie können wir dir danken?«, fragte Pendar. »Alles, was geschehen ist, kommt mir wie ein Wunder vor. Möge Gilian auch weiterhin deine Schritte lenken.«

»Ich bin überzeugt davon, dass eure Schritte euch auf erfüllendere Pfade führen werden, wenn alles vorüber ist«, meinte Alduin, hob die Faust an die Brust und verneigte sich. »Mögen wir uns bald wieder begegnen.«

»So es Gilians Wille ist«, erwiderten die Raiden im Einklang.

Nun wandte sich Alduin an Harman und schüttelte ihm die Hand. Der launenhafte Kataure hatte sich bei diesem Abenteuer als wertvoller Gefährte und guter, wenngleich etwas rauer Anführer erwiesen.

»Falls Ihr je hinunter nach Sanforan gelangt, solltet Ihr Cardol und Ferl in den Kasernen der Katauren besuchen«, schlug Alduin vor. »Es sind wertvolle Männer. Ihr würdet euch gut verstehen.«

Harman grinste, schüttelte aber den Kopf.

»Versuchst du etwa, mich zum Dienst zu bewegen? Ich glaube,

das lasse ich lieber. Ich fühle mich hier oben pudelwohl. Dort unten in Sanforan habe ich nichts verloren. Ich rühr mich hier nicht weg.« Danach wandte sich der Kataure an Erilea. »Halte ein Auge auf ihn, und bewahr ihn nach Möglichkeit vor Ärger!«

»Ich werde mein Bestes tun«, antwortete sie und schüttelte ihm herzlich die Hand.

Damit teilte sich die Gruppe. Der Gefangene wurde nach Sean Ferll gebracht, Erilea und Alduin suchten sich mit dem noch recht benommenen Falken ein Versteck in der Nähe der Brücke, und der Rest der Mannschaft bezog ein Stück jenseits des Wagens Stellung.

Die Sonne hatte ihren Höchststand bereits weit überschritten, als die Schmuggler immer noch Käfige und Kisten über die Brücke schleppten. Alduin hoffte, sie würden nicht bemerken, dass Rihschas Käfig fehlte, doch es kam anders

»Verflucht noch mal! Chacs teurer Falke ist weg!«

»Unmöglich!«

»Ich sag dir doch, er ist nicht da.«

Jetzt spähten die Diebe angespannt in alle Richtungen. Alduin und Erilea hielten den Atem an und duckten sich so tief wie möglich ins Gebüsch.

»Holt Chac und den Rest«, befahl einer der Männer. »Ich behalte die Dinge hier im Auge. Mir ist jetzt klar, was passiert ist. Feyl hat das von Anfang an geplant. Erst will er die Brücke nicht überqueren, dann verzieht er sich klammheimlich.«

Kurze Zeit später kehrten die drei Männer mit den letzten Kisten zurück und mit Chac, der eine Stute ritt und drei weitere Pferde am Zügel führte.

»Ich hätte es ahnen müssen«, wetterte er, als er am Wagen abstieg. »Was glaubt der Narr eigentlich, was er mit dem Falken machen kann? Er hat das Hirn einer Made und weitaus weniger Verstand. Bei den Göttern! Ich werde ihn finden, sobald wir unsere Geschäfte an der Küste abgewickelt haben.«

Er lief nervös auf und ab, und als die letzten Kisten verladen waren, stieg er aufs Pferd.

»Rastin, du fährst jetzt den Wagen«, befahl er. »Auf geht's, weiter!«

Alduin und Erilea beobachteten, wie der Tross sich endlich in Bewegung setzte und den Pfad hinabritt. Es gab keine Anzeichen dafür, dass sie verfolgt wurden.

»Das ist ein grobschlächtiger Haufen«, sagte Erilea. »Ich hoffe, Harmans Freunde stoßen bald zu ihnen. Die werden leichtes Spiel haben. »Denke ich auch«, erwiderte Alduin und lächelte. »Ich hatte den Eindruck, sie würden für ein bisschen Abwechslung alles tun.«

Als sie sicher waren, dass die Schmuggler sich ein gutes Stück entfernt hatten, krochen Alduin und Erilea aus ihrem Versteck.

»Lass uns Fëa holen. Wir machen uns wieder auf den Weg«, schlug Alduin vor.

»Aber wohin, Alduin?«, fragte Erilea, während sie zurück in den Wald gingen, wo Fëa Lómë angebunden war.

Erst jetzt wurde ihm klar, dass Erilea nichts von seiner Vision wusste, nichts von seinem Flug mit Cal und Krath heute Morgen. Die Aufregung um Rihscha war viel zu groß gewesen und hatte alles andere in den Hintergrund gedrängt.

»Das erzähle ich dir unterwegs«, sagte er.

Nachdem sie die Ausrüstung am Sattel festgebunden und Rihscha auf Fëas Widerrist gesetzt hatten, ließ Alduin Erilea absteigen und führte sie den Pfad entlang über die unsichere Brücke. Auf der anderen Uferseite stiegen beide wieder auf, und während Fëa Lómë in flottem Schritt ging, fing Alduin an zu erzählen.

»Ich kann nur vermuten, dass wir dem Mangipohr gefolgt sind. Und wenn man den Gerüchten Glauben schenkt, so ergäbe kein anderer Fluss einen Sinn. Wie dem auch sei, an einer Stelle unmittelbar unterhalb eines mehrstufigen Wasserfalls münden zwei kleinere Flüsse in den Strom. Glaub mir, es war atemberaubend schön dort, Erilea. Krath und Cal flogen den Wasserfall hinauf zu einem See, und kurz bevor die Verbindung abgebrochen ist, sah ich eine Insel in diesem See. Sie war von Nebel verhangen in einem unbeschreiblichen Licht. Ich bin sicher, dass sie dorthin unterwegs waren.«

»Und du glaubst, dass es die Insel ist, von der Harman und Pendar gesprochen haben, bist dir sicher, dass sie tatsächlich existiert?«, fragte Erilea.

»Sie muss es sein, die Insel, hinter der sich das Geheimnis der Unsterblichkeit für Falkner und ihre Falken verbirgt.«

»Ist das dein Ernst? Du glaubst das tatsächlich?«

»Ich weiß nicht mehr, was ich glauben soll«, gab Alduin zurück. »Als ich Cal im Emmerfeld fand, sah er kaum älter aus als zwanzig und nach dem, was Rael sagt, ist er seither unaufhörlich gealtert. Was immer da vorgeht, normal ist es auf keinen Fall. »Er schwieg einen kurzen Moment, bevor er hinzusetzte: »Ich muss es herausfinden.«

Plötzlich spürte Erilea kalten Angstschweiß auf der Haut.

»Es ist mehr, als nur Cal zu helfen, nicht wahr?«, fragte sie leise.

Alduin setzte zu einer Antwort an, doch sie kam ihm zuvor.

»Spar dir die Mühe, es herunterzuspielen. Ich würde vermutlich dasselbe versuchen«, sagte sie. »Aber ich habe ein seltsames Gefühl dabei, ein Gefühl, dass es gefährlich werden könnte. Auch wenn ich jetzt eine ausgebildete Kriegerin bin, so scheint mir, dass wir hier mit Waffen nichts ausrichten können.«

»Warum sollte es gefährlich sein?«, wollte Alduin wissen. »Da gab es unbeschreibliche Momente, in denen ich mit Cal und Krath verbunden war, es war wie . . . wie irgendwo jenseits dieser Welt . . .«

Plötzlich fielen ihm Bardelphs Worte ein, als sie das letzte Mal miteinander gesprochen hatten.

»Meine Mutter«, murmelte er, als spräche er zu sich selbst. »Sie hatte eine Vorahnung, sagte etwas darüber, dass Rihscha und ich . . . über diese Welt hinausfliegen würden . . . Bardelph hat es mir erzählt.«

Wieder überkam Erilea die Angst, Alduin zu verlieren, aber sie wusste, dass es nichts gab, den Lauf der Dinge zu verändern. Es schien eine unkontrollierbare Macht in Gang gesetzt. All die kleinen Vorfälle am Rande ihres Weges bekamen plötzlich eine Bedeutung: die Begegnung mit Wendle, die Zeit in der Hütte, sogar der Diebstahl Rihschas. Es war, als hätten die Ereignisse den Weg für etwas Unvorstellbares, für etwas Unfassbares eröffnet, etwas, von dem sie ausgeschlossen war.

Der Pfad führte sie lange Zeit den Fluss entlang. Manchmal schlängelte er sich durch spärliche Baumgruppen, sodass sie nur traben konnten. Dann wieder galoppierten sie über den harten Boden einer dürren, steinigen Landschaft. Genau wie Alduin es in seiner Vision gesehen hatte, schlängelte sich der Fluss durch Schluchten und Ebenen, reißend und kraftvoll, und glitzerte, als die Sonne schließlich hinter ihnen versank. Sie erreichten eine Stelle, an der sich der Pfad verlor, fast so als hätten sie das Ende der Welt erreicht. Doch der Fluss kam immer noch aus dem Osten und führte Geröll und Treibholz mit sich. Er schien, als würde er zu dem Geheimnis führen, das vor ihnen lag. Was auch immer kommen würde, sie würden den Weg bis zum Ende gehen.

Nach einer ungemütlichen Nacht, die sie im Schutz eines vom Wind gekrümmten Purkabaumes verbrachten, setzten Alduin und Erilea die Reise bei Sonnenaufgang fort. Beide waren gedankenverloren und wechselten nur wenige Worte. Alduin nahm immer wieder für kurze Momente Verbindung mit Rihscha auf, während der Falke bald nah, bald fern am Himmel kreiste. Er schien nach den langen Stunden der Gefangenschaft unter der dunklen Haube begierig die Freiheit des Fluges voll auszukosten.

In Alduin machte sich ein Gefühl von Ehrfurcht und erwartungsvoller Hoffnung breit, und er war offen für das, was ihm begegnen würde. Erilea hingegen war beklommen zumute.

Die Landschaft hatte sich verändert. An der gegenüberliegenden Uferseite erstreckte sich der dichte Wald, und vor ihnen breitete sich eine Graslandschaft aus. Auch wenn die offene Ebene viel eher zum Verweilen einlud, trieb Alduin Fëa Lómë unerbittlich an. Nach vielen Wegstunden zeichneten sich flussaufwärts schimmernd die fernen Hügel ab. Alduins Herz schlug schneller. Dort war es! Dort würden sich die Flüsse vereinigen.

»Es ist nicht mehr weit!«, rief er. Er war außerstande, seine Aufregung zu unterdrücken, und bemerkte gar nicht, wie gedrückt Erileas Stimmung war. »Die Umgebung ist so wunderschön«, fuhr er fort. »Wundert es dich gar nicht, dass sich hier nie jemand angesiedelt hat?«

»Dieser Ort ist entsetzlich weit abgeschieden«, gab Erilea zurück. »Außerdem . . .« Sie sah sich um. »Es fühlt sich alles so wild und unbändig an. Es ist fast, als wären wir die ersten Menschen, die hier entlangkommen.«

»Ich weiß, was du meinst, und dennoch . . .«

». . . und dennoch ist dem nicht so, wenn du recht hast.«

Alduin stutzte.

»Was ist denn los, Erilea?«

Sie antwortete nicht gleich, und als sie schließlich sprechen wollte, fielen ihr die Worte schwer.

»Ich . . . ich weiß es wirklich nicht«, setzte sie an. »Ich habe immer noch dieses ungute Gefühl. Es ist, als ob ich mich für einen Weg entschieden habe, den ich lieber nicht hätte einschlagen sollen. Es ist, als ob sich innerlich etwas gegen mich wehrt . . . oder versucht, mich fernzuhalten . . .«

»Wie kann das sein?«, fragte Alduin. »Ich spüre gar nichts in dieser Art. Vielmehr fühle ich mich angezogen – eingeladen voller Hoffnung. Ich kann es nicht erklären. Aber Rihscha spürt es auch.«

Erilea schüttelte den Kopf und starrte geradeaus. »Egal«, sagte sie entschlossen. »Ich gehe weiter. Schließlich habe ich einen eigenen Willen. Ich allein entscheide, wann und wohin ich gehe.«

Die Graslandschaft endete und ging in eine felsige Hügellandschaft über. Der Fluss hatte eine Schlucht in den Felsen geschnitten, und Fëa Lómës Hufe fanden einen natürlichen Pfad entlang dem Fluss. Es dauerte nicht lange, bis er in ein breites Becken mit schäumendem Wasser mündete.

Der Anblick war atemberaubend. Gerade voraus stürzte der Fluss riesige Stufen herab, spritzte fächergleich über moosbewachsene Felsen und krachte mit einem Geräusch gleich tausend Pferden in gestrecktem Galopp in das Becken. Zu beiden Seiten ergoss sich ein kleiner Fluss in den Mangipohr – links milchig weißes Wasser, das eisig vom Pandarasgebirge im Norden herabfloss, rechts offensichtlich wärmeres Wasser aus den Seen entlang der hügeligen Fath-Halbinsel im Süden. Gemeinsam bildeten die Wassermassen im Flussbett Wirbel und Wogen, fast wie in einem riesigen Kessel, in dem Wasser siedet. Feiner Sprühnebel lag über dem Becken gleich dem Dampf, der über einem magischen Zaubertrank wabert.

Alduin und Erilea schwiegen voller Ehrfurcht, während sie den Kessel umritten, bis sie schließlich an eine Stelle gelangten, an der sich der Sims zu einem Sockel im Hang des Hügels verbreiterte. Zu ihrer großen Überraschung sahen sie ganz hinten eine schlichte Holzkate, die von einer eingezäunten Grasfläche umgeben war.

»Das glaube ich ja nicht!«, rief Erilea über das Tosen des Wassers hinweg. »Hier lebt tatsächlich jemand?«

»Ich denke nicht«, antwortete Alduin und lenkte Fëa Lómë in Richtung der Hütte. »Das sieht mir vielmehr nach einem Unterschlupf aus.«

Er stieg ab, öffnete das klapprige Tor und führte die Stute hindurch. Gleich darauf glitt die junge Amazone aus dem Sattel, und Rihscha landete auf dem Dach.

Die Kate war nicht mehr als ein quadratischer Raum, doch sie war solide gebaut, spärlich möbliert mit einem Bett, einem Tisch, einem Stuhl und überraschenderweise einer Hockstange für einen Falken. Auf einer Anrichte stand eine dicke Talgkerze, auf dem Boden lag eine Binsenmatte. So seltsam all dies sein mochte, so war doch das Ungewöhnlichste ein Bild, geschnitzt in die Holzwand neben dem Bett. Es stellte den Zyklus der beiden Monde Nymaths dar, wie sie abnahmen und zunahmen. Unter jede Phase waren Striche ins Holz gekratzt worden, tiefere und flachere. Doch je mehr sich der Zyklus zum Vollmond hin näherte, desto häufiger wurden die Markierungen.

»Das muss ein Ort sein, an dem Falkner auf etwas gewartet haben«, sagte Alduin. »Ich frage mich nur, worauf?«

»Vielleicht auf irgendein Zeichen«, vermutete Erilea. »Vielleicht wussten sie nicht so viel wie du. Ich meine, du hattest Verbindung mit Krath und konntest sehen, wohin er flog.«

»Wahrscheinlich hast du recht«, pflichtete Alduin ihr bei. »Ich sehe keinen Grund, hier auf etwas zu warten. Wir werden jedoch Fëa zurücklassen müssen – und auch den Großteil unserer Ausrüstung.«

»Wie wollen wir hinauf zum See gelangen?«, fragte Erilea.

»So wie die anderen«, gab Alduin zurück. »Es muss einen Weg geben. Wir müssen ihn nur finden.«

Sie sattelten Fëa ab. Hier würde sie in Sicherheit sein und ausgiebig grasen können.

Alduin packte die Zunderbüchse, seinen Falknerhandschuh und eine Schlafdecke zusammen, Erilea etwas getrockneten Proviant, den Wasserbeutel, ihre eigene Decke und ihre Waffe.

Als sie die Kate verließen, rief Alduin Rihscha zu sich. »Sieh zu, ob du den Weg für uns finden kannst!«

Der Falke erhob sich in die Lüfte, und Alduin nahm Verbindung mit ihm auf. Als der Vogel in spiralförmigen Kreisen aufstieg, stockte Alduin fast der Atem. Soweit er und Rihscha in Nymath auch gereist waren, etwas derart Schönes hatten sie noch nie gesehen. Durch die stetig wechselnden Winkel zeichneten sich Regenbögen im Sprühregen ab – bald als ein flüchtiger Bruchteil, bald in ihrer vollen Farbenpracht.

Rihscha stieß durch den feinen Nebel und suchte das Ufer ab. Und tatsächlich, ein kurzes Stück stromaufwärts der kleineren Mündung entdeckten sie eine Seilbrücke, die über die Schlucht gespannt war. Alduin hatte die Verbindung mit Rihscha abgebrochen und rief:

»Komm mit, da geht's lang.«

Erilea folgte ihm wortlos. Sie war dankbar, dass sie nicht bei der Stute bleiben musste, doch im gleichen Moment spürte sie, dass der unausweichliche Augenblick kommen würde, in dem er sie zurücklassen würde.

Sie gingen hinüber zu der Stelle, an der sich der Fluss linker Hand in das Becken ergoss. Von dort aus würde der Aufstieg nicht allzu schwierig werden. Als sie den felsigen Hang aufstiegen, stand die Nachmittagssonne noch hoch genug am Himmel, um ihnen die Rücken zu wärmen, während die aufsteigende Luft vom Fluss sie kühlte. Ohne allzu große Mühe erreichten sie die Brücke. Sie spannte sich gefährlich hoch über den Fluss und war an beiden Enden an mächtigen Bäumen befestigt, deren Wurzeln sich tief in den steinigen Untergrund gegraben hatten. Obwohl sie scheinbar nur selten benutzt wurde, war sie wie der Unterschlupf in gutem Zustand. Alduin fragte sich, wer sie wohl instand gehalten haben musste.

Die Brücke sah aus, als wäre sie aus drei Strickleitern zusammengeknotet, die einen schmalen Steg bildeten. Zwei Seile, die Erilea nur bis zur Hüfte reichten, waren die Handläufe. So vorsichtig sie auch ihre Schritte setzten, dazu die Brise des unter ihnen rauschenden Wassers, schaukelte das luftige Gebilde wild in jede Richtung. Den Blick stur geradeaus gerichtet, kämpften sie sich Schritt für Schritt voran. Alduin wagte kaum zu atmen, bis sie sicher die andere Seite erreichten. Erleichtert ließen sie sich zu Boden sinken. »Geschafft«, meinte Alduin, nachdem er wieder zu Atem gekommen war. »Was meinst du, wohin uns der Pfad jetzt führt?«

Sie sahen sich nach einem Hinweis um, doch von allen Seiten waren sie von steilen Felswänden umgeben.

»Hier gibt es keinen Pfad! Wir werden klettern müssen«, sagte Alduin.

»Lass uns zuerst etwas trinken«, schlug Erilea vor. »Es könnte ein langer Aufstieg werden. Und etwas essen möchte ich auch.«

Bedächtig kauten sie die getrockneten Früchte und Obst, denn ihnen war nur allzu klar, dass sie alle Kraft brauchen würden bei dem, was vor ihnen lag, und tranken einen Schluck Wasser. »Wenigstens wissen wir, dass es oben Wasser gibt«, sagte Alduin, nachdem er kurz Verbindung mit Rihscha aufgenommen hatte, der auf einem Baum am See über ihnen kauerte und sich müßig das Gefieder putzte.

»Hoffen wir, dass es auch etwas zu jagen gibt«, sagte Erilea. »Denn bei dieser Kost werde ich eher noch schrumpfen als weiterwachsen.«

Alduin lächelte und wollte gerade etwas sagen, überlegte es sich aber anders. Er verstaute die Essensreste, stand auf, half Erilea mit ihrem Bündel und schnürte sein eigenes mit Bogen und Köcher auf den Rücken.

»Sieh doch«, sagte er und zeigte auf den Felshang über ihm. »Es wird nicht einfach werden, aber es gibt reichlich Halt für unsere Füße und Hände. Packen wir es an.«

Der Aufstieg erforderte Vorsicht und Geduld. Obwohl sie langsam kletterten, kamen sie gut voran. Nach einer Weile jedoch wurde der Hang ungeschützter. Ein kräftiger Wind fegte in Böen von den Bergen herab. Erilea war so leicht, dass sie gegen den Wind ankämpfen musste. Sie presste sich gegen den Fels, so gut es ging, und kletterte Zoll für Zoll höher, wenn der Wind sich eine Atempause gönnte. Sobald er wieder zunahm, klammerte sie sich mit ihren Fingern in den Ritzen fest. Alduin, der schon ein ganzes Stück höher geklettert war, bekam nicht mit, in welchen Schwierigkeiten sie steckte. Je öfter sie warten musste, desto weiter entfernte er sich von ihr. Sie rief ihm zu, doch der Wind riss den Klang ihrer Stimme mit sich.

Einen Moment später wurde sie von einer Böe erfasst, die ihr zusammengebundenes Haar löste. Die Strähnen schlugen ihr ins Gesicht und raubten ihr die Sicht. Als der Wind wieder nachließ, griff sie mit der linken Hand nach hinten und versuchte, ihre Haare wieder zusammenzubinden. Doch in dem Moment riss ihr die nächste

Böe die Füße weg. Sie krallte sich mit der rechten Hand an dem Felsen fest, doch sie konnte kaum noch Halt finden. Es dauerte nicht lange, bis die angespannten Muskeln sich vor Anstrengung zu verkrampfen begannen. Schmerzen durchzuckten ihren Arm und zwangen sie, ihre Finger zu öffnen. Sie kämpfte gegen die Tränen an und schwang den freien Arm mit einer fast übermächtigen Anstrengung nach oben. Mit letzter Kraft fand sie Halt. Und keinen Moment zu früh.

Zu ihrer Erleichterung ließ der Wind im selben Augenblick nach, und ihre Füße fanden wieder Halt. Sie schüttelte den Arm aus, um ihre Muskeln zu entspannen. In diesem Moment dachte sie nicht darüber nach, wie knapp sie dem Tod entronnen war. Sie musste weiter.

Sie schloss die Augen, holte tief Luft und konzentrierte ihre Gedanken – erst eine Hand, dann den Fuß, die andere Hand, der andere Fuß –, bis daraus gleichsam ein Mantra wurde, das nichts anderes in ihren Verstand ließ als einzig den Willen, den Fels zu bezwingen.

Zu ihrer eigenen Überraschung war es das, was sie rettete. Plötzlich hatte sie nicht mehr das Gefühl, in einer steilen Felswand zu hängen; links, rechts, oben, unten – alles wurde bedeutungslos. Ebenso gut hätte sie vor dem Unterschlupf auf den Ebenen über den Boden kriechen können. Die Verspannung in ihren Muskeln löste sich, und sie fühlte sich fast so, als würde sie schweben.

Der Wind war abgeflaut. Sie hob den Kopf. Die Strähnen hingen ihr ins Gesicht, aber das war bedeutungslos geworden, denn direkt vor ihr lag das Ende des Aufstiegs. Hier wurde der Fels zu einer Kuppe, bevor er wieder zum See hin abfiel.

Rechts und links tauchten kleine Büsche auf, die ihr Halt gaben, und dann sah sie die Hand über ihr. Alduin zog so kräftig an, dass sie die letzten Schritte förmlich emporflog und in seinen Armen landete. Erschöpft umklammerten sie einander und spürten gegenseitig den Herzschlag des anderen. Schließlich ließen sie einander los und sahen sich um.

Vor ihnen breitete sich der See aus, umsäumt von einem Kieselstrand. In weiter Ferne und genau in der Mitte lag eine große Insel. Stumm tauschten sie einen Blick, als erwarteten sie eine Bestätigung für das erreichte Ziel.

»Irgendetwas stimmt hier nicht«, sagte Alduin mit Zweifel in seiner Stimme. »Was meinst du damit?«, fragte Erilea.

»Nun, zum einen ist mir die Insel in meiner Vision näher und nicht so groß vorgekommen. Außerdem ist diese hier von dichtem Wald bedeckt. Ich glaube mich zu erinnern, dass auf der anderen nur ein paar Felsen waren, sonst nichts.«

»Bäume können wachsen in fünfzehn Jahren«, meinte Erilea und sah über das Wasser. »Außerdem hast du gesagt, dass es dunkel war.Vielleicht hast du den Wald nicht gesehen.«

»Wahrscheinlich hast du recht«, gab Alduin zu. »Die Sonne ist gerade erst untergegangen. Vermutlich bilde ich mir das nur ein.«

»Wie kommen wir auf die andere Seite?«, fragte Erilea.

»Wir müssen herausfinden, wo die Insel dem Ufer am nächsten liegt. Und dann bleibt uns nichts anderes übrig, als zu schwimmen. Rihscha soll die beste Stelle auskundschaften.«

»Schwimmen?« Erilea klang entsetzt. »Ich kann nicht schwimmen.«

Überrascht sah Alduin sie an.

»Was meinst du damit? Soll das heißen, dass du zu müde bist, oder weißt du nicht, wie es geht?«

Erilea schüttelte den Kopf.

»Ich habe es nie gelernt.«

Ein Augenblick der Stille folgte – ein Moment, in dem sich etwas veränderte, etwas, für das es keine Worte gab. Sie beide spürten es, und doch zuckte Alduin mit den Schultern und sagte leichthin: »Vielleicht ist der See so seicht, dass wir hinüberwaten können.«

Er ging zu Rihscha, der am Wasser kauerte, und gab ihm Anweisungen, das Ufer abzusuchen. »Flieg los, mein Freund.«

Rihscha erhob sich in die Lüfte und flog mit steten Schwingenschlägen über das Wasser. Sein Spiegelbild glitt über die glasklare

Wasserfläche. Alduin schloss die Augen. Schnell hatten sie herausgefunden, dass der See in Inselnähe nicht so tief war wie weiter vorne. Selbst in der hereinbrechenden Dämmerung konnte Alduin den Grund deutlich erkennen. Vielleicht brauchten sie nicht zu schwimmen.

Alduin brach die Verbindung ab und wandte sich Erilea zu. »Wir könnten Glück haben«, sagte er. Aber zuvor müssen wir ein ordentliches Stück um den See herummarschieren. Wir können die Nacht am Ufer verbringen und morgen versuchen, auf die andere Seite zu kommen.«

Sie brachen auf und gingen über den Kieselstrand. Bevor die Nacht sich vollends herabsenkte, beleuchteten die beiden Monde Nymaths den Himmel. Schon in der nächsten Nacht würden sie voll sein, und sie tauchten das Land in ihre silbrigen und kupferfarbenen Schattierungen. Es war eine kristallklare und friedliche Nacht. Kein Nebel verhüllte die Insel, und das Tosen des Wasserfalls war nur als gedämpftes, fernes Grollen zu vernehmen. Jeder Baum, Busch, Felsblock und Kiesel warf seinen eigenen Schatten, ein wundersamer Bildteppich, gewoben aus allen erdenklichen Formen.

Der See war weitaus größer, als sie zunächst vermutet hatten. Beide waren erschöpft vom Aufstieg. Als sie eine kleine Baumgruppe erreichten, wo der Kieselstrand in ein Moosbett überging, nickten sie sich stumm zu, holten ihre Decken hervor und rollten sich Seite an Seite zum Schlafen zusammen.

# 14

Die aufgehende Sonne lugte bereits über die Hügel, als Alduin und Erilea am nächsten Morgen erwachten. Sie hatten tief und traumlos geschlafen und fühlten sich frisch, für alles bereit, was vor ihnen liegen mochte.

In der klaren Luft lag die Insel in der Mitte des Sees. Mit einem

Mal schien sie ganz nah zu sein. Vögel zwitscherten fröhlich, und die ganze Welt wirkte an diesem herrlichen Morgen zufrieden. Alduin setzte sich auf und sah sich um. Er nahm alles in sich auf, obgleich ihm das Gefühl nicht loswerden wollte, dass irgendetwas fehlte, doch er wusste nicht, was es war.

»Ich weiß nicht«, sagte er zu Erilea, als sie neben ihm gähnte und sich katzengleich streckte. »Es ist alles unglaublich schön, aber dieses Gefühl, das ich gestern hatte . . . als ob ich von etwas fast magisch angezogen wurde . . . Es ist einfach verschwunden!«

Erilea warf ihm einen aufmerksamen Blick zu, doch dann horchte sie in sich hinein. »Du hast recht. Erinnerst du dich, dass ich dir von diesem Widerstand erzählt habe? Er ist weg. Mittlerweile bin ich rundum glücklich, hier zu sein. Keine düsteren Ahnungen mehr, nichts, was darauf hindeutet, dass es gefährlich werden könnte.«

Ihre Blicke wanderten zu der Insel. Im Licht der Sonne hatte sie nichts Geheimnisvolles mehr an sich, sie sah vielmehr aus – wie eine ganz gewöhnliche Insel.

»Kann es sein, dass wir hier doch falsch sind?«, fragte Alduin. »Vielleicht haben wir unterwegs ein Zeichen übersehen. Vielleicht sieht dieser Ort nur sehr ähnlich aus, ist aber nicht der, an dem wir eigentlich sein sollten.«

»Und was ist mit der Hütte und der Brücke?«, gab Erilea zu bedenken. »Vor uns waren schon andere hier. Falkner.«

»Das heißt noch lange nicht, dass sie am richtigen Ort waren. Vielleicht haben sie sich auch hierherverirrt. Was ist, wenn es noch einen anderen Wasserfall gibt, tiefer in den Bergen? Ich hatte ja schon gestern das Gefühl, dass irgendetwas nicht stimmt.«

»Wäre das nicht ein übergroßer Zufall?«, fragte Erilea. »Wir sollten uns die Insel zumindest ansehen, um sicherzugehen.«

»Du hast recht«, stimmte Alduin ihr zu. »Wir machen uns auf den Weg, sobald wir gegessen haben.«

Mittlerweile gingen ihre Vorräte zur Neige. Bald würden sie nach essbaren Wurzeln graben müssen und jagen. Aber für das Frühstück reichte es noch. Nachdem sie gegessen hatten, legten sie ihre Habseligkeiten neben den Baum, unter dem sie geschlafen hatten, nahmen nur ihre Jagdmesser mit und wateten ins Wasser. Zu ihrer Erleichterung war es kühl, aber nicht eisig, und eine lange Weile reichte es ihnen knapp bis an die Knie. Etwa auf halbem Wege wurde es tiefer, und alsbald stand Erilea bis zum Hals im Wasser.

»Wenn das so weitergeht, ist der Weg für mich bald zu Ende«, meinte sie.

»Steig auf meinen Rücken. Du bist ja nicht schwer«, schlug Alduin vor und wartete auf sie, damit sie auf seine Schultern klettern konnte.

Dann gingen sie weiter. Eine Weile wurde das Wasser noch tiefer, doch gerade als Alduin fürchtete, dass auch er den Boden unter den Füßen verlieren würde, stieg der Grund wieder an, und bald konnte auch Erilea wieder allein gehen.

Ein schmaler Strand säumte die Insel, doch Bäume und Unterholz schienen bedacht darauf, die Oberhand zu behalten, und deckten alles andere zu.

Alduin und Erilea waren dankbar, dass die Sonne bereits warm genug war, um ihre Kleider zu trocknen, als sie sich einen Weg durch das Gewirr von Wurzeln, Büschen und abgebrochenen Ästen bahnten. Bisweilen wuchsen die Bäume so dicht, dass die beiden kehrtmachen und einen anderen Weg suchen mussten. Instinktiv hielten sie auf die Mitte der Insel zu. Momente später erreichten sie eine kleine Lichtung im Herzen des Waldes, die von einer Baumgruppe umringt war. Willkürlich verstreute Gesteinsbrocken waren über die Lichtung verteilt. Auf einer Seite konnten sie einen kleinen Steinring erkennen, der aussah, als wäre er schon einmal für ein Lagerfeuer verwendet worden. Doch das musste schon lange her gewesen sein.

Alduin sah sich auf der Lichtung um.

»Nichts«, stellte er fest. »Hier ist aber auch gar nichts. Keine Magie, kein Geheimnis. Nichts. Es ist schön hier, ja, aber das ist auch schon alles.«

Er hob einen Stein auf und warf ihn, so weit er konnte, als könnte er damit auch seine Enttäuschung von sich schleudern.

»Wie konnten all die Hinweise nur so falsch sein? Was ist mit meinen Visionen? War alles, was ich gesehen habe, nur Einbildung? Was habe ich überhaupt zu finden gehofft?«

Er warf Erilea einen flehenden Blick zu, aber sie hatte keine Antwort darauf. Die sonst so geläufigen weisen Worte blieben aus. Dafür hatte sie sich für einen praktischen Ansatz entschieden. »Hör zu. Es hat keinen Zweck, jetzt aufzugeben. Wir setzen uns erst mal und überlegen, was wir wissen. Oder zu wissen glauben«, schlug sie vor. Sie ließ sich mit überkreuzten Beinen an dem Feuerplatz nieder und klopfte auf das Gras neben sich. Zögernd folgte Alduin ihrem Beispiel, wenngleich seine Miene verriet, dass er ihrer Idee wenig Hoffnung gab. Trotzdem begann Erilea, die einzelnen Punkte aufzuzählen.

»Erstens: Deinem Vater ist etwas Seltsames widerfahren. Etwas Magisches, denn während er zunächst unglaublich jung aussah, altert er nun vor jedermanns Augen. Richtig?«

»Richtig.«

»Du weißt durch deine Vision, dass er aufgebrochen war, um einem Gerücht nachzujagen. Etwas über eine Möglichkeit für Falkner und Falken, ihr Leben zu verlängern oder gar Unsterblichkeit zu erlangen. Dieses Gerücht hat man uns auch in Sean Ferll bestätigt. Und all das wies auf eine magische Insel hin. Richtig?«

Alduin nickte. »Ja, aber mein Bewusstsein war getrübt, als ich diese Vision hatte. Vielleicht war es das Fieber.«

»Oder das Fieber hat etwas freigesetzt, das dir diese Vision überhaupt erst ermöglicht hat«, warf Erilea ein.

Alduin runzelte nachdenklich die Stirn.

»Du selbst hast gesagt, dass sie anders war als deine Visionen zuvor«, fuhr Erilea eifrig fort. »Du hast dich eins mit deinem Vater gefühlt, als würdest du seine Vergangenheit mit ihm noch einmal durchleben.«

»Vielleicht«, gab Alduin zu. Er zögerte, doch dann setzte er hinzu: »Mach weiter.«

»Der Falkner Pendar aus Sean Ferll war es, der dir klargemacht hat, dass lebende Falken – in deinem Fall Rihscha – der Schlüssel sind. Also hast du Rihscha gebeten, dir den Weg zu zeigen . . . und das hat er gemacht.«

»Er hat mir eine Insel in einem See gezeigt. Das stimmt. Aber mittlerweile bin ich überzeugt davon, dass es nicht diese hier war. Sicher – ich habe sie nachts gesehen, aber die beiden Monde waren voll, sie waren so hell, dass ich mich unmöglich . . .«

Jäh verstummte Alduin und starrte in die Luft vor sich, als könnte er darin etwas lesen. Ein Lächeln zog seine Mundwinkel nach oben und verwandelte sich rasch in ein breites Grinsen.

»Aber natürlich!«, rief er aus. »Die Monde! Erinnerst du dich an das Schaubild in der Hütte? All ihre Besucher müssen darauf gewartet haben, dass die Monde voll wurden. Weißt du noch, dass unter den Vollmonden die meisten Kerben waren? Aus irgendeinem Grund mussten die Falkner gewusst haben, dass es zwecklos sein würde, an einem anderen Tag hierherzukommen.«

»Was meinst du damit?«, fragte Erilea.

»Ich denke – nein – ich bin ziemlich sicher, dass die vollen Monde die Wahrheit offenbaren werden. Wir müssen nur abwarten.«

»Die Wahrheit?«

Alduin sah Erilea an. Sein Blick weilte irgendwo in der Unendlichkeit. »Die Insel.«

»Eine andere Insel?«

»Ich glaube, ja.«

Erilea verstummte, um seine Worte zu verarbeiten, bevor sie fortfuhr.

»Also warten wir«, sagte sie.

»Ja, wir warten.«

Die Zeit bis zum Aufgang der Monde wurde ihnen nicht lang. Alduin watete zurück ans Seeufer, um ihre Ausrüstung zu holen. Erilea suchte indes nach essbaren Wurzeln und fing zwei Kaninchen. Sie brieten das Fleisch zusammen mit dem Gemüse über einem Feuer. Anschließend schabten sie die Felle der Tiere ab und streckten sie zwischen Hölzern zum Trocknen. Die Innereien bekam Rihscha, obwohl er sich bereits davor an einer Waldtaube satt gefressen hatte. Als die Sonne den Horizont berührte, gab es nichts mehr zu tun, als sich an den Strand zu setzen und abzuwarten.

Alduin und Erilea machten es sich am Ufer bequem und blickten zum Wasserfall, während Rihscha neben ihnen hockte. Auf dieser Seite war der See tief und erstreckte sich vor ihnen wie eine polierte Scheibe aus Bronze, in der sich die untergehende Sonne spiegelte. Sobald der glühende Feuerball außer Sicht geriet, senkte sich ein Gefühl der Erwartung über das Land. Und plötzlich schien sich etwas um sie herum zu verändern. Es war, als würde die Magie greifbar sein.

»Ich wusste es«, sagte Alduin und streichelte Rihscha mit einer Hand, mit der anderen griff er nach Erileas Hand. »Spürst du es auch?«

»Ja«, flüsterte Erilea. »Es ist überall um uns herum, heißt uns weder willkommen noch lehnt es uns ab. Es ist . . . einfach da.«

»Genau«, pflichtete Alduin ihr bei. »Es ist, als hätte alles eine tiefere Bedeutung, als wären die Farben üppiger und die Geräusche volltönender.«

Der Himmel spannte sich wie bemalte Seide über ihnen auf, ging von tiefem Blutrot in einen Pfirsichton über, weiter in ein blasses Türkis bis hin zu einem azursaphirähnlichen Blau. Als die Nacht endlich hereinbrach, begannen die ersten Sterne zu funkeln, einer, zwei, in Paaren, bald in Gruppen verstreut hier und dort, bis das gesamte Firmament erstrahlte. Dann legte sich der Schein der im Osten aufgehenden Monde Nymaths über sie, behutsam, sanft, wie eine Mutter, die kommt, um nach ihrem schlafenden Kind zu sehen.

Alduin und Erilea drehten die Köpfe, um das Schauspiel zu beobachten. Ihre Stimmung erhob sich in Einklang mit dem Aufgehen der silber- und kupferfarbenen Kugeln.

»Bei Emos Anmut«, flüsterte Erilea unvermittelt. »Sieh nur, das Schauspiel hat begonnen!«

Mühsam löste Alduin die Augen von den Monden. Er wusste, was sich vor ihm abspielen musste, und wagte kaum hinzusehen. Zunächst war es nur eine leichte Trübung der Luft unmittelbar über dem Wasser, ein kaum merklicher Schimmer, der waberte und pulsierte. Dann begann sich nach und nach ein Nebel zu bilden, und schließlich zeichneten sich in dem milchigen Licht die Umrisse einer Insel ab. Sie war recht klein und ohne Bäume, genau wie Alduin sie in Erinnerung hatte. Vereinzelte Löcher in den trüben Schwaden ließen Formen erkennen, die Felsbrocken oder eine Ruine sein mochten.

Zögernd ließ Alduin Erileas Hand los und stand auf. Er rief Rihscha zu sich und deutete auf die Insel.

»Da, mein stolzer Freund«, sagte er. »Dorthin müssen wir. Flieg!«

Rihscha erhob sich in die Lüfte, während Alduin sich der jungen Wunand zuwand, die einen Platz so tief in seinem Herzen hatte. Kurz drohte ihn der Schmerz zu überwältigen, den er in sich verspürte, aber er wusste, dass er keine Wahl hatte. Der einfache Umstand, dass Erilea nicht schwimmen konnte, bekräftigte nur, was sie beide schon auf die eine oder andere Weise gespürt hatten. Alduin würde das letzte Stück seines Weges allein gehen müssen.

»Ich muss los. Und der einzige Weg ist es zu schwimmen«, sagte er. In Erileas Augen glitzerten Tränen, doch sie weigerte sich, Schwäche zu zeigen. Stattdessen stand sie auf, und diesmal war sie es, die ihn mit einem flüchtigen Kuss bedachte.

»Ich wusste, dass der Moment kommen würde«, sagte sie nur. »Ich werde hier auf dich warten. Komm . . . komm einfach wieder zurück!«

Aranthia ging die Treppe hinauf zu Cals Zimmer. Es war zwei Tage her, dass er wieder bei Bewusstsein war. Seither hatte sie ihm immer wieder Jatamansi eingeflößt und die Menge stetig verringert, damit er weiterschlief und beim nächsten Mal sanfter erwachte.

Als Aranthia diesmal nach ihm sah, fand sie ihn reglos auf dem Bett liegen. Aus seinen weit geöffneten Augen sprach eine so unvorstellbare Traurigkeit, dass sie unwillkürlich zum Bett rannte und seine Hand ergriff.

»Cal«, flüsterte sie. »Kannst du mich hören? Ich bin es. Aranthia. Erkennst du mich?«

Cal versuchte, ihre Hand zu drücken, aber die Anstrengung war zu viel für ihn. Kurz schloss er die Augen und öffnete sie wieder

»Cal, oh Cal«, brachte sie über die Lippen. »Was ist bloß geschehen? Wo bist du gewesen?« Sie verstummte einen Augenblick, um ihre Gefühle unter Kontrolle zu bekommen. »Verzeih«, fuhr sie fort. »Das ist nicht die rechte Zeit dafür. Ich habe so viele Fragen, aber nicht jetzt. Erst musst du wieder zu Kräften kommen. Ich hole dir etwas Suppe.«

Als sie sich zum Gehen wandte, spürte sie, wie seine Finger den Druck um ihre Hand leicht verstärkten.

»Es . . . es tut mir leid . . .«, flüsterte er mit brüchiger Stimme. Sie klang dünn wie das Rascheln von Herbstlaub.

»Cal, das muss es nicht«, erwiderte sie. »Was du mir gegeben hast . . . oh . . . Ich muss gehen . . .«

Damit rannte sie aus dem Zimmer. Kurz hielt sie am Treppenabsatz inne, um sich wieder zu fassen. Nach einigen tiefen Atemzügen hatte sie die Fassung wiedergefunden und lief hinunter in die Küche.

»Cal ist wach«, rief sie Bardelph und Rael zu, die am Tisch saßen. »Er weiß, wer ich bin. Ich glaube, das Schlimmste hat er hinter sich.«

Bei ihren Worten sprangen beide Männer auf, doch während Rael auf die Tür zusteuerte, zögerte Bardelph.

»Keine Sorge«, sagte Aranthia und berührte seine Wange mit einer zärtlichen Geste, die mehr sagte als Worte. »Geh und hilf Rael, ihn aufzusetzen. Ich bringe etwas Suppe nach oben.«

Aranthia fütterte Cal, während Bardelph ihn stützte und Rael ihm ein Tuch unter das Kinn hielt. Nach sechs oder sieben Löffeln konnte er nicht mehr schlucken. Bardelph half ihm, sich auf die Kissen zurückzulehnen, und wischte Cal den Mund ab.

»So, mein Freund«, sagte er, als er den hageren Körper aufrichtete und vom Bett zurücktrat. »Ruh dich aus. Es mag eine Weile dauern, aber ich sehe keinen Grund, weshalb du nicht deine alte Kraft wiedererlangen solltest.«

Aranthia reichte Bardelph die Suppenschüssel, zögerte aber noch kurz, bevor sie sprach. »Bitte bring das nach unten. Ich denke, du solltest Meister Calborth holen«, sagte sie. »Rael und ich bleiben einstweilen hier.«

Nachdem Bardelph gegangen war, wandte Aranthia sich wieder Cal zu und versuchte, den richtigen Tonfall für das zu finden, was sie ihm mitteilen musste.

»Cal, wir können aufhören, dir Jatamansi einzuflößen, aber … du … du darfst nicht …«, setzte sie an, konnte den Satz jedoch nicht vollenden.

Rael trat vor. Er wusste, dass Aranthia die Rede auf Krath bringen würde, jedoch durfte sie Cal nicht aufregen. Dem jungen Falkner jedoch war klar, dass es sich nicht vermeiden ließ. Er verneigte sich mit der Faust an der Brust und sprach mit ernster, aber ruhiger Stimme. »Möge das Licht Gilians mit dir sein. Ich bin Rael. Ich fliege mit Sivella.«

Bei der Erwähnung des Falken zuckte Cal zusammen. Er schloss die Augen, und ein leises Stöhnen ging über seine Lippen. Rael zog sich einen Stuhl heran, setzte sich und legte dem Mann mitfühlend eine Hand auf den Arm.

»Krath lebt nicht mehr, stimmt's?«, fragte er.

Tränen lösten sich aus Cals Augenwinkeln. Der Schmerz, der sich in seinem Blick widerspiegelte, bohrte sich wie ein Messer in Raels Innerstes.

»Cal, es tut mir so leid. Ich ... ich weiß nicht, was ich sagen soll.«

Der Gedanke, dass auch Sivella eines Tages sterben würde, überwältigte ihn. Er betete stumm zu Gilian, dass der Mann, der hier lag, Kraft finden möge.

Kurz darauf begann Cal, mit stockender Stimme zu sprechen. Die unglaubliche Mühe, die es ihn kostete, stand ihm ins Gesicht geschrieben.

»Es hat uns nichts gebracht ... Es war wunderschön, wie ... wie ...« Er rang nach Atem. »Aber es war nicht echt. Wir sind zwischen den Welten umhergeirrt ... gefangen in einem kristallenen Käfig, aus dem es kein Entrinnen gab. Jetzt ist Krath frei ... Ich bin frei ... Aber wir haben einander verloren.«

Aranthia ging näher an das Bett heran. Sie wollte ihn davor warnen weiterzusprechen, andererseits sehnte sie sich danach, mehr zu erfahren. Die Furcht um ihren Sohn zwang sie fast in die Knie. Rael hatte ihm davon erzählt, dass er sich aufgemacht hatte, den Spuren seines Vaters nachzugehen in der Hoffnung, ihm dadurch helfen zu können. Was aber, wenn er auch an diesem Ort im Nirgendwo gefangen war? Wie sollten sie ihn finden? Sie spürte, wie Panik in ihr aufstieg und sie zu lähmen drohte. Mit äußerster Willensanstrengung kämpfte sie gegen das Gefühl an, schloss alle Gedanken aus. Sie durften jetzt nichts überstürzen. Sie musste Geduld bewahren. »Still, Cal«, sagte sie. »Das kann warten.«

In diesem Augenblick kam Bardelph ins Zimmer, gefolgt von Meister Calborth, und ersparte ihr weitere Worte.

»Bei Gilians heiliger Feder«, rief der Meister aus. »Es ist schön zu sehen, dass du wach bist Cal. Wir waren mächtig in Sorge um dich.«

Die kostbaren Erinnerungen an eine längst vergangene Zeit schienen Cal zu erreichen, und er brachte seinem früheren Meister ein flüchtiges Lächeln entgegen.

»Bardelph hat mir erzählt, dass du schon Suppe gegessen hast«, begann Calborth. »Aber ich finde, du brauchst etwas Kräftigeres.«

Zu Aranthias Erstaunen hielt Meister Calborth eine Flasche und ein Glas hoch.

»Es geht nun mal nichts über Mastrill-Wein!«, meinte er und schenkte einen kleinen Schluck ein. Dann wandte er sich Aranthia zu. »Gebt ihm das«, sagte er. »Dieser Tropfen wird wahre Wunder wirken.«

Aranthia war sprachlos. Sie griff nach dem Glas, schlang einen Arm um Cals Nacken, um ihn zu stützen, und half ihm, den Wein zu trinken. Nachdem er getrunken hatte, seufzte er einmal tief auf und schlief auf der Stelle ein.

»Nach dem Mastrill-Wein wird er besser schlafen als mit Jatamansi«, sagte Calborth. »Ich lasse die Flasche hier.«

Später in jener Nacht hielt Aranthia Wache. Sie waren allein. Das Kinn der Heilerin begann gerade, zur Brust hinabzusinken, als sie ihn sprechen hörte.

»Aranthia. Was habe ich nur angerichtet?«, flüsterte er.

»Pst, quäl dich nicht«, ermahnte sie ihn, bot ihm etwas Wasser an und hielt ihm das Glas an den Mund.

Er trank es bis auf den letzten Tropfen aus und seufzte. Sie dachte schon, er wäre wieder eingeschlafen, doch als er weitersprach, hörte seine Stimme sich gefasst und wach an.

»Wie lange ist es her?«

»Das war der sechzehnte Sommer.«

»Sechzehn . . . so lange! Warum bist du nach so langer Zeit hier?«

Aranthia senkte den Kopf und stützte ihn einen Augenblick auf die gefalteten Hände, bevor sie antwortete.

»Ich bin hier, weil du mich brauchst«, sagte sie schlicht. »Gewiss, ich habe mittlerweile ein neues Leben, aber . . . Oh Cal, was ist nur geschehen? Was?«

Er schüttelte den Kopf.« Jetzt fühlt es sich wie ein Traum an . . .

die Insel . . . einfach alles. Ich kann die Erinnerungen nicht festhalten . . . es ist so lange her.«

»Aber Cal, es ist wichtig!«, drängte ihn Aranthia, zog den Stuhl näher an das Bett heran und legte beide Hände um seine Finger. »Ich wünschte, es gäbe einen besseren Zeitpunkt, es dir zu sagen, aber dem ist nun mal nicht so, und es muss sein . . . weil es wichtig ist.«

Immer noch zögerte sie und wusste nicht recht, wie sie beginnen sollte. Sie stand auf, ging zum Fenster hinüber und schaute in die klare Sommernacht hinaus. Nymaths Vollmonde leuchteten hell am Firmament. Sie war hin- und hergerissen. Wie würde Cal die Neuigkeit aufnehmen, dass er einen Sohn hatte? Würde es seinem Zustand schaden? Andererseits – sie konnte nicht länger warten, um Alduins willen.

Aranthia holte tief Luft und kehrte ans Bett zurück. »Ich muss dir etwas sagen«, begann sie und versuchte, das Zittern in ihrer Stimme zu unterdrücken. »Es wird dich überraschen. Du hast einen Sohn. Sein Name ist Alduin, und . . .«

»Ich habe einen Sohn?«, unterbrach Cal sie flüsternd. Da war Erstaunen in seiner Stimme, gewiss, aber noch etwas anderes. Es war, als hätte plötzlich eine Kerze einen stockfinsteren Raum erhellt. »Ich habe einen Sohn?«

»Ja«, bestätigte sie. »Und er ist ein ganz besonderer Mensch . . . aus tausend Gründen. Ich wüsste gar nicht, wie ich sie dir alle aufzählen sollte. Du wirst so stolz auf ihn sein, wenn du ihn kennenlernst. Aber da gibt es noch etwas: Er hat sich aufgemacht, um deinen Weg nachzugehen. Er hatte Visionen. Dabei hat er etwas entdeckt, was ihn auf die Spur gebracht hat. Nun ist er aufgebrochen, um etwas zu finden, von dem er hofft, dass es dir helfen würde.«

»Aber es gibt nichts, was er noch tun kann, um mir zu helfen! Krath ist nicht mehr, und ich habe alles verloren.« Cals Flüstern wurde zu einem aufgeregten Krächzen, und er machte Anstalten, sich aufzurichten. »Er darf dort nicht hingehen!«, stöhnte er. »Er darf nicht in dieselbe Falle tappen!«

»Welche Falle, Cal?«, drängte Aranthia. »Welche Falle meinst du?«

Cal zog die Brauen zusammen. Auf seinem Gesicht spiegelte sich unendliche Qual wider, als er versuchte, sich die Ereignisse der Vergangenheit ins Gedächtnis zu rufen. Doch dann schüttelte er den Kopf.

»Ich ... ich kann mich nicht erinnern«, sagte er. »Sooft ich es versuche, sind da nur flüchtige Schatten und undurchsichtige Nebel. Aber ich weiß, dass es mir nicht helfen wird, wenn er sein Ziel erreicht. Ganz im Gegenteil, er bringt sich in große Gefahr!«

»Gefahr? Was meinst du damit?«, fragte Aranthia.

»Sein eigenes Verlangen. Es könnte groß und größer werden und ihn schließlich bezwingen. Das ist mir widerfahren«, antwortete Cal.

»Aber was können wir tun?«, rief Aranthia und umklammerte seine Hand. »Wahrscheinlich ist er bereits an diesem Ziel eingetroffen, von dem du sprichst! Wir müssen etwas unternehmen.«

Cal überlegte angestrengt. In seinem Gesicht zuckte ein Nerv, und Aranthia sah erschrocken, dass seine Miene noch eingefallener wirkte als zuvor. »Die einzige Möglichkeit wäre, einen Falken zu schicken«, erklärte er. »Nur Falken können den Weg finden.«

»Nur Falken?«

»Ja. Falken mit einer besonders starken Bindung an ihren Gefährten.«

»Wir bitten Rael, Sivella zu senden«, rief Aranthia aus. Die Erleichterung stand ihr ins Gesicht geschrieben. Es gab also doch etwas, was sie tun konnten! »Rael hilft uns bestimmt«, fügte sie hinzu. »Alduin ist sein Freund.«

Sobald die Morgendämmerung heraufzog, machte sich Aranthia auf die Suche nach Rael und fand ihn auch sehr bald. Als die beiden in das Krankenzimmer zurückkehrten, fanden sie Bardelph und Cal im Gespräch vertieft.

Der Raide stand auf, bot Rael den Stuhl an, ging zu Aranthia und ergriff ihre Hand. Er warf ihr einen Blick zu, und sie erkannte, dass er mit Cal darüber gesprochen hatte, wie die Dinge zwischen ihnen standen. Erleichterung erfüllte sie. Bis zu jenem Augenblick war ihr gar nicht bewusst gewesen, wie sehr sie die widersprüchlichen Gefühle belastet hatten.

»Aranthia hat mir gesagt, dass wir so schnell wie möglich einen Falken senden müssen, um Alduin zu helfen«, ergriff Rael das Wort. »Ich bin gerne bereit, Sivella zu schicken.«

»Ich weiß nicht, ob Sivella tatsächlich helfen kann«, erwiderte Cal. Er hatte sich in der Zwischenzeit ein wenig erholt. »Aber sie kann dich hinführen.«

»Aber wohin soll ich sie schicken? Der einzige Anhaltspunkt, den ich habe, ist Sean Ferll«, erklärte Rael.

»Nein . . . nicht Sean Ferll«, sagte Cal, schloss die Augen und versuchte, sich zu erinnern, so gut er konnte. »Wenn sie von hier unmittelbar nach Nordosten fliegt, sollte sie den See und den Wasserfall finden, die den Mangipohr nähren. Darüber hinaus sehe ich nichts – die Bilder lösen sich auf wie Morgentau in der Sonne.«

»Dann muss sie beim Fliegen auf Gilians Geleit vertrauen«, sagte Aranthia entschieden.

»Und wir dürfen nicht vergessen, dass Erilea bei Alduin ist«, warf Rael ein. »Sie hat ihn bestimmt nicht alleine gelassen.«

»Natürlich. Erilea! Daran habe ich gar nicht mehr gedacht«, rief Aranthia und erzählte Cal von ihr. Sie steht Alduin sehr nah«, sagte sie noch schnell, »und hat ihn auf seiner Reise begleitet.«

»Ich darf keine Zeit verlieren«, unterbrach der junge Raide und stand auf. »Ich rufe Sivella und schicke sie los. Dann gehe ich hinunter zu den Kasernen der Katauren und frage Cardol, ob er ein Pferd für mich hat. Dann kann ich meinem Falken gleich folgen.«

Alduin zitterte vor Kälte und Erschöpfung, als er sich aus dem Wasser zog. Nebelschwaden umfingen ihn und verbargen die Umgebung vor seinen Blicken. Und doch fühlte sich der Boden der Insel fest unter seinen Füßen an. Es war schwer zu glauben, dass sie kurz zuvor noch gar nicht da gewesen, sondern einfach aus dem Nichts aufgetaucht war. Dass es einen solch magischen Ort in Nymath geben konnte und dennoch so wenig darüber bekannt war, überstieg seinen Verstand. Wer immer sie kannte, musste einen Grund haben, sie geheim zu halten. Und das verriet nichts Gutes. Bei der Seligkeit, die er im Bund mit Cal und Krath gespürt hatte, konnte er sich kaum vorstellen, dass sich etwas Böses hinter dieser übermenschlichen Kraft verbergen konnte.

»Rihscha, komm her«, rief er. Ohne nachzudenken, hob er diesmal den rechten Arm, damit der Falke darauf landen konnte. Er flog aus den Dunstschwaden hervor und senkte die Krallen um die Male, die der Mutterfalke vor so langer Zeit an Alduins Handgelenk hinterlassen hatte.

Die Nebelschwaden umspielten ihn wie lebendige Wesen. Mal öffneten sie ihm den Blick auf dicht wucherndes Buschwerk und bizarre Steinblöcke, bevor sie sich gleich darauf wieder vor ihm zusammenschlossen und ihm die Sicht raubten. Alduin bewegte sich wie blind und versuchte, sich einen Weg durchs Unterholz ins Innerste der Insel zu bahnen.

Und mit einem Mal brach der Nebel auf. Er schritt in die sternklare Nacht hinein. Mit großen Augen sah er sich um und wurde sofort von der Magie des Ortes gefangen. Die Mitte der Insel war von einer dunklen Mauer aus Nebel umgeben, die jegliche Sicht nach außen nahm. Im Inneren jedoch wölbte sich der Himmel wie ein Dach über eine große Halle – und ebenso majestätisch kam Alduin dieser Ort auch vor.

Er musste an die magische Nebelwand denken. Gaelithil, die Elbenpriesterin, hatte sie vor Jahrhunderten entlang dem Arnad gewoben, um die Uzoma – die eingeschworenen Feinde der Stämme Nymaths, abzuwehren. Konnte diese Wand hier auf ähnlich magische Weise entstanden sein?

Im Mittelpunkt stand eine Turmruine. Doch als Alduin einen Blick darauf warf, schien es ihm, als fügten sich Stück für Stück die eingestürzten Mauerteile zusammen. Je mehr sich der Turm seiner

Vollendung näherte, desto stärker wurde auch der seltsame Glanz, den die Steinblöcke auszustrahlen schienen. Wie schimmernde Perlen sendeten sie ihr mattes Licht zu Alduin. Es wurde stärker und stärker, und irgendwann erstrahlte der Turm im hellen Licht. Aus dem offenen Eingang fiel ein einladender Schein.

Obwohl Alduin von dem Zauber gefangen war, zögerte er einen Augenblick. Die Macht, mit der ihn der Turm anzog, war von solch süßem Versprechen, dass er ihr kaum widerstehen konnte. Nur die Angst, dass er für immer seine vertraute Welt verlassen könnte, hielt ihn zurück. Seine Gedanken kreisten um Erilea, und zum ersten Mal versuchte er sich auszumalen, wie eine gemeinsame Zukunft mit ihr aussehen könnte. Freude, Mühsal, Abenteuer und sogar Streit sah er. Es fühlte sich so echt an, dass er ihre Gegenwart mit jeder Faser seines Körpers spürte. Dann gingen ihm Mutter, Bardelph, Rael, Meister Calborth und so viele andere durch den Sinn, die eng verwoben waren mit seinem Leben. In letzter Zeit hatte er sie nicht so häufig gesehen, wie ihm lieb gewesen wäre. Er hatte das Bedürfnis, noch so vieles nachzuholen und Begonnenes zu beenden!

Zu guter Letzt erinnerte er sich an das Gesicht des bewusstlosen Mannes, von dem er wusste, dass er sein Vater war. Mit ihm fühlte er sich tief verbunden, obwohl er noch nie mit ihm gesprochen hatte. Ihre Leben waren untrennbar miteinander verknüpft.

Wieder sah er die blassen, reglosen Züge vor sich, und in diesem Moment stand es ihm klar vor Augen, dass er trotz alledem seinem Schicksal nicht entrinnen konnte. Er hatte keine Wahl. Was immer er entdecken mochte, es gab keinen Weg zurück. Er musste herausfinden, was mit Cal und Krath geschehen war, um zu sehen, ob es eine Möglichkeit gab, ihnen zu helfen.

»Rihscha«, sagte er und streichelte den Falken. »Wie bin ich froh, dass zumindest du bei mir bist.« Er tauschte einen Blick mit ihm und fand in den weisen Augen des Tieres Sicherheit.

Alduin ging in Richtung des Turmes und durch die Tür.

Statt einer Wendeltreppe nach oben führten die Stufen in die Erde hinein. Der Eindruck entstand, als sei der Turm auf den Kopf gestellt.

Alduin stieg berauscht Stufe für Stufe in die Tiefe. Dabei war er von einem Licht umgeben, das mit jedem Herzschlag reicher und strahlender wurde.

Als er am Fuß der Treppe angelangt war, eröffnete sich um ihn eine sanft erhellte Kammer mit sieben Seiten. Jede davon war mit einem wunderschönen Bogen aus filigran gearbeitetem Mauerwerk verziert. Im Halbschatten unter jedem der Bögen machte er die fließenden Bewegungen einer sanften Meeresdünung aus. Doch sosehr er sich auch anstrengte, er konnte nicht erkennen, was es war. Über ihm wölbte sich die Decke zu einer Höhe auf, die so gar nicht im Verhältnis des kurzen Abstiegs stand. Sie war gestützt von sieben Bögen, die mit der Turmmitte zu einem Stern verschmolzen.

Plötzlich leuchtete einer der Bögen auf, als hätte sich für einen kurzen Augenblick eine Tür geöffnet, die den Schimmer der Morgenröte einfallen ließ, bevor sie sich wieder schloss.

Eine Gestalt trat heraus, und als Alduin sie erkannte, überkam ihn eine Mischung aus Erleichterung, Verwirrung und Zweifeln. Vor ihm stand nun das seltsame Wesen, von dem er überzeugt war, dass es ihn in dem Dorf am Vulkan gerettet hatte. Der Körper war weder gebückt noch auf einen krummen Stab gestützt. Das Haar sah nicht mehr aus wie ein zerrupftes Vogelnest. Das Wesen stand in voller Größe aufgerichtet vor ihm. Das weiße Haar war in eleganten Strähnen um den Kopf gedreht, so strahlend und schön wie bei einem exotischen Vogel. Der edle Federmantel schwebte sanft in einer Brise, die sonst nirgends zu spüren war. Die Gesichtszüge waren der perfekte Verschnitt zwischen dem eines menschlichen Wesens und dem eines Falken. Sie waren so voller Liebe und Herzlichkeit, dass Alduin nicht anders konnte, als der Gestalt entgegenzulaufen.

Sosehr sie sich auch bemüht hatte, es war Erilea nicht gelungen, die ganze Nacht wach zu bleiben. Sie hatte beobachtete wie Alduin mit steten Zügen durch das dunkle Wasser des Sees geschwommen war, und sie hatte sich sogar eingebildet, tatsächlich zu sehen, wie er die ferne Insel erreichte und ans Ufer kletterte. Wenn sie die Augen zusammenkniff, um mehr zu erkennen, wurde die Insel nur noch verschwommener, daher hatte sie es nach einer Weile aufgegeben. Alduin hatte sich schweigend verabschiedet. Erilea wusste nicht, wann er zurückkommen würde. Sie hatte sich auf eine lange Wartezeit eingerichtet.

Als die Einsamkeit nach ihr griff, nahm sie Alduins Decke, hüllte sich darin ein, atmete seinen vertrauten Geruch ein und kämpfte gegen die Tränen an, die sie zu überwältigen drohten. Als sie endlich einschlief, hatte sie einen seltsamen Traum. Elin – die Arekkatze – besuchte sie. Sie lief vor ihr her über eine weitläufige Ebene, in der keinerlei Pflanzen oder Bäume wuchsen. Der Horizont flimmerte vor ihr in der Ferne, und sie konnte nicht erkennen, wo das Land endete und der Himmel begann. Dennoch glaubte sie für einen Moment, Hinweise auf Orte zu erkennen. Bald waren sie auf der Straße hinauf nach Sanforan, bald in dem Tunnel unter dem Mangipohr, bald auf den Pfaden über den Ebenen. Irgendwann wurde ihr klar, dass sie träumte und nichts von alledem wirklich geschah. Dann wiederum kam ihr der Gedanke, dass sie vielleicht doch wach war, jedoch ihr Leben selbst nur ein Traum war. Aber was ihr auch in den Sinn kam, sie wusste, dass sie Elin nicht aus den Augen lassen durfte, und so lief sie weiter und weiter hinter der Katze her. Manchmal ließen Zweifel und Müdigkeit sie langsamer werden, und sie musste Elin zurufen, auf sie zu warten. Dann hielt er an, sah zu ihr zurück, bis sie wieder zu ihm aufschloss, bevor er weiterlief.

Das Zwitschern der Vögel vor dem Morgengrauen weckte Erilea. Am Himmel zeichnete sich ein fahler Schimmer ab, doch es würde noch eine lange Weile dauern, bis die Sonne aufging. Ruckartig setzte sie sich auf und schaute auf den See. All ihre Ängste bestätigten sich, als ihr Blick über die leeren Weiten des Wassers bis zum Horizont wanderten. Die Insel war verschwunden!

»Nein!«, schrie sie, sprang auf und watete in den See. Mit aller Macht schlug sie mit den Händen auf das Wasser, als könnten die Wellen, die sie erzeugte, die Insel auf irgendeine Weise wieder herbeizaubern.

»Bei allem, was mir lieb und teuer ist, Emo, warum hast du mich nicht geweckt!«, brüllte sie zornig in die Luft.

Sie stieg aus dem Wasser und rannte, so schnell sie konnte, den Strand der Insel entlang. Ihr Herz raste, doch Erilea lenkte ihre Gedanken auf das Geräusch ihrer Schritte und versuchte, alles andere aus ihrem Verstand auszusperren. Doch es wollte ihr nicht gelingen. Als sie die Insel einmal umrundet hatte und zu ihrem Rastplatz zurückgekehrt war, hob sie Alduins Decke auf und schleuderte sie von sich, so weit sie konnte.

»Du hast gewusst, dass es so geschehen würde!«, schrie sie, als stünde Alduin vor ihr. »Du hast gewusst, dass du nicht mehr zurückkommen würdest!«

Abermals suchte ihr Blick die Umgebung ab, während sie gleichzeitig auf und ab stapfte und ihr Selbstgespräch fortführte. »Wo seid ihr jetzt, du und der Falke? Fliegt ihr zusammen und habt alles andere darüber vergessen? Seid ihr in dieser gottverdammten, mystischen Welt, die für mich unerreichbar ist? Du hast gewusst, dass es genau darum ging, oder? Die ewige Verbindung. Rael hatte recht. Cal war nur ein Vorwand. Du wolltest es unbedingt wissen, gleich welchen Preis andere dafür vielleicht bezahlen mussten! Offenbar ist dir auch gleich, dass du für mich genauso gut tot sein könntest!«

Die Erwähnung des Todes ließ Erilea jäh innehalten und ihre Worte bereuen.

»Emo, verzeih mir! So habe ich das nicht gemeint. Bitte hilf ihm. Falls er gegen seinen Willen gefangen ist, hilf ihm bitte!«

Sie lief zu Alduins Decke, hob sie wieder auf und presste den rauen Stoff an ihr Gesicht. Dann sank sie schluchzend auf die Knie, wiegte sich vor und zurück, bis ihre Bewegungen allmählich ruhiger wurden, und holte tief Luft.

Sie würde Alduin nicht helfen, wenn sie außer Kontrolle geriet. Sie musste sich zusammennehmen und überlegen, was zu tun war. Entschlossen rappelte sie sich auf, ging zum Ufer und legte die hohlen Hände aneinander, um zu trinken. Danach tauchte sie ihren Kopf ins Wasser, wusch sich das Gesicht und die Arme. Im gleichen Moment umfingen sie die ersten Strahlen der Sonne. Erilea wandte sich dem beginnenden Tag zu.

Es schien, als wäre ihr zum ersten Mal seit Ewigkeiten wirklich bewusst, welche Hoffnung und Möglichkeiten jeder neue Tag bringen konnte. Wieder holte sie tief Luft und spürte, wie jeder Teil ihres Körpers sich zu entspannen begann. So stand sie da, und während sie ihr Morgenritual vollzog, spürte sie die Kraft in sich zurückkehren, die sie gerade jetzt so nötig brauchte.

# 15

»Fürst Gilian«, sagte Alduin und kniete vor dem Gott nieder, zu dem die Raiden beteten.

»Willkommen, junger Alduin. Willkommen, Rihscha. Ihr seid auf der Suche nach einer Antwort weit gereist.«

»Auf der Suche nach Antwort auf die Frage, die Ihr in mir gesät habt«, gab Alduin zurück und staunte darüber, wie leicht ihm die Worte in Gegenwart einer Gottheit über die Lippen kamen. Jetzt fügte sich alles zusammen.

Plötzlich wurde ihm klar, dass alles, was bisher geschah, nur einem Plan diente – nämlich ihn an diesen Ort zu führen.

Der Gott der Luft und des Windes lächelte und bedeutete Alduin, sich zu erheben.

»Du glaubst, du bist gekommen, um zu erfahren, was deinem Vater widerfahren ist, doch das ist nicht deine wahre Frage. Das wäre zu einfach für dich. Dein Wesen ist anders als das deines Vaters, vielschichtiger. In dir spiegeln sich auch deine Mutter und all ihre Gaben wider. Es stimmt, dass Cals Bindung zu seinem Falken besonders stark war. Aber sein Verständnis darüber, was das zu bedeuten hatte, war sehr begrenzt. Er strebte nur danach, in Krath aufzugehen. Seine Frage lautete anders als die deinige. Und weil er dachte, die Antwort schon zu wissen, ist es ihm nicht gelungen, die Erkenntnis zu erlangen, nach der er eigentlich suchte.«

»Ihr sprecht in Rätseln, Herr. Ich verstehe das alles nicht«, gab Alduin zu.

»Nein, du kannst es im Augenblick noch nicht verstehen, weil es nicht deine Frage ist. Aber das wirst du bald. Zu gegebener Zeit wird alles offenbar.«

»Wie lautet meine Frage?«, wollte Alduin wissen.

»Sag du es mir«, forderte Gilian ihn auf.

Alduin schwieg für einen Moment und sogleich brodelten Dutzende von Einfällen in seinem Verstand.

»Ich habe so viele Fragen«, sagte er.

»Gewiss, immerhin bist du noch jung. Du hast viele Fragen, und das ist gut so. Es ist gut, wissbegierig zu sein«, meinte Gilian, und Alduin erinnerte sich an die Worte der weisen Seherin Madi Tarais bei ihrer allerersten Begegnung.

»Komm, geh ein Stück mit mir«, forderte er Alduin auf. »Das wird dir helfen, deine Gedanken zu ordnen.«

Seite an Seite schlenderten Gilian und Alduin mit Rihscha auf der Faust durch die Kammer. Während sie gingen, geschah etwas Sonderbares: Alduin beschlich das Gefühl, als ob sie schwebten. Der ganze Raum drehte sich um sie. Mit jedem Torbogen, an dem sie vorbeikamen, offenbarte sich ihm fließend wie in einem Traum eine ganze Welt. Die erste Welt, die er sah, war voller zerklüfteter Berge und rot glühender Lava. Felsige Klippen von unglaublicher Größe ragten aus gewaltigen Ozeanen. Gewitterwolken knisterten vor Donner und Blitzen. Alles war wild und übermächtig, gleich den Grundfesten allen Seins. Die nächste Welt strotzte vor üppigem Wuchs – Pflanzen, Blumen und Bäume in jeder nur denkbaren Vorstellung – die Nahrung allen Lebens. In einem anderen Torbogen erhaschte Alduin Blicke auf wundersamste Wesen und Tiere aller Art. Einige erkannte er, andere nicht. Sein Herz schwoll an, als er einen fliegenden Falken beobachtete. Gewiss, er hatte schon viele Falken gesehen, doch dieser hier war die Verkörperung absoluter Perfektion von Bewegung und Grazie – es war die Urmutter aller Falken.

Angezogen von der berauschenden Schönheit des Falkenflugs ging er ein paar Schritte vor, blieb dann aber kurz vor dem Torbogen stehen.

»Ja«, sprach Gilian. »Das war die Reise, die dein Vater unternahm – aber es ist nicht die deinige.«

Alduin löste die Augen von dem Falken und wandte sich dem Gott der Raiden zu. »Der Bund mit den Falken ermöglicht es uns, in ihre Welt einzutreten und durch ihre Augen zu sehen.«

»Richtig. Aber für manche Falkner ist es mehr, als nur zu sehen«, ergänzte Gilian. »So wie du konnte dein Vater das gesamte Wesen seines Falken spüren und die Verbindung mit allen Sinnen aufnehmen. Ab und zu geschieht so etwas.«

»Aber damit wollte sich mein Vater nicht zufrieden geben. Ist es das, was Ihr mir damit sagen wollt? Dass er tatsächlich eins mit Krath werden wollte?«

»Ja«, bestätigte Gilian. »Er war bereit, seine Menschlichkeit aufzugeben, um eins mit seinem Falken zu werden. Er glaubte, er könnte auf diese Weise Kraths Leben verlängern – oder sogar Unsterblichkeit für sie beide erlangen.«

»Aber er ist kein Falke, er ist ein Mensch«, sagte Alduin. »Daran ist nichts zu ändern.« Allmählich begann er zu verstehen. Er ahnte, welche tiefe Sehnsucht sein Vater stillen wollte. Doch Alduin begriff auch, dass er am falschen Ort gesucht hatte.

»Jetzt ist mir klar, was ihr damit meint.« Er sah in das gütige Gesicht, in dem die Falkenaugen blitzten. »Er ist so sicher gewesen, die Antwort bereits zu kennen, dass er sie in Wahrheit gar nicht finden konnte.«

Gilian nickte, und sie gingen weiter. Alduin begann, ein Muster in den Szenen zu erkennen, die an ihnen vorüberzogen – jede der Welten schien sich in der nächsten weiterzuentwickeln. Er sah eine Vielzahl menschlicher Stämme – nicht nur die von Nymath, sondern auch ihm nicht bekannte in Welten jenseits der seinen. Dann kamen die Elben und andere Wesen in menschenähnlicher Gestalt. Doch sie waren erfüllt von etwas, was Menschen nicht besaßen. Es war ein innerer Glanz, der nach außen gleich einem Lichtertanz erstrahlte und sie alle einte. Schließlich streifte Alduin zwei weitere Welten, doch was er dort sah, überstieg seinen Verstand. Er vermochte sie weder zu benennen noch ihnen feste Gedanken zuzuordnen. Er blieb stehen, als der Rundgang beendet war. Die Entfernung schien ihm so viel größer gewesen.

»Lass ihn fliegen«, meinte Gilian völlig unvermittelt. »Lass Rihscha fliegen.«

»Hier?«

»Wohin er will!«

Alduin schwang den Falken in die Luft. Im selben Herzschlag war er mit ihm verbunden. Es war einfach geschehen.

Rihscha tauchte durch eine blendend weiße Wolkendecke. Sein Geist wusste, dass Alduin mit ihm flog. Ganz Nymath breitete sich unter ihnen aus, als wäre das Land neu geschaffen worden, unberührt wie ein Frühlingstag in den frühen Morgenstunden. Sie schwebten in Richtung des Mangipohr hinab, konnten aber kein Anzeichen der Dörfer erkennen, durch die sie erst kürzlich gereist waren. Das Land war nur von Pflanzen überwuchert und mit einer reichen Tierwelt gesegnet.

Als sie weiterflogen, erkannte Alduin auch Menschen. Es war ein kleinwüchsiges, dunkelhäutiges Volk, das das Land besiedelte. Es waren weder Wunand, noch waren es andere Stämme, die Alduin kannte. In diesem Moment verstand er, dass es Uzoma waren – ein Stamm, der bereits viele Generationen in Nymath gelebt hatte, bevor die Stämme aus Andaurien in den Norden geflohen waren. Als würde die Geschichte Nymaths vor ihm ablaufen, erlebte er, wie die ihm bekannten Stämme auf der Suche nach einer Zuflucht waren. Sie kamen in Scharen über das Pandarasgebirge und wurden von den Uzoma willkommen geheißen. Eine Weile herrschte Frieden zwischen den Völkern, die im Land lebten. Doch dann begann zu Alduins Bestürzung, Streit auszubrechen. Die Uzoma, die einst die Stämme aus Andaurien so freundlich aufgenommen hatten, wurden nun geschmäht und verfolgt, bis sie selbst flüchten mussten und sich im kahlen Ödland jenseits des Arnad niederließen. Die Kämpfe zwischen den beiden Seiten setzten sich fort, bis eine Gruppe Elben vor der westlichen Küste von Nymath Schiffbruch erlitt. Man bot ihnen eine vorübergehende Heimat in den Wäldern am Fuße des Pandarasgebirges an, wo sie auf die Rückkehr des Sterns warteten, der ihnen Geleit für die Weiterreise geben würde. Aus Dankbarkeit wob die Elbenpriesterin Gaelithil eine Wand aus magischen Nebeln entlang dem Arnad, der die Uzoma für immer aus Nymath fernhalten sollte.

All das sah Alduin durch Rihschas Augen, doch er verstand weit mehr, als die Bilder ihm zeigten, die sich ihm offenbarten. Er spürte die Verwirrung, die Furcht und die Missverständnisse, die zu dem Streit und der erbitterten Feindschaft geführt hatten. All das ging auf den Glauben zurück, die natürliche Fülle Nymaths reiche nicht aus und es gäbe zu wenig Platz für alle. Alduin wurde das Herz schwer vor Trauer.

Zeit verging, und plötzlich war er nicht mehr mit Rihscha zusammen. Stattdessen flog er mit einem Marvenfalkenweibchen, das neben ihrem Gefährten hoch in der Luft auf einem Aufwind kreiste. Tief unten lag ein Junge flach auf einem Felsen im hellen Sonnenschein und beobachtete ein einsames Falkenei in einer Felsspalte. Alduin erinnerte sich noch deutlich an jenen Tag, und im selben Lidschlag flog er nicht mehr, sondern kroch über den Felsen, um einen Blick auf das Ei zu erhaschen: Sein Leben als Falkner von Nymath begann von vorne.

Er spürte, wie er zurück in einen Bund gezogen wurde, doch wieder flog er nicht mit Rihscha – nun waren es Cal und Krath, die er begleitete. Er konnte miterleben, wie der Mann, der sein Vater war, sich nach und nach in dem Falken verlor. Wieder erlebte er das Gefühl unfassbaren Glücks und unverfälschter Freude. Er verstand, dass Krath Cal eingefangen und in seinem Wesen aufgenommen hatte. Auch wenn es für Cal eine Falle war, so ließ er es doch geschehen. So unbeschreiblich ekstatisch es war, eins mit dem Falken zu sein, so war doch die Natur des Falken begrenzt. Cal hatte sich für dafür entschieden und seine Menschlichkeit abgelegt.

Alduin schlug die Augen auf und sah Gilian an.

»Also hatte Cal all die Jahre, in denen er zusammen mit Krath flog, sein Leben als menschliches Wesen aufgegeben«, sagte Alduin.

»Ja«, sagte Gilian.« Aber weißt du, er hat sein Leben nicht wirklich aufgegeben. Er hat nur seine eigentliche Natur verloren, nachdem er eins mit Krath wurde.«

»Warum habt Ihr es zugelassen?«, wollte Alduin wissen.

»Es war seine Entscheidung. Jeder hat die freie Wahl, so zu leben, wie er will, und das zu erfahren, was er möchte. Die Götter werden niemanden davon abhalten.«

Alduin ließ sich Gilians Worte durch den Kopf gehen, ehe er fortfuhr.

»Und das erklärt, weshalb Cal nicht gealtert ist?«

»Du hast recht. Es hat seinen Körper verlassen, aber sein menschliches Leben ist dadurch nicht beendet worden. Es schwebte im Nichts.«

»Und jetzt? Rael sagt, dass die Zeit ihn einholt und er vor jedermanns Augen altert.«

»Ja. Krath war, ungeachtet der Hoffnungen und Bemühungen deines Vaters, sterblich. Als seine Zeit gekommen war und sein Geist weiterzog, konnte er Cal nicht mitnehmen, denn er gehörte dort noch nicht hin.«

»Also wird es ihm wieder gut gehen?«, fragte Alduin.

Gilian lächelte.

»Ja, sei nicht besorgt. Cal hat mittlerweile einige wichtige Dinge verstanden. Es wird eine Weile dauern, bis er sich wieder daran gewöhnt, Mensch zu sein. Aber es wird ihm gelingen.«

Plötzlich verstand Alduin, und er sog hörbar die Luft ein. »Dann hätte ich gar nicht herkommen müssen«, sagte er. »Dass ich hier bin, wird nichts an Cals Zustand ändern.«

»Ich habe dir doch gesagt, deine eigentliche Frage lautet anders als die, die du zu haben glaubtest. Und auch der Grund, weshalb du hergekommen bist, ist ein anderer.«

»Aber Ihr wart es, der mich hergeführt hat!«, rief Alduin aus.

»Ja, nur weil du darum gebeten hast«, gab Gilian zurück.

»Ich habe um nichts gebeten«, setzte Alduin an und schluckte den Rest der Worte herunter. Mit einem Mal war ihm klar, welche Frage er hatte. Seit der ersten Verbindung mit Rihscha war sie in ihm gereift mit den einzigartigen Erfahrungen, die er und sein Falke teilten. Es war ihm bewusst, dass die Gabe des Bundes mit dem Falken weitaus mehr war, als nur durch seine Augen zu sehen. Er hatte die Fähigkeit der Voraussicht von seiner Mutter geerbt. So konnte er mit anderen Falken an andere Orte und in andere Zeiten reisen. So konnte der Bund vielleicht sogar die Eröffnung unbegrenzter Möglichkeiten bedeuten.

»Die Götter . . . die Elben . . . sie gehören einer höheren Ordnung als die der Menschen an«, sagte er.

»Höher ist irreführend«, entgegnete Gilian. »Sagen wir vielmehr, dass ihr Wesen die menschliche Natur umhüllt.«

»Umhüllt?«

»Ja, so wie die menschliche Natur, die der Tiere, der Pflanzen und der Materie.«

»Und durch den Bund mit Rihscha kann ich zwischen diesen Naturen, diesen Welten reisen . . . sogar in das Reich der Elben . . . und in das der Götter?«

»Ja, und sogar darüber hinaus zum Ursprung aller Schöpfung. Es ist möglich«, bestätigte der Gott.

»Der Ursprung aller Schöpfung?«, wiederholte Alduin ungläubig.

»Ja. Der Augenblick, in dem aus dem Nichts alles wurde.«

Alduin grübelte über diese verblüffende Möglichkeit nach. Was das für eine Reise wäre! Was für eine Geschichte er zu erzählen hätte! Vielleicht . . . vielleicht könnte er sogar auf diese Weise versuchen, die Weisheit zu finden, die Feindschaft zwischen den Stämmen von Nymath und den Uzoma beizulegen.

»Unvorstellbar!« Er holte tief Luft. »Aber das Entscheidende dabei ist, dass ich meiner selbst bewusst bleibe und mich nicht im Falkenflug verliere«, sagte er und war kaum in der Lage, seine Aufregung zu bändigen.

»Wenn du nicht deinem Vater folgen willst, dann schon.«

»Was muss ich tun? Wie kann ich all das erfahren?«, fragte Alduin drängend.

Der Gott schwieg einen Augenblick und musterte ihn eindringlich, als wollte er prüfen, wie weit seine Entschlossenheit ging. Schließlich antwortete er, und die Worte, die er sprach, fielen wie ein Hammer, der ein Schicksal besiegelt. »Du musst bereit sein, alles aufzugeben.«

Noch während Gilian sprach, spürte Alduin, dass eine Trauer von ihm Besitz ergriff, wie er sie noch nie verspürt hatte. Er wusste, dass der Augenblick der endgültigen Entscheidung gekommen war. Aber wie hätte er je etwas anderes erwarten können? Natürlich würde es eine gefahrvolle Reise werden. Trotz allen Geleits, das Gilian ihm gewähren mochte, würde er sie unter Umständen nicht überleben. Im besten Fall würde er wahrscheinlich sehr lange fort sein, und er könnte nicht erwarten, in eine unveränderte Welt zurückzukehren. Seine Freunde und seine Familie – sie alle würden eigener Wege gegangen sein. Nichts wäre mehr so, wie es einmal war. Die Gesichter all jener, die ihm lieb und teuer waren, zogen an ihm vorbei.

Wieder war es Erilea, deren Bild ihn nicht loslassen wollte. Wie viel Zeit wohl vergangen sein mochte, seit er sie am Strand zurückgelassen hatte? Es war unmöglich abzuschätzen. Draußen konnten die Vollmonde noch hoch am nächtlichen Himmel stehen oder bereits ein ganzer Siebentag verstrichen sein. Obwohl er wusste, dass er tief in seinem Inneren bereits eine Entscheidung getroffen hatte, klammerte er sich an einen letzten Strohhalm.

»Kann ich mich noch von Erilea verabschieden?«, fragte er.

Gilian musterte ihn mit verständnisvollem Blick, schüttelte aber den Kopf.

»Die Sonne ist bereits zu einem neuen Tag aufgegangen, und die Insel ist für alle Augen verborgen. Erst bei den nächsten Vollmonden wird sie sich wieder zeigen.«

»Dann weiß Erilea überhaupt nicht, was mit mir . . .« Alduin rang nach Luft, als ihm klar wurde, was das zu bedeuten hatte. »Sie muss verzweifelt sein!«

»Aber du hast gewusst, dass es dazu kommen würde«, sagte Gilian mit sanfter Stimme. »Es war deine Entscheidung.«

»Nein, ich . . . ich . . .«

Alduin senkte den Blick, als er spürte, wie heiße Tränen in seinen Augen aufstiegen. Ja, er hatte es gewusst. Tief in seinem Inneren hatte er gewusst, dass es so weit kommen würde. Warum versuchte er nun, sich selbst zu belügen? Ihm war nur nicht klar gewesen, wie schmerzlich der Augenblick der Wahrheit sein würde – der Augenblick, in dem er alles aufgeben musste, was ihm am Herzen lag. Würde es den Preis wert sein?

Erilea beendete ihr Morgenritual ruhig und gefasst. Ihr war bewusst, dass sie nur abwarten konnte. Sie hatte Alduin ein Versprechen gegeben, also würde sie warten und nicht davonlaufen, auch wenn sich die Dinge nicht so entwickelten, wie sie es erhoffte. Aber sie würde mit Sicherheit auch nicht tatenlos abwarten. Sie würde sich einen Unterschlupf bauen und ein Lager aufschlagen. Spätestens zum nächsten Mondzyklus würde sie wieder nach der Insel suchen. Bis dahin könnte sie ein Floß gebaut haben, um überzusetzen.

Erilea verlor keine Zeit, ihren Plan in die Tat umzusetzen. Jetzt im Hochsommer musste sie die Kälte nicht fürchten, aber es würden Stürme kommen. Deshalb musste der Unterschlupf solide gebaut werden. Sie bahnte sich einen Weg durch das Unterholz in den Wald und schnitt eine ordentliche Anzahl biegsamer Zweige ab. Nah am Strand fand sie zwei Bäume, die so dicht beieinanderwuchsen, dass ihre unteren Äste sich ineinander verflochten hatten. Sie breitete ihre Decke über dem Zweiggeflecht als Dach aus. Dann brachte sie das Reisig wie ein Flechtwerk zusammen als schützende Rückwand ihres vorübergehenden Unterschlupfes und dichtete es anschließend mit Schlamm, Reisig und Gras ab.

Die beiden Baumstämme waren die Seitenwände. Den Eingang beließ sie offen, um einen ungehinderten Blick auf den See zu haben. Besonders groß war der Unterschlupf nicht, doch ausreichend, um darin zu schlafen und ihre wenigen Habseligkeiten darin zu verstauen.

Den ganzen Tag war sie mit der Arbeit beschäftigt, und eh sie sich versah, berührte die Sonne bereits wieder den Horizont. Während sie einen weiteren majestätischen Sonnenuntergang abwartete, legte sie sich hin und kaute an Kaninchenbrocken und Wurzeln, die vom Vortag übrig geblieben waren. Die letzten Strahlen der Sonne stachen so grell durch die fernen Wolken, dass vor ihren Augen dunkle Flecke zu tänzeln begannen und sie die Lider fest schließen musste. Als sie die Augen wieder aufschlug, war die Sonne untergegangen. Sie sah einen schwarzen Fleck am Horizont. Etwas an seiner Bewegung wirkte vertraut, und ihr Herz füllte sich mit freudiger Erregung. Es war ein Falke. Rihscha! Ein Zeichen, dass Alduin auf dem Weg zurück war?

Erwartungsvoll sprang Erilea auf und rannte zum Wasser. Der Falke kam näher. Seine helle Brust spiegelte sich in der Oberfläche des Sees. Trotz des allmählich schwindenden Lichts sah Erilea, dass sein Gefieder nicht blaugrün war wie das von Rihscha.

»Sivella! Du bist schon wieder gekommen?«, rief Erilea in dem Augenblick aus, als sie den Falken erkannte. »Ist Rael bei dir?«

Sivella flog eine Schleife, bevor sie auf einem umgestürzten Baumstamm landete. An ihrer Klaue war eine Nachricht befestigt. Der Falke legte den Kopf schief und beobachtete Erilea stumm, während sie die winzige Schriftrolle entfernte und entfaltete. Es stand nur eine einzige Rune darauf, ein deutlicher Abwärtsstrich mit einem weiteren Zug, der schräg quer durch die Mitte verlief. Obwohl Erilea nur wenige Runen kannte, wusste sie, dass dieses Zeichen als Symbol für eine Warnung galt. Es hieß *Naudiz,* und eine seiner Bedeutungen war GEFAHR.

Als Erilea es erblickte, schlug ihr Herz schneller. Was mochte geschehen sein, dass ihr Rael eine solche Botschaft sandte? Wie sollte sie darauf antworten? Die Nachricht war offensichtlich für Alduin bestimmt. Sein Freund wusste, was er vorhatte, und musste in Sanforan etwas herausgefunden haben, etwas, vor dem er Alduin warnen wollte.

»Arrrg«, knurrte Erilea. »Es ist zu spät, Rael. Ich wusste es! Ich wusste, dass Alduin sich in Gefahr begibt, aber er wollte es nicht zugeben. Du hattest recht. Die Verlockung, der Sache auf den Grund zu gehen, war zu mächtig für ihn. Er hat alle Vorsicht in den Wind geschlagen, und jetzt ist er . . . jetzt ist er einfach verschwunden. Wahrscheinlich in dasselbe Niemandsland, in dem auch Cal sich aufhält.« Nachdem sie Verzweiflung und Wut in alle Windrichtungen gebrüllt hatte, begann sie, auf und ab zu laufen, während sie überlegte, was sie nun tun sollte. Sivella saß reglos da und beobachtete sie geduldig. Erilea blieb abrupt stehen. »Wartest du darauf, eine Nachricht mitzunehmen? Ist es so?«, fragte sie aufgeregt. »Heißt es vielleicht, dass Rael hierher unterwegs ist?«

Je mehr sie darüber nachdachte, desto wahrscheinlicher schien es ihr.

»Na schön, was also teile ich ihm mit? Und wie überhaupt?«, fragte sie sich laut und zermarterte sich das Gehirn.

Schließlich kam ihr ein Gedanke. Sie suchte im Lagerfeuer nach einem verkohlten Zweig, den sie zum Schreiben verwenden konnte. Dann zog sie die dicken Striche der Naudiz-Rune unmittelbar neben dem Zeichen nach, das Rael geschrieben hatte. Damit hoffte sie zu vermitteln, dass sie die Warnung einerseits verstanden hatte und andererseits die Gefahr bereits eingetreten war. Dann malte sie einen Flammendolch – ein Zeichen für die Waffe der Wunand. Auf diese Weise hoffte sie, Rael würde verstehen, dass die Botschaft von ihr stammte und Alduin nicht bei ihr war. Rael nahm gewiss regelmäßig Verbindung mit Sivella auf, dennoch war es durchaus möglich, dass er gerade jetzt nicht mit ihr flog und so die Begegnung mit ihr nicht miterlebte.

Erilea rollte das winzige Pergament wieder ein und befestigte es an Sivellas Klaue. Als sie fertig war, erhob der Falke sich in die Lüfte und flog zurück in die Richtung, aus der er gekommen war.

»Guten Flug, Sivella«, rief Erilea ihr hinterher. »Bring Rael her.«

Mit dem tröstlichen Gefühl, dass Hilfe unterwegs war, kroch sie in ihren Unterschlupf, und vor lauter Erschöpfung schlief sie binnen weniger Momente ein.

Sivella flog unermüdlich durch den schwindenden Tag und hielt erst zum Rasten an, als die Sterne am Himmel standen. Beim ersten Zeichen des Tagesanbruchs setzte sie die Reise fort.

Mit Cardols Unterstützung konnte Rael ein Pferd auftreiben. In gestrecktem Galopp ritt er durch den Wald auf einer alten Straße Richtung Nordosten und kam gut voran. Doch das zügige Tempo ermöglichte ihm nur selten Kontakt mit Sivella. Am späten Nachmittag erreichte er eine kleine Siedlung und erfuhr dort, dass der Ort an einer Weggabelung lag und eine Straße davon das Pandarasgebirge mit einigen Siedlungen an der Küste verband. Die Bewohner warnten ihn jedoch, die Straße zu benutzen. Sie sei nicht ungefährlich. Rael dankte ihnen für den gut gemeinten Rat, ließ sich jedoch nicht von seinem Vorhaben abbringen. Er ritt weiter. Kurz nachdem er die Häuser hinter sich gelassen hatte, hielt er an, um Verbindung mit Sivella aufzunehmen. Er war bei ihr, als sie den Wasserfall des Mangipohr hinaufflog, über den spiegelglatten See schwebte und neben Erilea landete. Als er sah, dass sie alleine, ohne Alduin war, befürchtete er das Schlimmste. Er brach die Verbindung ab, grub die Fersen in die Flanken des Pferdes. Erst als er vor Erschöpfung schon beinahe vom Pferd fiel, entschied er sich, Rast zu machen.

Als Alduin seine Entscheidung getroffen hatte, war er verblüfft, dass alles in so weite Ferne gerückt war. All seine Befürchtungen, Wünsche und Sorgen, es schien, als würden sie ihn nicht betreffen, sondern jemand ganz anderen. Gewiss, die Furcht war noch da, doch sie berührte ihn nicht mehr so unmittelbar wie noch wenige Augenblicke zuvor. Es war fast so, als ob er sich selbst mit Abstand beobachtete. Und so würde diese Entscheidung so selbstverständlich sein wie die Luft, die er einatmete.

Ohne noch einmal den Blick Gilians zum Abschied zu suchen, ging er die Verbindung mit Rihscha ein.

Alduin flog mit seinem Falken und spürte, wie ihn die unbändige Liebe zu ihm durchströmte. Er fühlte gleichzeitig die große Zuneigung und Dankbarkeit, die ihm Rihscha entgegenbrachte. Doch obwohl ihre Wesen im Falkenflug zusammenfanden, blieben sie doch das, was sie auch vorher gewesen waren: zwei Geschöpfe, die in ihrer Eigenständigkeit zueinandergefunden hatten.

So gelangten sie in die verschiedenen Welten, die Alduin bereits kennengelernt hatte, bis sie zusammen eintauchten in das Reich der Elben und der Götter. Kein Wort wurde gesprochen, dennoch erzählte der Klang Tausender Stimmen die Geschichte der Schöpfung auf wundersame Art und Weise. Keine Note war zu viel und jede von ihnen rein und wahr. Alduin lauschte gebannt den Melodien, schwelgte in ihren Klängen und Wendungen.

Doch inmitten all dieser Schönheit vernahm er plötzlich einen dissonanten Klang, als sei ein Ton falsch angeschlagen worden. Es blieb nicht bei diesem einen, andere kamen hinzu, wurden lauter und drängender, bis ein gegenbewegender Missklang seine Ohren erfüllte.

Es war die pure Neugier, die ihn trieb, den Tönen nachzugehen. Und binnen eines Lidschlags stürzten er und Rihscha hilflos in eine Vision der Verzweiflung und des Schreckens. Albträume entfalteten sich vor seinen Augen, entsetzliche Bilder der Verwüstung und Zerstörung. Abscheuliche Ungeheuer streckten ihre Fangarme nach ihm aus, sie gruben sich in sein Fleisch, in seinen Verstand, in sein Herz. Er war gelähmt vor Angst. Niemand sprach die Namen der abschreckenden Wesen aus, dennoch waren sie augenscheinlich: Es waren die Habgier, der Neid, die Bosheit, die Eitelkeit, die Grausamkeit und der Hass. Die Qualen, die sie verhießen, kannten keine Grenzen. Alduin wusste, dass selbst der Tod ihn nicht davon zu erlösen vermochte. Doch gerade als er spürte, wie die Pein und das Elend ihn zu überwältigen drohten, vernahm er einen neuen Laut, der durch all die Verzweiflung und den Schmerz zu ihm drang.

Alduin klammerte sich an diesen Klang wie an ein Rettungsseil, das einem Ertrinkenden zugeworfen wird. Plötzlich umhüllte ihn seine einzigartige Schönheit wie ein schützender Kokon. Vergessen war das Meer des Leidens, er wurde zurückgezogen in die himmlische Sinfonie. Da verstand er, dass die Töne, auch wenn sie für sich erklingend vollkommen waren, sich gleichermaßen zu einer Harmonie oder zu einer Disharmonie zusammenfügen konnten – einem Missklang, der sich in Elend und Trauer niederschlug.

Rihscha flog weiter. Sein Gefieder erstrahlte in einem glühend weißen Schimmer, der stärker wurde, als sie Sphären durchflogen, die voller unbeschreiblicher Wunder waren.

Plötzlich stürzte der Falke einen goldenen Faden entlang, der auf eine ferne Kugel zuraste. Diese funkelnde und pulsierende Kugel schien ein Eigenleben zu haben. In ihr liefen zahlreiche Goldfäden zusammen, ein jeder von ihnen zog ein schimmerndes Wesen mit sich. Je näher Alduin und Rihscha ihr kamen, desto mehr verringerte sich ihre Geschwindigkeit, bis sie vor der Kugel schwebten. Sie strahlte eine vibrierende Energie ab, und hätte Alduin ihr einen Namen geben müssen, so hätte er sie wohl schlicht »Leben« genannt. Er wurde eingeladen einzutreten, und gleichzeitig abgewiesen. Noch einmal wurde ihm bewusst, dass er selbst entscheiden konnte. Doch inzwischen war er so weit gekommen und hatte so vieles aufgegeben, dass er nicht länger zögerte.

Als ob schon der Gedanke allein ausreichte, war er schlagartig im Inneren der Kugel. In ihr war alles und doch nichts, Licht und Dunkelheit, Stille und Lärm, Freude und Gram, Schönheit und Hässlichkeit, Liebe und Furcht. Jede Gegensätzlichkeit, die es gab, war enthalten, ebenso alle Zwischentöne.

Alduin kam der Gedanke, dass es Rihschas Falkennatur war, die ihn davor bewahrte, inmitten all der Widersprüchlichkeiten den Verstand zu verlieren. Es schien ihm, als säße er in einer schützenden Hülle, von der aus er gefahrlos das Wunder beobachten konnte, das ihn umgab – ein Wunder, das ihm tausend Geheimnisse offenbarte und jede Frage beantwortete, die er stellte.

Keine seiner Fragen war unbedeutend. Es war ihm bewusst, dass er die Geschichte Andauriens und dessen Volk verstehen wollte: Warum hatten die Menschen dort sich von den Göttern abgewandt, um der Dunklen Gottheit zu huldigen? Warum war es den verbleibenden Stämmen in Nymath nicht möglich gewesen, weiter in Frieden mit den Uzoma zu leben? War das Eingreifen der Elben richtig gewesen? Unzählige Fragen, und nicht eine einzige blieb unbeantwortet. Der Bildteppich des Lebens wurde vor seinen Augen gewoben. Er verstand den Zweck eines jeden Fadens, einer jeden Naht. Doch während sich alles vor ihm entfaltete, war es unmöglich, die Zeit zu bestimmen, die dabei verstrich. Und so wie die Zeit selbst, schien auch Alduins Herz stillzustehen.

Gilian wachte über Alduin. Er sah die strahlende Freude im Gesicht des Jungfalkners zu Beginn seiner Reise, doch er erkannte auch den Augenblick, in dem er in den Abgrund stürzte. Als er zusammenbrach, fing der Gott ihn auf, trug ihn durch die Kammer und legte ihn auf eine niedrige Bank. Dann kniete er sich neben ihn und schloss die Augen. Ein leiser Ton gleich dem reinen, hohen Ruf eines Falken drang über seine Lippen und schwoll zu einem mächtigen Crescendo an. Schließlich erkannte er, dass Alduin ihn gehört hatte und seine Reise wohlbehalten fortsetzen konnte. Er stand auf und verschwand in den Schatten unter einem der Torbogen.

Rael und Sivella begegneten sich früh am zweiten Morgen nach den Vollmonden.

»Meine schlaue Schöne«, lobte er. »Wie ich sehe, bringst du mir eine Antwort von Erilea.« Stolz schwang in seiner Stimme mit, während er dem Falken mit einem Finger liebevoll die Wange streichelte.

Er entfaltete die Schriftrolle und lächelte kurz. Das war Erilea, wie er sie kannte: Eine kurze, eindeutige Nachricht, die alles sagte, was er wissen musste. Aber als ihm klar wurde, was diese Botschaft für Alduin bedeutete, verdüsterte sich seine Stimmung.

»Wir kommen zu spät«, murmelte er bei sich und zog die Stirn in tiefe Falten. »Alduin ist etwas zugestoßen.«

Er seufzte tief auf. »Aber wenn das so wäre . . .«, überlegte er weiter. Worauf wartet dann Erilea?« Er sah Sivella hoffnungsvoll an. »Es muss einen Grund geben, warum sie dort oben ausharrt. Lass es uns herausfinden!«

Zur Antwort erhob Sivella sich wieder in die Luft und stob in Richtung des fernen Sees davon.

»Warte am Fluss auf mich«, rief Rael ihr hinterher. »Ich muss wissen, wo ich ihn überqueren kann.«

Erilea gab sich alle Mühe, ihre Ungeduld zu zügeln. Sie wusste nicht, wie lange Rael brauchen würde, um sie zu erreichen. Die Ungewissheit wurde immer unerträglicher. In jener Nacht schlief sie unruhig und fuhr beim ersten Zwitschern der Vögel hoch. Bei Tagesanbruch stand sie schließlich auf, begrüßte die aufgehende Sonne. In ihr Morgenritual schloss sie ein Gebet zu Emo ein. Sie bat ihn inbrünstig, dass kein weiterer Sonnenuntergang verstreichen möge, ohne dass sie einen Weg aus ihrer Zwangslage gefunden hatte.

Um sich abzulenken, stockte sie ihre Lebensmittelvorräte auf. So würde sie Rael mit einer ordentlichen Mahlzeit begrüßen können. Je länger sie nach Wurzeln, fleischigen Zwiebeln, Kräutern und Beeren suchte, desto ruhiger wurde sie. Sie brachte ihr Lager auf Vordermann, ordnete die Steine sauber um das Lagerfeuer, flickte offene Stellen ihres Unterschlupfes und fegte den Bereich ringsum mit einer Handvoll Reisig.

Während sie arbeitete, wuchs in ihr ein unerklärliches Gefühl der Vorfreude. Beschwingt ging sie zum See hinunter, legte die Kleider ab und tauchte tief in das eisige Wasser ein. Nachdem sie sich mit Sand abgerieben hatte, griff sie nach ihren Kleidern, wusch sie und hängte sie zum Trocknen über die Büsche.

Als die Sonne ihren Höchststand überschritt, dachte sie daran, zum Festland hinüberzuwaten, um Rael am Gipfel des Steilhangs zu erwarten. Da ihr alles recht war, was ihr die Zeit zu vertreiben half, zog sie sich an und ging den Strand entlang, bis sie zu der Stelle im Wasser kam, an der sie mit Alduin die Insel betreten hatten.

Jetzt wurde es ihr bewusst: Sie saß hier fest! Erilea war nur in der Lage gewesen, das Wasser zu durchqueren, weil Alduin sie getragen hatte. Sollte sie es alleine versuchen, lief sie Gefahr zu ertrinken.

Ein Schauer lief ihr über den Rücken. Was, wenn Rael doch nicht unterwegs war? War sie dann dazu verdammt, ihr Leben wie ein Einsiedler zu fristen? Würde sie von der Welt, die sie kannte, für immer abgeschnitten bleiben?

»Hör auf mit diesem lächerlichen Unfug«, schalt sie sich. »Fang an, schwimmen zu lernen, bau ein Floß, oder tu sonst etwas, aber zergehe nicht in Selbstmitleid!«

Sie bahnte sich durch das Unterholz einen Weg zur Mitte der Insel und suchte nach allem, was sich als nützlich erweisen konnte. Es war nicht schwer, umgestürzte Baumstämme zu finden, doch die meisten waren so morsch, dass sie schon zerfielen, als Erilea sie anhob. Schließlich jedoch hatte sie Glück. Unweit des Strandes entdeckte sie einen großen Baumstamm. Er war zwar in seinem Inneren ausgehöhlt, doch die äußere Hülle wirkte noch recht solide. Erilea würde nur die offenen Enden füllen müssen, damit der Stamm schwimmen konnte. Eine Weile überlegte sie, wie sie den Baum am besten abdichten könnte. Da fielen ihr die Kaninchenhäute ein. Nach ihrer ersten Jagd hatten sie die Häute zum Trocknen ausgestreckt. Wenn es ihr gelänge, damit die Enden des Baumstammes wie eine Trommel zu überziehen, sollte das genügen. Freudig und zuversichtlich holte sie die Häute und begann, kräftige Grashalme zu einer Schnur zu flechten.

Sivellas Ankunft mitten am Nachmittag riss Erilea unverhofft aus ihrer Arbeit. Sie legte ihre geflochtene Grasschnur beiseite und sprang auf, um den Falken zu begrüßen.

»Oh Sivella, du bist zurück! Heißt das etwa, dass Rael in der Nähe ist?«

Sivella kreiste über Erilea und sauste dann in Richtung des Steilhangs davon. Vermutlich war Rael gerade auf dem Weg nach oben. Erilea rechnete sich aus, dass er noch eine Weile brauchen würde, bis er bei ihr ankam, und brachte in der Zwischenzeit ihre Aufgabe zu Ende. Sie band die Kaninchenhäute fest über die Enden des Baumstamms und rollte ihn ins Wasser. Erleichtert stellte sie fest, dass er tatsächlich gut schwamm. Ein Floß war es sicher nicht, doch würde die Konstruktion für ihre Zwecke allemal ausreichen. Sie schlang die Arme um den Stamm, legte sich mit der Brust darauf und stellte erfreut fest, dass sie ihre Beine mühelos als Paddel benutzen konnte.

Erilea hätte zu gerne die Freude über ihren Erfolg mit jemandem geteilt, aber so blieb ihr nur, an den Strand zurückzukehren und den Treibstamm zu sichern. Sie suchte Zweige zusammen und zündete ein Feuer an, auf das sie trockenes Gras nachlegte, bis die Hitze sich in leuchtende Glut verwandelte.

»Erilea!«

Der leise Ruf drang kaum an ihr Ohr. Sie sah auf und erblickte Rael, der ihr vom anderen Ufer mit überschwänglichen Gesten zuwinkte. Erilea sprang auf und rannte zum Rand des Wassers. Auch sie fuchtelte nun mit den Armen wild umher.

»Rael! Was bin ich froh, dich zu sehen! Alduin ist verschwunden! Ich weiß nicht, was wir tun können!«

Rael legte die Hand hinter sein Ohr. Offensichtlich war ihre Stimme zu leise, um sie über das Wasser zu hören. »Ich verstehe dich nicht«, brüllte er zurück. »Wie komme ich am besten zu dir?«

Erilea deutete auf den rückwärtigen Teil des Sees.

»Dort hinten geht es«, schrie sie, so laut sie konnte.

Diesmal schien Rael die Botschaft verstanden zu haben, und lief sofort los. Hastig machte sie sich daran, das Essen vorzubereiten. Sie wickelte das Gemüse in einige große Dökblätter und legte es zum Garen in die heiße Glut. Dann schlich sie lautlos zwischen den Bäumen hindurch zu einer Lichtung, auf der süßes Gras wuchs. Das würde bestimmt das eine oder andere Kaninchen anlocken.

Tatsächlich mümmelten dort einige Tiere vor sich hin, ohne Gefahr zu wittern. Doch genau in diesem Moment stieß Sivella herab und ließ sich geräuschvoll auf einem Ast nieder. Die Kaninchen stoben in alle Richtungen davon.

»Sivella! Das war unser Abendessen!«, rief Erilea empört aus. »Was soll ich denn jetzt machen?«

Der Falke legte den Kopf schief, als würde er tatsächlich über eine Antwort nachdenken, stieg dann in eleganten Spiralen über der Lichtung auf und verharrte schwebend. Von der Anmut des Falken in Bann gezogen, stand Erilea regungslos im Schutz der Bäume. Sie hatte verstanden.

Es dauerte nicht lange, bis die ersten Kaninchen wieder über das Gras hoppelten und sich über die süßesten Halme und Kleeblätter hermachten. Gleich darauf stieß Sivella herab, packte eines der Tiere mit einer Geschwindigkeit, die selbst der schnellste Pfeil nicht übertreffen konnte, und legte es vor der jungen Wunand ab. Erilea sprang auf, klatschte in die Hände und hob das Kaninchen rasch auf.

»Danke! Ein Prachtstück. Das wird ein Festmahl!«

Als Erilea das Kaninchen gehäutet, zerteilt, die Stücke in Dökblätter gehüllt und in die Glut gelegt hatte, war die Sonne bereits untergegangen. Eine kühle Brise wehte von den Bergen herab und kräuselte die Oberfläche des Sees. An ihre Ohren drang das Geräusch von jemandem, der durch Wasser watete – Rael war fast da.

»Hmmmm, das duftet ja köstlich«, klang es gleich darauf aus der Dämmerung vor ihr. Und dann stand er vor ihr, stellte sein Bündel auf den Boden und sah Erilea verschmitzt an.

»So etwas erfreut das Herz eines müden Wandersmanns.«

»Oh Rael, Emo sei gepriesen, dass du gekommen bist«, rief Erilea, sprang auf und umarmte ihn. »Ich war schon am Ende meiner Weisheit und wusste nicht mehr, was ich noch tun sollte. Eigentlich wollte ich abwarten, bis die Monde einen weiteren Zyklus abschließen, aber da du jetzt hier bist, fällt uns vielleicht ein besserer Plan ein!«

»Ich bin gekommen, so schnell ich konnte. Cal hat das Bewusstsein wiedererlangt und sagt, dass Alduin in großer Gefahr sein könnte. Was ist geschehen? Wo steckt er?«

»Er ging auf die Insel . . . aber sie ist verschwunden . . . und sie taucht erst wieder auf, wenn der Mondzyklus . . .«

»Langsam, langsam«, unterbrach Rael sie. »Ich verstehe kein Wort. Am besten fängst du ganz von vorne an.« Er zögerte und sah mit großen Augen auf das Feuer und die Köstlichkeiten, die darin brutzelten. »Aber ehrlich gesagt – ich sterbe wirklich schon fast vor Hunger.«

»Tut mir leid. Natürlich. Ich kann dir alles beim Essen erzählen.«

Behutsam fischte Erilea die Päckchen mit Fleisch und Gemüse aus dem Feuer und wickelte die Dökblätter auseinander. Ein herrlicher Duft stieg auf. Erilea legte ein paar Äste auf die schwindende Glut, blies sanft hinein, bis das Feuer wieder aufflackerte, und lud Rael ein, sich neben sie zu setzen. Zunächst teilten sie das Mahl schweigend, doch dann begann Erilea, ihm von all den Abenteuern zu erzählen, die Alduin und sie erlebt hatten, seit sie die Ebenen des Mangipohr verließen.

»Hast du die Kate gesehen?«, fragte sie.

»Ja. Ich habe mein Pferd dort bei Fëa Lómë gelassen und bin hier heraufgeklettert.«

»Du meine Güte, Fëa hatte ich völlig vergessen«, rief Erilea aus. »Geht es ihr gut?«

»Bestens. Und jetzt hat sie obendrein noch Gesellschaft«, beruhigte Rael sie. »Erzähl mir, was sich zugetragen hat, nachdem ihr beide hier oben angekommen seid.«

Erilea schilderte ihm, wie Alduin klar geworden war, dass sie die Vollmonde abwarten mussten und dass die Insel tatsächlich erschienen war.

»Das war vor zwei Nächten«, sagte sie. »Als ich am nächsten Morgen aufgewacht bin, war sie wieder verschwunden.« Sie seufzte. »Und für uns wird sie das auch bis zu den nächsten Vollmonden bleiben«, fügte sie hinzu, »es sei denn, Sivella sieht etwas, was wir nicht ahnen.«

Als wollten sie sich über ihre Verzweiflung lustig machen, wählten die Reh- und Kitzmonde genau jenen Augenblick, um am nächtlichen Himmel emporzusteigen. Einem unaufmerksamen Auge wären sie fast rund erschienen, doch Erilea wurde schmerzlich bewusst, welch weiten Weg sie noch vor sich hatten, bis sie wieder voll sein würden. Dennoch konnte sie die Schönheit und Magie nicht verleugnen, die sie ausstrahlten.

Je höher sie stiegen, desto leuchtender schimmerte das silbrige und kupferne Band, das sich auf dem Wasser spiegelte gleich einem festen Pfad, der direkt bis an ihr Lagerfeuer zu reichen schien.

Plötzlich sprang etwas zwischen den Bäumen hervor, ein goldener Blitz, der an Erilea und Rael vorbeipreschte und erst am Ufer innehielt. Zuerst wirkte die Gestalt schemenhaft, schien wabernd zu schrumpfen und zu wachsen, wirkte bald wie die Form einer Frau, bald wie die eines Tieres. Doch als die Monde höher stiegen, erfasste ihr Licht die ganze Erscheinung und verlieh ihr Gestalt.

»Elin!«, rief Erilea und sprang auf.

»Vorsicht, Erilea«, warnte Rael und ergriff ihre Hand. »Du kannst nicht sicher sein, dass es dieselbe Katze ist.«

Noch während er sprach, drehte die Arekkatze den Kopf und schaute Erilea in die Augen. Alle Zweifel verflogen. Es war Elin, und Erilea spürte plötzlich, dass sie sich in der Gegenwart eines Wesens befanden, das weit mehr war als ein Tier. Sie erinnerte sich an das unerklärliche Gefühl der Vorfreude, das sie den Tag über verspürt hatte.

Sie löste die Hand aus Raels Griff, hob sie ehrerbietig an die Stirn und verneigte sich.

Die Raubkatze neigte ihrerseits das Haupt, dann begann sie zu Erileas und Raels maßlosem Erstaunen, den schillernden Pfad zu beschreiten, den die Monde auf das Wasser gezaubert hatten.

»Das ist unmöglich«, flüsterte Rael.

»Für eine Raubkatze vielleicht«, pflichtete Erilea ihm bei. »Nicht aber für eine Göttin.«

»Eine Göttin?«

»Ja. Die Göttin Emo ist gekommen, um mir ihr Geleit zu gewähren.«

»Geleit? Wohin?«, fragte Rael. »Die Insel ist verschwunden – das hast du selbst gesagt.«

»Ich werde ihr vertrauensvoll folgen müssen«, entgegnete Erilea.« Ich glaube nicht, dass Emo mich in die Irre führen würde.«

»Aber Erilea«, warnte Rael. »Unmittelbar voraus ist ein Wasserfall. An irgendeiner Stelle wird dich die Strömung mit sich reißen.«

»Nur wenn ich mich völlig irre, und das glaube ich nicht«, gab sie zurück. »Sieh nur – Emo wartet. Sie ruft mich.«

Tatsächlich hatte die Arekkatze angehalten und schaute zum Strand zurück. Aus ihren Augen sprach Geduld.

»Ich gehe«, verkündete Erilea. Ohne zu zögern, lief sie zum Strand hinab und schob ihren Treibstamm ins Wasser.

»Du glaubst doch nicht etwa, dass ich hier abwarte, bis du auch verschwindest«, sagte Rael und lief ihr nach. »Wohin du auch gehst, ich begleite dich.«

# 16

Rael folgte Erilea ins Wasser. Während sie paddelte, schwamm er neben ihr. Gleichzeitig schwang sich Sivella in die Lüfte und kreiste über ihnen. Während Erilea beobachtete, wie die Raubkatze vor ihnen über die Wasseroberfläche glitt, als liefe sie über eine gläserne Platte, spürte sie, wie jegliches Gefühl der Wirklichkeit verflog. Magie beherrschte die Nacht, hielt die beiden Schwimmer umfangen und ermutigte sie, den Weg fortzusetzen.

Doch plötzlich spürten sie, wie die Strömung sie erfasste und unerbittlich in die Richtung zog, in der das Wasser des Sees über die felsigen Stufen in die Tiefe stürzte.

»Erilea!«, brüllte Rael und streckte den Arm aus, um nach ihr zu greifen, während er gleichzeitig mit aller Kraft gegen den Sog ankämpfte. Aber als sie seine Hand zu fassen versuchte, entglitten ihr die Finger.

»Elin! Emo! Rette uns!«, rief Erilea.

Sie schaute nach vorne, suchte nach der Katze, sah jedoch nur die Weiten des Wassers.

Elin war verschwunden. Der schillernde Pfad war verblasst, als die Monde höher in den Nachthimmel geklettert waren. Binnen eines Augenblicks war das Gefühl der Sicherheit verflogen. Krampfhaft schlang sie die Arme um den Baumstamm, umklammerte ihn und versuchte, nicht in Panik zu geraten. Was war geschehen? Was hatte Emo beabsichtigt?

Erilea weigerte sich zu glauben, dass sie in eine Falle gelockt worden war, die damit enden würde, dass ihr Körper zerschmettert am Fuß des felsigen Wasserfalls landete. Was hätte das für einen Sinn? Ob es sich um eine Art Prüfung handelte? Oder aber war sie tatsächlich einer Täuschung aufgesessen?

»Wenn es von Anfang an eine Falle war, dann soll es mir recht sein!«, schrie sie in ihrer Verzweiflung und Todesangst in die Nacht hinaus. Alduin hatte sie bereits im Stich gelassen. Wenn die Göttin es ihm nun gleichtat, was für einen Sinn hatte es dann, noch zu leben?

»Lass mich zurück«, rief sie Rael über die Schulter zu. Sie war bereits ein gutes Stück abgetrieben. »Du kannst es noch schaffen, wenn du sofort umkehrst.«

»Mach dich nicht lächerlich«, gab er keuchend zurück. Mit kräftigen Stößen schwamm er mit der Strömung Erilea hinterher. »Entweder bringe ich uns beide in Sicherheit oder keinen von uns!«

Er tat einen letzten verzweifelten Schwimmmstoß, dann konnte er sich endlich an dem Treibstamm festklammern.

»Wir müssen die Richtung ändern!«, wies er sie an. »Bring die Beine vor dich und paddle gegen die Strömung.«

Die beiden wandten alle Kraft auf, und schließlich gelang es ihnen, die rasche Fahrt des Baumstamms zu verlangsamen. Sivella kreiste über ihnen und krächzte ermutigend. Doch plötzlich fiel Rael etwas Merkwürdiges an ihrem Gebaren auf.

»Sivella bedeutet uns, vorwärtszutreiben – nicht zurück«, japste er. »Lass mich kurz Verbindung mit ihr aufnehmen.«

Er konzentrierte sich mit allen Kräften, um sich mit seinem Falken zu verbinden, und gleich schon nahm die Strömung sie noch fester in Bann. Erilea, die vor Kälte und Erschöpfung zitterte, spürte, wie ihre Kraft nachließ. Ihre Wut auf die Göttin war ebenso rasch verpufft, wie sie aufgelodert war.

Erilea begann zu beten: *Emo, wenn dies mein Ende sein soll, dann lass mich ihm mit Mut und Freude und ohne Bedauern begegnen.*

»Das ist unfassbar«, rief Rael und holte sie in die Wirklichkeit zurück. »Sivella kann die Insel sehen.«

»Wo? Wo ist sie?«

»Unmittelbar vor uns. Wir treiben direkt auf sie zu.«

Beide starrten nach vorne, konnten aber nichts erkennen. Dann schaute Erilea zu Rael und grinste.

»Was ist denn so komisch?«, fragte er.

»Wessen Augen vertraust du mehr? Deinen oder Sivellas?«

Nun war es Rael, der grinsen musste.

»Sivellas natürlich!«

Sie hörten auf zu paddeln und ließen sich treiben. Bald darauf verlangsamte sich ihre Fahrt. Und dann spürte Rael, wie sein Fuß gegen etwas Hartes stieß.

»Ich habe gerade den Grund gespürt«, rief er. Große Erleichterung schwang in seiner Stimme mit.

»Ich auch«, sagte Erilea gleich darauf.

Obwohl noch nichts zu sehen war, wateten Erilea und Rael durch das Wasser, das mit jedem Schritt seichter wurde.

Jetzt schien es, als würde sich ein Schleier vor ihren Augen erheben, und sie erkannten, was wirklich war – die Insel, die zeitweise unsichtbar, jedoch die ganze Zeit über hier gewesen war.

»Vergib mir, Emo, dass ich an dir gezweifelt habe«, flüsterte Erilea bei sich.

Sie kletterten auf den schmalen Strand und schüttelten sich das Wasser aus den Kleidern. Schließlich sahen sie sich um. Die Insel war klein und barg offensichtlich keine Geheimnisse. Das Licht der Monde fiel auf die Steinblöcke und Büsche, die eine Lichtung in ihrer Mitte umringten, aus der ein verfallener Turm ragte. Sivella hockte auf dem Gemäuer.

»Der Turm«, rief Erilea und rannte darauf zu. »Alduin muss hineingegangen sein.«

Sie sahen den Eingang mit einer verrotteten Holztür, die in rostigen Angeln hing. Dicht gefolgt von Rael, preschte Erilea hindurch, doch kaum war sie im Inneren angelangt, blieb sie plötzlich stehen. Der Turm war nichts als ein runder, leerer Raum.

»Was in ganz Nymath geht hier eigentlich vor sich!«, fluchte Erilea, während sie die kahlen Mauern absuchte und durch das offene Dach in den Sternenhimmel blickte. »Hier ist gar nichts!«

Kurz überlegten sie, ob sich vielleicht hinter der Mauer geheime Türen verbargen. Doch sooft sie auch gegen die Steine drückten – es öffnete sich nichts. Das Mauerwerk war solide.

»Warte«, sagte Rael und hielt gedankenverloren inne. »Lass mich nachdenken. Irgendetwas an diesem Ort stimmt nicht.«

Langsam lief der junge Falkner im Kreis und dachte nach, was ihn so irritierte.

»Aber natürlich! Das ist keine echte Ruine«, stieß er plötzlich hervor. »Wo sind die zersplitterten Dachbalken, wo die herabgefallenen Steinblöcke der Mauer? Es gibt keine.«

Erilea verstand sofort, was er meinte. »Du hast recht. Es sieht nur aus wie eine Ruine.«

»Vielleicht ist es ein weiteres Trugbild«, murmelte Rael. »Die Frage ist nur, wie können wir das Geheimnis lüften?«

Er lief aus der Tür, entfernte sich ein Stück vom Turm, drehte sich um und blickte wieder zurück. Erilea folgte ihm dicht.

»Sivella«, rief Rael. »Zeig mir, was du siehst.«

Der Falke sprang in die Luft und zog einen breiten Kreis um den Turm. In dem Augenblick, in dem Rael die Verbindung mit ihr einging, holte er keuchend Luft. Vor ihm stand plötzlich ein perlmuttfarbener Turm, dessen strahlend leuchtender Eingang ihn anzulocken schien. Er griff nach Erileas Hand.

»Schließ die Augen und folg mir«, flüsterte er ihr zu.

Noch während er die Verbindung zu Sivella aufrechterhielt, bewegte Rael sich mit Erilea vorwärts – vorsichtig, um nicht zu stürzen. Sobald sie dem schillernden Bauwerk nahe gekommen waren, flog Sivella durch die Tür und stieß die gewundene Treppe hinab. Rael und Erilea folgten ihr unmittelbar.

»Du kannst die Augen jetzt öffnen«, raunte Rael ihr ehrfürchtig zu. »Wir sind da.«

Erilea sog hörbar die Luft ein, als sie sich in der siebenseitigen Kammer umsah.

»Das ist unglaublich«, hauchte sie voll Ehrfurcht. »Wer mag etwas so Wundervolles gebaut haben? In Sanforan gibt es nichts Vergleichbares.«

»Das kannst du laut sagen!«, pflichtete Rael ihr bei. »Aber wo sind wir? Sind wir noch in Nymath?«

Sie gingen langsam durch den Raum und betrachteten aufmerksam die kunstfertigen Muster der Säulen und Friese und die Decke, die sich unendlich weit über ihnen wölbte. Doch hielten sie sich von den dunklen Torbogen instinktiv fern. Sie schienen zu spüren, dass sie nicht dazu eingeladen worden waren. Die Abmessungen des Raumes erwiesen sich als höchst verwirrend. Alles schien sich auszudehnen und zusammenzuziehen, als atme die Kammer. Plötzlich sahen sie eine Gestalt, die reglos auf einer niedrigen Sitzbank lag.

»Alduin!«, rief Erilea, rannte hinüber und kniete sich neben ihren Freund.

Sie ergriff seine Hand, hob sie sich an die Wange und benetzte sie mit den Tränen, die ihr über das Gesicht rannen.

»Alduin, komm zurück! Wo bist du?«

Verzweifelt schaute sie zu Rael auf. Während er auf seinen Freund hinabblickte, schüttelte er ratlos den Kopf

»Warum? Warum bist du deinem Vater gefolgt?«, fragte er, als könnte Alduin ihn hören. »Du hast die Gefahr doch gekannt.«

»Er kannte sie, aber er wollte nicht glauben, dass er ihr erliegen könnte«, schluchzte Erilea.

»Nein«, stimmte Rael ihr zu. »Er war überzeugt davon, dass er das erreichen könnte, was seinem Vater versagt blieb. Er dachte, er könnte die Oberhand behalten.«

»Gibt es denn gar nichts, was wir tun können?«, fragte Erilea flehentlich. »Gibt es keine . . .«

Plötzlich sprang sie auf und sah sich um.

»Wo ist Rihscha? Wenn wir nur Rihscha finden könnten, bestünde vielleicht noch Hoffnung.«

Ihre Augen suchten jeden Winkel ab, doch es gab kein Anzeichen von Alduins Falken.

»Und wo ist Sivella?«, fragte sie.

Rael bedachte sie mit einem erschrockenen Blick, dann schloss er rasch die Augen. Erilea beobachtete, wie ein leichtes Lächeln seine Mundwinkel hochzog, als er die Verbindung mit seinem Falken einging. Dann sog er scharf die Luft über die Lippen ein, und ein Ausdruck tiefen Friedens breitete sich über seine Züge aus. Er seufzte, und es war ein Seufzen von so umfassender Zufriedenheit, dass Erilea einen tiefen Stich verspürte. »Rael!«, kreischte sie. »Wag das bloß nicht! Komm zurück!«

Von der Angst in Erileas Stimme zurückgerufen, schlug Rael die Augen auf. Verwirrt schüttelte er den Kopf.

»Es war unglaublich! Einen kurzen Augenblick . . . Ich weiß nicht, wo ich war . . . oder wo Sivella ist . . . Aber es war überwältigend . . . Ich konnte spüren, wie sich mein gesamtes Wesen zum Flug mit ihr erhob!«

»Im Namen Emos! Bin ich etwa dazu verflucht, jeden einzelnen Freund zu verlieren, den . . .«, setzte Erilea an.

»Manchmal muss man alles verlieren, um mehr zu erlangen. »Eine volltönende Stimme schallte vom gegenüberliegenden Ende der Halle zu ihnen herüber.

Erilea und Rael wirbelten herum und rissen vor Erstaunen den Mund auf. Unter einem der Torbogen stand das seltsamste Paar, das ihnen je begegnet war. Ein Mann mit einem schnabelnäsigen Gesicht, das Strähnen schneeweißen Haares säumten. Er trug einen langen Umhang aus Federn. Die Frau neben ihm hatte katzengleiche Züge und eine Mähne aus goldenen und roten Locken. Sie war bekleidet mit Fellen und trug Bogen und Pfeile. Beide Gestalten waren von einem strahlenden Licht umgeben.

»Fürst Gilian! Göttin Emo!«, hauchte Erilea, die ihre Namen kaum auszusprechen wagte.

Sie sank auf ein Knie, neigte das Haupt und zerrte an Raels Hand, damit er es ihr gleichtat. Der junge Raide jedoch stand wie erstarrt da, als wäre jede Bewegung ein Zeichen der mangelnden Achtung.

Die beiden Gottheiten näherten sich den jungen Leuten mit einer Mischung aus Belustigung, Neugier und Respekt in den Augen.

»Dass ihr hier seid, ist eine beachtliche Leistung«, erklärte Gilian.« Menschen besitzen eine erstaunliche Kraft, die alles übersteigt, was sie sich vorstellen können. Es ist die Macht der Liebe. Sie vermag selbst die mächtigsten Hürden zu überwinden, die wir Götter schaffen.«

»Aber . . . aber es war Emo, die mir den Weg gezeigt hat«, stammelte Erilea und war verblüfft darüber, dass sie es wagte, ihm zu widersprechen.

»Ja«, bestätigte ihr Emo, und wenn Erilea sich nicht täuschte, schwang ein Lachen in ihrer Stimme mit. »Ich kann der Macht der Liebe nun mal nicht widerstehen, wenn sie mich ruft!«

Sie griff mit einer Hand herab, hob Erileas Kinn an und betrachtete das junge Mädchen mit liebevollem Blick.

»Steh auf, mein Kind«, forderte sie Erilea auf. »Vergiss deine Sorgen. Es ist nicht möglich, etwas zu verlieren, was wirklich ist.«

»Was . . . was soll das bedeuten?«, fragte Erilea und erhob sich unsicher.

»Es sind deine Wünsche, deine Vorstellungen, die dich leiden lassen. Sie sind nicht echt, aber ihr haltet sie dafür. Und wenn diese

Vorstellungen aus eurem Leben verschwinden, habt ihr das Gefühl, etwas verloren zu haben. Tatsächlich aber habt ihr nichts verloren.«

»Soll das heißen, Alduin ist nur eine Wunschvorstellung?«, stieß Erilea hervor, bestürzt über den Gedanken. Ihr Blick flehte nach Verständnis. »Unsere gesamte Welt ist ein Trugbild?«

Die Göttin nickte.

»Es ist ein wunderschönes Trugbild, das einen wichtigen Zweck erfüllt, zumal es euch Formen gibt, um etwas so Unvorstellbares und Wunderbares zu verstehen, das ihr sonst unmöglich begreifen könntet«, gab Emo zurück. »Die Wahrheit hinter dem Trugbild währt ewig und kann nie verloren gehen.«

»Aber ich brauche es . . .«, entgegnete Erilea. »Ich brauche einen Alduin, den ich sehen und berühren kann.«

Emo schüttelte den Kopf, wobei Mitgefühl in ihre Züge trat.

»Alduin hat seine Wahl getroffen. Die Götter können nichts tun.«

Noch während die Göttin sprach, richteten sich alle Augen auf die liegende Gestalt auf der Bank. Es schien, als wäre sie von Licht erfüllt. Die Umrisse wurden verschwommen, das Fleisch wirkte durchscheinend wie Glas.

»Neiiiiiin!«, schrie Erilea und warf sich wieder neben Alduin. Ihr Körper bebte, während sie untröstlich schluchzte.

»Gibt es denn wirklich gar nichts, was die Götter tun können?«, fragte Rael, der sich an Gilian gewandt hatte. »Gewiss könnt Ihr eingreifen?«

»Wir können nur eingreifen, wenn wir von ihm dazu aufgefordert werden.«

»Aber ich dachte, die Götter wären allmächtig?«, sagte Rael verzweifelt.

»Auch wir müssen den Gesetzen der Schöpfung Folge leisten, die in diesem Universum gelten. Wir achten die freie Entscheidung, die der Menschheit gegeben ist.«

»Selbst wenn eine Entscheidung falsch ist?«

»Das ist eine Frage des Blickwinkels.«

Jede einzelne von Alduins Fragen war beantwortet worden, jedes Wunder der Schöpfung hatte sich ihm offenbart. Das Wissen war so unfassbar groß, dass es ihn zu zersprengen drohte. Schließlich spürte er, wie es in jede seiner Zellen aufgenommen wurde – ein Teil seines Wesen – und langsam gab die Überwältigung nach. Er und Rihscha setzten sich wieder in Bewegung. Angezogen von einer pulsierenden Kraft, stürzten sie in die Tiefe der Kugel, weiter und weiter, bis sich vor ihnen etwas offenbarte, das einer riesigen Hand glich. Sicher landeten sie auf der Fläche, die sich ihnen auftat. Die Urgewalt der Energie, die sie abstrahlte und drohte, sie mit ihrer Macht zu versengen, dennoch fühlten sie sich sonderbar sicher und geborgen.

»Du hast den Quell erreicht, aus dem dieses Universum entsprungen ist. Was könntest du noch mehr wissen wollen?«

Die Worte, die Alduin hörte, erfüllten ihn tief bis in sein Innerstes. »Kann ich zurückkehren?« Die Frage überraschte ihn selbst.

»Aber ja! Der Zweck dieser Reise war von Anfang an, dass du zurückkehren solltest.«

»Aber ich dachte, ich müsste alles aufgeben.«

»Hättest du nicht alles aufgegeben, wärst du nicht so weit gekommen. Da du es aber geschafft hast, kannst du nun alles zurückhaben.«

»Werde ich mich nach der Rückkehr an diese Reise erinnern können?«

»Nur bruchstückhaft. Was du erfahren hast, übersteigt das menschliche Fassungsvermögen. Und doch wird etwas zurückbleiben. Es wird dich berühren wie ein sanfter Windhauch in einer Sommernacht.«

»Also muss ich jetzt bereit sein, all das aufzugeben.«

»Das ist der Lauf aller Dinge. Der Odem des Lebens. Einatmen, ausatmen, einatmen, ausatmen. Die ewige Bewegung der Schöpfung.«

»Der immerwährende Kreislauf. Alles schließt sich und beginnt von vorne«, murmelte Alduin.

»Eher wie eine Spirale. Mit jeder Schleife erlangst du etwas, was du mitnimmst.«

Alduin wusste, dass seine Fragen beantwortet waren. Die Zeit zum Aufbruch war gekommen.

»Danke. Danke, dass ich kommen durfte.«

»Es war mir eine große Freude. Du kannst gerne wiederkommen.«

Die Worte trafen ihn unerwartet wie eine Welle, die ihn mitriss.

»Ich kann wiederkommen? Wie?«

»Du hast Rihscha. Er kann dich jederzeit mitbringen.«

Verständnis erfüllte Alduin. Er war bereit. Nachdem er von all diesen Gaben gekostet hatte, fühlte er eine Zufriedenheit in sich, wie er sie noch nie erlebt hatte.

»Rihscha«, flüsterte er. »Lass uns nach Hause zurückkehren.«

»Warum weinst du?«

Einen Lidschlag lang bildete Erilea sich ein, Alduins Stimme flüstere ihr die Worte zu. Dann spürte sie, wie er sich bewegte und die Hand ausstreckte, um ihr Haar zu streicheln. Erilea schluchzte auf, griff nach seiner Hand, zögernd, als könnte sie nicht glauben, was ihr widerfuhr. Auch Rael beobachtete das Geschehen entgeistert, doch dann lief er los, um seinem Freund zu helfen, der sich mit Mühe aufsetzte.

Nur wenig später tauchten Rihscha und Sivella wie aus dem Nichts auf. Sie stießen Seite an Seite herab und ließen sich auf den Armlehnen nieder.

»Erilea, weine nicht«, sagte Alduin, zog sie neben sich und umarmte sie. »Weine nicht.«

Rael schaute zu den beiden Gottheiten.

»Was ist geschehen?«, fragte er schüchtern.

»Alduin hat sich dafür entschieden zurückzukehren«, antwortete Gilian.

Als Alduin die Stimme des Gottes hörte, stand er auf, näherte sich den beiden und verneigte sich. Die Erinnerungen an die Reise verblassten schon jetzt wie ein Traum nach dem Erwachen. Je mehr er versuchte, daran festzuhalten, desto schneller entglitten sie ihm.

»Versuch nicht, dich daran zu klammern«, riet Gilian. »Lass es einfach zu. Wann immer du etwas fragst, wirst du die Antwort haben.«

Erilea und Rael standen nun neben Alduin. Gilian und Emo musterten sie nacheinander, verständigten sich mit ihnen ohne hörbare Worte und bedachten sie mit einem Geschenk für die Zeiten, die vor ihnen lagen.

Schließlich drehten sich Gilian, der Gott, dem die Raidenfalkner von Nymath huldigten, und Emo, die Göttin der Wunand, langsam um und verschwanden in den Schatten.

Alduins Blick konnte sich lange nicht von der Stelle lösen, an dem noch eben die beiden Götter gestanden hatten. Sein Herz war von einer süßen und doch schmerzlichen Freude erfüllt. Schließlich schüttelte er Rael dankbar die Hand und umarmte Erilea abermals.

»Rael, du bist auch hier? Was ist denn in der Zwischenzeit geschehen? Wie habt ihr zwei mich gefunden?«

»Das ist eine lange Geschichte«, antwortete Rael aufatmend. »Und ich scheine in letzter Zeit ständig am Verhungern zu sein. Was meint ihr? Kehren wir zuerst zum Lager zurück?«

Obwohl Erilea die Aussicht auf eine weitere Reise über das Wasser nicht sehr freudig aufnahm, ließ sie sich von Alduin an der Hand nehmen und folgte den beiden Falknern die gewundene Treppe hinauf. Rael führte die Gruppe an, Rihscha und Sivella waren bereits vorausgeflogen.

»Wartet«, sagte Rael plötzlich verwirrt und blieb stehen. »Über uns scheint eine Falltür zu sein. Ich kann mich nicht erinnern, dass ich sie vorher gesehen habe.«

»Ich auch nicht«, bestätigte Alduin. »Aber wie sind Rihscha und Sivella hinausgekommen?«

Zusammen drückten die beiden jungen Männer gegen das Holz der Tür. Zu ihrer Überraschung ließ es sich leicht anheben, obwohl es teilweise verdeckt war – von einer Matte oder einem Teppich. Als die Falltür aufschwang, drang das matte Licht eines neuen Tages zu ihnen herunter.

»Was bei ganz Nymath?«, hörte Erilea Rael, gefolgt von Alduins Ruf: »Bei Gilians heiliger Feder, das ist unglaublich!«

Die jungen Falkner halfen Erilea die letzten Stufen herauf. Als sie den Raum betrat, wurde ihr sofort klar, was die beiden gemeint hatten. Sie waren plötzlich in der kleinen Kate, bei der sie die Pferde zurückgelassen hatten! Die beiden Falken hockten nebeneinander auf der Sitzstange und putzten ihr Gefieder.

»Sagt bloß, dieser Eingang war die ganze Zeit hier?«, rief Erilea. Sie erinnerte sich an den gefährlichen Aufstieg, ihre Verzweiflung, als sie dachte, auf der falschen Insel zu sein, und die Herausforderung, das Wasser zu durchwaten.

Doch noch während sie sprach, konnte sie beobachten, wie die Falltür schimmerte und langsam verschwand. Statt ihrer war nur noch der feste Boden der Kate.

»Offensichtlich sind die Götter in der Lage, Trugbilder zu erschaffen«, sagte Alduin nachdenklich. »Sie wissen, wie das geht.«

»Ich schätze, darum sind sie ja auch Götter!«, kicherte Erilea. »Ich bin immer noch am Verhungern, und unsere Jagdausrüstung ist noch oben auf der Insel«, jammerte Rael.

»Wenigstens ist noch alles da, was wir hiergelassen haben«, stellte Erilea mit einem Blick auf die paar Habseligkeiten fest, die sie in eine Ecke gestapelt hatten.

»Na ja . . .«, setzte Alduin an, ging hinüber zum Schrank und öffnete eine der Türen. »Aha! Wie ich vermutet habe. Sie haben an alles gedacht.«

Er holte getrocknete Fleischstreifen, Früchte, Nüsse und Käse hervor, dazu eine Flasche Met und sogar ein Messer. Stolz präsentierte er seinen Freunden die Schätze.

»Lasst uns essen!«, drängte er.

»Ja, aber draußen«, warf Erilea ein. »Es sieht mir nach einem prächtigen neuen Tag aus.«

Fëa Lómë und Raels Pferd wieherten zufrieden, als sie die jungen Leute aus der Kate kommen sahen. Erilea schlang ihre Arme um die Tiere und fütterte sie mit einem Apfel.

Die drei setzten sich ins Gras hinter der Hütte und hörten das gedämpfte Tosen des Wasserfalls. Nachdem das Festmahl vor ihnen ausgebreitet lag, streckte Rael die Hand nach dem Messer und dem getrockneten Fleisch aus, doch Alduin hielt ihn zurück. Rael bedachte ihn mit einem fragenden Blick.

»Ich . . . Ich dachte nur . . . na ja, ich finde, wir sollten uns zuerst bedanken«, meinte Alduin etwas verlegen.

»Ja«, stimmte Erilea ihm rasch zu. »Es gibt viel, wofür wir dankbar sein können.«

Ein jeder für sich suchte schweigend seinen Weg, um auszudrücken, was er empfand.

»Emo!«, flüsterte Erilea nach einer Weile.

Der Himmel zog sich zu, und eine frostige Brise wehte vom Wasser her heran, doch Erilea und die beiden Falkner ließen sich nicht stören. Immer noch saßen die drei beisammen, aßen und sprachen von ihren Abenteuern. An seine Reise mit Rihscha konnte Alduin sich nur bruchstückhaft erinnern, ein paar wesentliche Botschaften aber waren ihm im Gedächtnis haften geblieben.

»Die Falkner von Nymath müssen sich daran erinnern, wie außergewöhnlich die Gabe ist, die sie mit den Falken teilen. Wir sind manchmal hochmütig geworden, oft zu sehr mit uns selbst beschäftigt, und häufig nehmen wir unsere Fähigkeiten als zu selbstverständlich hin. Wir gehen den Bund mit unseren Falken ein, ohne uns darüber bewusst zu sein, was dabei tatsächlich geschieht:

Uns öffnet sich eine Tür, eine andere Wirklichkeit zu erfahren«, sagte Alduin nachdenklich.

»Ja, das stimmt!«, rief Rael aufgeregt. »Einen Augenblick lang durfte ich es auch erleben. Es war so viel mehr, als ich bisher durch Sivellas Augen sehen konnte!«

»Richtig«, pflichtete Alduin ihm bei. »Wir sehen Grenzen, wo in Wirklichkeit keine sind. Es gibt keine echten Schranken zwischen den Dingen.«

»Das Trugbild . . .«, murmelte Erilea und setzte nachdenklich ab, ehe sie fortfuhr. »Das Trugbild verleiht den Dingen Gestalt, damit wir in dieser Welt leben und sie begreifen können.«

»Wir müssen Meister Calborth davon erzählen«, sagte Rael. »Jeder Falkner von Nymath muss darüber wissen.«

»Das wird nicht einfach«, gab Alduin zu bedenken. »Tatsächlich gab Gilian mir in den letzten Augenblicken zu verstehen, dass wohl eine Saat gepflanzt worden sein mag, es aber noch viele, viele Generationen dauern könnte, bis sie aufgehen kann. In Zukunft muss noch weitergesät werden – wozu wir vielleicht beitragen können –, aber das Ergebnis mag sich vielleicht erst zeigen, wenn es uns schon längst nicht mehr gibt. Es ist Teil einer Entwicklung, die viel größer ist als wir selbst.«

»Emo schlug vor, dass ich versuchen sollte, das *Parna* unter den Wunand-Stammesverbänden wieder einzuführen«, sagte Erilea. »Der Stamm gerät aus dem Gleichgewicht, wenn er sich zu sehr dem Einsatz von Waffen und zu wenig dem widmet, was der Kern des Lebens ist. Außerdem meinte sie, es würde eine Zeit kommen, in der die Waffen wieder in . . . in einem richtigen Kampf sprechen würden, aber . . . wir müssten vorsichtig sein und dürfen sie nicht die Oberhand gewinnen lassen. So wie Cal sein menschliches Wesen eine Zeit lang an seinen Falken verlor, können wir uns in unseren Waffen verlieren.«

»Wie also packen wir es an?«, fragte Rael. »Was sollen wir tun?«

»Wir versuchen es einfach«, antwortete Alduin schlicht. »Das, was wir erfahren haben, werden wir weitergeben, so gut wir können.

Gleichzeitig muss uns bewusst sein, dass es nicht jeder versteht oder gar beherzigt. Zwingen können wir niemanden.«

Rael und Erilea nickten. Gemeinsam schwiegen sie eine Weile, und jeder hing seinen Gedanken nach.

Irgendwann erhob sich Rael. »Wir sollten besser aufbrechen«, schlug er vor. »In Sanforan sind bestimmt schon alle vor Sorge außer sich. Wir können Sivella und Rihscha vorausschicken, trotzdem dürfen wir keine Zeit vergeuden.«

In stummer Übereinkunft begannen die drei, aufzuräumen und die Reste in den Satteltaschen der Pferde zu verstauen. Ein weicher Nieselregen setzte ein, und sie waren dankbar für die Umhänge, die sie in der Hütte zurückgelassen hatten. Gemeinsam stiegen sie auf, nahmen ein letztes Mal die Magie des Ortes in sich auf, fragten sich, ob ihre Wege sie je wieder hierherführen würden. Dann ritten sie langsam durch die Schlucht und auf das offene Grasland zu.

Nachdem Alduin und Rael ihre Falken mit Botschaften in die Falkenhalle vorausgeschickt hatten, ließen sie den Pferden freien Lauf und preschten in vollem Galopp los.

# Epilog

Nachdem sie über anderthalb Tage unermüdlich geritten waren, pochten die erschöpften Reisenden mitten in der Nacht an Sanforans Osttor, gaben sich zu erkennen und wurden eingelassen. Sie versorgten ihre Pferde und gingen sogleich zur Falkenhalle. Sie schlichen in einen der Schlafsäle in den oberen Stockwerken und schliefen auf den Strohmatratzen ein. Dort fand sie Marla am nächsten Morgen.

»Du meine Güte!«, rief sie aus. »Wann seid ihr denn eingetroffen? Ihr müsst ja flink gereist sein! Die Falken haben die Neuigkeiten erst gestern Mittag gebracht. Ihr müsst völlig erschöpft sein!«

»Und am Verhungern«, ergänzte Rael, setzte sich auf und gähnte.

»Lasst mich einfach nur weiterschlafen«, raunte Alduin, der auf dem Bauch lag und den Kopf unter dem Arm vergrub.

»Jetzt komm schon«, forderte Rael ihn auf. »Hab Erbarmen mit deiner armen Mutter.«

»Genau«, bekräftigte Marla. »Sie ist mit den anderen unten in der Küche. Alle haben damit gerechnet, dass ihr irgendwann heute eintreffen würdet, aber sie werden überglücklich sein, dass ihr schon da seid.«

Das brachte auch Alduin auf die Beine. Während Marla und Rael die Treppe hinunterliefen, stupste er Erilea an, die sich schlafend stellte.

»Dich werden sie genauso sehen wollen.«

»Gar nicht wahr«, brummte sie, kehrte ihm den Rücken zu und zog sich ihren Umhang über den Kopf.

»Na, und ob. Du hast auch deinen Teil zu erzählen, also können wir es gleich gemeinsam tun.«

Erilea drehte sich auf den Rücken und blickte ihn mit schlaftrunkenen Augen finster an.

»Ich bin müde!«

»Da kann ein Becher Calba wahre Wunder wirken«, meinte er, streckte die Hand aus und zog sie auf die Beine. Sie gab vor zusammenzusacken. Alduin fing sie auf und umarmte sie zärtlich.

»Das also wolltest du, meine kleine Arekkatze!«, meinte er und streichelte ihr Haar.

»Mhmmmm«, schnurrte sie in seine Schulter und nickte.

»Kommt schon!«, rief Rael vom Fuß der Treppe herauf. »Alles wartet auf euch.«

Alduin drückte Erilea noch einmal, dann gingen sie Hand in Hand hinunter. Unten im Gang wurden sie bereits von Aranthia und Bardelph erwartet.

»Du bist wohlauf!«, rief Aranthia, schlang die Arme um ihren Sohn und drückte ihn so fest an sich, als wolle sie ihn nie wieder loslassen. »Ich hatte kaum noch geglaubt, dass du je noch einmal zurückkommst.«

Als sie sich endlich von ihm gelöst hatte, trat sie einen Schritt zurück, wandte sich Erilea zu und schenkte ihr ein dankbares Lächeln. »Wie kann ich dir danken? Ich wusste, du würdest ihn nicht im Stich lassen. Wie ich sehe, war mein Vertrauen berechtigt«, sagte sie und küsste die zierliche Amazone auf die Stirn.

Als Nächstes legte Bardelph seine Arme um die beiden jungen Leute.

»Es ist schön, euch beide zu sehen!«, sagte er strahlend. »Ihr habt sicher jede Menge zu erzählen. Aber gehen wir zuerst zu den anderen.«

Als sie in der Küche eintrafen, senkte sich Schweigen über den Raum. Zuerst verstand Alduin nicht, weshalb, dann aber erblickte er Cal, seinen Vater, der bei den anderen am Tisch saß. Niemand wusste so recht, wie er sich ihm gegenüber verhalten oder was er sagen sollte.

Es war Cal selbst, der den Bann brach. Behutsam stand er auf, noch sichtlich geschwächt, und bedachte seinen Sohn mit einem traurigen Lächeln.

»Alduin«, sagte er. »Ich . . . Ich weiß nicht, was ich sagen soll . . . Es tut mir leid . . . tut mir alles so leid.«

Als wäre die Anstrengung mehr, als er zu bewältigen vermochte, setzte er sich wieder und ließ sich einen Becher Calba geben, den Marla ihm sanft in die Hand drückte.

Flüchtige Bilder blitzten in Alduin auf, Bruchstücke des Geheimnisses, das er auf seiner Reise erfahren hatte. Ihm wurde klar, dass alles seinen Platz hatte und es nichts zu verzeihen gab – im Gegenteil. Er setzte sich Cal gegenüber auf einen Stuhl und legte die Hände auf die seines Vaters.

»Cal . . . wie soll ich es dir erklären?«, begann er und versuchte, die richtigen Worte zu finden. »Ihr wart mir bei all dem stets so nah . . . du und Krath . . . Es gibt keinen Grund für ein Bedauern. Überhaupt keinen.«

Bei der Erwähnung von Kraths Namen fiel ein Schatten über Cals Züge, und seine Augen füllten sich mit Tränen.

»Cal . . . es ist nicht vorbei«, versuchte Alduin zu erklären. »Auch wenn sein Körper vielleicht nicht mehr sein mag – Krath selbst ist immer noch bei dir. Wenn du dir das vergegenwärtigen kannst, wirst du wieder Verbindung mit ihm aufnehmen können.«

Unfähig, die Worte seines Sohnes zu verstehen, schüttelte Cal den Kopf.

»Keine Sorge«, meinte Alduin. »Wir haben Zeit. Wir reden darüber, wenn du kräftiger bist.«

Im Verlauf des restlichen Tages und auch der folgenden Tage konnten die jungen Abenteurer nach und nach ihre Geschichte zum Besten geben. Es hatte sich so viel ereignet, dass es ihnen anfangs schwerfiel, sich an alle Einzelheiten zu erinnern. Aber je länger sie sprachen, desto öfter gab ein Wort das andere, und zum Schluss erzählten sie alle drei gleichzeitig. Nur Alduin konnte wenig über seine einzigartige Reise mit Rihscha erzählen. Er war unfähig, die richtigen Worte zu finden, und vieles hatte sich wie in einem Traum verloren.

Irgendwann traf in der Stadt die Kunde ein, dass Harman, Pendar und die anderen Männer aus Sean Ferll die Schmuggler in einer versteckten Bucht an der Küste auf frischer Tat beim Handel mit einer kleinen Gruppe Uzoma ertappt und überwältigt hatten.

Doch entgegen ihren Befürchtungen drohte nicht die Gefahr eines Angriffs der Uzoma auf dem Seeweg. Das Boot, mit dem sie angereist waren, zeugte von ihrer Verzweiflung, und es kam einem Wunder gleich, dass es sich überhaupt über Wasser gehalten hatte. In dieser Hinsicht war Nymath nach wie vor sicher.

Die meisten der gefangenen Falken konnten wieder in die Freiheit entlassen werden, drei von ihnen wurden vorher gesund gepflegt – eine Aufgabe, der sich Pendar und die anderen Raiden mit großer Freude annahmen.

Während Cal allmählich wieder zu Kräften kam und Marla seine Pflege übernahm, kehrten Aranthia und Bardelph für den Rest des Sommers in die Hütte am Fluss zurück. Alduin verbrachte viel Zeit mit seinem Vater. Sie schlenderten gemeinsam durch die geschützten Gärten des Hohen Rats oder saßen am Hafen und beobachteten die Boote, die aufs Meer hinausfuhren. Häufig war auch Erilea bei ihnen. Alduin erzählte Cal von seiner Ausbildung in Sanforan, die Entdeckung seiner einzigartigen Begabung und die packende Geschichte der Rettung der Nebelsängerin.

Schließlich kehrte er zu seinen Abenteuern zurück, die mit Cal im Emmerfeld begonnen hatten und im Herzen der Schöpfung geendet hatten. Ohne zu drängen, ermutigte er Cal zu begreifen, dass sein Bund mit Krath immer noch wirklich sein konnte, doch seinem Vater fiel es schwer, daran zu glauben. Alles zu seiner Zeit, hoffte er, alles zu seiner Zeit. Das war es, was auch für jene Erkenntnisse galt, die sie von der Insel im See mitgebracht hatten.

Anfangs waren sie noch überzeugt gewesen, dass sie all das, was sie erfahren hatten, sofort weitergeben konnten. Doch während Aranthia verstand, was sie sagen wollten, fiel es nicht allen leicht, es zu verstehen. Sie würden geduldig sein, ihre Saat pflanzen und abwarten müssen, bei wem sie Wurzeln schlug.

Eines Tages geschah jedoch etwas, was Alduin und Erilea überraschte.

Gemeinsam verbrachten sie mit Rael einen geruhsamen Nachmittag auf den Klippen westlich der Stadt. Ausgestreckt lagen sie nebeneinander in einer kleinen, geschützten Senke, während Rihscha und Sivella über den Wellen herumtollten. Das war schon immer ein bevorzugter Zeitvertreib für Rihscha gewesen, und nun schien auch Sivella sich dafür zu begeistern. Wolken trieben von Norden heran und brachten einen Hauch von Herbst mit sich. Die Ernte war bereits eingebracht, die Händlertrosse kamen häufiger in die Stadt, und die Tage wurden merklich kürzer.

Sivella wurde des Spiels überdrüssig, flog die Klippen herauf und gesellte sich zu Rael. Sie weckte ihn aus seinem Schlummer und lud ihn ein, ihr die Wange zu streicheln. Doch kaum hatte er seine Hand ausgestreckt, erregte etwas ihre Aufmerksamkeit. Der Falke erhob sich in die Lüfte und flog in Richtung der Straße davon, die aus dem Gebiet der Wunand kam. Rael war neugierig, worauf sie gestoßen sein mochte, nahm Verbindung mit ihr auf und sah einen Wagen, der auf die Stadt zurollte.

»Sivella, das ist bloß ein Wagen«, sagte er verschlafen und brach die Verbindung ab. Doch etwas zerrte an ihm, und er kehrte zu ihr zurück.

Sivella kreiste mittlerweile über dem Wagen – sehr zur Freude des Knaben, der vorne auf dem Kutschbock saß. Es war Triel.

»Sivella, Sivella! Schau, Mama, es ist Sivella!«

Rael öffnete jäh die Augen und sprang auf. Es bestand kein Zweifel daran. Es war Bretta, die den Wagen fuhr. Das Fuhrwerk war mit allerlei Hausrat beladen.

»Was ist denn mit dir los?«, fragten Alduin und Erilea wie aus einem Mund, als sie sahen, wie blass ihr Freund geworden war.

»Ich ... Ich weiß nicht, was das zu bedeuten hat ... Da ist etwas, wovon ich euch nie erzählt habe, aber ...«

Alduin stand auf, legte Rael beruhigend eine Hand auf die Schulter und stellte dabei fest, dass sein Freund zitterte.

»Rael, hast du ein Gespenst gesehen?« Auch Erilea hatte sich erhoben und blickte den Freund erstaunt an.

»Ich ...«, japste er. »Oh du meine Güte ... Ich weiß nicht, was ich tun soll ... oder was das zu bedeuten hat.«

»Rael, du redest wirres Zeug!«, ermahnte ihn Alduin und schüttelte ihn leicht.

Der Wagen kam näher, und Sivella kreiste darüber.

»Ist das jemand, den du kennst?«

»Ja, es ist der Knabe, Triel. Ich hab euch von ihm erzählt. Lotans Neffe.«

»Und wo ist das Problem?«

»Es geht nicht um den Jungen ... Sondern darum, wer mit ihm reist.«

»Und das wäre?«

»Seine Mutter ... es ist Bretta.«

Mit einem Schlag verstand Alduin. Die Art, wie er den Namen aussprach, war eindeutig.

Benommen setzte Rael sich in Bewegung und ging auf den Wagen zu, der mittlerweile angehalten hatte. Bretta und Triel sahen ihm entgegen. Alduin und Erilea folgten ihrem Freund mit einigem Abstand.

Ganz im Gegensatz zu ihrem letzten Zusammentreffen war Triel überraschend still, als der junge Falkner an den Kutschbock trat. Ein Strahlen lag in seinen Augen, als er Sivella sah, doch jetzt ließ er den Blick zwischen Rael und seiner Mutter hin- und herwandern.

»Bretta«, war alles, was Rael hervorbrachte.

Schweigen breitete sich zwischen ihnen aus, bis sie endlich sprach und dabei die Augen niederschlug.

»Es gab einen Unfall«, begann sie. »Sie hatten noch nicht tief in den Fels gegraben, trotzdem ist er eingestürzt. Lurd ... Lurd wurde dabei getötet.«

Triel griff nach der Hand seiner Mutter, fast so, als wolle er die Rolle des Mannes in der Familie übernehmen, während er tapfer gegen die Tränen ankämpfte.

»Plötzlich wollte ich ... ich wollte nach Hause zurück«, fuhr sie fort und schaute zu Rael auf, als wollte sie abwägen, was er denken mochte.

Rael wagte nicht zu sprechen. Er kletterte stattdessen auf den Kutschbock neben sie und nahm ihr die Leinen aus der Hand. Er schnalzte mit der Zunge, gab mit den Zügeln nach und trieb das Maultier voran. Sivella sandte er mit der Botschaft voraus, sie bei Brettas altem Familiensitz zu erwarten.

Verdutzt standen Alduin und Erilea Hand in Hand da und beobachteten schweigend, wie der Wagen davonrollte. Rihscha flog vom Meer herauf, umkreiste sie noch einmal, um sich zu vergewissern, dass es ihnen gut ging. Dann folgte er Sivella.

»Habe ich mir das eingebildet, oder hat Rael gerade eine Familie bekommen?«, fragte Alduin lachend.

»Oh, das ist einfach zu schön«, gab sie seufzend zurück. »Möge Emo sie segnen. Erinnerst du dich? Sie hat gesagt, der Macht der Liebe könnte sie nicht widerstehen.«

Alduin nahm Erilea in die Arme und sah ihr in die Augen.

»Sollen wir auch um Emos Segen bitten?«, fragte er leise.

»Den hat sie uns bereits gegeben. Das hat sie mir verraten«, flüsterte Erilea, bevor ihre Lippen sich berührten.

# Glossar

*Alduin:* Jungfalkner, Gefährte des Marvenfalken Rihscha; Aranthias Sohn

*Andaurien:* Land nördlich der Wüste, in das die Stämme von Nymath vor Jahrhunderten fliehen mussten

*Aranthia:* Alduins Mutter; gehört dem Wunand-Stamm an, zog es jedoch lange Zeit vor, allein als Heilerin im Wald zu leben

*Arek:* Wildkatze; kommt in den westlich vom Fluss Mangipohr gelegenen Wäldern vor

*Arnad:* Fluss zwischen dem Nordrand des Pandarasgebirges und der Wüste

*Asnar:* Gott der ruhenden Macht, des Krieges und der Verteidigung, verehrt von den Katauren

*Bactistrauch:* Strauch mit großen roten Blüten und süßen Früchten

*Bardelph:* Fallensteller vom Stamm der Raiden, Freund von Aranthia und Alduin

*Bralt:* kataurischer Schankwirt in Thel Gan, Brends Bruder

*Brend:* kataurischer Schankwirt in Lemrik, Bralts Bruder

*Bretta:* junge Raidin, die Rael kennen- und lieben lernt, Ehefrau von Lurd und Mutter von Triel

*Brillit:* ein Flussfisch, in etwa vergleichbar mit der Forelle

*Burak:* in Nymath vorkommende Rehart

*Cal (Calborth):* Alduins verschollener Vater vom Stamm der Raiden, nicht zu verwechseln mit Calborth, dem Falkenmeister

*Calba:* warmes Getränk, das aus gerösteten und gemahlenen Körnern verschiedener Pflanzen hergestellt wird

*Calborth:* Falkenmeister im Falkenhaus zur Zeit der Ausbildung Alduins

*Cardol:* ein kataurischer Soldat, der Alduin hilft

*Carto:* Händler vom Stamm der Fath, den die Nebelsängerin Kirstie entführt hat

*Celeb Itil:* Elbenname für den größeren Mond von Nymath

*Chac:* Fath, Anführer der Falkenschmuggler

*Cirlim:* Elbenname für den Schiffsfisch, auch Delfin genannt

*Cita:* kleinste Münze von Nymath, Bronze

*Creeka:* ein heuschreckenähnliches Insekt; macht das Geräusch einer Zikade

*Dök:* Pflanze mit großen Blättern, die am Ufer von Flüssen und Seen vorkommt; wird als Küchengewürz verwendet

*Duram:* zweitkleinste Münze Nymaths, Kupfer

*Elben:* siehe Abschnitt »Völker und Stämme Nymaths«

*Elin:* bedeutet Stern. Der Name, den Erilea der Arekkatze gibt, die sie heilt

*Emmer:* Urform des Weizens

*Emo:* die »Wilde Jägerin«, von den Wunand verehrte Göttin; ihr Name wird zugleich als Redensart im Sinne von »So sei es« benutzt

*Erilea:* junges Wunand-Mädchen, das gerade seine Ausbildung beendet hat, Freundin und Helferin von Alduin

*Falkenhalle:* Hauptgebäude im Falkenhaus mit Brutstätte, Ausrüstungs- und Futterkammern

*Falkenhaus:* Falkenzucht- und Ausbildungsstätte für Falkner in der Zitadelle von Sanforan

*Fath:* siehe Abschnitt »Völker und Stämme Nymaths«

*Fëa Lómë:* Geist der Dämmerung, eine Stute

*Ferl:* ein kataurischer Soldat, der Alduin hilft

*Feyl:* Kutscher der Falkenschmuggler

*Gaelithil:* Elbensprache für »Schimmernder Mond«, Elfenpriesterin, die den Magischen Nebel entlang dem Arrand wob

*Gandar:* Jungfalkner aus Alduins Jahrgang

*Garan:* Brettas und Lotans Vater – Triels Großvater

*Gilian:* von den Raiden verehrter Gott der Lüfte und der Winde

*Grest:* Cardols Cousin

*Gwire:* ein Fluss, der im Westen des Pandarasgebirges entspringt. Mündet gleich unterhalb Aranthias Hütte in den Mangipohr

*Harman:* ein Kataure aus Sean Ferll, der den Gefährten hilft, die Falken zu befreien

*Hoher Rat von Nymath:* Regierung Nymaths, wird aus je einem Abgeordneten der fünf Stämme und der Elben gebildet

*Imlaksee:* See im Nordosten Nymaths

*Ithilfalke:* Falkenart, die im Falkenhaus gezüchtet wird

*Jad:* ein Freund von Lurd, der Rael nach Sanforan mitnimmt

*Jatamansi:* Pflanzenextrakt; dient als Betäubungsmittel

*Jerrica:* Brends Frau

*Jungfer Calborth:* Zwillingsschwester des Falkenmeisters Calborth und Hausmutter des Falkenhauses

*Kariya:* Tante von Erilea

*Katauren:* siehe Abschnitt »Völker und Stämme Nymaths«

*Kirstie:* die Nebelsängerin, die Alduin in einem früheren Abenteuer rettet

*Kitzmond:* Wunand-Name für den kleineren Mond Nymaths

*Krath:* Falke von Alduins Vater Cal

*Kupfermond:* kleinerer Mond Nymaths (von den Wunand »Kitzmond«, von den Elben »Tambe Ithil« genannt)

*Lemrik:* Dorf am Fluss Mangipohr, an der Straße zwischen Sanforan und dem Pandarasgebirge gelegen

*Lotan:* Alduins ehemaliger Lehrer im Bogenschießen; Bruder von Bretta und Onkel von Triel

*Lurd:* ein Fährmann. Brettas Ehemann und Triels Vater

*Mangipohr:* größter Fluss von Nymath, an dessen Ufer das Haus von Aranthia liegt

*Marla:* eine kataurische Wäscherin

*Marvenfalke:* seltene Falkenart, die normalerweise nur im Pandarasgebirge vorkommt

*Mastrill Hall:* Wendles Zuhause

*Melethiell:* Elbenname für »Tochter der Liebe«; Abgeordnete der Elben im Hohen Rat von Nymath

*Nachteule:* Cardols schwarzer Hengst

*Nymath:* Land zwischen dem Pandarasgebirge und dem Schwarzen Ozean

*Onur:* siehe Abschnitt »Völker und Stämme Nymaths«

*Pandarasgebirge:* von Ost nach West sich erstreckende Gebirgskette in Nymath, die das Land völlig vom übrigen Kontinent abgrenzt

*Parna:* eine Zeit der Selbstfindung. Folgt für viele Wunand-Amazonen auf ihre Ausbildung

*Peeri:* kleine Rehart, die auf der östlichen Halbinsel von Nymath vorkommt

*Pendar:* ein ehemaliger Falkner, der in Sean Ferll lebt

*Pent:* größte Münze Nymaths im Wert von zwei Duram; Silber

*Purkabaum:* in Nymath wachsende Baumart mit dreispitzigen dreigeteilten Blättern

*Rael:* Jungfalkner aus Alduins Jahrgang; Freund von Alduin

*Raiden:* siehe Abschnitt »Völker und Stämme Nymaths«

*Rastin:* einer der Falkenschmuggler

*Rehmond:* Wunand-Name für den größeren Mond Nymaths

*Rihscha:* Alduins Falke

*Sanforan:* Hauptstadt Nymaths, auf der Felsküste an der gleichnamigen Meeresbucht gelegen

*Schwarzer Ozean:* Meer, das Nymath im Westen, Süden und Norden umgibt

*Sean Ferll:* verruchte Kleinstadt am Ufer der Mangipohr

*Siebentag:* in Nymath gebräuchliches Zeitmaß, entspricht einer Woche

*Silbermond:* größerer Mond Nymaths (von den Wunand »Rehmond«, von den Elben »Celeb Ithil« genannt)

*Sivella:* Raels Falkenweibchen

*Tirla:* Grests Ehefrau

*Triel:* Brettas Sohn, ein zukünftiger Falkenanwärter

*Twith:* einer von Alduins Freunden während der Ausbildung in der Falkenhalle

*Uzoma:* siehe Abschnitt »Völker und Stämme Nymaths«

*Vereinte Stämme von Nymath:* die fünf Stämme Nymaths – Wunand, Raiden, Katauren, Fath und Onur

*Wendle:* eine kataurische Frau, die sich von den alten Traditionen abgewandt hat und in dem Mastrill Hall mitten im Wald lebt

*Wolfsfuß:* grasähnliche Pflanze mit unglaublicher Heilwirkung

*Wunand:* siehe Abschnitt »Völker und Stämme Nymaths«

# Die Völker und Stämme Nymaths

*Die Fath*

Die Fath waren einst ein Wüstenvolk. Das lebenspendende Element Wasser gilt ihnen als heilig. Als die Fath nach der Flucht aus Andaurien zum ersten Mal das Meer erblickten, verharrten sie voller Ehrfurcht. Schließlich wurde aus dem Wüstenvolk der Stamm der Fischer.

*Die Katauren*

Der Stamm der Reiter. Um die Nähe zu den Pferden und das freie Leben mit ihnen zu wahren, besiedelten die stolzen Katauren die fruchtbaren Ebenen Nymaths als Bauern oder Handwerker. Dort leben sie oft auf abgeschiedenen Höfen in kleinen Familiengruppen zusammen. Lanze und Speer sind ihre Hauptwaffen.

*Die Onur*

Der Stamm der Könige und Schwerter. Über viele Generationen hinweg stellte dieser Stamm die Könige Andauriens aus seinen Reihen. Zu seinem Wort zu stehen, ist einem Onur wichtiger, als sein eigenes Leben zu schützen. Das Wichtigste für einen Onur sind seine Ehre, seine Familie – und sein Schwert.

*Die Raiden*

Der Stamm der Falkner. Einige der ehrgeizigen Raiden verfügen über die Gabe, eine geistige Verbindung mit einem Falken einzugehen. Diese seltene Begabung wird vom Vater auf den Sohn vererbt. Nach dem Vorbild der Falkner werden auch die Kinder der Raiden erzogen: belohnen, statt zu strafen. Die bevorzugte Waffe der Raiden ist der Bogen.

*Die Wunand*

Der Stamm der Jägerinnen. In den Sümpfen von Nymath leben die Wunand in Clans zusammen, wobei die Clan-Älteste das Sagen hat. Den wenigen Männern sind Kampf und Waffengang untersagt. Ihnen obliegt die Hausarbeit. In der verbleibenden Zeit widmen sie sich den schönen Künsten. Die Waffen der Wunand-Kriegerinnen sind Bogen, Speer und Feuerpeitsche sowie ein ritueller Dolch in Form einer Flamme.

*Die Elben*

Ein anmutiges, langlebiges und hellhäutiges Volk mit spitzen Ohren und silberblonden Haaren. Ein Teil der Elben strandete bei einem Unwetter vor der Küste Nymaths. Getrennt von der restlichen Flotte, wartet das magiebegabte Volk auf die Rückkehr eines wandernden Sterns, der ihm den Weg in eine ferne Heimat weisen soll.

*Die Uzoma*

Die dunkelhäutigen Ureinwohner Nymaths. Die Uzoma sind ein menschenähnliches Volk, das die Menschen vom Wuchs her jedoch überragt. Sie gewährten einst den Menschen in Nymath Zuflucht und wurden später von ihnen bekämpft. Nachdem die Elben die Uzoma hinter den Nebel verbannten, fielen sie dem Glauben an den Dunklen Gott anheim.

# Die Runen des älteren Futhark

ᚠ 1. Rune: (f) Fehu – Vieh, bewegliche Habe
Bewegliches Eigentum, persönliche Macht, bewegliche Kraft, Reichtum, Verantwortung durch Besitz.

ᚢ 2. Rune: (u) Uruz – Auerochs
Vitale Kraft, Gesundheit, Heilung, Potenz, männliche Urkraft.

ᚦ 3. Rune: (*p* = th) Purisaz – Riese, Thurse, Dorn
Aktive Verteidigung, Schutz, Vernichtung von Feinden, willentliche Handlung, Machtausübung, Zorn.

ᚨ 4. Rune: (a) Ansuz – Atem, Hauch, göttliches Wesen (der Ase)
Weisheit, Inspiration, Ekstase, schöne Künste, Dichtung, Wort, Gesang.

ᚱ 5. Rune: (r) Rai*ð*o – Reise, Weg
Alle Arten von Wegen, passiven Reisen (als sog. Passagier), auch im übertragenen Sinn, innere Führung.

ᚲ 6. Rune: (k) Kaunaz – Fackel, Feuer
Jede Art von Feuer und Bränden, Herd-, Opfer-, Schmiedefeuer, Fackel, Entzündungen, Geschwür.

ᚷ 7. Rune: (g) Gebo – Geschenk, Austausch
Gabe/Gegengabe, Opfer(-gabe), Hingabe, Austausch.

ᚹ 8. Rune: (w) Wunjo – Wonne, Fröhlichkeit
Harmonie, Wohlbefinden, Bindung, Glück, Harmonie zwischen verschiedenen, aber verwandten Kräften, Sippenfriede.

ᚺ 9. Rune: (h) Hagalaz – Hagelkorn
Winter, Schmerz, Unfall, große, flächendeckende Zerstörung, Schaden jenseits der menschlichen Kontrolle und damit Neubeginn.

ᚾ 10. Rune: (n) Naudiz – Not, Notwendigkeit
Leid, Überwindung von Leid und Not, Entwicklung der Willenskraft, Erkenntnis der Notwendigkeit, überlegte Handlung aus der Notwendigkeit heraus.

ᛁ 11. Rune: (i) Isaz – Eis
Starre, Einfrieren, Brücke zwischen dem Reich der Lebenden und der Toten, Ruhe, Konzentration auf das Wesentliche, Brücke zwischen den Welten.

ᛃ 12. Rune: (j) Jera – Jahr, Ernte
Wiederkehr der Jahreszeiten, Kreislauf der Natur und des Lebens, Säen und Ernten, Fruchtbarkeit, Fülle, Überfluss.

ᛇ 13. Rune: (ï) Ïhwaz – Eibe
Bindeglied zwischen Gegensätzen, Eibenholz, hart aber biegsam, Bogen, Jagd, Rückfederung, Widerstandskraft.

ᛈ 14. Rune: (p) Perpro – Würfelbecher, Schicksal
Unkenntnis des Schicksals, Spiel, Zufall, Glück, innere Stärke auf der Probe, verborgenes Wissen, Weissagung, Vorzeichen und Vorahnung, Rune der Nornen.

ᛉ 15. Rune: (r, später z) Algiz – Elch, Schutz
Alle Arten von Schutz, Einfriedung, Verteidigung, Stärke.

ᛊ 16. Rune: (s) Sowilo – Sonne
Sonnenrad, Wärme, zielgerichtet strömende Kräfte, Erfolg, Stärkung des Willens, Lebenskraft.

ᛏ 17. Rune: (t) Tiwaz – Himmel, Dach (Tyr)
Himmel, Dach, Polarstern, Weltordnung, Gerechtigkeit, Ehre, Moral, Disziplin, Sieg in gerechter Sache, Opferbereitschaft, Charakterstärke und religiöse Kraft.

ᛒ 18. Rune: (b) Berkano – Birke
Erdmutter, Schwangerschaft, Geburt, Kreislauf Geburt – Leben – Tod, Wiedergeburt, weibliche Mysterien und Schöpferkraft, mütterlicher Schutz, Bewahrung.

ᛖ 19. Rune: (e) Ehwaz – Pferd
Vertrauen, Treue, jede Form von aktiver Reise, Beweglichkeit, Geschwindigkeit, harmonisches Zusammenwirken unterschiedlicher Kräfte.

ᛗ 20. Rune: (m) Mannaz – denkendes Wesen (Mensch)
Gemeinschaft, Gesellschaft, Sippe, Ahnen, Bewusstsein, Geist, Intelligenz, Denken, Vernunft.

ᛚ 21. Rune: (l) Laguz – Wasser, Gewässer
Wasser in all seinen Formen: Regen, Fluss, Bach, See, Meer, Nebel, Tränen, Körperflüssigkeiten, Tor zu verborgenen Kräften und Mächten, Reinigung, Lebensenergie.

ᛜ 22. Rune: (*n* = ng) Ingwaz – Wein (Yngvi-Freyr)
Wachstums- und Reifezeit, Geduld, Trennung von äußeren Einflüssen, um Neues hervorzubringen. Speicherung und Verwandlung von Kräften in geschützter Ruhe.

ᛞ 23. Rune: (d) Dagaz – Tag, Dämmerung
Licht, Morgen- und Abenddämmerung, Balance, Klarheit, Erleuchtung, Erkenntnis von Zusammenhängen, zyklische Gegensätze.

ᛟ 24. Rune: (o) Opalan – Erbe, unbeweglicher Besitz
Erbland, Heim, Heimat, Erbbesitz der Sippe, Ahnenerbe, Tradition, Bodenständigkeit, Macht und Wissen früherer Generationen.

Mehr über die Runen und die Welt Nymaths unter: *www.daserbederrunen.de*

Osanna Vaughn

Das Erbe der Runen

# Der Schrei des Falken

Alduins so weltabgewandtes, behütetes Leben ändert sich von einem Tag auf den anderen, als er ein verlassenes Falkenküken findet und bei sich aufnimmt. Alduin spürt es tief in seinem Herzen: Dieser Falke ist für ihn bestimmt. Und nun erklärt Aranthia ihm auch, wer er wirklich ist: Alduins Vater, der vor langer Zeit verschollen ist, war ein Falkner. Dem Falkner ist es gegeben, sich mit der Seele seines Vogels zu verbinden und mit seinen Augen zu sehen, mit ihm zu fliegen. Auch Alduin ist ein solcher Falkner. Was er noch nicht ahnt: seine Mutter hat ihm die Fähigkeit vererbt, in die Zukunft zu sehen. Und mit diesen beiden Gaben ist es Alduin bestimmt, seine Heimat, das Reich Nymath, vor dem drohenden Untergang zu retten.

Arena

360 Seiten. Gebunden. Ab 12

ISBN 3-401-05613-1

Ab 1.1.2007: ISBN 978-3-401-05613-5

www.arena-verlag.de

TAMORA PIERCE

# LIA
## Die Prophezeiung der Königin

Lia, Alannas Tochter, will gegen den Willen ihrer Eltern Spionin werden. Als sie von Piraten entführt und ins Haus der Familie Balitang verschleppt wird, muss sie ihre Fähigkeiten dazu überraschend früh unter Beweis stellen: Der Gott Kyprioth gibt ihr den Auftrag, die Töchter der Familie vor Anschlägen zu bewahren, denn eine soll als zukünftige Königin die verfeindeten Völker der Raka und Luarin wieder vereinen. Dafür verspricht er, Lia zu ihrer Berufung zu verhelfen. Geschickt baut Lia einen Agentenring zur Bewachung der Kinder auf, unterstützt von einem geheimnisvollen Krähenmann, den Kyprioth ihr zur Seite gestellt hat – und der sich bald als charmanter Verehrer entpuppt. Doch dann sind Lias Schützlinge in höchster Gefahr – der Moment der Bewährung ist gekommen!

464 Seiten. Gebunden.

ISBN 3-401-0**5647**-6
ISBN 978-3-401-0**5647**-0

www.arena-verlag.de

Arena

Pandarasgebir
N
W
O
S
Gwire
Elben
Mastrillgut
Aranthias Hütte
Vulkan
Buchtdorf
Mangipohr
Raide
Onl
Fähre
Erileas Hütte